UNE VIE FRANÇAISE

Jean-Paul Dubois est né en 1950 à Toulouse, où il vit actuellement. Auteur de nombreux romans (*Je pense à autre chose*, *Si ce livre pouvait me rapprocher de toi*), d'un essai (*Éloge du gaucher*) et de récits de voyage (*L'Amérique m'inquiète*), il a obtenu le Grand Prix de l'humour noir pour *Vous aurez de mes nouvelles* (1991), le prix France Télévision pour *Kennedy et moi* (1996) et le prix Femina pour *Une vie française* (2004). Il est journaliste-reporter au *Nouvel Observateur*.

UNE VIE FRANÇAISE

Jean-Paul Dubois est né en 1950 à Toulouse, o
actuellement. Auteur de nombreux romans (*Je pense*
chose, Si ce livre pouvait me rapprocher de toi), d'un essai
du gaucher) et de récits de voyage (*L'Amérique m'inquiè*
obtenu le Grand Prix de l'humour noir pour *Vous aurez*
nouvelles (1991), le prix France Télévision pour *K*
et moi (1996) et le prix Femina pour *Une vie française* (
Il est journaliste-reporter au *Nouvel Observateur*.

Jean-Paul Dubois

UNE VIE FRANÇAISE

ROMAN

Éditions de l'Olivier

TEXTE INTÉGRAL

ISBN 978-2-02-082601-3
(ISBN 2-87929-467-3, 1re publication)

À Louis, mon petit-fils
À Claire, Didier, mes enfants et Frédéric. E

– Vous êtes le grand-père, n'est-ce pas ? Dans cet hôpital les grands-pères sont très appréciés.
Et le petit corps de l'enfant adhéra à sa poitrine, à ses bras, avec moins de force pourtant que les nourrissons qu'il avait eu la présomption de considérer comme les siens. Personne ne nous appartient, excepté dans nos souvenirs.

John Updike

L'homme est plus petit que lui-même.

Günther Anders

CHARLES DE GAULLE

(4 octobre 1958 – 28 avril 1969)

Et ma mère tomba à genoux. Je n'avais jamais vu quelqu'un s'affaisser avec autant de soudaineté. Elle n'avait même pas eu le temps de raccrocher le téléphone. J'étais à l'autre bout du couloir, mais je pouvais percevoir chacun de ses sanglots et les tremblements qui parcouraient son corps. Ses mains sur son visage ressemblaient à un pansement dérisoire. Mon père s'approcha d'elle, raccrocha le combiné et s'effondra à son tour dans le fauteuil de l'entrée. Il baissa la tête et se mit à pleurer. Silencieux, terrifié, je demeurais immobile à l'extrémité de ce long corridor. En me tenant à distance de mes parents, j'avais le sentiment de retarder l'échéance, de me préserver encore quelques instants d'une terrible nouvelle dont je devinais pourtant la teneur. Je restais donc là, debout, en lisière de la douleur, la peau brûlante et l'œil aux aguets, observant la vitesse de propagation du malheur, attendant d'être soufflé à mon tour.

Mon frère Vincent est mort le dimanche 28 septembre 1958, à Toulouse, en début de soirée. La télévision venait d'annoncer que 17 668 790 Français avaient finalement adopté la nouvelle Constitution de la Ve République.

Ce jour-là, ni mon père ni ma mère n'avaient pris le temps d'aller voter. Ils avaient passé la journée au chevet de mon frère dont l'état avait empiré la veille au soir. Opéré d'une appendicite compliquée d'une péritonite aiguë, il avait perdu connaissance en milieu de journée.

Je me souviens que le médecin de garde avait longuement reçu mes parents pour les préparer à une issue qui, à ses yeux, ne faisait plus guère de doute. Durant cet entretien, j'étais resté assis sur une chaise, dans le couloir, à me demander ce qui pouvait bien se dire derrière cette porte et que je ne devais pas entendre. Je pensais à mon frère, à tout ce qu'il aurait à me raconter lorsqu'il sortirait de l'hôpital et j'enviais déjà le statut de héros, de rescapé, dont il allait jouir pendant quelques semaines. À l'époque, j'avais huit ans et Vincent à peine dix. Ce modeste écart était en réalité considérable. Pour son âge, Vincent était un colosse, un enfant sculptural, que l'on eût dit bâti pour construire les assises d'un nouveau monde. Doté d'une surprenante maturité, il m'expliquait avec patience les vicissitudes du monde des adultes tout en me protégeant de ses aléas. À l'école, il jouissait d'une popularité sans égale mais n'hésitait pas, lorsque cela lui semblait juste, à tenir tête à un professeur ou aux parents. Tout cela lui conférait à mes yeux une stature de géant. Auprès de lui, je me sentais à l'abri des inconstances de la vie. Et aujourd'hui encore, plus de quarante ans après sa mort, lorsque j'évoque notre jeunesse, il demeure ce géant tant aimé et admiré.

Lorsque mon père se souleva péniblement de son fauteuil et s'avança vers moi, on eût dit un vieillard. Il semblait tirer derrière lui une charge invisible qui entravait sa démarche. Je le regardai s'approcher et devinai confusément qu'il allait m'annoncer la fin du monde. Il posa la main sur mon bras et dit : « Ton frère vient de mourir. » Sans égard pour le visage supplicié de mon père, sans lui témoigner le moindre geste d'affection, je me précipitai dans la chambre de Vincent et m'emparai de son carrosse en métal chromé tiré par six chevaux blancs. Ce jouet, ou plutôt ce souvenir, lui avait été rapporté de Londres, deux ans auparavant, par notre oncle, petit homme louche et antipathique mais grand voyageur. L'objet provenait sans doute d'une banale boutique de souvenirs située près de Buckingham, mais son poids, l'éclat de sa matière, la précision des détails de la voiture, de ses lanternes comme de ses roues, la puissance que dégageait la foulée des chevaux avaient, pour moi, valeur de talisman. S'il n'eût déjà été un enfant exceptionnel, cet objet, à lui seul, aurait suffi à conférer à mon frère toutes les marques du prestige. Jamais Vincent ne me prêtait l'attelage, prétextant qu'il était trop fragile et moi bien trop jeune pour jouer avec pareil ensemble. Parfois, il le déposait sur le parquet du salon et me demandait de coller mon oreille contre les lames. Il disait : « Ne bouge pas. Ne fais aucun bruit et ferme les yeux. Tu vas entendre le bruit des sabots des chevaux. » Et, bien sûr, je les entendais. Je les voyais même passer devant moi au grand galop, menés par mon frère, intrépide cocher, juché au sommet de l'étincelante nacelle qui bringuebalait sur ses suspensions. Je sentais alors confusément que j'étais au cœur même de l'enfance, ce monde en gésine auquel nous insufflions chaque jour notre force de vie. Et je voulais grandir et grandir encore, et plus vite, et plus fort, à l'image de ce frère prince et maître de cavalerie.

À l'instant de sa mort, mon premier réflexe fut donc de le dépouiller et de m'emparer de l'objet. De le voler.

Avec des gestes fiévreux d'héritier félon. Sans doute avais-je peur que Vincent n'emporte ce carrosse dans la tombe. Peut-être espérais-je, avec cet objet interdit et sacré, m'attribuer une part de sa gloire, de sa légitimité, et devenir un aîné à tout le moins capable de détrousser les défunts et de faire trotter leurs chevaux de plomb. Oui, à l'heure de sa mort j'ai volé mon frère. Sans remords, sans regret, sans même verser une larme.

Je me nomme Paul Blick. J'ai cinquante-quatre ans, un âge embarrassant qui hésite entre deux perspectives de l'existence, deux mondes contradictoires. Chaque jour les traits de mon visage se recouvrent des fines pellicules de l'âge. J'avale régulièrement du phosphate de dysopyramide, du chlorhydrate de propanolol et, comme tout le monde, j'ai arrêté de fumer. Je vis seul, je dîne seul, je vieillis seul, même si je m'efforce de garder le contact avec mes deux enfants et mon petit-fils. Malgré son jeune âge – il va avoir cinq ans –, je retrouve parfois sur son visage certaines expressions de mon frère, mais aussi cette assurance, cette sérénité que Vincent affichait pour traverser la vie. À l'image de mon frère, cet enfant semble habité d'une paisible énergie, et croiser son regard, lumineux et scrutateur, est toujours une expérience troublante. Pour le quatrième anniversaire de Louis, j'ai descendu le carrosse des étagères du haut de la bibliothèque, et je l'ai déposé devant lui. Il a longuement examiné l'objet, les roues, les chevaux, sans les toucher. Nullement subjugué, il paraissait plutôt dresser un inventaire mental de chacun des détails. Au bout d'un moment, je lui ai dit que, s'il collait son oreille sur le parquet, peut-être entendrait-il, à son tour, le bruit des sabots. Sceptique, il s'accroupit tout de même et, dans cette posture, m'offrit, l'espace d'une seconde entrebâillée, le bonheur d'entrevoir ma jeunesse défiler au grand galop.

L'enterrement de Vincent fut un moment effroyable et je peux dire que depuis ce jour, malgré nos efforts, mes parents et moi-même n'avons jamais pu parvenir à reformer une véritable famille. À l'issue de la cérémonie, mon père me remit l'appareil photo Brownie Flash Kodak de mon frère, sans imaginer que plus tard cet objet allait changer ma vie.

La mort de Vincent nous a amputés d'une partie de nos vies et d'un certain nombre de sentiments essentiels. Elle a profondément modifié le visage de ma mère au point de lui donner en quelques mois les traits d'une inconnue. Dans le même temps, son corps s'est décharné, creusé, comme aspiré par un grand vide intérieur. La disparition de Vincent a aussi paralysé tous ses gestes de tendresse. Jusque-là si affectueuse, ma mère s'est transformée en une sorte de marâtre indifférente et distante. Mon père, autrefois si disert, si enjoué, s'est muré dans la tristesse, le silence, et nos repas, jadis exubérants, ont ressemblé à des dîners de gisants. Oui, après 1958, le bonheur nous quitta, ensemble et séparément, et, à table, nous laissâmes aux speakers de la télévision le soin de meubler notre deuil.

La télévision, mon père l'avait achetée justement en février ou mars 1958. Un poste de marque Grandin en bois verni, équipé d'un rotacteur permettant de caler l'image sur l'unique chaîne qui desservait alors parcimonieusement le territoire. À l'école, ce nouvel équipement nous avait rendus, mon frère et moi, extrêmement populaires. Surtout le jeudi après-midi lorsque nous invitions nos camarades pour voir les derniers épisodes de Rusty, Rintintin et les aventures de Zorro. Mais c'est dans le courant de l'été que nous connûmes notre apogée, lors de la fulgurante campagne de l'équipe de France de football à la coupe du monde qui se déroulait en Suède. L'après-midi, à l'heure de la retransmission des rencontres, le salon de l'appartement prenait des allures de tribune populaire. Entassés dans tous les coins, nous suivions les arrêts de Remetter, les dribbles de Kopa et de Piantoni, les débordements de Vincent ou les tirs de Fontaine. Les détails du match Brésil-France (5-2), à Stockholm, en demi-finale, vivent encore aujourd'hui dans mon esprit avec une inquiétante précision. L'acidité des sodas gazeux au citron, la douce et écœurante saveur du cake aux cerises, le grain rustique de l'image en noir et blanc, parfois ses décrochages qui suspendaient les battements de nos cœurs, les persiennes que nous fermions pour nous préserver de la violence des contre-jours du soleil en fin d'après-midi, la touffeur de la pénombre qui ajoutait à la dramaturgie, la voix dominante de mon frère lançant des vagues d'encouragements, l'avalanche des buts et, peu à peu, les cris qui baissent d'intensité, le bonheur qui rétrécit puis le salon qui, comme à regret, se vide de ses occupants, pour ne garder, dans un coin, que mon frère et moi, figurants fourbus, déçus, anéantis. Quelques jours plus tard, en finale, le Brésil étrillerait la Suède (5-2), et la France battrait l'Allemagne pour la troisième place (6-3). Je n'ai conservé aucun souvenir du déroulement de ces deux dernières rencontres. Sans doute parce qu'à l'inverse de cet unique après-midi de grâce, où je soutins mon frère qui soutenait la France, il ne s'agissait plus par la suite que de football. Après tout ce temps, malgré l'immensité de l'oubli de nos vies, subsiste encore en moi, aujourd'hui, cet îlot préservé et intact, ce petit territoire d'innocence fraternelle, radieuse et partagée.

C'était le dernier été que je passais avec Vincent. Très

vite, de Gaulle prit sa place, à table, en face de moi. Je veux dire par là qu'on installa le téléviseur Grandin derrière la chaise sur laquelle mon frère s'était assis pendant dix ans. Je vécus cette modification comme une usurpation, d'autant que le général semblait passer sa vie dans le Grandin. Très vite j'ai détesté cet homme. Sa silhouette suffisante, son képi, son uniforme de gardien de phare, son physique hautain me dérangeaient, sa voix m'était insupportable et il ne faisait pour moi aucun doute que ce lointain général était en fait le véritable mari de ma grand-mère. Son complément, son pendant naturel. Une certaine arrogance, un goût de l'ordre et de la sévérité rapprochaient ces deux personnages. Ma grand-mère, femme d'un autre temps, était à mes yeux l'archétype de la laideur, de la méchanceté, de l'aigreur, de la perfidie. Après la mort de mon frère, et pour des raisons qui ne m'ont jamais été révélées, délaissant son imposante maison, elle vint passer tous les hivers dans notre appartement. Elle s'installait dans la grande chambre qui donnait sur le square Saint-Étienne. Le temps que durait son séjour, et sous quelque prétexte que ce fût, il m'était interdit de pénétrer dans ce qu'elle appelait « ses appartements ». Cette femme qui était la veuve de Léon Blick, mon grand-père paternel, propriétaire terrien, comme on disait à l'époque, avait toujours mené sa famille comme un général de brigade. Vers la fin des années vingt, Léon tenta bien, à plusieurs reprises, d'échapper à cette vie de caserne : il s'évadait alors l'espace d'un mois à Tanger où il allait faire bombance et jouer au casino. Ses retours furent, paraît-il, toujours tumultueux, ma grand-mère l'accueillant chaque fois sur le seuil de la maison flanquée d'un prêtre auprès duquel le brave homme était obligé de confesser, illico, ses turpitudes nord-africaines. Telle était Marie Blick, revêche, sévère, atrabilaire. Et catholique. Je la revois durant ces hivers toulousains, figée devant sa cheminée, égrenant d'interminables chapelets, la tête toujours couverte d'une mantille. Du couloir, au travers de la porte entrouverte, je la regardais prier à s'en écorcher les lèvres. Elle ressemblait à une machine implacable, remontée à bloc, tendue vers son unique but: le salut des âmes grises. Dans ces moments-là, il lui arrivait parfois de deviner ma présence païenne. J'apercevais la banquise de son regard, mon sang se glaçait mais je demeurais immobile, incapable de fuir, pétrifié comme un lapin pris dans le pinceau des phares d'une voiture. Marie Blick vouait une haine sans mesure à Pierre Mendès France et surtout maudissait l'Union soviétique, patrie des sanguinaires et des sans-Dieu. La moindre allusion à ce pays pendant le journal télévisé la mettait littéralement en transe. Mais dans la galerie de ses détestations il était un homme qui l'emportait sur tous les autres, un homme dont on devinait qu'elle l'aurait bien étranglé de ses blanches mains chrétiennes. Il se nommait Anastase Mikoyan et dirigeait le Praesidium de l'URSS. Ma grand-mère prenait un malin plaisir à estropier son nom et l'appelait « Mikoyashhh », en insistant sur la dernière syllabe qu'elle faisait longuement siffler. Lorsqu'elle apercevait l'apparatchik à l'écran, elle prenait sa canne, en frappait le parquet à plusieurs reprises, se redressait tel un vieux ressort, jetait théâtralement sa serviette sur la table, et grommelait toujours la même phrase: « Je me retire dans mes appartements. » Revigorée, transfusée par la haine, elle s'enfonçait alors dans le long couloir. Un peu plus tard, on entendait claquer violemment la porte de sa chambre. Alors, dans son repaire, pouvait commencer la valse de ses rosaires. Je me souviens d'avoir longtemps cherché pourquoi Mikoyan, ce petit homme au chapeau noir, pouvait déclencher de tels mouvements d'humeur chez Marie Blick. Lorsque je posai la question à mon père il répondit avec un vague sourire : « Je crois que c'est parce qu'il est communiste. » Mais Khrouchtchev et Boulganine étaient également communistes. Et cependant ils n'eurent jamais à connaître les foudres que ma grand-mère réservait à Anastase.

Bien que n'ayant jamais été membre du Parti, je crois que, dans le panthéon de ses détestations, Marie Blick me rangeait, bien avant Staline ou Boulganine, aux côtés de ce fameux « Mikoyashhh ». Elle me traitait et me parlait avec un égal mépris. Après le décès de mon frère, cette tendance s'accentua. À ses yeux, Vincent avait toujours été le seul et unique héritier des Blick. Il était le portrait de mon père et, malgré son jeune âge, portait déjà les signes de la rigueur et de la maturité. Pour ma part, je n'étais qu'un surgeon, un reliquat spermatique, un moment d'inattention divine, une erreur d'ovulation. Je ressemblais à ma mère, autant dire à une famille autre, pauvre, très pauvre, lointaine et surtout montagnarde.

Jusqu'à la guerre de 14, François Lande, mon grand-père maternel, exerça le métier de berger. Il vivait tout en haut des Pyrénées, sur un versant ensoleillé du col de Port. À l'époque, on pouvait dire que le monde s'arrêtait vraiment là-haut. Et même, d'une certaine façon, que François vivait sur la Lune. Tant de neige, tant de froid, tant de solitude. C'est sur ces pentes où les brebis tenaient à peine debout que la guerre vint le chercher. Deux gendarmes grimpèrent jusqu'à ce sommet enveloppé de brumes pour lui remettre son ordre de route. Lui, qui vivait dans le sud et sur le toit du monde, se retrouva six pieds sous terre, au fond d'une tranchée du nord. Il fit ce qu'il avait à faire, reçut sa part d'horreur, de gaz toxiques et revint chez lui, vieilli, malade et détraqué. Au début, il essaya bien de remonter sur ses crêtes mais l'ypérite avait fait son œuvre. Avec ses poumons de flanelle, il émigra vers les faubourgs de Toulouse où ma grand-mère, Madeleine, acheta une voiture à bras et se transforma en vendeuse de quatre-saisons. François Lande, lui, restait cloîtré à soigner ses bronches, à sursauter dès que l'on sonnait à sa porte. Il n'ouvrait jamais à personne, convaincu que des gendarmes viendraient à nouveau s'emparer de lui pour le reconduire au front. Je le vis ainsi, un après-midi, se terrer sous son lit après que l'on eut toqué chez lui. L'instant d'avant il me tenait sur ses genoux et voilà qu'il se transformait en une sorte de petit rongeur terrifié. Le souvenir que je garde de mon grand-père est celui d'un homme de grande taille, très maigre, toujours vêtu d'une cape noire et serrant dans sa main son bâton ferré de berger. Il parlait peu, mais une grande douceur émanait de son visage. On le sentait sur le qui-vive, à la fois craintif et attentif à ce monde extérieur qu'il observait parfois de loin, au travers des rideaux de sa chambre.

Peu de temps avant la mort de mon grand-père, en 1957, ma mère l'avait emmené, un dimanche, au sommet du col de Port. Lui et moi, avions voyagé côte à côte et je ne me rappelle pas qu'il ait prononcé une parole durant le trajet. Mais dès que la route commença à monter, dès que les lacets se firent plus serrés, François, peu à peu, s'intéressa au paysage, aux maisons, à ce vieux monde qu'il retrouvait et voyait sans doute pour la dernière fois. Ses yeux semblaient palpiter d'une joie sauvage, animale. Il redécouvrait le froid des sommets, l'odeur indéfinissable de l'altitude, la lumière du ciel, les couleurs et les senteurs de la terre. Au bout de la route, il descendit de voiture et se mit à marcher sur le sentier d'une crête familière en me tenant par la main. Je n'avais aucune idée de l'endroit où cet homme m'emmenait mais je sentais sa main chaude serrer la mienne. Il dit quelque chose comme: «Quand il faisait beau tous les moutons étaient là-bas, sur ce versant. Mon chien, lui, m'attendait toujours près du chemin.» Je pense qu'il parlait pour lui-même, voyant la vie au-delà des choses, regardant l'horizon virtuel de ses souvenirs. Car aujourd'hui, aux emplacements qu'il me désignait, on ne devinait que l'immobile procession de poteaux de télésièges d'une balbutiante station de ski. Je me rappelle très bien que François Lande s'assit alors péniblement sur le sol, me serra dans ses bras, balaya tout le paysage de sa main et dit: «Tu vois, petit, c'est de là que je viens.»

Et c'était donc d'ici que je venais aussi, en partie. Malgré mon jeune âge, je percevais bien que du côté des Blick – je veux parler de ma grand-mère, l'épouse du général – on ne goûtait que modérément ces modestes alliances montagnardes et encore moins les activités légumières de ma grand-mère Lande. Marie Blick s'évertua longtemps, paraît-il, à dissuader mon père d'épouser ma mère. Il n'était pas question de consentir à une union aussi déséquilibrée. L'aîné des Blick méritait mieux qu'une fille de berger invalide et à demi cinglé. La cérémonie se déroula en l'absence des familles et aucun Lande ne rencontra jamais, à l'exception de mon père, un seul Blick. Lorsqu'elle s'adressait à ma mère, Marie Blick employait toujours ce phrasé condescendant que l'on réservait, à l'époque, aux brus non désirées: «Mon petit, si vous ne dressez pas ces enfants dès leur plus jeune âge, vous serez incapable de les tenir plus tard.» «N'oubliez pas, lorsque vous sortirez, mon petit, de prendre des biscottes pour Victor, je trouve qu'il a grossi.» Lorsqu'elle était chez nous, Marie Blick affectait de parler à ma mère comme à ses domestiques qu'elle abreuvait, chez elle, de ses «mon petit». Je pense que ma grand-mère est la seule personne dont j'ai réellement souhaité et espéré la mort. J'en ai aussi longtemps voulu à mes parents de ne pas remettre ce personnage à sa place, mais il est vrai qu'à l'époque il était normal d'endurer stoïquement la torture des ascendants, fussent-ils de francs salopards.

Depuis la mort de Vincent notre vie ne ressemblait plus à rien et deux mois par an, lors de la venue de ma grand-mère, elle se transformait en un véritable enfer. Outre ses saillies contre le président du Praesidium, Marie Blick tyrannisait mon père à propos de sa ligne, critiquait la cuisine familiale, m'interdisait de parler à table et de me lever sans autorisation. Lorsqu'il m'arrivait de déroger à l'une de ces règles, dans un réflexe de colère, elle ne pouvait s'empêcher de taper du pied et de lancer à mon père: «Mon pauvre Victor, tu as élevé cet enfant comme un petit animal. Un jour il te fera pleurer des larmes de sang.»

Bien plus tard, on me raconta une étrange histoire. Vers la fin de sa vie, mon grand-père paternel, Léon Blick, souffrit d'une affection proche de la maladie d'Alzheimer qui lui fit perdre bon nombre de ses repères. Non seulement il oubliait tout, mais il avait aussi tendance à offrir des sommes importantes à certains de ses ouvriers agricoles au prétexte que «la terre appartient à ceux qui la travaillent». Tout autre que ma grand-mère aurait considéré cet argument comme une marque de bon sens et lu, dans ces dons répétés, les marques de la générosité d'un riche propriétaire touché, sur le tard, par des idées de progrès. Au lieu de quoi,

Marie Blick ne vit dans le comportement de son mari que les attaques ultimes de son grand mal, et réussit à le faire interner au motif qu'il perdait l'esprit et mettait en péril son avenir patrimonial et celui des siens.

Assommé par le marteau psychiatrique de l'époque, entouré de fous furieux et seul au monde – ma grand-mère interdisait à ses enfants de visiter leur père –, Léon Blick perdit très vite pied, sombra dans une année de silence avant de se laisser glisser doucement vers la mort.

Pendant ce temps, ma grand-mère, qui était loin alors d'être une vieille femme, voyait régulièrement un autre homme. Il était, disait-elle, une sorte de contremaître de confiance qui surveillait ses affaires et le travail des métayers. En réalité, malgré ses préceptes chrétiens, Marie Blick, comme tout le monde, avait parfois besoin d'un sexe d'homme.

Après la mort de Léon Blick, les choses demeurèrent en l'état pendant quelques mois, jusqu'à ce que ce nouvel ami se mette en tête de vouloir posséder le fusil de mon grand-père. Marie Blick, qui prenait bien garde à ne jamais confondre les bourses de sa fortune avec celles de son malandrin, céda l'arme familiale à un prix dont on dit encore qu'il était bien plus indécent que toutes les excentricités libidinales de mon aïeule. Floué mais content, l'amant rentra chez lui et entreprit aussitôt de nettoyer l'arme à feu. Nul ne sait dans quelle circonstance ni à quel moment le coup partit. On retrouva simplement le bel ami couché par terre, le visage emporté par une décharge de plombs. Tétanisé, il tenait encore entre ses mains le fusil de mon grand-père Léon.

Vincent me manquait. Deux ans après sa mort, je n'arrivais toujours pas à admettre sa disparition, à me résigner à son absence. J'avais besoin de le savoir à mes côtés. Quant à mes parents, ils travaillaient, bien sûr, continuaient à partager des repas, à dormir dans la même chambre. Mais ils semblaient ne plus rien espérer, ni ensemble, ni séparément. J'avais parfois le sentiment qu'autour de nous le monde avançait à marche forcée, tandis qu'abasourdis, incarcérés dans notre peine, nous demeurions immobiles, étrangers à ce flux vital.

Après la guerre, et avec l'aide financière de sa famille, mon père avait acheté un garage à étages équipé de rampes hélicoïdales menant à quatre niveaux de parking. Il avait baptisé son affaire Jour et Nuit, et ouvert, au rez-de-chaussée, une concession Simca. Il vendait et réparait des Aronde, des Ariane, des Trianon, des Versailles et quelques Chambord. Je serais bien incapable de dire aujourd'hui ce que Victor Blick pensait de ces berlines et des automobiles en général, puisque je crois ne l'avoir jamais entendu parler de voitures durant toute notre vie commune. Sauf peut-être lorsqu'il fut question, en 1968, de choisir ma première auto, laquelle ne fut bien évidemment pas une Simca mais une vieille Volkswagen 1200 de 1961.

Claire, ma mère, ne parlait guère de son métier de correctrice. Elle m'avait sommairement expliqué une fois pour toutes que son travail consistait à corriger les fautes d'orthographe et de langue commises par des journalistes et des auteurs peu regardants sur l'usage des subjonctifs ou les accords des participes passés. On pourrait croire qu'il s'agit là d'une tâche relativement paisible, répétitive, et en tout cas peu anxiogène. C'est exactement le contraire. Un correcteur n'est jamais en repos. Sans cesse il réfléchit, doute, et surtout redoute de laisser passer la faute, l'erreur, le barbarisme. L'esprit de ma mère n'était jamais en repos tant elle éprouvait le besoin, à toute heure, de vérifier dans un monceau de livres traitant des particularismes du français, le bon usage d'une règle ou le bien-fondé de l'une de ses interventions. Un correcteur, disait-elle, est une sorte de filet chargé de retenir les impuretés de la langue. Plus son attention et son exigence étaient grandes, plus les mailles se resserraient. Mais Claire Blick ne se satisfaisait jamais de ses plus grosses prises. En revanche, elle était obsédée par ces fautes minuscules, ce krill d'incorrections qui, sans cesse, se faufilait dans ses filets. Il était fréquent que ma mère se lève de table en plein repas du soir pour aller consulter l'une de ses encyclopédies ou un ouvrage spécialisé, et cela dans l'unique but d'éliminer un doute ou bien d'apaiser une bouffée d'angoisse. Ce comportement n'était pas spécifique au caractère de ma mère. La plupart des correcteurs développent ce genre d'obsession vérificatrice et adoptent des comportements compulsifs générés par la nature même de leur travail. La quête permanente de la perfection et de la pureté est la maladie professionnelle du réviseur.

Vus de l'extérieur, Claire et Victor Blick avaient l'apparence d'un couple résolument en phase avec l'optimisme de ces temps de plein emploi et de regain où l'on voyait partout surgir les buissons ardents du nouvel électroménager. Oui, mes parents ressemblaient à ces hommes et ces femmes débordant de sève et d'espérance alors qu'ils n'étaient que deux troncs creux, absents, immobiles au milieu du fleuve. À heures fixes, ils regardaient et écoutaient vagir ce nouveau monde parturient, mais restaient de marbre face au long déroulé de ses atrocités. Le destin du Congo belge, les manœuvres de Joseph Kasavubu, Moïse Tshombé, la mort de Patrice Lumumba les touchaient aussi peu que les variations des cours de l'Union minière du haut Katanga. Devant ces violences déchaînées, face à ce téléviseur auquel l'on avait, semblait-il, confié le soin de m'éduquer, je ne cessais de supplier mon frère de revenir prendre sa place à la table, pour qu'enfin l'on éteigne ce Grandin, que la vie revienne et que, tous, nous reprenions notre conversation là où une complication opératoire l'avait interrompue le 28 septembre 1958.

La guerre d'Algérie, comme tant d'autres choses, demeura une abstraction lointaine, des images d'un autre monde qui ne faisaient que glisser sur l'écran concave du téléviseur. Pourtant, durant l'année 1961, nous fûmes souvent réveillés, la nuit, par le bruit des explosions qui secouaient Toulouse. Ces attentats signés par l'OAS touchaient tous les quartiers et faisaient surtout beaucoup parler la population. Chez moi, sans doute, entendait-on aussi le bruit des détonations, peut-être même nous était- il donné de voir certaines choses, mais en tout cas nous ne disions rien. Pas même quand le silence du repas de midi était troublé par le concert des klaxons automobiles qui, sur les allées François-Verdier, scandaient le slogan « Al-gé-rie fran-çaise ». Trois courts, deux longs, le morse des rapatriés. Et nous ne fûmes guère plus diserts lorsque le bureau de poste voisin du garage de mon père fut soufflé par une charge de plastic.

Le repas de Noël 1962 fut en revanche autrement bavard. Il se déroula au domicile de ma grand-mère, Marie Blick. Toute la famille était réunie, à l'exception, bien sûr, de Madeleine Lande, infréquentable retraitée des marchés, et de François, mon grand-père, mort peu de temps auparavant de ses problèmes pulmonaires. Le médecin et Madeleine l'avaient retrouvé recroquevillé sous son lit, sans vie mais toujours en guerre, terrifié par les fantômes obstinés de deux gendarmes qui allaient s'assurer de sa personne et le conduire Dieu sait où. François Lande leur avait, cette fois, définitivement faussé compagnie. Il fut enterré chez lui, là-haut, sur ce sommet d'où il venait, non loin de l'indifférent cortège des remonte-pentes.

Le repas de Noël, donc, restera longtemps dans ma mémoire. J'avais douze ans, et le monde dans lequel nous vivions ne me semblait guère plus adulte. Cette année-là, on aurait dit que la famille s'était rassemblée, non pour dîner ou célébrer je ne sais quelle fête religieuse, mais bien pour débattre des « événements ». C'est ainsi qu'on appelait pudiquement la guerre d'Algérie. Les Blick reflétaient la diversité des opinions qui avaient cours, à l'époque, dans le pays. D'abord ma grand-mère, pétainiste de cœur reconvertie sur le tard à la norme gaullienne, chrétienne farouche, anticommuniste, anti-Mendès, anti-moi, n'aimant pas attendre entre les plats et se moquant totalement du destin de l'Algérie, territoire impie, à jamais perdu pour la chrétienté. Ma tante Suzanne, sœur aînée de mon père, calque assez fidèle de sa propre mère, anti-Mendès, bien sûr, antisémite à l'occasion, anti-moi tout le temps, et à jamais nostalgique d'une Algérie blanche et française. Son mari, Hubert, sosie d'Eddie Constantine avec l'accent du Midi, ancien milicien, ancien d'Indochine, ancien d'un monde ancien, qui, disait-on, avait, pendant un temps, repris du service actif dans les rangs de l'OAS. Ma seconde tante, Odile, professeur d'anglais au lycée Pierre-de-Fermat, anticolonialiste et raisonnablement socialiste, vivant en concubinage avec Bernard Dawson, journaliste sportif divorcé, spécialiste de rugby, et ne cachant pas ses sympathies pour le Parti communiste français. Dans le reste de la parentèle, on trouvait aussi Jean, un de mes cousins, de dix ans mon aîné, fils improbable de Suzanne et Hubert, personnage hybride se réclamant de Bakounine et d'Elvis Presley, sympathique garçon qui devait disparaître dans un accident de voiture peu de temps après mai 1968 dont il préfigurait l'avènement.

Mes parents ? Fidèles à ce qu'ils étaient depuis la mort de Vincent : silencieux, aimables, polis, indéniablement présents, mais, en même temps, totalement absents.

Avant le repas, ma grand-mère tint à réciter l'une de ces prières dont elle avait le secret, une interminable action de grâces qui emmerdait tout le monde à commencer par le clan des Croix de Feu qui brûlait d'attaquer les nourritures terrestres.

Ils se dépêchèrent de sabrer les fruits de mer, le sauternes et le foie d'oie avant de régler définitivement le sort d'Oran, d'Alger, de Tlemcen et de Saïda. Hubert leva son verre :

– Joyeux Noël à tous les bougnoules indépendants. Ça fait quand même quelque chose de penser qu'on n'est plus chez nous, là-bas.

Dawson essaya bien d'expliquer que l'Algérie n'avait pas toujours appartenu à la France et qu'après le temps des colonies venait celui de l'indépendance.

– Tu parles comme l'autre fils de pute.

– J'espère, Hubert, que vous ne pensez pas au Général en disant cela. Pas devant les enfants.

– Mais belle-maman, tout le monde – et même les enfants – sait que votre général est un vrai fils de pute, qu'il a trahi un peuple, un pays et fait fusiller ceux qui le défendaient.

– Tu veux dire quoi là ? demanda Dawson.

– Je veux dire qu'il a fait exécuter de vrais Français : Roger Degueldre, Claude Piegst, Albert Dovecar, Bastien-Thiry, ça te dit quelque chose ?

– Tu me parles de membres de l'OAS et de types qui ont monté des attentats contre lui.

– Non, mon vieux, je te parle de patriotes.

– Entendre le mot de patriote dans votre bouche, Hubert, ça ne manque pas de saveur.

– Vous savez quoi ? Je vous emmerde Odile, vous et toutes vos manigances de socialo-communiste.

– Hubert, vous ne pouvez pas parler ainsi de ma fille. Pensez aux enfants. Reprenez-vous.

– Ça va faire vingt ans que je me reprends, belle-maman, vingt ans que, d'une façon ou d'une autre, on me demande de me taire. Quoi qu'en pense Odile j'ai toujours été du côté de mon pays et du drapeau. Que ce soit du temps du Maréchal ou à Diên Biên Phu. Qui se faisait secouer par les bridés pendant que vous passiez tous Noël bien au chaud, hein ? Et en Algérie, qui tenait en respect les fellouzes du FLN si ce n'est l'OAS ?

– Tu sais combien elle a fait de victimes ton OAS ? Deux mille cinq cents Français et plus de vingt mille musulmans.

– Vas-y, Bernard, vas-y, ressers-moi la propagande du Parti. Mais laisse-moi te dire une chose. C'est pas vingt mille mais quarante mille, soixante mille bicots qu'il aurait fallu calmer quand ils ont commencé à nous les couper et à nous les mettre dans la bouche. C'est en utilisant la terreur contre la terreur que l'on fonde et que l'on préserve les empires.

– Décidément, papa, tu es le plus grand facho que la terre ait jamais porté.

– Toi, petit con, tu te tais.

– Hubert, quand même. C'est votre fils. Et nous sommes le soir de Noël.

– Vous avez raison, belle-maman, je vous prie de m'excuser.

– Ce que veut dire Hubert, c'est qu'avec toutes ces histoires d'autodétermination on a ouvert la boîte de Pandore. Vous verrez qu'à ce train-là, en France, nous ne serons bientôt plus chez nous. D'ailleurs n'est-ce pas déjà le cas ? Vous auriez cru, vous, qu'un jour le ministre des Finances de ce pays s'appellerait Wilfrid Baumgartner ? Rien que ça, Baumgartner ?

– Ça veut dire quoi ça, Suzanne ?

– Je t'en prie, Odile, ne fais pas l'imbécile et ne te rends pas ridicule une fois de plus devant tout le monde.

– Parce que c'est moi qui me rends ridicule ? Non mais vous vous entendez, ton mari et toi, nous faire depuis une heure votre numéro sur la cocarde, les melons et les youpins, comme vous dites entre vous ? Vous vous croyez encore à Vichy ou quoi ?

– Ah, ça y est, Vichy, il y avait longtemps.

C'est alors que mon père se leva de sa chaise, posa délicatement sa serviette sur la nappe, et dit : « Je vais chercher la dinde. »

Lorsqu'il revint, tenant le plat à bout de bras, avec l'aide de la cuisinière, la tension était retombée entre les deux sœurs. La France se réconciliait toujours autour d'une volaille. Mon cousin Jean, agacé par le maréchalisme de ses parents, fumait une cigarette debout devant la fenêtre. Ces libertés avec l'étiquette eurent le don de mettre ma grand-mère hors d'elle. Elle commença à fulminer discrètement avant de laisser éclater sa colère. Tapant trois fois le sol avec sa canne, elle lâcha avec toute la méchanceté et l'autorité dont elle était capable :

« À table, tout de suite, jeune homme, je vous prie ! » Les mots glissaient entre ses dents comme des lames de rasoir qui vous entaillaient jusqu'à la moelle des os.

C'est en ce soir de Noël 62 que je l'entendis proférer l'une des pires horreurs qui se puissent dire. C'était après le dessert, l'Indochine, l'Algérie, Vichy, la consommation des Versailles, le confort des Frégate transfluide, la fiabilité des 403, la supériorité d'un bon pomerol sur n'importe quel saint-émilion, la pénible saison du Stade toulousain, la carrière de Schultz au Toulouse Football-Club, l'avenir des enfants, les vacances à Hendaye et les inévitables histoires de bonnes et de femmes de ménage qui se mettaient à voler comme jamais. C'est sur ce dernier sujet que ma grand-mère se fit entendre. Elle avait, disait-elle, une méthode infaillible pour s'assurer de la fidélité et de l'honnêteté de son personnel : « Je donne des pourboires royaux pour que les génuflexions soient plus basses. » Suzanne et Hubert eurent un petit rire nerveux incontrôlé, un peu comme on lâche un pet. Tous les autres, je crois, se sentirent embarrassés, gênés. Surtout *un soir comme celui de Noël*. La cuisinière, occupée à débarrasser, fit celle qui n'avait rien entendu et continua son travail sous l'œil de la vieille qui, l'air de rien, devait compter ses couverts.

L'Ancêtre mourut l'été suivant, pendant nos vacances sur la côte basque. Il fallut donc abandonner précipitamment la plage et rentrer pour voir une dernière fois l'ingratitude de ce visage avant qu'il ne se décompose. À peine étions-nous arrivés dans sa maison que ma tante Suzanne, qui avait pris les choses en main, me demanda d'embrasser ma grand-mère une dernière fois. L'idée de poser mes lèvres sur une morte me souleva le cœur. Ma tante me conduisit auprès du cadavre, allongé au centre d'une pièce déjà sombre comme une tombe et dont on avait tiré toutes les tentures. Il flottait dans l'air une odeur douceâtre, mélange de bougies, de fleurs blanches et, j'en étais certain, de chair déjà rancie. Faiblement éclairé, le visage de Marie Blick était encore plus terrifiant que de son vivant. Il semblait exprimer en permanence un concentré des plus indignes sentiments humains. Je remarquai que ses yeux n'étaient pas totalement clos et j'imaginai alors qu'à travers la fente de ses paupières cireuses, cette femme infâme continuait, par-delà la mort, à surveiller la lente évolution des gènes qu'elle avait transmis à sa descendance. Face à ce tableau je sentais mon corps se raidir, mon estomac se nouer, tandis que, dans mon dos, la main de ma tante me poussait avec fermeté vers les restes de la « générale ». Une sorte de panique physiologique et digestive s'empara alors de moi. J'imaginais que, sous les draps, un foisonnement d'asticots avaient déjà entrepris leur œuvre, libérant une foule de liquides excrémentiels dont les effluves perçaient déjà sous la fine pellicule de la peau. Mille serpents se mirent à se tortiller dans mes propres boyaux, puis, soudain, je les sentis remonter dans mon estomac, traverser ma gorge, emplir ma bouche et, enfin, jaillir en une gerbe inattendue sur le drap immaculé de la défunte. Tout le monde vit dans ce spasme la marque de ma peine et de mon émotion, ce qui me valut, durant les funérailles, un traitement de faveur. Ainsi, pour ne pas mettre à nouveau ma sensibilité à l'épreuve, l'on décida de m'épargner l'épisode du cimetière et la descente du cercueil vers ce que j'espérais bien être les Enfers.

Durant ces obsèques et ces journées de deuil, personne ne versa la plus petite larme. Chacun, vêtu de noir, se composait une mine grave, mais pas la moindre trace de chagrin sur ces visages qui déjà s'épiaient dans la perspective de l'héritage. Comme toujours, cette répartition réveilla toute la gamme de jalousies intimes, de mesquineries et de bassesses inavouées dont la petite bourgeoisie a le secret. Finalement, après quelques tractations discrètes, les deux sœurs, socialiste et Croix de Feu, pactisèrent pour le bien du pactole et s'allièrent sournoisement pour dépouiller mon pauvre père qui en conçut une profonde et légitime tristesse. Il vit la fortune maternelle lui passer sous le nez, et c'est à peine si on lui concéda la vieille carcasse de la maison familiale. Ce nouvel accablement s'ajoutant à celui de la perte de son fils aîné lui enleva le peu de force vitale qui lui restait. Certes, il vendait encore des Simca, mais pour combien de temps ?

Telle était ma famille de l'époque, déplaisante, surannée, réactionnaire, terriblement triste. En un mot, française. Elle ressemblait à ce pays qui s'estimait heureux d'être encore en vie, ayant surmonté sa honte et sa pauvreté. Un pays maintenant assez riche pour mépriser ses paysans, en faire des ouvriers et leur construire des villes absurdes constituées d'immeubles à la laideur fonctionnelle. En même temps, les boîtes des automobiles passaient de trois à quatre vitesses. Il n'en fallait pas plus pour que le pays tout entier fût convaincu d'avoir enclenché la surmultipliée.

Grandir dans cette France-là n'était pas chose facile. Surtout pour un adolescent timide, coincé entre Charles de Gaulle et Pompidou, son Premier ministre. Il était, en outre, impensable, en matière sexuelle, d'espérer la moindre information, la moindre éducation. Privé de la science et de l'expérience d'un frère aîné, flanqué de parents accablés et mutiques, je dus confier mon initiation à une sorte de joyeux sybarite cinglé, terriblement efficace, imaginatif et pervers en diable, sans la moindre morale ni inhibition, et doté d'une redoutable santé. Il s'appelait David Rochas, avait un an de plus que moi et, sans doute, quelques vies d'avance sur la plupart des humains peuplant cette planète.

C'est à treize ans, et sans doute avec un certain retard sur mes congénères, que je découvris tout seul et grâce à Victor Hugo, le principe et le mécanisme de l'éjaculation. C'était un dimanche, et j'avais été consigné dans ma chambre pour lire plusieurs chapitres des *Misérables* afin d'en faire un résumé. Comme tous les garçons de mon âge, j'étais en permanence travaillé par un profond courant, une tension violente qui rôdait sans cesse dans mon bas-ventre. Pour calmer, ou tenter de maîtriser cette excitation chronique, j'avais pour habitude d'empoigner mon appendice qu'à la manière d'un voyageur impatient je triturais sans but. C'était à la fois agréable et terriblement frustrant. Et Hugo vint. Avec cette lecture sans fin. Ce dimanche divin. Cette fois-là, au bout de l'érection – mécanique simpliste dont je percevais parfaitement les lois –, se produisit ce phénomène brutal, archangélique et mystérieux : l'éjaculation. Avec sa fulgurante émission de liqueur et cette terrifiante et radieuse sensation de douce électrocution. Tel un pèlerin transfiguré, j'eus alors la révélation que je ne vivrais plus désormais que pour connaître encore et encore ce frisson, que c'est après lui que le monde courait, qu'il faisait tourner la Terre, qu'il engendrait des famines, suscitait des guerres, qu'il était le vrai moteur de la survie de l'espèce, que les séismes délicieux de ces glandes pendulaires pouvaient à eux seuls justifier notre existence et nous encourager à reculer sans cesse l'heure de notre mort. Donc à partir de Hugo, tel un vrai misérable au regard des lois catholiques, je me branlais comme un forcené, un évadé de cette petite

France mortuaire. Je me branlais en regardant des speakerines de télévision, des catalogues de vente par correspondance, des magazines d'actualité, des publicités avec des filles assises sur des pneus, bref n'importe quelle image pourvu qu'elle me révélât une part de chair féminine. C'est alors que David, si j'ose dire, prit mon avenir en main.

Ce garçon ressemblait à l'idée que l'on pouvait se faire d'un Vittorio Gassman adolescent. Son visage exprimait une virilité nerveuse, un peu obtuse mais conquérante. Il était dans la même école que moi, occupait le poste de demi de mêlée dans l'équipe de rugby du collège alors que je jouais moi-même à l'ouverture. Autant dire que pendant la durée des rencontres nos sorts étaient étroitement liés. Sur le terrain, David devenait une boule d'énergie, une sorte de forcené qui menait son pack comme un cocher braillard. Dans la vie, c'était pire. Jamais il ne s'arrêtait ni ne s'immobilisait, privilégiant toujours l'action, donnant le sentiment d'être sans cesse en « opération » comme le sont les militaires. Le seul problème était que tout ce ressort, ce dynamisme était mis au service de la satisfaction d'obsessions et de besoins sexuels quasi inextinguibles. Jamais, au cours de mon existence, je n'ai rencontré un humain faisant preuve d'un tel appétit, ni soumis à pareille hantise. Son corps semblait toujours torturé par cette vapeur séminale qui bouillait en lui. Il était une sorte de volcan spermatique dont les fumerolles permanentes témoignaient d'un danger d'éruption soudaine. Agité, dansant d'un pied sur l'autre, il gardait constamment une main dans la poche. Quand je lui demandais le pourquoi de cette habitude, il me répondait : « Je tiens la bête en laisse. » Parfois, il se levait brutalement de son siège et se mettait à aller et venir dans la pièce, grimaçant, poussant des soupirs rageurs. Empoignant alors son machin au travers du tissu de son pantalon, il grommelait cette incroyable phrase enrobée à la fois de regret, de douleur et de fureur: « Putain, si ma mère était belle, je la baiserais ! »

Sa mère, il faut bien le reconnaître, n'était pas une splendeur. Elle dirigeait, avec son mari, une agence immobilière d'importance sur le boulevard de Strasbourg. Plus je fréquentais les Rochas, mieux je comprenais les prédispositions particulières de leur fils unique. Outre un goût très marqué pour le mobilier et les automobiles voyantes, ce couple ne se cachait nullement de ses fringales sexuelles permanentes. Dans leur appartement, M. et Mme Rochas se frôlaient, se cherchaient, se cajolaient, se caressaient, s'embrassaient. Bien que néophyte en la matière il m'apparaissait comme une évidence que ces gestes dépassaient largement le cadre des témoignages d'affection que s'autorisaient, en public, les couples de mon entourage. Surtout quand, en pleine cuisine, je voyais Michel Rochas prendre à pleines mains les gros seins de sa femme et lui fourrer sa petite langue violette dans la bouche. Parfois, c'était Marthe qui glissait ostensiblement ses mains dans les poches de son époux pendant que celui-ci nouait sa cravate. Et tout cela le plus naturellement, le plus normalement du monde. Jamais je n'avais vu mes parents se comporter de la sorte et je n'imaginais même pas qu'ils aient pu, un jour, partager une pareille intimité, fût-ce au plus profond des secrets d'une alcôve. En revanche, je commençais à comprendre l'origine des tourments turgescents de mon ami David.

D'un an mon aîné, il me dépassait à tous points de vue de cent coudées. Instruit des grands principes de la vie, David lisait les grands textes philosophiques alors que nous découvrions à peine les origines du plaisir et les aventures dessinées d'Akim ou de Battler Briton, il fumait des cigarettes Air France et nous prêtait de vieux exemplaires de *Paris-Hollywood*, usés jusqu'à la corde, mais toujours porteurs de ce même pouvoir sulfureux. Ce drôle de gosse me fascinait, je voyais en lui tout simplement un *alien*. Parfois il arrivait avec *Die Welt* ou le *Frankfurter Allgemeine Zeitung* sous le bras, dépliait son journal et faisait mine, une heure durant, de lire les nouvelles en allemand. J'ignore pourquoi il faisait cela, mais il le faisait.

Un soir que nous étions dans sa chambre et tandis que, marchant de long en large, il s'efforçait de « tenir la bête en laisse », je le vis soudain tirer son bureau contre la cloison mitoyenne de la chambre de ses parents. Ensuite, il éteignit la lumière, posa sa chaise sur le bureau et, avec des gestes de félin, grimpa tout en haut de cet échafaudage qui lui permettait d'atteindre une petite fenêtre ovale incrustée dans le mur. Dans sa posture de voyeur, prédateur immobile, son profil faiblement éclairé par les lampes de la pièce voisine, je pouvais presque voir vibrer les muscles tendus de son visage. Très vite il me fit signe de le rejoindre. Et c'est là que je découvris la raison de son trouble et de son excitation : Marthe et Michel Rochas, emboîtés, pris l'un dans l'autre ; lui derrière, se démenant comme un perdu, les mains et les doigts profondément enfoncés dans la croupe de sa femme ; elle à genoux, lâchant de petites séquences de cris, le visage tourné vers l'arrière, le regard brillant, attentif. Leur fils sortit son engin et commença, alors, à se masturber. Oui, se tenant au plafond d'une main, l'autre assignée à la besogne, grimaçant, soufflant, David Rochas se branlait en regardant son père baiser sa mère. Bien qu'ayant tiré un trait sur

Dieu et la religion depuis la mort de mon frère, j'eus à cet instant le sentiment d'assister à ce que, chez les catholiques, pouvait recouvrir la notion de péché mortel.

À force de fréquenter les Rochas, j'avais pris l'habitude de ne plus m'offusquer de rien. C'est à peine si je remarquais que la mère de David me recevait parfois dans des déshabillés quasi transparents que l'on eût dit tout droit sortis des pages les plus suggestives de *Paris-Hollywood*. En fait, il n'y avait aucun calcul, aucune provocation, pas le moindre exhibitionnisme dans le comportement de cette femme. Elle était simplement ainsi, libre dans ses mœurs et à l'aise avec son corps. Bien en avance sur l'époque, elle semblait avoir réglé son rapport avec les interdits et la sexualité. Il en allait différemment avec son fils qui vivait un véritable tourment physique mais peut-être aussi moral. Car si David pouvait, à bien des égards, prétendre au rôle d'éclaireur, il restait aussi démuni que nous tous lorsqu'il s'agissait simplement d'aborder et de séduire une fille. Sitôt que les choses se corsaient – dans tous les sens du terme –, le cardinal de l'onanisme se révélait alors être un bien piètre paroissien.

Son désarroi ne durait jamais bien longtemps. J'en veux pour preuve la confession – je devrais plutôt employer le terme de révélation, tant il m'apparut que jamais, tout au long de cette conversation, son ton ne fut empreint du moindre voile de contrition – qu'il me livra au sujet de ses expériences de « pénétration ». Je dois dire à ce sujet que les trouvailles de David Rochas étaient de quatre ans antérieures aux inventions lubriques d'Alex Portnoy que Philip Roth relata, en 1967, à la page 135 de *Portnoy et son complexe* : « Eh bien où donc est passée cette raison en cet après-midi où je reviens de l'école pour trouver ma mère absente et notre réfrigérateur garni d'un superbe morceau violacé de foie cru ? Je crois avoir déjà parlé de cette tranche de foie que j'avais achetée dans une boucherie puis tronchée derrière un panneau d'affichage en me rendant à une leçon de bar-mitsvah. Eh bien, Votre Sainteté, je désire à ce sujet passer des aveux complets. Qu'elle – que ce n'était pas mon premier morceau. Mon premier morceau, je me l'étais farci dans l'intimité de ma propre maison, enroulé autour de ma bite à trois heures et demie – et je me l'étais farci à nouveau au bout d'une fourchette à cinq heures et demie en compagnie des autres membres de cette pauvre et innocente famille qu'est la mienne. »

Lorsqu'il m'ouvrit sa porte en cet après-midi du printemps 1963, David Rochas avait la mine des mauvais jours. Un regard tendu, noir d'orage, et des masséters qui pulsaient comme des cœurs de pigeon. Il semblait agacé, contrarié par ma venue. Visiblement, j'arrivais au mauvais moment. Il me fit entrer et avant que j'aie eu le temps de prononcer un mot il dit :

– Va dans ma chambre, attends-moi, je finis un truc, j'en ai pour cinq minutes.

Tandis qu'il s'éloignait rapidement vers la cuisine je remarquai le petit tablier qu'il portait noué autour de la taille. Contrepoint de sa personnalité agitée et brouillonne, la chambre de David était un véritable havre de paix et de sérénité. La tapisserie de couleur amande pastel, le mobilier de bois clair, la bibliothèque de style scandinave parfaitement rangée, tout concourait à créer un climat apaisant, lénifiant. Un ordre impeccable régnait dans la pièce au point qu'on aurait eu du mal à imaginer que cette enclave zen fût le repaire d'un adolescent déjanté et survitaminé. David vint me rejoindre. Il n'avait plus le même visage. Il semblait calme, détendu, presque souriant. Dépourvu, en tout cas, de ses mimiques d'électrocuté. Il se dirigea vers la fenêtre et l'ouvrit en grand. Appuyé sur le rebord, il regardait le ciel tout en glissant sans cesse sa main sous la ceinture de son pantalon. Il palpait son sexe puis, à la manière d'un terrier flairant une trace, reniflait le bout de ses doigts.

– Putain, ça pue l'ail.

– Quoi, tes doigts ?

– Non, ma bite. J'ai la bite qui pue l'ail, à mort. C'est à cause du rôti, de ce putain de rôti.

– Quel rôti ?

Et là, David Rochas, quatorze ans, élève de 4e A au lycée Pierre-de-Fermat me raconta comment depuis près d'une année il s'enfilait jusqu'à la garde tous les rôtis de bœuf que Mme Rochas, sa mère, faisait préparer et larder, deux fois la semaine, par M. Pierre Aymar, chef de comptoir à la Boucherie Centrale. David m'expliquait tout cela d'une voix tranquille et posée, un peu à la façon d'un cuisinier qui vous livrerait les rudiments de l'une de ses préparations. « D'abord je le sors du frigo une ou deux heures avant pour qu'il soit à une température normale, tu vois. Ensuite, je prends un couteau assez large et je fais une entaille, bien au milieu du rôti, pile au centre. Pas trop large non plus, juste comme il faut. Ensuite, je mets le tablier, je baisse mon froc et la partie peut commencer. Sauf que souvent, ma putain de mère, elle fourre le rôti avec de l'ail. Alors quand je tombe sur une gousse et que je m'y frotte dessus, j'ai la bite qui pue pendant deux jours. Quoi, qu'est-ce que tu as ? C'est l'ail qui te dégoûte ? On dirait que tu viens de voir le diable. »

Ce que je venais de voir était bien plus impressionnant : mon meilleur ami, demi de mêlée et futur capitaine de l'équipe de rugby, debout dans sa cuisine, un couteau à la main, la queue affamée et ardente, besognant le rôti familial taillé avec expertise dans les meilleurs morceaux d'un bœuf, servi le soir même accompagné de haricots verts et de pommes dauphine. Je connaissais bien ce plat. Je l'avais à plusieurs reprises partagé avec les Rochas.

– Tu baises le rôti de ta mère ?

Je n'en finissais pas de répéter ces mots, partagé entre l'envie de m'écrouler de rire et celle de fuir à toutes jambes ce jouisseur et sa libido de nécrophile.

– Tu baises le rôti de ta mère ?

Je n'osai pas lui poser la seule question, celle qui serait venue à l'esprit de tout être sensé. Non, je n'eus pas le courage de lui demander si, lui, le don Juan du paleron, le lovelace du filet, s'abandonnait vraiment dans le rosbif. Sans doute parce que je connaissais déjà la réponse. Tout en reniflant ses doigts aillés, il souriait à la façon d'un séducteur napolitain fier de ses conquêtes d'un soir. Puis, se reprenant, il se tourna vers moi et dit :

– Tu veux essayer ?

Je ne dînai plus chez les Rochas et mes relations avec David, si elles demeurèrent fraternelles, ne furent plus aussi intimes. J'avais compris que mon ami vivait dans un monde auquel je n'avais pas accès, un univers singulier, terriblement solitaire, une principauté libertine où la transgression et la liberté n'avaient aucun sens puisque rien n'était impossible ni interdit.

Il n'y a pas si longtemps, j'ai revu David Rochas. Il ressemblait à l'idée que l'on peut se faire d'un banquier norvégien amateur de bière scandinave et de sprats de Riga. Il m'a dit être divorcé, remarié à une jeune femme qui, à l'époque, était enceinte de lui, et travailler au service des ressources humaines d'une société de semi-conducteurs sous-traitante d'une grande compagnie. Il ne fit aucune allusion à notre jeunesse et semblait avoir maîtrisé la plupart des démons qui vivaient en lui. Apparemment, il avait perdu l'habitude de « tenir la bête en laisse » et j'imagine qu'il devait laisser reposer en paix sa vieille mère bien à l'abri de ses tentations. Pas plus que je ne le souhaitais, il ne sembla désireux que nous reprenions des relations amicales.

À quoi bon maintenant parler de scolarité, ce purgatoire de l'adolescence. L'époque, sur ce point, était intraitable, stricte, austère. Il fallait apprendre. À tout prix. Et sans fantaisie. Apprendre tout et son contraire. Le grec, le latin, l'allemand, l'anglais, le saut à l'élastique, la corde à nœuds, les plissements hercyniens, le pic de la Maladetta, le mont Gerbier-de-Jonc, Ovide, *Dicunt Homerum cæcum fuisse*, Charles le roi, notre empereur Magne/Sept ans tout plein est resté en Espagne/, $ax^2 + bx + c$, Quand deux verbes se suivent le second se met à l'infinitif, Fontenoy, Richelieu, « *begin, began, begun* », « *hujus, huic, hoc, hac, hoc* », *Ich weisse nicht was es bedeuten soll* , la caverne de Platon, le triangle isocèle, $a^3 + 3a^2 b + 3ab^2 + b^3$, tarse, métatarse, *Ideo precor beatam semper virginem*, *How old are you* ?

À ce rythme-là, vieux, nous l'étions avant l'âge. Apprendre à marche forcée, apprendre à manger sans mettre les coudes sur la table, à nager sur le ventre, sur le dos, sur le côté, à se tenir droit, à ne pas mettre les doigts dans son nez, à ne pas répondre, à se taire, à se contrôler, bref, comme on disait à l'époque, « apprendre à être un homme ». Étrangement, cette éducation passait par l'Angleterre, territoire flottant et initiatique où tout petit bourgeois était censé parfaire sa première ou seconde langue, appendice qu'il s'empressait, sitôt le Channel franchi, de fourrer dans la bouche de la première Londonienne venue. Vers l'âge de quinze ou seize ans nous avions, donc, tous les yeux déjà rivés sur les falaises de Folkestone, avides de connaître enfin ces prometteuses Anglo-Saxonnes dont on nous avait instruits qu'elles n'avaient pas froid aux yeux.

Il faut s'imaginer la France d'alors, une 403 bleu marine ou grise, intérieur en velours ras, de Gaulle au volant, les deux mains sur le cercle, Yvonne à ses côtés, le sac à main sur les genoux, et nous, nous tous, derrière, en proie aux nausées des promenades dominicales, à l'ennui vertigineux d'un avenir déjà démodé. Paul VI au balcon et Pompidou à l'accordéon, indécrottable Premier ministre, éternel porte-coton de la Ve République. Oui, nous tous à l'arrière, les vitres légèrement entrouvertes pour nous faire tenir tranquilles et surtout éviter les remous d'air. La France ressemblait à ces familiales au dessin un peu raide, ces berlines de petits notaires ou d'employés de l'État, tristes à périr, conduites sans excès ni fantaisie par un général catholique toujours prompt à rétrograder les vitesses dans l'ordre de la grille, et qui, le reste du temps, vivait dans les téléviseurs Grandin. Je vous parle d'un pays aujourd'hui bien plus englouti que l'Atlantide, un pays avec des sommiers de laine, des Mobylette jaunes, de l'huile d'olive vendue au détail, des bouteilles consignées, un pays où il n'y avait rien de louche ni de scandaleux à payer une voiture avec de l'argent liquide, lequel ne provenait pas de revenus illicites ou de bénéfices dissimulés au fisc, mais de longues années d'économies. Le vendeur remplissait le bon de commande, l'acheteur glissait la main dans la poche de sa veste, en sortait plusieurs liasses reliées par des épingles, recomptait les billets aussi larges que des serviettes de restaurant et concluait l'affaire. Oui, c'est ainsi que l'on achetait des voitures, ou des gazinières et même des maisons. Avec des imposantes feuilles de papier coloriées et craquantes comme des biscottes. Certaines fins de semaine, mon père rentrait à la maison avec la recette de la journée. Il était alors plus chargé qu'une diligence de la Wells Fargo. Ces soirs-là, j'attendais que tout le monde dorme, et discrètement, tel un Fantomas domestique, je prélevais quelques petites coupures dans le maelström de ce magot.

Chez Simca, après la valse des V8, la folie des grandeurs et la vie de château, on était revenu à des ambitions et des appellations plus modestes. Ainsi, mon père ne vendait plus des Chambord, des Versailles et des Beaulieu mais plus prosaïquement des Simca 1000, 1100, 1300 et 1500. L'enseigne sur la façade continuait à briller Jour et Nuit. Mais il y avait dans sa lumière quelque chose d'encore imperceptible qui, pourtant, disait qu'une époque était en train de finir, et qu'une autre, encore indéfinissable, fragile, pareille à un parfum naissant, flottait dans l'air de ce pays.

Pour ma part, je fis ma révolution personnelle durant l'été 1965. Sur les conseils de mon professeur de langue, mes parents consentirent à m'expédier un mois durant dans le giron éducatif d'une sinistre famille sise Atwater Street, à East Grinstead, trou sans fond, situé à une heure au sud de Londres.

Mes hôtes s'appelaient les Groves. James et Eleonor Groves. Ils avaient pour particularité de bavarder à tort et à travers – mais, comme disait Beckett : « Apporter de la voix, n'est-ce pas déjà le premier degré de la compagnie ? » –, de boire des hectolitres de gin et de sentir en permanence la transpiration. Pour se déplacer ils possédaient une Borgward deux portes dont on ne savait jamais que penser quel que fût l'angle sous lequel on la considérait. Outre leur penchant pour l'alcool, et peut-être même à cause de cela, les Groves étaient des gens extrêmement décontractés, sans aucun a priori éducatif, comprenant parfaitement qu'un jeune Français en vacances puisse découcher d'East Grinstead aussi souvent et aussi longtemps qu'il le désirait, pourvu qu'il fasse attention à regarder du bon côté en traversant la rue. Aujourd'hui encore je sais infiniment gré à ces alcooliques malodorants de m'avoir permis de découvrir, l'espace d'un mois, ce que des gens recherchent parfois en vain durant toute une vie : le sexe, l'amour, le rock and roll et la joie absolue d'être soi.

Pour la première fois, j'avais vraiment la sensation d'exister. J'éprouvais cette griserie permanente qui me donnait toutes les audaces. Parler à des filles, marcher en les tenant par l'épaule, les embrasser, caresser leurs incroyables seins, glisser une main sous leurs intimidantes jupes et, lorsque la chance me souriait, toucher enfin au but, ressentir cette trop brève électrocution qui faisait désormais de vous un homme et vous autorisait, le moment venu, à rentrer la tête haute dans vos foyers. Durant ces trente jours exceptionnels, sans famille ni patrie, je grésillais de cette même vitalité que doit ressentir le papillon au sortir de sa chrysalide.

Dans la journée, je traînais dans le secteur de Carnaby Street ou bien près d'un vieux bowling enfoui près de Piccadilly, et le soir, j'essayais de me faufiler dans les boîtes de rock et de rythm and blues disséminées dans Soho. En repensant aux trois événements marquants que j'eus à connaître durant cet été 1965, je me dis que les dieux d'East Anglia, vraiment, étaient avec moi.

Lorsque je décidais de ne pas rentrer à East Grinstead, les Groves m'avaient donné pour consigne de dormir chez l'une de leurs amies, Miss Postelthwaith, une femme charmante qui mettait à ma disposition l'un des lits les plus confortables dans lesquels il m'ait jamais été donné de dormir. Lucy Postelthwaith possédait l'élégance patinée de ces femmes à mi-vie qui n'ont jamais manqué de rien. Son éducation et ses manières semblaient irréprochables au point même qu'elle évitait de m'embarrasser avec son anglais oxfordien et s'adressait essentiellement à moi par signes et par sourires, comme le font naturellement les ressortissants des vieux pays colonisateurs lorsqu'ils tentent de prendre langue avec des « sauvages ». Je me sentis très vite à l'aise dans cet appartement cosy où nul ne me demandait jamais rien. Parfois, le matin, Lucy me préparait un petit déjeuner continental qu'elle m'apportait dans ma chambre. Un matin, elle entra tandis que, nu et bouillonnant d'une stupide sève adolescente, j'utilisais son incroyable matelas comme un trampoline qui à chaque impulsion m'envoyait presque dinguer au plafond. Lucy ne fut pas choquée par ce spectacle rebondissant. Elle se contenta de déposer son plateau sur la commode, de s'asseoir sur le fauteuil et de m'encourager d'un sourire explicite à continuer mes exercices.

Lorsque je fus à bout de souffle, elle fit mine d'applaudir et m'adressa ce que je devinais être un compliment dans lequel figurait le mot « spring ». J'étais convaincu qu'elle me félicitait pour mon « ressort », à moins qu'elle ne s'inquiétât pour ceux de son matelas. Entre nous, ce jeu devint très vite une habitude, et chaque fois que je dormais chez elle, Lucy Postelthwaith entrait le matin dans ma chambre avec son plateau et, tel un petit soldat observant le règlement, mon machin au grand air, je la régalais pendant cinq bonnes minutes du spectacle gymnique de mes couilles à ressorts. Avec toujours ce même sourire de bon aloi, Lucy les regardait valser. Parfois, par pure gentillesse, elle me glissait une dizaine de livres dans la poche. Je me voyais déjà, jeune homme étincelant et précoce, à l'orée d'une prometteuse carrière de gigolo.

Ma seconde expérience fut de nature plus troublante. Dans le fameux bowling dont j'ai parlé plus haut, un après-midi, je rencontrai une Française un peu plus âgée que moi, elle aussi en stage de perfectionnement de langue. C'était une fille assez commune, aux attaches solides, mastiquant sans grâce un chewing-gum rosâtre, et dont on remarquait surtout le buste intimidant. Elle était vêtue d'un petit shetland moulant et d'une jupe écossaise à portefeuille. Je ne sais plus par quel concours de circonstances nous nous retrouvâmes dans les derniers rangs d'une salle de cinéma qui projetait un film américain dans lequel jouait David Niven. Nous nous connaissions à peine depuis deux heures et pourtant nous nous embrassions comme des forcenés, comme si notre vie en dépendait. Ma main brassait son imposante poitrine tandis que la sienne me branlait avec une précision enthousiasmante. J'avais l'impression qu'une poignée de truites arc-en-ciel gigotaient dans mon pantalon. Subjugué par la vitalité de ce vivier et désireux de retarder une échéance dont je pressentais l'imminence, j'essayai d'oublier ces délices en me concentrant sur les cinématographiques aventures de David Niven. Mais cette méthode me fut d'un bien piètre secours et j'explosai bien avant que le héros du film ait eu le temps d'allumer la mèche de la dynamite qu'il manipulait depuis un bon moment. Voilà où nous en étions lorsqu'elle glissa sa main dans mon dos et entreprit de me caresser les reins. Elle me massait de la même façon qu'elle malaxait son chewing-gum: sans désemparer. Je n'imaginais pas qu'une femme ait jamais fait ça à un homme dans une salle de cinéma. Et je ne pouvais davantage envisager que son majeur, vif et roublard, allait se faufiler entre mes fesses et, en une fraction de seconde, se planter en plein cœur de mon orifice anal. Personne ne m'avait jamais dit que des femmes pouvaient faire pareilles choses et surtout que les hommes y trouvaient leur compte. Aussi, souffle coupé, yeux écarquillés, je me redressai sur mon siège comme un ressort (sans doute mon fameux « spring »). Sitôt passé le choc de la surprise, je pris la main de la jeune fille et la serrai fort dans la mienne, plus pour me préserver d'une nouvelle attaque que pour lui témoigner une quelconque marque de tendresse ou d'affection. Et tandis que le film traînait en longueur, je pensais qu'un seul garçon au monde pourrait un jour faire le bonheur d'une fille pareille: mon ami David Rochas.

Sinika Vatanen n'avait rien à voir avec ce couple-là. Elle était simplement la fille la plus douce, la plus belle, la plus élégante de la terre. Finlandaise aux longs cheveux noirs et aux yeux verts, native de Tampere, elle aussi était là pour parfaire un anglais déjà fort convaincant. Nous nous étions rencontrés sur les galets de la plage de Brighton et nous avions immédiatement décidé de faire notre vie ensemble sans même nous en parler tant à quinze ans ces choses-là se voient au premier coup d'œil.

Nous nous étions aimés dès la première seconde et, bien sûr, resterions inséparables jusqu'à l'instant de notre mort. Une semaine durant, nous vécûmes ainsi, couchés l'un sur l'autre, l'un dans l'autre, l'un à côté de l'autre, dans les bras l'un de l'autre. Quand elle me caressait, j'avais le sentiment de glisser sur de l'eau.

Nous marchions sur les piers qui avançaient vers la mer. J'avais oublié le visage de mes parents, la mort de mon frère, l'existence des Groves et même les réveils bondissants chez Miss Postelthwaith. Je n'étais plus que ce M. Vatanen dont toute l'Angleterre parlait, l'amant de la plus belle femme du monde, cet incroyable séducteur toulousain qui, à quinze ans, avait déjà tout expérimenté de la vie, du « spring » matinal au toucher anal, en passant par le rôti vaginal. J'étais ce M. Vatanen quittant sa famille, son pays, abandonnant ses études, pour aller s'installer dans les septentrions, au pays de la neige et des glaces, auprès de cette femme unique qu'il aimerait et protégerait jusqu'à la fin de sa vie. Bien plus tard, dans un livre dont j'ai oublié l'auteur, je lus cette phrase : « L'aisance, c'est de n'être jamais contraint de se donner à fond. » Ces quelques mots me firent aussitôt penser à Sinika Vatanen. Ils lui rendaient hommage mieux que je n'aurais jamais su le faire.

Notre histoire se termina de la plus simple des façons : elle prit son ferry pour la Finlande et moi, le mien, pour mon pays. Sitôt rentré, j'annonçais à mes parents ma décision de partir vivre à Tampere. Ils me conseillèrent d'aller prendre une douche avant de passer à table. J'écrivis à Sinika pendant trois ou quatre mois. Elle m'envoya des poèmes et des photos d'elle. Puis, un jour, elle y ajouta un cliché de son chien qui ressemblait à une sorte de vieille banane en peluche. Je ne saurais dire en quoi la vue de cet animal transfigura mes sentiments, mais, en l'espace d'une seconde, la plus aimée, la plus douce et la plus belle femme du monde sortit définitivement de mon cœur et de ma vie.

Sans doute étais-je en train de devenir un petit homme, avec tout ce que cela sous-entendait comme arrangements avec la dignité. Je poursuivis en tout cas des études ennuyeuses en écoutant les Rolling Stones, Percy Sledge, Otis Redding, tandis que la France s'accommodait tant bien que mal d'un troisième et même d'un quatrième gouvernement Pompidou. Dans les manifestations paysannes du Midi, l'on commençait à entendre tinter le fringant et rustique slogan « Pom-pi-dou, pompe-à-merde, pompe-à-sous ! » De Gaulle, lui, habitait toujours dans les Grandin qui s'appelaient maintenant Téléavia, Ducretet-Thomson ou Grundig. Il disait des choses comme : « La mano en la mano », « Vive le Québec libre », « L'Europe de l'Atlantique à l'Oural », ou enfin « Israël est un peuple sûr de lui et dominateur ». Plus j'écoutais cet homme, plus je le regardais fendre les foules avec son képi de gardien de square, plus il me paraissait habiter sur une autre planète et s'adresser aux pensionnaires imaginaires d'un zoo désaffecté. Dans les surboums d'alors on appelait les parents dépassés par leur époque, les « vieux », les « croulants ». Le *lider maximo*, père d'une patrie gérontophile, était, lui, simplement devenu une sorte de momie caractérielle vêtue de bandelettes kaki. Qu'ajouter d'autre ? Peut-être ceci : à l'occasion de ses déplacements, le Général avait abandonné l'ancienne Simca Régence présidentielle aux ailes impériales, pour voyager désormais en DS Citroën carrossée par Chapron. Ce changement s'opéra, bien sûr, au grand regret de mon père, républicain, certes, mais concessionnaire avant tout.

Je serais bien incapable de dire où j'étais et ce que je faisais lorsque, en 1963, J. F. Kennedy fut assassiné. En revanche je me souviens parfaitement de ce dîner en famille quand, le 9 octobre 1967, la télévision annonça la mort d'Ernesto Che Guevara. C'était, il me semble, la première fois qu'à l'heure du repas, l'on montrait le cadavre d'un homme avec autant de désinvolture. Je revois les images de ce corps troué de balles, allongé et exhibé devant les caméras, pour que chacun soit instruit, sans le moindre doute possible, de la mort du guérillero, mais aussi pour que tous comprennent que les sentiers de la révolte étaient des voies sans issue. Il y avait une volonté patente d'édification, de mise en garde menaçante, dans cet avis de décès. Ces images-là s'ajoutaient à bien d'autres arrogances militaires, éclats barbares, coups d'État, et partout dans le monde occidental sourdait un courant de rébellion. Ce vent de sédition, encore irrégulier, fantasque, tourbillonnant, sortait de nos vies minuscules, se formait souvent à partir de choses insignifiantes, petites dépressions individuelles, désaccords familiaux, culturels ou éducatifs. La prise de conscience politique demeurait encore balbutiante, mais une génération était en train de naître qui ne voulait plus qu'on lui coupe les cheveux en brosse, pas davantage qu'on lui taille sa vie au carré ou qu'on la traîne à l'église. Une génération avide d'équité, de liberté, brûlant de prendre ses distances d'avec ses dieux et ses vieux maîtres. Une génération, oui, vraiment à cent mille lieues de la précédente. Jamais, sans doute, n'y eut-il, dans l'histoire, une rupture aussi violente, brutale et profonde dans le continuum d'une époque. 1968 fut un voyage intergalactique, une épopée bien plus radicale que la modeste conquête spatiale américaine qui ambitionnait simplement d'apprivoiser la Lune. Car en ce mois de mai, il s'agissait ni plus ni moins que d'embarquer, au même moment, sans budget particulier, ni plan concerté, ni entraînement, ni führer, ni caudillo, des millions d'hommes et de femmes vers une planète nouvelle, un autre monde, où l'art, l'éducation, le sexe, la musique et la politique seraient libérés des normes bornées et des codes forgés dans la rigueur de l'après-guerre.

Les causes de ces bouleversements ? Les garrots de Franco, l'assassinat de Martin Luther King, la suffisance des princes, le képi du Général, Tixier-Vignancour, la pestilence du clergé, le moisi des écoles, l'étau de la morale, la condition des femmes, la toute-puissance des mandarins, le *Torrey Canyon*, l'aplomb de Giscard, déjà, Pompidou et ses gauloises bleues, la guerre du Vietnam, Vatican II, l'affaire Ben Barka, et mon père, avec ses nouveaux discours modernistes sur ses Simca de merde, ma mère et ses silences névrotiques, ma tante Suzanne réclamant de l'ordre, un peu de sabre, davantage de goupillon et surtout du respect, son mari Hubert, sombrant dans l'alcoolisme mondain et la haine raciale, Odile, l'ancienne socialiste convertie aux palinodies giscardiennes, et même Dawson, le journaliste sportif rattrapé par l'aigreur, communiste enkysté dans les bibles têtues des congrès arrangés.

À dix-huit ans, en ce printemps, bien peu d'entre nous étaient instruits des subtilités idéologiques du mouvement. Les plus politisés se réclamaient des situationnistes, mais la grande masse suivait le sillage de Cohn-Bendit, Geismar, Sauvageot, en ignorant tout de la « Première proclamation de la section hollandaise de l'IS » signée Alberts, Armando, Constant et Har Oudejans. Pour ma part, et contrairement au stratège Debord qui au début des années soixante écrivait « La victoire sera pour ceux qui auront su faire le désordre sans l'aimer », j'adorais le bordel. Le bordel pour le bordel. Martyriser la rue comme l'on casse de vieux jouets. Rompre des liens, briser les règles en une dernière colère d'enfant. Le bordel en ce qu'il avait de vivifiant et d'incontrôlable, un bordel quasi liquide qui s'infiltrait dans tous les interstices de la société, vivant sur sa propre énergie, faisant sauter les plombs des usines et des familles, submergeant ce plat pays, un bordel qui montait à la vitesse d'une mer d'équinoxe, d'un cheval au galop et qui faisait fuir ces ministres en complet veston, comprenant, mais un peu tard, que l'on ne négociait pas avec la marée.

Le 22 mars, tandis qu'à Nanterre les étudiants occupaient les locaux administratifs de leur faculté, moi, à Toulouse, je m'asseyais au volant de ma première voiture, une Volkswagen de 1961, de couleur « perlweiss », équipée de doubles pare-chocs, d'une batterie de six volts et d'un toit ouvrant en toile. C'était une reprise du garage, soixante-dix mille kilomètres au compteur, garantie familiale. Mon père avait supervisé la révision de ce véhicule avant la remise solennelle des clés dans son bureau. Il avait dit à peu près ceci : « J'espère que cette auto te conduira jusqu'au bac. » C'était bien là de l'humour paternel : concis, minimal, sinistre. Puis il avait ajouté sur un ton qui m'apparut plus professionnel : « Je crois qu'elle est de première. » Il adorait ce qualificatif et l'employait à tout bout de champ. Un repas était de première, une voiture, bien sûr, mais aussi un film, une journée, un match de rugby, un raisonnement ou tout simplement un con. J'avais donc une auto « de première », un formidable jouet d'émancipation, un missile de liberté qui me transportait de joie. À chaque accélération, j'écoutais siffler la turbine chargée de refroidir les quatre petits cylindres avec le sentiment d'être aux commandes de quelque chose qui me dépassait. Mais je sentais aussi que grâce à ce volant en bakélite, j'étais, pour la première fois, en mesure de diriger ma vie. Mon mouvement du 22 mars se résuma donc à un tour de ville, quelques kilomètres de route et un retour à la maison avec la même fierté que « cestui-là qui conquit la toison ».

Aux émeutiers, je dois une fière chandelle, celle de ce baccalauréat bouffon et enturbanné, offert sur un plateau par une caste que je voyais trembler pour la première fois. Je n'ai jamais aimé les professeurs. Je ne fais pas partie de ces repentis de la scolarité ou de l'université rendant un hommage tardif, voire posthume, à l'un ou l'autre de leurs anciens maîtres censés les avoir élevés au-dessus de leur condition en leur révélant les beautés de la littérature et les charmes des sciences physiques ou humaines. Tous les enseignants que j'ai croisés dans ma vie – instituteurs, professeurs, assistants, titulaires de chaire, remplaçants de pacotille –, tous étaient des rosses, des carnes, des baltringues lâches et démagogiques, imbus d'eux-mêmes, serrant la bride aux faibles, flattant la croupe des forts, et conservant jusqu'à la fin ce goût maniaque de la classification, de l'élimination, de l'humiliation. L'école ou la faculté ne me sont jamais apparues comme des lieux d'apprentissage ou d'épanouissement mais plutôt comme des centres de tri chargés de remplir, selon la demande, usines et bureaux. Aussi, lorsqu'en ce printemps le bonheur me fut donné, à moi, ignorant constitutionnel, cancre jusqu'à la moelle, d'étaler mes lacunes face à ces kapos tremblotants, je jurais, quoi qu'il arrive plus tard, de ne jamais renier la grâce de ces moments-là. Il était impossible de ne pas avoir son baccalauréat en 1968. Amputé de ses épreuves écrites, l'examen se résumait à une méfiante poignée de main entre l'élève et le professeur, ce dernier félicitant systématiquement le premier pour la brillance et la concision d'un exposé qui parfois n'avait même pas été prononcé. Pour une fois, les petits douaniers du savoir furent contraints de relâcher leur vigilance, d'abandonner leur zèle et de laisser passer la lie des contrebandiers qu'en d'autres temps ils se faisaient une joie et un devoir de questionner, fouiller et refouler. Je me présentais tête haute devant mes examinateurs, qui me couvrirent d'éloges et de mentions. Comme au rugby, le pack des insurgés qui poussait derrière moi venait de me propulser derrière la ligne blanche qui matérialisait l'en-but de la faculté.

Outre les frissons de joie ressentis à l'occasion de ces inattendus face-à-face, je compris, grâce à ces oraux et au mouvement qui les avait imposés, que, dans la vie d'une société, tout était régi par des rapports de force. Si l'on était assez nombreux pour les inverser, les vautours sanguinaires d'hier se transformaient instantanément et comme par magie en une nuée d'insignifiants moineaux.

À la maison, ce mois de mai fut un mois comme les autres: triste, morne, silencieux. Malgré les grèves, mon père partait pour le garage tous les matins vendre son lot de Simca. Ma mère, elle, s'en allait remettre dans le droit chemin la prose impropre, le salmigondis littéraire qu'on lui soumettait quotidiennement. À table, nulle conversation sur les mouvements de rue, sur le bien-fondé de la révolte ou l'attitude du gouvernement. Simplement, peut-être, ce mot de mon père devant les images des dépôts d'essence bloqués: « Cette fois je trouve qu'ils poussent un peu. » L'essence était à ses yeux plus sacrée que le sang divin. Sans essence, plus de voitures. Tout le monde, dans la famille, n'émettait pas des remarques aussi mesurées. Je me souviens notamment d'un dîner explosif, vers la fin du mois de mai, dans le jardin de la maison de ma grand-mère où nous vivions désormais. Dans la chaleur du soir et sous les ridicules ampoules multicolores que mon père avait accrochées aux branches du marronnier, deux clans irréconciliables s'étaient rapidement formés. Le premier regroupant les gaullistes fervents, avec mon impossible tante Suzanne, sa sœur Odile, ex-socialiste, toujours professeur, et un couple de leurs amis, les Colbert, splendides spécimens d'anciens collaborateurs reconvertis à la realpolitik. Du côté des insurgés on trouvait bien sûr Jean, mon cousin, cohn-bendiste de la première heure, son père Hubert, qui par antigaullisme féroce jouait, comme il disait, « la carte du pire » pour faire tomber le Général, Dawson, méfiant vis-à-vis des gauchistes, mais aligné sur la ligne flottante du Parti, et moi, bachelier putatif, dernier des Mohicans, bouillonnant d'une sève brouillonne. Mes parents, comme toujours, hôtes silencieux, suivaient les débats d'une oreille absente. Jusqu'au moment où, exaspérée par les considérations de ma tante Suzanne sur l'indispensable respect de la réussite, ma mère l'interrompit pour citer la Montespan d'une voix pleine d'équanimité : « La grandeur d'une destinée se fait de ce que l'on refuse autant que de ce que l'on obtient. » Tout le monde en resta bouche bée. Je crois bien que c'était la première fois depuis la mort de mon frère que ma mère prenait de cette façon la parole en public.

– Ce n'est pas avec pareille doctrine que l'on fait avancer une société, osa un Colbert couperosé. On voit bien où sont en train de nous mener ceux qui, justement, en ce moment refusent le système.

– Absolument, ajouta Suzanne. Dans une vie, tout est à prendre. Tout. Et si ce n'est pas toi qui le prends, une autre s'en emparera à ta place, alors…

L'extrême vulgarité intellectuelle de cette femme ramenait tout à la notion même de propriété et d'accumulation. Elle n'avait pas écouté ce qu'avait dit ma mère, elle avait seulement entendu le mot « refuser » qui recouvrait à ses yeux l'un des concepts les plus blasphématoires de la langue française. Il fut ensuite question de récupération, Jean s'attaqua aux lois aliénantes du « système » et son père théorisa avec sa légèreté coutumière sur le terme de « chienlit ».

– C'est bien une expression de tapette de garnison…

– Hubert, est-ce qu'il peut t'arriver de faire une phrase complète sans dire une grossièreté ?

– Ma chère Odile, ex-socialiste, néo-gaulliste et future quoi, chabaniste ? pompidiste ? edgar-fauriste ? je vais te dire une bonne chose : un vichyste comme moi – puisque tu aimes tant rappeler ce point d'histoire –, qui se l'est fait mettre aussi souvent et aussi profond par ton cher général, peut bien, en contrepartie, le traiter, de temps en temps, de tapette de garnison, non ?

– Moi, en tout cas, je suis d'accord avec ma sœur, trancha Suzanne. Je trouve que de Gaulle a parfaitement posé le problème : le temps de la réforme est peut-être venu – je dis bien peut-être –, certainement pas celui de la chienlit.

Et c'est alors que je lançais cette réplique qui, pour manquer politiquement de substance, recouvrait une certaine réalité :

– Oui, mais, justement, nous, ce qu'on aime, c'est le bordel.

Tout le monde se tourna vers moi comme si je venais de lâcher un énorme pet sonore. Du bout des doigts, Suzanne lissa ses paupières et, se tournant vers mon père, dit d'un ton affligé : « Comme disait maman, mon pauvre Victor, je crois bien qu'un jour cet enfant te fera pleurer des larmes de sang. »

D'une certaine façon, ma tante venait de faire preuve d'un certain talent prémonitoire si l'on veut bien considérer les événements qui allaient se produire quatre ou cinq jours plus tard.

Imperceptiblement, le mouvement s'anémiait. De Gaulle

se préparait à aller chercher des garanties chez Massu, à Baden-Baden, la droite fourbissait son grand défilé, et l'essence, le tout-puissant carburant, la fiole des foules, revenait dans les pompes. Tous les soirs cependant, des rassemblements de manifestants plus ou moins spontanés élevaient des barricades et s'accrochaient avec les CRS. À Toulouse, les affrontements, pour être moins spectaculaires qu'à Paris, n'en demeuraient pas moins vifs et nombreux. N'étant pas encore à l'université, n'appartenant à aucun groupuscule, je traînais dans ces arènes dépavées et chlorées comme un touriste solitaire. Il y avait souvent des heurts sur les boulevards de Strasbourg et Carnot, des échauffourées violentes. Au son des grenades, les CRS chargeaient en troupeau, faisant s'égailler les manifestants les plus impressionnables dans les petites rues adjacentes, tandis que les anarchistes convaincus tenaient fermement leurs positions et ripostaient à coups de pavés et de cocktails Molotov. Il fallait être de marbre pour demeurer à l'écart de pareilles joutes et ne pas, à un moment donné, rejoindre le camp des insurgés.

En ce qui me concerne, je choisis de rallier leurs rangs en un lieu et en un moment pour le moins singulier. Ce soir-là, deux ou trois barricades avaient été élevées sur le boulevard Carnot et la police avait fait preuve d'une violence redoublée. Sonnés par les gaz et le bruit des explosions, nous nous étions regroupés vers la place Jeanne-d'Arc, à deux pas du garage de mon père, et l'endroit avait été prestement dépavé en prévision d'une nouvelle charge des compagnies républicaines de sécurité. Vers vingt-deux heures, après de nombreuses petites escarmouches, elles avaient donné un assaut qu'elles espéraient définitif.

Allez savoir ce qui se passa dans nos têtes ce soir-là. Allez savoir pourquoi, au lieu de nous enfuir dans les couloirs des rues attenantes, nous conservâmes fermement nos positions, ripostant avec une telle conviction que ce furent les gardes mobiles qui battirent en retraite. Dans l'affolement et la précipitation, un groupe de militaires étourdis s'engagea dans une rue fréquentée au centre de laquelle se trouvait le garage Simca de Victor Blick. Les plus au fait de la topographie locale, inversant pour une fois les rôles, lancèrent une charge contre cette troupe coupée de ses soutiens et qui commit l'erreur de se réfugier derrière les piliers de soutènement du bâtiment abritant la concession familiale. C'est ainsi que pavé après pavé, je bombardais la soldatesque mais surtout les lumineuses vitrines du garage paternel, qui, sous l'effet des impacts, explosaient les unes après les autres avec un bruit rappelant des vagues atlantiques s'écrasant contre les blocs d'une jetée.

Durant ce siège, je dois bien reconnaître qu'une part de moi-même criait aux émeutiers « Arrêtez, arrêtez, c'est le garage de mon père, un brave type qui vend juste des Simca à des travailleurs qui s'apprêtent à partir en vacances ! », tandis qu'une autre, moins indulgente, redoublait de violence et hurlait en citant Vaneigem : « Le désespoir de la conscience fait les meurtriers de l'ordre ! »

Au lendemain du siège je n'eus pas le courage d'accompagner mon père au garage et de faire semblant de partager son affliction. Je me contentais, le soir, d'écouter le compte rendu qu'il fit de ce saccage, sur un ton et en des termes, comme à son habitude, très mesurés.

Vers la mi-juin, le gouvernement décida de dissoudre les formations d'extrême gauche, la police fit évacuer la Sorbonne, l'Odéon, toutes les rues du pays, Renault vota la reprise et une large majorité de la nation plébiscita le Général.

ALAIN POHER

(Premier intérim, 28 avril 1969 – 19 juin 1969)

Avec ses grues, ses engins mécaniques, ses innombrables petites unités architecturales cubiques, l'université du Mirail ressemblait à l'idée que l'on peut se faire d'une station balnéaire en construction. Une petite ville bon marché, populaire mais sans mer à proximité, bâtie à la va-vite pour entasser l'exceptionnelle génération spontanée d'étudiants éclose en 1968. En sociologie, première UER à émerger de ce nouveau continent, la vie était douce, l'enseignement facultatif et le gauchisme obligatoire. Le professeur le plus à droite de toute l'unité était membre du Parti communiste français. Les autres, d'obédience trotskiste, anarchiste ou maoïste, se haïssaient et se livraient des guerres d'influence sournoises pour imposer leurs prêches dans ces nouvelles chapelles gauchistes. Trop occupés à ferrailler et à s'affronter dans de subtiles joutes idéologiques, ces intellectuels nous distribuaient avec une grande prodigalité des unités de valeur qui, bien sûr, n'en avaient aucune.

Mon père se remettait lentement de ses ennuis de santé et ne passait plus que quelques heures par jour au garage. Durant ces mois difficiles, il ne me demanda jamais la moindre aide, ni ne me proposa de prendre un jour sa suite aux commandes de Jour et Nuit. Sans doute avait-il deviné que mes projets me conduisaient dans une tout autre direction. En réalité je n'avais pas la moindre idée de la façon dont j'allais employer mon avenir. J'étais une sorte d'apprenti de la vie, disponible et mû par l'égoïsme aveugle et forcené de la jeunesse.

À la maison, la vie devenait de plus en plus pénible. L'atmosphère vespérale, lourde, oppressante, contrastait avec la fougue et la pétulance des joutes gauchistes qui, tout au long des après-midi, se succédaient dans les salles de cours. En rentrant chez moi, j'étais dans l'état d'esprit de ces détenus soumis à un régime de semi-liberté et qui, après avoir vécu une journée normale, doivent, le soir venu, réintégrer leur cellule. Conscients, sans doute, de leur incapacité à vivre des relations chaleureuses ou normales, mes parents ne faisaient rien pour me retenir auprès d'eux lorsque j'abrégeais, parfois de manière un peu cavalière, les repas que nous prenions en commun.

Depuis mon double succès au permis de conduire et au baccalauréat, mon apparence physique avait changé. Disons que je m'étais durci, virilisé, si tant est que ce terme ait jamais eu un sens. Je m'étais laissé pousser la moustache, une barbe hésitante et surtout les cheveux, qui maintenant retombaient négligemment sur mes épaules. Je ressemblais parfaitement à l'idée que je me faisais d'un étudiant libertaire, sans dieu, ni maître, ni revenu, mais bien vissé à la pointe extrême de la modernité.

Je n'avais donc qu'une idée en tête : partir de chez mes parents et mener enfin la véritable existence d'avant-garde que je méritais. De temps à autre, il m'arrivait de baiser avec une fille à l'arrière de la Volkswagen. L'exiguïté et l'inconfort de la banquette ne faisaient alors qu'attiser mon désir d'emménager au plus vite dans un logement décent.

Pour le reste, les choses continuaient leur route. De Gaulle parti, Alain Poher assura un court intermède à la tête du pouvoir. Il essaya même, le temps de son bref passage, de convaincre le pays qu'il pourrait être un peu plus qu'un intérimaire et se présenta aux élections présidentielles. Mais un homme né à Montboudif, Cantal, en 1911, ayant émargé chez Rothschild et recueilli 58,22 % des suffrages, le renvoya illico dans son repaire sénatorial.

GEORGES POMPIDOU

(20 juin 1969 – 2 avril 1974)

L'armée. Le service militaire. Telle était ma hantise, mon obsession de l'époque. J'avais de longue date pris une irrévocable décision : jamais, quoi qu'il dût m'en coûter, je ne porterais l'uniforme. Fût-ce l'espace d'une heure. Et il n'était pas davantage question de me faire embarquer dans l'objection de conscience laquelle, à l'époque, vous offrait une sorte de statut d'*Untermensch* dans les Eaux et Forêts où, durant vingt-quatre mois – au lieu des douze réglementaires –, l'on vous faisait cirer l'écorce des arbres. Mon refus de l'armée serait total, mon combat, frontal.

Répondant à la convocation, je me rendis néanmoins au centre d'incorporation de la caserne d'Auch, pour y subir les « trois jours », période durant laquelle l'on vous infligeait une visite médicale, une palpation des testicules et une batterie de tests censés évaluer votre quotient intellectuel. Ces « trois jours », qui ne duraient en général que trente-six heures, étaient un moment essentiel pour les réfractaires au service national. Soit vous rejoigniez le maigre et envié contingent des « exemptés », soit on faisait de vous un seconde classe réglementaire, ce qui vous condamnait à une année de solides et constants emmerdements. Pour ne pas être reconnu « apte », certains allaient jusqu'à se couper un doigt, boire plusieurs dizaines de cafés une heure avant l'incorporation, ou encore simuler la folie. Parfois, les médecins orienteurs voyaient arriver des tableaux cliniques hallucinants, jusque-là ignorés de la faculté : des types bavant un suc verdâtre élaboré à base de produits moussants ou régurgitant un mélange de mercurochrome et de détergent. D'autres étaient tellement imprégnés de caféine ou d'un excitant plus radical, qu'ils ne pouvaient ni s'asseoir, ni tenir en place, et répondaient aux questions du médecin en trottinant dans son cabinet. Une minorité jouait la carte d'une supposée homosexualité, simulation à haut risque qui pouvait parfois vous conduire directement dans l'une des forteresses disciplinaires que la France entretenait encore en Allemagne.

Un épais brouillard d'hiver recouvrait la ville et la caserne. Le jour n'était pas levé mais tous les militaires étaient debout depuis longtemps, occupés à des tâches essentielles comme balayer le gravier de la cour, saluer un drapeau dévente, lever des barrières rouillées, les abaisser, hurler des ordres insanes et terrifier de grands dadais pacifiques en les toisant de leurs troubles iris d'alcooliques.

J'avais garé ma Volkswagen juste à côté de l'entrée du centre. Je la savais prête à m'emporter très loin si les choses tournaient mal. À peine avais-je franchi le seuil du poste de garde qu'une espèce de grande ficelle à tête de moineau s'exprimant avec une voix de fausset me tomba dessus en me criant de me presser et d'avancer.

Je traversai une petite cour et pénétrai dans un bâtiment dont toutes les vitres étaient couvertes d'une épaisse buée. Derrière la porte, un colosse africain m'attendait. Sitôt qu'il m'aperçut il me hurla dans les oreilles :

– Désape-toi en vitesse, et sous la douche !
– Mais je viens d'en prendre une.
– Ta gueule ou tu vas en prendre une autre !
« Qu'est-ce qui mange le mouton ? a) la chèvre, b) le loup, c) le berger. Que fait un bateau ? a) il roule, b) il vole, c) il flotte. » Une majorité de réponses correctes à une cinquantaine de questions aussi pertinentes ne suffisaient pas à faire de vous un général de corps d'armée. En revanche, elles vous permettaient d'intégrer certaines troupes, dites d'élite, comme les parachutistes ou les marins de combat. Il fallait faire très attention en utilisant l'arme de la dérision dans ses réponses. Car prétendre que le berger pouvait être assez glouton pour manger le mouton ou soutenir, après cinq ans d'université, que les cuirassés volaient en formation, pouvait parfaitement vous envoyer dans les plaines glacées de l'Allemagne retrouver d'autres humoristes présomptueux.

Un peu avant midi, un militaire de carrière nous regroupa dans la cour avant de nous conduire dans une immense cantine qui sentait à la fois l'aliment pour chien et le détergent industriel. C'était une odeur prégnante, vaguement écœurante à laquelle se surajoutaient les effluves du repas de midi : des tranches de rosbif accompagnées de choux de Bruxelles gratinés dans une sorte de sauce Béchamel plâtreuse. La vue de ces légumes et surtout de ces morceaux de viande piqués de gousses d'ail me souleva le cœur. J'imaginais en cuisine un bataillon de David Rochas qui, sabre au clair et pantalon sur les chevilles, honorait d'un même élan ces rôtis réglementaires.

« Tu ne manges pas ta part ? » À toutes les tables du monde, il y a toujours un convive doté d'un appétit féroce, compulsif, qui dévore son assiette tout en gardant constamment un œil sur celle des autres. Pour peu que l'un des invités traîne sur son plat, le vorace, mû sans doute par un réflexe ancestral, tente alors de s'emparer des reliquats du festin délaissé. « Tu ne manges pas ta part ? » C'était un petit bonhomme à lunettes qui me faisait penser à ces oisillons roses, déplumés, au bec grand ouvert, réclamant sans cesse pitance. Il déchiqueta la viande en trois bouchées et engloutit les choux gluants. Ensuite il eut un petit renvoi enfantin.

Deux ou trois cents types en slip. Tenant une fiche à la main. Et attendant, dans une sorte de gymnase, de dévoiler leur anatomie complète à un médecin militaire aux manières de vétérinaire. Voilà à quoi ressemblait la visite médicale. Vérification des dents, tests auditifs, visuels, palpation des roustons et autres ganglions. Peut-être pour rompre son ennui, ou parce qu'après tout il trouvait cela très drôle, le toubib de service s'autorisait quelques misérables plaisanteries au moment de soupeser nos organes reproducteurs. Ainsi allait la vie de casernement.

Le programme du soir était à la hauteur des activités de la journée. 17 h 30, repas. 18 h 30, cinéma. 21 h 30, extinction des feux. À dix-huit heures, poursuivant mon jeûne, j'avais regagné le dortoir et lisais je ne sais quelle revue, allongé sur mon lit. Trois ou quatre autres appelés avaient également préféré quitter le réfectoire et se retirer dans la chambrée. Au bout de quelques minutes, un militaire dont le visage rappelait la rudesse du mouflon fit irruption dans la pièce et hurla : « Tout le monde en bas. Cinéma obligatoire ! »

Je pouvais comprendre que les douches fussent obligatoires. Tout comme la visite médicale ou bien encore les tests. Mais le cinéma ?

– C'est quoi le film, chef ? demanda un type au fond du dortoir.

– *Mélodie en sous-sol*, bleusaille. Et justement, ça se joue au sous-sol !

Quelque chose en moi, alors, se verrouilla. Une sorte de sécurité pareille à ces alarmes volumétriques qui s'enclenchent lorsqu'un intrus pénètre dans votre sphère privée.

– J'ai déjà vu le film, je préfère rester là.

– Je te demande pas ce que tu préfères, je t'ordonne de descendre avec les autres.

– J'ai dit que je restais là.

– Qu'est-ce que tu nous fais là, Michèle Mercier, avec tes petits cheveux bouclés, tu veux te palucher tranquille, c'est ça ? C'est ça, tu veux te palucher ?

Je ne répondis rien, je ne bougeai pas, et c'est à peine si je respirais.

– Descends de là, pédé de ta queue !

Ce gradé possédait un registre d'injures totalement inédites. Tout le temps que dura notre altercation, il me gratifia d'insultes sans doute rapportées de ses longues campagnes outre-mer.

– Tu te crois où, ici, hein ? Chez la manucure ? Tu crois qu'on va venir te faire les ongles, bâtard de ta mère ? Descends-moi de ce putain de lit tout de suite et rejoins les autres en bas.

– Non. Je ne descends pas.

– Mais tu sais que t'es une tafiole de concours toi ! Espèce de suceur de bidet de merde, je vais te le faire descendre à coups de pompe dans le valseur, moi, ce putain d'escalier !

Il bondit dans ma direction, me saisit les cheveux à pleines poignées et me traîna à bas du matelas.

– Ah tu veux pas aller au cinéma, sac à merde !

Je tentai de me relever en me débattant mais il m'asséna une lourde gifle du plat de la main qui m'envoya rouler au bord de l'escalier. Un coup de pied dans le ventre eut pour effet de me couper le souffle. Comme il aurait éloigné un ballot de paille du talon, le gradé me poussa vers les marches que je dévalai à la façon d'un mauvais cascadeur, me préservant, comme je le pouvais, le visage et le corps. Au bas de la première volée, il me manquait déjà deux dents. L'arcade et la pommette droites étaient largement ouvertes et mon corps meurtri me donnait le sentiment d'avoir été roulé sous un autobus.

– Ça va mieux, mange-merde, ou bien il faut que je t'aide encore à rouler jusqu'en bas ?

J'essayais de me redresser, ne serait-ce que pour me jeter sur mon agresseur, pour l'affronter avec un minimum de dignité, mais je n'avais plus de jambes, ni de bras, ni de souffle. Deux côtes cassées me cisaillaient les flancs et c'est à peine si je pouvais apercevoir le petit attroupement qui s'était formé autour de nous.

J'entendis quelque chose comme « espèce de tringleur de chèvres », puis ma vue se brouilla, la voix de mon bourreau se fit plus lointaine, cotonneuse, et je fermai les yeux sans mesurer le service somptueux que venait de me rendre ce « pédé de ta queue ».

Je passai la nuit à l'infirmerie de la caserne, surveillé au quart d'heure par le médecin de garde et un appelé affecté au service sanitaire. Au matin lorsque enfin, au prix de mille contorsions, j'arrivai à me redresser, je découvris dans la glace le visage d'un inconnu effrayant, et en compagnie duquel j'allais pourtant devoir vivre pendant plusieurs semaines.

Aux alentours de midi, je rencontrai le colonel de la caserne dans son bureau, large pièce ensoleillée, située au sommet de la partie noble de ces nombreux corps de bâtiment. C'était un homme d'une quarantaine d'années qui semblait prendre son rôle et son grade très au sérieux. Un port altier, un visage glabre aux rides sèches et parfaitement dessinées lui conféraient une autorité naturelle dépourvue de la moindre vulgarité. Il s'exprimait d'une voix posée, claire, en détachant chaque mot, un peu comme s'il les découpait.

– Monsieur Blick, croyez bien que je suis navré de ce qui s'est passé hier soir dans mon unité. Votre indiscipline, avérée, ne saurait justifier pareils débordements. J'ai vu dans votre dossier que vous étiez inscrit à l'université du Mirail, à Toulouse, c'est bien cela ?

– Exact.

– Puis-je vous demander, monsieur Blick, la nature de vos sentiments envers l'institution militaire ?

Je n'avais pas idée du terrain sur lequel il voulait m'entraîner. Ni ce qu'il attendait véritablement de moi. Néanmoins, je sentais que mes blessures et les débordements de son subordonné me permettaient, pour l'instant, de contrôler la situation, à défaut de la dominer totalement.

– Je n'ai pas à répondre à cette question.

– Voyez-vous, monsieur Blick…

Le colonel semblait avoir pour habitude de commencer une phrase en vous fixant droit dans les yeux, de faire ensuite volte-face, avant de continuer son propos en vous tournant ostensiblement le dos. Négligeant subitement votre présence, niant en quelque sorte votre existence, il semblait alors s'adresser à un interlocuteur imaginaire qui se tenait de l'autre côté de la vitre.

– Vous et moi sommes dans une position qui nous autorise une certaine latitude d'action. Alors soyez gentil, ne gâchez pas notre rencontre en adoptant une attitude agressive et par trop intransigeante. Je vous repose donc la question autrement : un statut d'exempté vous conviendrait-il ?

Je devinais maintenant les termes du marché que le colonel me laissait entrevoir : je ne portais pas plainte contre son sous-officier et, en contrepartie, l'armée me rayait de ses listes.

– En échange de quoi ?

– Je ne pense pas que l'on puisse réellement parler d'échange. Disons simplement que l'inconduite de l'un de mes subordonnés vous met, aujourd'hui, en position de vous retourner, juridiquement, contre l'institution. Mais l'hypothèse d'une condamnation de celle-ci – toujours bien aléatoire – ne vous exonérerait pas pour autant de service national. Je dirais même : au contraire ; dans la mesure où, lors de votre incorporation, ordre serait évidemment donné, douze mois durant, de vous offrir tout loisir de découvrir l'ampleur et la richesse de cette période de conscription. Sa rigueur aussi. Certaines affectations sont particulièrement inconfortables et austères... Mais je comprendrais parfaitement que, eu égard à vos idées politiques ou philosophiques, vous choisissiez cette courageuse option...

– Sinon ?

– Eh bien, disons que nous pourrions tomber d'accord pour convenir que vous avez glissé et fait une malheureuse chute dans l'escalier en vous rendant à la séance de cinéma d'hier soir. Dans ce cas-là, bien évidemment, nos assurances couvriraient l'entier de vos frais médicaux et vous indemniseraient selon leur barème forfaitaire. Quant à l'armée, qui, lorsqu'elle le doit, sait se montrer compatissante et généreuse, elle vous rayerait définitivement des listes du service national. Voilà à quoi, *grosso modo*, pourrait ressembler notre transaction. D'une nature moins chevaleresque que la première, cette solution vous apporte, en revanche, l'avantage d'un incomparable confort.

Et c'est ainsi que trois heures plus tard, rossé à vif mais pansé de frais, je regagnai mes foyers, exonéré de mes devoirs, mais délicatement humilié par un colonel madré qui semblait connaître les faiblesses humaines comme le fond de sa poche. Ainsi que le veut la règle pour toute signature d'un armistice, le colonel et moi, nous retrouvâmes dans une salle du mess pour parapher ensemble nos documents respectifs. Pour ma part, une bien peu reluisante déclaration d'accident. Lui, un certificat d'exemption valable également « en temps de guerre où, durant le temps du conflit, vous seriez affecté à un service civil ».

Mis en cause, en mars, dans l'affaire Marcovic, Georges Pompidou fut élu trois mois plus tard à la présidence de la République. Sortant de onze années de caserne, la France se préparait donc à être gérée comme un bureau de tabac. Et ce n'était pas ce Premier ministre – qui plus est bordelais –, tout en cheville et en « spring », qui allait changer quelque chose à l'affaire. Chaban-Delmas m'apparaissait, au mieux, comme une sorte de tennisman agaçant dressé à renvoyer des balles flottantes pour faire illusion et durer le plus longtemps possible. En aucun cas, il n'avait la stature ou la sensibilité d'un homme politique susceptible de s'interroger sur la pertinence de ces paroles d'un ouvrier noir s'adressant, en 1956, déjà, à son patron blanc dans les colonnes de *Présence africaine* : « Quand nous avons vu vos camions, vos avions, nous avons cru que vous étiez des dieux ; et puis après des années nous avons appris à conduire vos camions, bientôt nous apprendrons à conduire vos avions, et nous avons compris que ce qui vous intéressait le plus, c'était de fabriquer les camions et les avions, et de gagner de l'argent. Nous ce qui nous intéresse c'est de nous en servir. Maintenant, vous êtes nos forgerons. »

Il en allait de même de nos propres vies. Nous passions notre jeunesse à les forger, puis à les négocier contre un piètre salaire, mais jamais nous ne nous en servions vraiment, jamais nous ne nous trouvions aux commandes de nos avions et de nos camions intimes. Et ceux qui croyaient le contraire étaient des chabanistes ou des bienheureux, ce qui revenait à peu près au même.

À la fin du printemps 1969, mon cousin Jean se tua en voiture, dans les lacets du col d'Envalira, en Andorre, où il était allé passer le week-end avec son amie. Au moment de l'impact, celle-ci avait été éjectée de la voiture, tandis que Jean avait été littéralement coupé en deux par les tôles de la petite Austin. Les rapports de la compagnie d'assurances et de la gendarmerie ne permirent pas d'établir avec certitude les causes de l'accident, attribué, dans un premier document, à la vitesse et, dans les conclusions d'un autre rapport d'expert, à une défaillance du système de freinage.

Mes parents vécurent très douloureusement cette disparition qui, dans sa soudaineté, leur rappelait la perte brutale de leur propre enfant. Suzanne, ma tante, se montra égale à elle-même, régissant les obsèques, le rituel des faire-part et celui des remerciements, avec la froideur, la méticuleuse distance caractéristique de ces êtres capables, en toute occasion, de se tenir hors de portée du chagrin. Hubert, lui, fut foudroyé par la mort de ce fils qu'il n'avait sans doute jamais compris, mais qu'il aimait profondément. À l'inverse de sa femme, cette perte lui rendit une part d'humanité. Il se rapprocha de mon père et abandonna définitivement au passé ses haines voraces, le culte de ses vieilles lunes et de ses nostalgies.

Au début du mois de mai 1969, je rencontrai une fille un peu plus âgée que moi, bâtie pour vivre des siècles et faire rêver les hommes pour l'éternité. Marie était très différente des autres femmes de l'époque. Tandis que la mode d'alors privilégiait la minceur, les tailles moyennes et les petites poitrines, elle, tout en rondeurs, avec des seins considérables mais proportionnés à son mètre quatre-vingts – ce qui, dans ces années-là, constituait presque une infirmité –, réveillait chez les mâles cette bonne vieille vase hormonale. Lorsque j'arrivais dans un café au bras de Marie j'avais le sentiment d'entrer dans la salle en actionnant le klaxon d'une Ferrari rouge. C'était extrêmement embarrassant. D'un autre côté, il était assez avantageux de constater que, face à elle, les hommes filaient plutôt doux. Sa manière de vous regarder sonnait comme le « don't even think », si cher aux Américains.

Marie travaillait comme assistante dentaire dans un cabinet tenu par un praticien marginal, anesthésiant ses patients au gaz hilarant, ou bien les soumettant à une séance de sophrologie face à un aquarium rempli de poissons exotiques qui passaient leur temps à s'entre-dévorer. J'allais parfois attendre Marie à la sortie de son travail, nous allions dîner puis nous finissions la soirée ensemble dans le petit appartement qu'elle louait face au canal, sur les allées de Brienne. J'enviais cet espace qui lui était propre, j'admirais l'autonomie dont elle jouissait. Avant d'être une très belle femme, Marie incarnait à mes yeux l'indépendance, la liberté d'être soi. Elle disait souvent : « Tu as le temps, tu es encore jeune. Et puis tu as la chance d'avoir des parents qui peuvent t'entretenir et te payer des études. » Cela n'avait pas été son cas. Stériliser des instruments chirurgicaux ou aspirer des sucs douteux au fond des cavités dentaires n'était pas une vocation. Les parents de Marie, ouvriers tous les deux, avaient eu six enfants. Ils les avaient maintenus à l'école jusqu'à l'âge légal et les avaient ensuite lâchés dans la vie, laissant opérer la sélection naturelle. Les plus débrouillards avaient survécu. Les autres, trois garçons, s'étaient engagés dans la police et dans l'armée.

J'aimais la force de vie qui animait Marie. Elle me transportait même si, en regard des aléas de la sienne, mon existence d'enfant gâté, protégé et privilégié, me mettait parfois mal à l'aise. Surtout lorsque, par exemple, elle décidait d'un ton qui ne souffrait pas la réplique, de payer la note du restaurant. Ou bien quand il lui prenait l'envie de m'offrir un pull shetland hors de prix. Elle était simple, généreuse, fondamentalement saine. La politique représentait, pour elle, une activité réservée aux retraités ou aux snobs, un divertissement à mi-chemin de la philatélie et du golf. Il fallait avoir du temps, disait-elle, pour s'intéresser à des hommes qui ne s'intéressaient jamais à vous. Et Marie avait trop peu de loisirs pour les gaspiller à discuter de ces choses qui de toute façon ne menaient jamais à rien. Elle préférait, et de loin, faire l'amour, activité objectivement roborative et subversive, largement prônée en tout cas par mes compagnons anarchistes et situationnistes.

Comment dire ? Si Marie m'impressionnait dans la vie, je dois bien reconnaître qu'au lit, elle m'intimidait, et parfois même me pétrifiait. Nous faisions la même taille et pourtant, dans ses bras, entre ses grandes jambes, sous ses seins généreux, j'avais l'impression d'être un enfant, un gosse maladroit jouant naïvement avec les mamelles de sa nourrice. Durant nos ébats, elle me tournait, me retournait à sa guise, comme si je ne pesais rien, comme si nous vivions sur la Lune. En revanche, lorsque j'essayais de lui rendre la pareille, c'était une véritable catastrophe, une débâcle musculaire. Pourtant,

Marie n'était pas grosse, loin de là. Elle était magnifiquement charpentée. À l'époque, en plus de mon déficit athlétique, j'avais l'inexpérience de croire qu'il était de mon devoir de lui montrer qu'en tant que mâle, moi aussi je pouvais la soulever comme un haltère.

Lorsque je m'ouvris – encore une fois bien à tort – de ce souci à David, comme à son habitude, il fit preuve de délicatesse et de mansuétude, réglant le problème d'un définitif : « Ces filles-là, c'est comme les bagnoles américaines. Tant que le chemin est droit, ça va ; dès que ça commence à tourner, ça ne tient plus la route. »

En cette troisième semaine de juillet, la route, justement, tournait dans tous les sens, tandis que Marie et moi redescendions la côte du Jaizquibel, cette petite montagne qui sépare Fuentarrabia des quartiers ouvriers de San Sebastián. La Volkswagen suivait tranquillement son chemin, tandis qu'au pied de ces collines d'un vert profond, l'océan amenait un parfum de vacances et de bonheur iodé. Nous avions ouvert le toit de toile, Marie avait calé ses pieds sur le tableau de bord et le soleil grignotait patiemment l'arête de ses longs tibias. Je lui dis :

– J'aime tes tibias.

– Mes tibias ? Comment peut-on aimer des tibias ?

– Ce sont des os formidablement sexy.

– Sexy, les tibias ? Tu aimes les os, toi, maintenant ?

– En général, non. Mais c'est vrai que les tiens sont vraiment magnifiques. Incroyablement longs et droits. Et puis ta peau tendue, qui luit dessus...

Elle hocha légèrement la tête comme l'eût fait une psychanalyste bienveillante, passa ses mains sous ses mollets, lissa ensuite ses jambes comme si elle les enduisait d'un onguent et me demanda :

– On sera en France dans combien de temps ?

La France était juste là, de l'autre côté de la Bidassoa,

cette petite rivière qui sépare Irún et Hendaye. Au poste frontière, les douaniers nous firent ouvrir la malle avant de la VW, jetèrent un regard machinal vers le siège arrière, puis sur les jambes de Marie, et nous firent signe de circuler.

La gare d'Hendaye-ville était toujours très fréquentée. C'est là que les voyageurs devaient changer de train puisque les écartements de voies en Espagne et en France étaient différents. L'été on pouvait voir ainsi, sur les quais, se croiser des Français en short de Tergal et des travailleurs espagnols lestés de lourds bagages, fuyant le franquisme pour tenter leur chance à Toulouse ou dans les plaines du sud-ouest. À la sortie de la gare, en attendant leur correspondance, la plupart de ces migrants se retrouvaient dans les restaurants avoisinants qui tous affichaient sur de grandes ardoises les « calamares in su tinta », des chipirons à l'encre, iodés, tendres, succulents, servis dans de petites cassolettes fumantes.

Nous étions le lundi 21 juillet 1969 et tous les journaux ne parlaient que de cela : cette nuit, deux Américains du nom d'Armstrong et Aldrin allaient marcher sur la Lune. Plus modestement, Marie et moi nous promenions sur l'interminable plage d'Hendaye et, en cette fin d'après-midi, la fraîcheur de la brise nous faisait parfois délicieusement frissonner. Au large on pouvait suivre la course des thoniers qui regagnaient le port. Loin des bouches grandes ouvertes, des caries disgracieuses, des pansements souillés, des daviers menaçants, avec ses cheveux en désordre, sa peau légèrement caramélisée, Marie semblait heureuse, détendue. On la sentait disponible, ouverte aux propositions de la vie. Parfois, face aux embruns, quand elle prenait une profonde inspiration, on aurait dit qu'elle voulait emmagasiner toutes les forces de cette nature bouillonnante.

Le motel semblait s'accrocher à la colline. Les bungalows s'arc-boutaient sur son sommet même si les dernières unités donnaient, elles, l'impression de se décrocher de l'ensemble, de lâcher prise et de glisser imperceptiblement vers l'abîme de la falaise. Avec la nuit, un vent de mer s'était levé, apportant des nuages, quelques averses et secouant les encolures des tamaris. Marie et moi avions passé la soirée au lit à regarder la télévision. Qu'espérions-nous de cette aventure lunaire qui ne nous concernait que de très loin ? Autant je me sentais étranger à tout ce suspense spatial, cette mise en orbite des émotions, autant Marie vivait intensément chaque nouveau bulletin comme si, là-haut, se jouaient son bonheur et une grande partie de notre avenir. Elle me parlait sans cesse du troisième astronaute, Collins, lequel, d'après ce qu'elle avait entendu, ne sortirait pas du LEM. Si tout se passait bien, Armstrong et Aldrin iraient marcher sur la Lune, pendant que Collins, lui, resterait à l'intérieur de l'engin. Endurer toutes ces années d'entraînement et de préparation, subir ce travail intensif, prendre ces risques insensés, et, à l'instant de la récompense, demeurer assis dans l'engin, vulgaire taxi garé au parking, pendant que les autres, découvrant l'extrême légèreté de l'être, dansaient sans fin sur les trottoirs de la Lune. Marie ne pouvait admettre le sort fait à Collins, cet homme sacrifié et soumis à une inconcevable torture cosmique.

Allongé à côté de Marie, je me perdais dans les reflets bleutés de la télévision qui irisaient sur sa peau. Parfois une fine pellicule de sommeil voilait mon regard. L'espace d'une minute je sombrais dans une sorte de liquide amniotique où les sons ne me parvenaient plus que très faiblement et par bribes. Marie, en revanche, calée sur un petit stock d'oreillers vivait intensément chaque instant de cette expédition qui, selon les prévisions, devait atteindre son but vers trois ou quatre heures du matin.

– Tu te rends compte que sur la Lune on est six fois plus léger que sur Terre ?

Je me rendais compte qu'il était tard, et que se multipliaient chez moi ces sensations fiévreuses qui précédaient ou accompagnaient toujours mes érections. Je me rendais compte que trois types en combinaison de scaphandrier, qu'on ne voyait jamais, étaient en train de foutre en l'air la nuit que je m'apprêtais à passer avec une fille splendide. Faire l'amour sur la Lune, avec Marie, devait être un jeu d'enfant, même si là-haut, selon ces mêmes lois de la pesanteur, le bonheur ne devait pas peser bien lourd.

– Tu sais à quelle vitesse Apollo s'est dirigé vers la Lune ? Trente-neuf mille kilomètres à l'heure ! Il paraît que ça équivaut à un Paris-New York en moins de dix minutes ! Tu peux imaginer ça ?

J'acquiesçais en émettant une sorte de grognement primitif qui pouvait signifier bien des choses. Mes pensées flottaient à la lisière du sommeil, tandis que ma queue, en phase avec le monde, et sachant parfaitement où elle voulait en venir, remplissait les ballasts de ses corps caverneux. Dans ces moments de conscience affaiblie, il m'arrivait souvent de revoir le visage si sérieux de Vincent lorsqu'il rangeait méticuleusement son carrosse. Ou, au contraire, son sourire radieux quand il parvenait à marquer un but au football. C'était un peu comme si, profitant de ce léger endormissement, mon frère parvenait à se faufiler dans les interstices du temps, remontait des profondeurs de ma jeunesse et, pareil à une bulle de vie, venait oxygéner ma mémoire. Je me demandais comment mon frère s'y serait pris avec Marie. S'il aurait pu la soulever dans ses bras, gommer les lois de la pesanteur. Il était l'aîné. Il devait savoir comment régler ce genre de problème.

– Tu entends ? Le LEM va se poser vers trois heures et, si tout se passe bien, Armstrong doit en sortir juste après.

Il fallait tenir jusque-là, partager avec elle ces moments étranges, à la fois totalement irréels et pourtant élaborés à partir des lois élémentaires de la physique et des mathématiques. De toute façon, il se trouverait bien, un jour, de par le monde, un imbécile pour nous demander où nous étions le soir où des hommes avaient, pour la première fois, marché sur la Lune. Dans le confinement de nos vies respectives, nous pourrions alors nous souvenir que nous étions l'un près de l'autre, dans ce lit protecteur, au fond de ce motel basque dont certaines chambres proches de la falaise donnaient le sentiment de lâcher prise et de glisser doucement dans l'océan.

Marie alluma une cigarette et commença à faire des ronds de fumée. L'odeur du tabac blond mêlé de cannelle et de miel m'extirpa de ma torpeur.

– Tu recommences à faire des ronds.

– Ça te dérange ?

– Non mais quand tu les fais en public, je trouve que ça a un côté vulgaire qui ne te ressemble pas.

– Qu'est-ce que tu peux être coincé.

C'était bien là, pour moi, le pire des reproches. Car un libertaire ne pouvait pas être coincé. Mieux, en aucun cas il ne devait l'être.

– Je ne suis pas du tout coincé, mais quand on te voit faire tes ronds, comme ça, au restaurant, on ne peut s'empêcher de penser que tu t'ennuies avec moi et que tes ronds, justement, tu les fais pour passer le temps.

– Que tu es susceptible et orgueilleux. Et puis, il faut vraiment aussi que tu sois tordu pour penser que des gens qui ne nous ont jamais vus imaginent des trucs pareils parce que je fais des ronds. Est-ce que tu sais au moins pourquoi je les fais, ces ronds ? Parce que j'ai lu quelque part que Charlie Chaplin avait déclaré qu'il léguerait le quart de sa fortune à la première personne qui serait capable de réussir devant lui sept ronds concentriques.

Elle lâcha trois volutes parfaites qui s'envolèrent vers le plafond, la quatrième, après un départ prometteur, se désintégra dans d'invisibles turbulences. Marie écrasa sa cigarette, but une gorgée d'eau gazeuse et se laissa glisser dans les draps. La chaleur de son ventre, la douceur de ses jambes provoquèrent une nouvelle irrigation des cavités de mon pénis. Le contact de sa chair, la fraîcheur de ses doigts m'arrimaient à cette terre à laquelle, ce soir particulièrement, je tenais plus que tout au monde.

– Maintenant, il faut que tu me fasses ça comme jamais, pour que je m'en souvienne toute la vie.

Je roulai sur elle en la serrant très fort. Elle commença à gémir avant que j'aie entrepris quoi que ce soit, tant elle avait le désir d'être heureuse. J'étais enfoui au plus profond des poches du plaisir lorsque j'entendis la voix de Marie dire : « Ça bouge. »

– Qu'est-ce qui bouge ?

– Je crois qu'ils sont sortis, j'ai vu quelque chose passer sur l'écran.

Telle était la vie. Tandis que je nous imaginais flottant de conserve dans une ivresse partagée, elle, rigide vigie, gardait un œil glacé sur l'écran de contrôle. Elle écouta un instant la voix du commentateur, se détacha de moi sans la moindre précaution, et bondit hors du lit pour monter le son.

« Les images que nous voyons sont extraordinaires. Il

y a à peine une heure, le LEM s'est posé dans la mer de la Tranquillité à moins de six kilomètres du point d'alunissage prévu. Et maintenant, à 3 h 56, heure de Paris, en ce 21 juillet 1969, pour la première fois dans l'histoire de l'humanité, un homme vient de poser le pied sur la Lune. »

Assise nue sur le rebord du lit, face au téléviseur, Marie, absorbée, semblait photocopier mentalement chacun de ces moments. En regardant ces images grises, en écoutant ces considérations lyriques, je songeais qu'aux plaisirs de nos corps Marie avait préféré le spectacle du bonheur des autres. Couché sur le dos, la poitrine écrasée d'un invisible poids, je ressentais comme jamais la pesanteur qui régnait sur notre Terre. Tandis que je songeais à l'asynchronicité des sentiments et des désirs, elle dit :

– Tu imagines pour Collins ?

Elle débordait de compassion à l'égard de ce laissé-pour-compte. Mais j'étais Michael Collins, cet orphelin, ce type qui, dans le taxi, attendait que le reste de la planète ait fini de jouer avec les astres pour pouvoir reprendre le cours de sa vie normale. Une différence cependant nous séparait. Derrière le hublot, pour passer le temps, Michael devait se dire quelque chose comme : « Quand les corps chutent dans le vide ils ne sont soumis qu'à la pesanteur, supposée constante, sur toute la trajectoire. La trajectoire est verticale. La relation fondamentale de la dynamique s'écrit $mz' = mg$, z étant l'altitude. »

– Tu penses que ces types vont réussir à rentrer sur Terre sans encombre ?

– Marie, je suis fatigué et j'ai froid. Je souhaite vraiment que ces gars-là s'en sortent, mais maintenant, sois gentille, baisse le son de ce poste et laisse-moi dormir.

– Tu vas dormir pendant que ces deux-là marchent sur la Lune ?

– Oui, je crois que je vais y arriver.

– Ça t'ennuie si je continue à regarder ?

Rien ne pouvait davantage me contrarier, mais je lui répondis que non et me redressai même pour déposer un baiser sur sa bouche. Ensuite je me recouchai, tenant mon sexe dans la main comme si c'était un oiseau.

Peut-être suis-je bizarrement configuré, mais au même titre que le chien de Sinika avait, quelques années auparavant, congelé ma libido et mes sentiments, cette interminable nuit basco lunaire m'avait brutalement éloigné de Marie. J'essayai bien de faire bonne figure jusqu'à la fin de nos vacances mais il n'était pas nécessaire d'être grand clerc pour s'en rendre compte : c'était à contrecœur et en traînant les pieds que mes corps caverneux continuaient à remplir leur fonction.

Au début de l'été suivant, je décidai de quitter le domicile familial. Un contrat de trois mois d'intérim et la perspective d'un poste de surveillant à la rentrée devaient me permettre de m'installer chez moi dès l'automne.

Lorsque j'annonçais à mon père ma décision de partir en octobre, il me répondit simplement : « Je comprends. » Dans son langage, cela pouvait se traduire par : « Je ne te dirai pas que cela me fait plaisir, mais, à ta place, j'aurais sans doute fait pareil. On ne peut pas vivre bien longtemps dans une famille comme la nôtre. » Il fit quelques pas dans la direction du jardin, puis me demanda :

– Tu en as parlé à ta mère ?

– Non, pas encore.

– Ne lui dis rien. Je m'en chargerai.

Ensuite, il prit ses sécateurs et, comme un coiffeur de quartier, commença à grignoter les fraîches repousses des buis. Désormais, il consacrait le plus clair de son temps à embellir ce petit parc avec un soin plus affectueux que maniaque. Au garage, les choses avaient beaucoup changé, à moins que ce ne fût mon père. Il disait que la concession n'était plus qu'une vieille colonie ingouvernable, un territoire au bord de l'indépendance, qu'il visitait, certes, de loin en loin, mais dont il avait confié l'administration à une sorte de jeune proconsul un peu trop brutal à ce que l'on disait, et qui, à son sens, ne ferait pas long feu dans l'empire déjà déclinant de Simca.

En ce qui me concerne, j'enfilais pour la première fois le corset du salariat dans un établissement semi-public chargé d'établir les fiches de congés payés des travailleurs du bâtiment. Nous étions une trentaine d'employés à éplucher ainsi des feuilles de paye et des « déclarations de mise en intempéries » établies par les entrepreneurs. Il fallait reporter ces heures chômées sur des documents spécifiques, y inscrire le nom de l'ouvrier, effectuer quelques additions élémentaires et déterminer le montant des sommes à verser. C'était un travail comme il en existe des milliers, sans intérêt, une sorte de chaîne administrative, survivance d'un autre siècle, un emploi simplement misérable qui grignotait votre vie, sorte de petit cancer salarié qui ne vous tuait pas, mais simplement, jour après jour, paralysait les muscles du bonheur. Le plus cocasse, ici, était bien que notre activité consistait à calculer la durée des vacances d'autrui. Je savais n'avoir que quelques mois à endurer dans ce compartiment étanche au monde. La plupart des autres employés y avaient déjà passé le plus clair de leur existence.

À la suite de ce bref séjour dans cette administration, j'ai commencé à être victime d'un tic étrange qui, depuis, ne m'a jamais quitté. Il s'agit d'une fixation involontaire de mon esprit sur un nom propre que je peux mentalement répéter sans vraiment m'en rendre compte pendant plusieurs jours, des semaines, des mois, voire, pour certains, des années. Parfois, lorsque je prends conscience de cette rumination de l'esprit, j'éprouve le besoin irrépressible de prononcer le patronyme à voix haute. Comme pour me prouver que ce rabâchage en boucle est bien réel et que je ne suis pas fou. Tout cela est d'autant plus ridicule qu'il s'agit généralement de noms de sportifs peu connus enregistrés en dehors de ma volonté voilà des années, et qui, soudain, s'imposent à moi. Ainsi je me souviens d'avoir mille fois prononcé « Zeitsev » qui était, je crois, arrière ou ailier dans l'équipe de hockey de l'Union soviétique des années soixante-dix. J'ai aussi beaucoup aimé dire « Hoegentaler », un footballeur allemand. Depuis quelques années, je suis envahi par des patronymes de marque comme « Jonsered » (tronçonneuses), ou « Gorenje » (électroménager), ou « Ingersöll » (compresseurs). Ce tic, discret désordre compulsif, s'enclenche à n'importe quel moment, sans que je le veuille, les jours de peine comme dans les moments de joie. Rien ne me différencie alors des autres hommes, sinon cette sorte de mantra insidieux et têtu qui colonise ma tête à la façon d'un vieux disque rayé : « Jonsered-Jonsered-Jonsered-Jonsered... »

À la caisse des congés payés, le responsable du service s'appelait Azoulay. C'était un homme d'une quarantaine d'années, affublé d'une voix nasillarde, autoritaire, enchâssée dans un terrible accent pied-noir, aimant abuser de son pouvoir et de son eau de toilette. Son bureau empestait une sorte de Crésyl citronné. Chaque fois que j'entrais dans cette pièce, mes yeux se mettaient à piquer comme s'ils étaient confrontés à la fumée d'un feu de forêt. Lorsqu'il était de mauvaise humeur, Azoulay nous criait ses ordres de son bureau. Le reste du temps, il s'adressait à nous comme si nous étions des animaux en captivité.

Sa seule raison d'être était de faire payer aux autres le prix de ses désappointements, de ses pertes, de ses insuffisances. Sans doute déjà mauvais sujet à Oran, Azoulay était devenu un salopard à Toulouse. Un maniaque de la loi, de l'ordre et des règles. Ces règles, justement, que la France n'avait pas respectées en Algérie, lui, Azoulay, avec sa grande gueule, avait aujourd'hui pour ambition de les apprendre aux Français, de les inculquer, notamment, à sa cible privilégiée, Éric Delmas, un type fatigué, prématurément usé, avec des taches brunes sur les mains et un visage lustré comme les flancs d'un vieux costume. Delmas portait des chemises aux encolures trop larges dans lesquelles flottait son maigre cou de cygne. Ce détail vestimentaire ne faisait qu'accentuer l'impression de fragilité qu'il dégageait. Azoulay, à qui cette faiblesse n'avait pas échappé, prenait plaisir à tourmenter son subalterne : « Alors, m'sieur Delmas, on a encore maigri pendant la nuit ? Attention, si ça continue, vous allez perdre un os ! » Ou encore : « M'sieur Delmas, avant d'partir et avec l'vent qui fait, n'oubliez pas d'vous mettre des fers à r'passer aux pieds ! » Azoulay criait cela du fond de son petit aquarium, avec sa détestable voix de corneille, de façon à en faire profiter tout le service qui, comme tous les services, riait complaisamment aux misérables plaisanteries de son chef. Pour ma part j'essayais de me montrer aimable avec Delmas. Mais il s'était tellement habitué à la persécution qu'il semblait presque gêné, voire dérangé, lorsqu'on lui témoignait une quelconque marque d'intérêt.

Ce matin-là en voyant Delmas lâcher son téléphone et fondre en larmes sur son bureau, je pensai à ma mère le jour où elle avait appris la mort de Vincent. Il y avait dans leur douleur abrupte, une racine commune, une sorte de mal universel qui empêchait de raccrocher les téléphones et vous imposait à tout jamais une image anamorphosée de l'existence. Ayant aperçu la scène de loin, Azoulay sortit de sa cage et s'approcha de sa proie.

– Des ennuis, m'sieur Delmas ?

– Il va falloir que je parte... Ma fille vient de tomber dans le coma... C'est l'école... Ils disent...

– J'vais vous l'dire c'qui disent, moi, dans cette école. Ils disent, que c'm'sieur Delmas il a toujours une bon'raison pour partir avant tout l'monde. Ma parole, toujours un pied en l'air, m'sieur Delmas, hein ? Bon allez-y, mais j'veux vous voir là à quatorze heures précises, hein ?

L'autre, perdu dans le désordre de ses larmes et de son affolement, rangeait ses affaires avec la maladresse d'un écolier qui s'apprête à passer en conseil de discipline. Je n'avais jamais vu un homme se comporter aussi mal. La peine animale de Delmas était insupportable. Azoulay, lui, fit quelques pas dans l'allée centrale et, de la démarche d'un préfet des études satisfait, regagna son bocal.

Toute la matinée, incapable de travailler, je m'en voulus de n'être pas intervenu pendant l'incident. J'étais le seul à pouvoir le faire, le seul susceptible de tenir tête à Azoulay puisque je n'étais qu'un type de passage, quelqu'un contre qui il ne pouvait rien. Au lieu de quoi, muet, je l'avais laissé faire.

À quatorze heures précises, Delmas était assis à son bureau, recomptant ses fiches d'intempéries, l'œil sec, le stylo à la main. Sa fille allait mieux, elle avait repris conscience. C'était l'essentiel. Le reste ne comptait pas. Le téléphone n'avait pas sonné. Il n'avait pas décroché. Il ne s'était rien passé. Rien.

Cet épilogue silencieux, étouffé, dénoua quelque chose en moi, peut-être le lien de la peur ou bien celui de la colère. Je me levai et pénétrai dans le repaire nauséabond d'Azoulay. Il leva la tête, surpris.

– M'sieur Block, j'crois pas vous avoir entendu frapper?

Une myriade de petites mouches dansait devant mes yeux, mon cœur cognait dans ma poitrine, et les mots, informes et pareils à de l'étoupe, s'envasaient au fond de ma gorge.

– J'ai posé une question, m'sieur Block. La porte, là, vous z'y avez frappé oui ou non ?

Tel un ours furieux, je levai les bras et abattis mes deux poings de toutes mes forces sur son bureau. Le bruit m'impressionna moi-même, la table, le sol tremblèrent et, avec lui, les parties graisseuses les plus flasques du visage de mon chef de service. Avec le recul, je pense que j'aurais dû, à cet instant, pousser un terrible rugissement primitif, un grognement de grizzli, puis ressortir sans rien ajouter. Au lieu de quoi, sans doute libérés par ma démonstration de force, les mots jaillirent de ma bouche.

– Écoutez-moi bien : la prochaine fois que vous faites la moindre observation à M. Delmas, je me lève et je vous écrase ces deux poings sur la gueule.

Tout en disant cela je lui mettais sous le nez ces mêmes phalanges qui l'instant d'avant avaient ébranlé la pièce, mais aussi, je le sentais bien, ses certitudes.

– Qu'est-c'qui vous prend, m'sieur Block, là ? Vous m'avez fait peur, là.

– Blick.

– Quoi, Blick ?

– Mon nom c'est Blick, pas Block.

– Oui, m'sieur Blick, là, c'est quoi ces façons, là ?

– Je vous le répète : tant que je travaillerai dans ce service, vous parlerez respectueusement à M. Delmas. Et ce soir, avant qu'il parte, vous irez vous excuser auprès de lui.

Je sortis du bureau d'Azoulay en claquant la porte si fort que toutes les vitres vibraient encore quand je revins à mon poste de travail. Attendant une terrible riposte de sa part, tous mes collègues avaient le regard fixé sur leur chef. Celui-ci porta un instant son stylo à la bouche, le suça à la façon d'un élève dubitatif, puis, semblant soudain avoir dissipé ses interrogations, se remit au travail.

Le soir, à la maison, et pour la première fois depuis longtemps, ma mère anima la conversation, plaisantant avec mon père au sujet des nouveaux modèles de Simca 1100 et s'intéressant à la façon dont je vivais mon premier mois de salariat. Je lui parlai d'aliénation, de fatigue visuelle, de maux de dos liés à l'immobilité. En revanche, je fus incapable de lui raçonter l'histoire de mon accrochage avec Azoulay. Elle me livra son point de vue singulier sur le travail, puis, avec la soudaineté d'un oiseau qui s'envole, elle s'éclipsa à la cuisine. Quand elle revint, Claire Blick m'apparut comme une femme encore jeune, vive, spirituelle, pleine d'attraits. L'existence ne l'avait pas épargnée. Tout en se servant une tasse de café décaféiné, elle me dit : « Tiens, cet après-midi, j'ai lu cette phrase du philosophe Alain qui, va savoir pourquoi, m'a fait penser à toi : “L'appétit va ; la lessive se fait, la vie sent bon.” » Dans la bouche de ma mère, ce rapprochement sonnait comme un compliment.

Je terminai mon trimestre à la Caisse des congés payés du bâtiment sans avoir connu le moindre problème. Azoulay n'importunait plus Delmas. Quant à moi, il semblait m'avoir littéralement rayé de son champ de vision. Pour que mon passage à la Caisse ne soit pas totalement vain, je prenais un malin plaisir à truquer nombre de décomptes offrant ainsi des primes supplémentaires aux ouvriers qui s'échinaient sur les chantiers. Il ne faisait aucun doute qu'Azoulay avait découvert mon manège, mais – rapport de force oblige – j'étais convaincu que mes rudes manières de grizzli lui avaient appris qu'il valait mieux, parfois, se cacher de la vérité.

En revanche, mon coup d'éclat n'avait pas eu le même effet auprès de mes collègues. Il ne m'avait pas rendu populaire, ne m'attirant pas le moindre soutien, ni la plus petite sympathie. Épuisé, brisé, Delmas était au-delà de ces sentiments. Quant aux autres, peut-être m'en voulaient-ils de leur avoir involontairement montré que, bien plus qu'Azoulay, leur véritable ennemi était leur propre lâcheté.

Le dernier jour de mon service, tout le monde s'en alla sans me dire au revoir. Azoulay sortit en dernier de la pièce. En passant devant moi, il s'arrêta un instant :

– M'sieur Blick, là... voilà... c'est au sujet des majorations d'horaires, là, sur les bulletins d'intempéries. J'voulais vous dire que j'ai été obligé de tout rectifier, là, et puis de faire un rapport à la direction. Alors faudra pas hésiter à aller taper s'ul bureau, là, s'ils vous convoquent, hein ?

Quelques jours après avoir terminé ma mission d'intérim, je reçus un courrier à en-tête de l'Éducation nationale m'annonçant que j'étais nommé à un poste de surveillant dans un collège de la lointaine banlieue de Toulouse. La perspective de ce salaire, modeste mais stable, me donnait cette fois à penser que quelque chose était réellement en train de changer. Je pouvais commencer à chercher un studio, ou un trois ou quatre-pièces à partager avec d'autres étudiants. À l'époque, il n'était pas nécessaire de produire cinq ans de feuilles de paye, six certificats médicaux, sept mois de caution, huit garanties bancaires, neuf copies de casier judiciaire, et d'avoir un faciès d'héritier pour trouver un logement. Souvent, même, les propriétaires de grands appartements défraîchis et vieillis ne voyaient pas d'un si mauvais œil la venue d'universitaires débrouillards et peu regardants sur l'état des lieux tant le plaisir de l'indépendance prenait, chez eux, le pas sur la recherche du confort.

Pour trouver ce type de logement, j'avais un atout : les Rochas. Leur agence, spécialisée dans la vente et les produits haut de gamme, conservait cependant un matelas assez conséquent d'offres de location à destination des étudiants. Marthe Rochas tenait absolument à entretenir ce secteur de faible rapport qu'elle considérait comme un investissement à long terme. À ses yeux, un universitaire représentait avant tout un pouvoir d'achat en gésine. Ce carabin chevelu, fagoté comme l'as de pique et vêtu d'un trois-quarts afghan, poussant timidement la porte de sa boutique pouvait devenir demain un ponte de la rhinoplastie. Et si, aujourd'hui, elle acceptait de flatter sa tignasse ce n'était que pour mieux la tondre dans l'avenir. Marthe Rochas entretenait avec l'argent le même rapport gourmand, goulu, qu'elle avait avec le sexe. Tout était à prendre, le principal comme la petite monnaie, il n'y avait pas de temps morts, ni de profits négligeables. Michel Rochas, lui, était moins âpre au gain. Il menait sa petite affaire à la façon de ces vacanciers nonchalants qui conduisent un coude à la portière. Depuis que nous nous connaissions, je n'avais jamais vu sur son visage autre chose que ce regard apaisé, ce sourire détendu caractéristique des mammifères sexuellement comblés. Marthe avait un profil plus industrieux, rappelant même par certains côtés l'agitation désordonnée et chronique qui caractérisait son fils. Dans son éternel tailleur gris qui la prenait bien à la taille, elle faisait penser aux abeilles d'été, toniques et travailleuses, butinant un dossier, puis l'autre, en extrayant les sucs qu'elle semblait emmagasiner sur ses hanches qui, au fil des ans, avaient pris quelques rondeurs.

Pendant trois jours, la mère de David me prit littéralement sous son aile pour me faire visiter une dizaine d'appartements. Cela allait du studio pour célibataire, alvéole unicellulaire aménagé selon les codes décourageants du plus petit dénominateur commun, à l'appartement bourgeois enluminé de boiseries de chêne, parqueté de châtaignier et décoré de plafonds inaccessibles aux rosaces meringuées.

Je décidai de centrer mes recherches sur un logement de surface conséquente que nous pourrions partager à trois, peut-être même à quatre. Cette communauté, stimulante pour l'esprit, offrait l'énorme avantage de multiplier les échanges et de diviser le montant du loyer.

Avisée de mon choix, Marthe me donna rendez-vous vers dix-sept heures au troisième étage d'un réconfortant immeuble de l'allée des Soupirs. Quoi de plus romantique que de commencer une vie de célibataire à une pareille adresse. On imaginait les locataires de l'endroit, nobles âmes en armure, alanguis auprès de quelques visiteuses en quête d'aventures érotico-chevaleresques.

L'allée en question – qui menait au canal du Midi – ne méritait pas vraiment son nom puisqu'elle voisinait avec une caserne de pompiers dont les sirènes émettaient bien autre chose que des soupirs.

Marthe Rochas portait ce jour-là un parfum très lourd, outrageusement fleuri, poudré aussi, avec une touche d'ambre ou de cannelle, un parfum de soir, de nuit même, avec des notes profondes, intimes, que l'on emporte jusque dans le sommeil. Marthe Rochas n'avait pas attendu des heures aussi tardives pour exhaler ces turbulentes senteurs. Je marchais dans son sillage grésillant, écoutant le bruit de ses talons qui claquaient sur chaque marche de l'escalier, avec ce je-ne-sais-quoi d'espagnol, cette verve flamenca, cette familiarité engageante.

L'appartement était disposé en éventail, quatre chambres ouvrant sur un vaste salon aux tendances hémisphériques qui faisait penser à une grosse coquille saint-jacques. Les ouvertures principales donnaient toutes sur une grande cour ombragée, gage de fraîcheur en été.

– Tu ne pourras pas trouver mieux.

Elle avait dit cela sur un ton qui n'avait rien de professionnel. Il y avait même dans l'inflexion de sa voix quelque chose qui s'apparentait à de la nostalgie. On la sentait envieuse de la jeunesse qui allait vivre ici, de ces moments d'exaltation propres aux emménagements, ces prémices fiévreuses où chacun est pressé de commencer sa propre histoire avec le sentiment grisant que désormais tout peut arriver.

– Je suis sûre que tu as déjà choisi ta chambre.

Elle se tenait droite, une jambe légèrement décalée, son pied pratiquement en équerre, rappelant la position de repos des danseuses classiques. Ses bras croisés rehaussaient sa poitrine dont on devinait la naissance dans l'échancrure de son chemisier blanc.

– Tu vas être heureux ici. Je le sens.

Je le sentais aussi. La lumière déclinante donnait à la pièce une atmosphère d'intimité protectrice et c'est à peine si l'on percevait les bruits lointains de la rue. Il suffisait parfois de monter quelques marches, de franchir la porte d'un lieu inconnu pour se sentir aspiré au cœur d'un autre monde, où tout ce que vous pensiez, vouliez, croyiez l'instant d'avant, se retrouvait soudain la tête en bas.

Dans cet univers inversé, où le faux est toujours un moment du vrai, Marthe Rochas, gérante d'agence immobilière, épouse et mère, redevenait la femme que j'avais surprise au travers du lanterneau, à la fois offerte, avide, impérieuse et soumise, travaillant de la croupe pendant que son rejeton, l'œil rivé au carreau, en prenait de la graine en se débarrassant de sa semence.

Marthe Rochas fit quelques pas vers la fenêtre comme pour observer l'envol d'une nichée de pigeons. Et le plat de sa main, doigts légèrement écartés, se posa sur le bord de la vitre. Sans qu'elle m'y ait invité, je m'approchai d'elle. Le vieux bois du parquet craqua, semblant me mettre en garde à chaque pas. Lorsque je fus près d'elle, dans son dos, à l'effleurer, je me figeai comme un passager du métro, agrippé à l'ultime poignée de sa conscience. Ce fut elle qui vint à moi, sans manière, sans se retourner, sans me regarder. Elle recula, pressant ses fesses contre mon ventre, se frottant contre cette part de moi-même sur laquelle je n'avais plus de contrôle. Et les mains bien à plat sur les vitres, elle se cambra. D'une voix presque enrouée elle murmura :

– Tu n'es pas là.

Cette phrase énigmatique m'angoissa. J'étais là. Bien

sûr. Elle pouvait bien raconter ce qu'elle voulait. Je la tenais dans ma ligne de mire de la même façon que son fils embrochait les rôtis. De ces mêmes gestes brusques que l'on peut voir dans les films bon marché, je l'empoignai avec vigueur. Elle eut un petit rire de gorge satisfait, qui semblait dire : « Voilà, c'est ça, maintenant tu es là. » Ce modeste assentiment me transporta et un frisson de courant de basse tension me traversa l'échine.

– Ne te presse pas, nous avons tout le temps.

Sans se retourner, elle glissa ses mains à l'intérieur de mes poches pour découvrir les formes, les contours de son nouveau jouet, et alors j'eus soudain l'impression de jaillir à la surface d'un océan après une longue apnée. Jamais aucune femme ne m'avait tripoté avec autant de savoir-faire au travers d'un tissu de coton. Jamais je n'avais imaginé que pareils trésors d'imagination pussent ainsi traîner au fond de mes poches. Quand elle eut fini sa fouille, sans même m'être aperçu de ce subtil déboutonnage, je me retrouvai le pantalon tire-bouchonné sur les chevilles. Cette femme avait les fesses du diable et les doigts de Houdini. D'un geste élégant, presque maniéré, elle souleva sa jupe, baissa sa culotte, et me guida à l'exacte place où elle avait décidé de m'amener. À l'instant de cette pénétration, je la revis telle que je l'avais découverte en cette soirée d'adolescence, attelée à la bite de Michel Rochas, le visage exagérément tourné en arrière à la façon d'un conducteur concentré sur l'exécution d'un créneau difficile. Oui, c'était cela. Avec cette manière de vous regarder comme un bord de trottoir, de vous tenir pour une sorte d'obstacle, Marthe Rochas donnait, à ces moments-là, l'impression qu'elle était en train de se garer.

– Plus à droite, c'est ça.

Et maintenant elle me guidait, dirigeait la manœuvre. La leçon de conduite continuait. À la fois délicieuse et gâchée par ce flot continu d'indications que je prenais pour autant d'observations critiques. À mesure que nous avancions dans l'inconnu, les demandes se transformaient en récriminations, en revendications de plus en plus impérieuses, de plus en plus explicites :

– Continue, surtout ne t'arrête pas… caresse-moi le bout des seins… mon clitoris aussi… pas comme ça…

Marthe Rochas avait ses habitudes, ses exigences, son strict *modus operandi*. Cette check-list à laquelle elle me soumettait me faisait perdre mes moyens. Une forme de panique d'incompétence était en train de me gagner. Je me retrouvais dans la position d'un pilote néophyte confronté aux alarmes d'un tableau de bord beaucoup trop sophistiqué pour lui. Les voyants se mettaient à clignoter, les commandes ne répondaient plus et, peu à peu, tout indiquait une perte de contrôle totale de la situation. Je n'étais plus qu'un automate désemparé, déréglé, réagissant à contretemps aux impulsions que l'on m'envoyait.

Vint un moment où je ne sus plus vraiment faire la différence entre le ciel et la terre, la conséquence et la cause, le vice et la vertu, l'usage et la règle. Ressentant mon affolement doublé de ce raidissement caractéristique du vertige préorgasmique, Marthe Rochas tenta bien de prévenir la catastrophe par une ultime injonction :

– Pas maintenant, non, pas encore.

Elle aurait pu dire, pas déjà. Ou, pas comme ça. Ou, pas si vite. Elle choisit, pas encore. J'eus alors la sensation de dévisser d'un pic vertigineux et de tomber dans un air hostile et glacé. Durant tout le temps de ma chute, Marthe Rochas, agacée, fit une moue d'expression assez enfantine. Je dis, sans doute, que j'étais désolé, que je ne comprenais pas, que j'ignorais la cause de ce qui s'était passé. Elle sembla ne pas entendre mes excuses et, comme si elle se désaccouplait d'une remorque ou d'un poids mort, s'écarta d'un mouvement irrémédiable et disgracieux.

– Il va falloir oublier tout ça très vite. Il ne s'est rien passé dans cet appartement. On est bien d'accord, n'est-ce pas, Paul ?

Nous l'étions. Marthe Rochas avait déjà surmonté sa déception passagère, et, oubliant cet insatisfaisant égarement, était passée à autre chose. Rhabillée, reconditionnée, elle endossait à nouveau son habitus professionnel.

– Que décides-tu pour cet appartement ? Tu le prends ?

Tout en remontant mon misérable pantalon, je répondis que oui, je le prenais, songeant qu'il me faudrait quand même un certain temps pour traverser ce salon avec sérénité et chasser de ma mémoire le souvenir de mes maladresses.

Nous nous séparâmes en bas de l'immeuble en nous serrant la main. Elle retourna vers l'agence de son pas décidé. Je demeurai un instant immobile sous le porche en regardant les gens aller et venir sur les trottoirs. Je pris une profonde inspiration et songeai que, désormais, j'habitais allée des Soupirs.

C'est à cette adresse que, quelques mois plus tard, naquit Round up, groupe de rythm and blues fantasque et élastique que je fondai avec deux colocataires de l'appartement. Cette entité musicale, dans ses diverses configurations, perdura cinq ans et compta jusqu'à neuf membres dans ses périodes les plus fastes. J'étais le seul sociétaire de cette formation à mener une existence à peu près normale : je me levais le matin, la nuit venue, je dormais, me nourrissais à des heures à peu près régulières et entretenais avec mes semblables des rapports que l'on pouvait qualifier de sociabilisés. Mes partenaires pouvaient réunir une ou plusieurs de ces caractéristiques mais ne parvenaient jamais à les combiner toutes ensemble.

Après une très courte période d'apprentissage, Round up – quatre musiciens dans la configuration initiale, le noyau dur – décida de se lancer à la conquête des clubs et des soirées privées. Nous proposions un famélique répertoire de morceaux généralement exécutés en trois accords, notre ignorance du solfège et nos insuffisances techniques ne nous permettant pas d'accéder aux sophistications harmoniques des compositions d'un Otis Redding, d'un Stevie Wonder et encore moins d'un Curtis Mayfield. Nous étions – et nous sommes d'ailleurs restés jusqu'à la fin – de pitoyables musiciens aux doigts gourds, privés du moindre talent, mais pourvus d'un culot monstre. Nous n'avions de comptes à rendre à personne. Pour nous la musique était une activité hautement subversive, la continuation de la révolution par d'autres moyens. Durant les répétitions il était d'ailleurs bien plus souvent question de politique que de musique et nous éprouvions davantage de plaisir à contester et torturer le fameux « système » qu'à respecter les temps et les mesures. Cela ne nous empêchait pas de jouer à droite ou à gauche dans des clubs minables et chez des particuliers bienveillants, ou, du moins, assez ignorants des risques – bien réels – qu'ils encouraient en nous introduisant chez eux.

C'est ainsi qu'on nous proposa d'animer une soirée de noce où nous étions censés jouer plusieurs sets en alternance avec des plages de musique enregistrée. Bien que méprisant l'institution du mariage, nous étions convenus de bien nous tenir et de taire l'intransigeance de nos points de vue. C'était sans compter sur Mathias, saxophoniste terrifiant, alliant le souffle emphysémateux d'un Fausto Papetti aux incontrôlables délires de l'avant-garde la plus *free*, maoïste spontané tendance kung-fu et contestataire radical considérant tout élan de tendresse comme une « capitulation névrotique ». Dans son monde, les hommes ne devaient approcher les femmes qu'à la belle saison, pendant les travaux des champs, pour les seconder durant la période des récoltes. Les sexes différents ne devaient pas avoir pour but de se reproduire, mais uniquement de collaborer à l'édification de la dictature du prolétariat, évidemment bienveillante à l'égard de la pratique des arts martiaux et de l'usage des saxophones de marque Selmer. Avec sa voix de stentor jaillissant d'une silhouette malingre, son étrange coiffure à mi-chemin du bol et de la frange, son obsession constante des *katas*, Mathias donnait parfois l'impression d'avoir été conçu avec des éléments disparates ramassés sur divers continents.

Ce soir-là, lorsque, micro en main, un des invités nous présenta et annonça le premier morceau de Round up, il ne pouvait s'imaginer l'importance des forces malveillantes qu'il venait de libérer. Avant même que nous ayons attaqué la première note, Mathias s'approcha du micro et hurla, le poing levé : « Le mariage est la forme la plus menteuse des relations sexuelles ; c'est pourquoi il jouit de l'approbation des consciences pures ! Nietzsche. » S'ensuivit un silence crémeux que nous tentâmes de dissiper en attaquant mollement un blues en *mi-la-si*. Les foules sont peu rancunières. Nous recueillîmes une brassée d'applaudissements immérités. Pendant que des disques aux mélodies plus raisonnables prenaient le relais, des invités vinrent même discuter ou prendre un verre avec nous. C'étaient des gens charmants, réunis pour passer ensemble un moment agréable et souhaiter bonne chance à un couple qui s'engageait dans la vie. Ils nous posaient des questions de circonstance : que faisions-nous dans la vie ? Jouions-nous ensemble depuis longtemps ? D'où venait ce nom de Round up ? Comment expliquer que ce patronyme n'était en fait qu'une marque de désherbant qui, pendant des mois, s'était incrustée – juste avant Ingersöll – dans le secret de mon cerveau maniaque.

Au moment d'entamer notre second passage, Mathias, que nous n'avions jamais vu aussi maigre et aussi agressif, s'empara une nouvelle fois du micro : « Le mariage est la forme légale de la prostitution, l'arrangement notarié d'un proxénétisme moral aggravé de… » Cette fois, Mathias n'eut pas le temps d'aller au bout de sa citation. Le père de la mariée, vif quinquagénaire au torse comprimé dans une veste trop juste, monta sur scène pour lui arracher le micro. S'estimant victime d'une atteinte à sa libre expression, Mathias se mit dans sa ridicule position de combat et infligea à son supposé agresseur un *mawashigeri* peut-être même doublé d'un *osotogari*. Autant dire que notre hôte partit en planche vers le fond de la scène avant de s'écrouler dans le mur de cymbales du percussionniste. Il s'ensuivit un mouvement de foule et un partage du monde. Chacun choisit son camp, se plaçant de part et d'autre d'une imaginaire ligne censée délimiter la frontière entre le bien et le mal, la réaction et les forces populaires, les gens heureux et ceux qui se préparaient à avoir de sacrées histoires. Dans la mêlée, nous reçûmes bien plus de coups que nous n'en donnâmes, avant d'être expulsés comme des corps étrangers, chassés à coups de chaise d'une soirée jusque-là bien paisible.

– Mais putain qu'est-ce qui t'a pris de faire ce numéro de merde ? fit le moins endommagé d'entre nous.

Le nez et la lèvre supérieure tuméfiés, du sang plein les dents, Mathias répondit :

– F'était néféfaire.

– Quoi ?

– Il dit que c'était nécessaire.

– C'est ça, ouais, d'accord. Et tu peux nous dire comment on va récupérer nos instruments maintenant ?

Il fallut plusieurs jours et l'intervention d'intermédiaires bienveillants pour retrouver nos biens, soumis, entre-temps, à un sévère régime de représailles : les cordes des guitares avaient été sectionnées, les fils d'alimentation des amplis et des claviers, coupés, et les peaux des tambours et des congas, lacérées.

Trois ans après 68, nous étions encore imprégnés de l'insolente énergie du mouvement, sans voir que le natif de Montboudif avait remis le pays au pli et la nation au travail.

En ces années-là, que pouvait-il bien y avoir de commun entre la France d'un Georges Pompidou, d'un Chaban-Delmas ou d'un Pierre Messmer et l'univers bricolé d'un Mathias, roi de l'invective, du Petit Livre rouge et du kung-fu ? Et nous, nous tous, que pouvions-nous partager avec ce président issu de la Banque, un maire de Bordeaux ou un ex-administrateur en chef de la France d'outre-mer ? Peut-être le ridicule, comme lors de ce bref et humiliant concert que nous donnâmes fin 74 ou début 75 au mythique Blue Note et qui, d'une certaine façon, marqua la fin de Round up.

Il faut s'imaginer ce que représentait, à nos yeux, le Blue Note. Une sorte de consécration, l'aboutissement de toutes nos années d'apprentissage. Nous allions enfin jouer de la musique noire dans la quintessence des boîtes noires uniquement fréquentées par des Noirs. Nous touchions enfin au but. Cet engagement nous le devions à Hector, l'un de nos trois guitaristes, par ailleurs soliste désastreux et véritable fou furieux. Cénestopathe, archétype flamboyant de l'hypocondriaque, Hector était frappé chaque jour d'un terrible mal différent dont il nous détaillait les symptômes tout en nous informant de ses maigres chances de survie à trois ou cinq ans. Bizarrement, ces affections ne se cumulaient pas puisque selon la magie d'une immuable règle, chaque matin, la nouvelle chassait la précédente. Lorsque nous lui faisions remarquer l'incongruité de ce phénomène, il s'emportait et développait, là encore, des thèses politico-fumeuses selon lesquelles le patient libéré devait échapper à sa condition de *non-sachant* pour reprendre en main son organisme et remettre en cause les privilèges insensés du mandarinat. Le corps physique, disait-il, devait être à l'image du corps social : en révolte permanente. Au moins une fois par concert et à chaque répétition, Hector grimaçait en se tenant les flancs, la poitrine ou le ventre, posait sa guitare et partait d'un pas mal assuré ronger en coulisse l'os de ses douleurs. Parfois, il ne prenait même pas la peine de s'éloigner et s'affaissait, là, devant nous, à genoux, offrant ainsi le spectacle répétitif et lassant de ses agonies successives. À l'image de ces mauvais acteurs criblés de balles traînant leur carcasse sur des hectomètres, il n'en finissait pas de mourir.

Bien plus tard, je me suis demandé si Hector ne s'était pas servi de ses pathologies imaginaires pour embobiner les patrons du Blue Note et les enfermer dans un impossible chantage affectif. Je l'imaginais confier au gérant son admiration sans bornes pour Curtis Mayfield, Malcolm X, lui glisser ensuite qu'il jouait dans Round up, mais que, malheureusement, tout cela n'allait pas durer bien longtemps ; oui, il était gravement malade ; non, il préférait ne pas parler de tout cela ; il n'avait qu'un regret : ne pas avoir pu jouer au moins une fois au Blue Note avant de quitter ce monde. Quoi ? C'était possible ? Il fallait voir ? Vraiment ? Je savais Hector assez timbré et tordu pour se lancer dans de pareilles manœuvres et y mettre toute la conviction de l'incurable qu'il avait, par ailleurs, le sentiment d'être réellement. Nous étions arrivés au club en fin d'après-midi pour installer nos instruments et essayer de régler une balance à peu près correcte. Les batteurs, éternels jumeaux de l'enfer, tiraient des bouffées à décorner des bœufs. L'herbe avait l'odeur forte et piquante caractéristique des feuilles fraîches encore imprégnées de toutes les variétés moléculaires de la plante. Nous prenions un malin plaisir à fumer notre marijuana en public. Cela rajoutait un petit frisson turpide. J'en avais planté plusieurs pieds dans la serre familiale et ces semences ne faisaient que croître et embellir au gré des saisons. Ma mère, instruite de mes cultures, avait, en mon absence, la gentillesse d'arroser régulièrement mes plants. Mon père, lui, ayant eu à connaître les récits de son propre père du temps où celui-ci fréquentait quelque sombre fumerie d'opium à Tanger, considérait mes travaux d'herboriste comme un modeste jeu d'enfant, même si je le soupçonnais d'avoir tâté une ou deux fois de l'efficience de mon THC.

Les batteurs battaient. Chaque coup de baguette résonnait dans cet endroit pour l'instant désert. Hector nous quittait toutes les dix minutes, pour, disait-il, aller vomir, victime cette fois de je ne sais quelle hépatite. Il revenait avec les cheveux mouillés, avalant ostensiblement quelques pilules antispasmodiques. Mathias changeait les anches de son Selmer, les guitaristes réglaient la tension de leurs cordes neuves, tandis que j'essayais de démêler les câbles qui reliaient en cascade les boîtes d'effets de chorus et de phasing. Pour cette soirée exceptionnelle je m'étais fait prêter un orgue Hammond à roues phoniques et une cabine Leslie. À l'équerre de cet instrument se trouvait un piano Fender sur lequel j'avais posé mon vieux synthétiseur Moog. Aujourd'hui encore je me souviens précisément des moindres détails de ces instruments que je pourrais identifier à l'odeur, en aveugle. Selon leur mode de fabrication, les claviers ont des parfums différents. Chez certains domine l'odeur de néoprène, d'autres, en chauffant, dégagent des effluves de soudure à l'étain, d'autres encore sentent un mélange de vernis et de bois compressé rappelant invariablement un arôme de réglisse. Mais cet après-midi-là, mes capteurs nasaux, perturbés, soûlés par les feux d'herbe des deux batteurs, auraient été bien en peine de se livrer à d'aussi subtiles analyses.

Apparemment remis de ses problèmes hépatiques, Hector nous quitta vers dix-neuf heures, victime cette fois d'une « crise d'épistaxis », un léger et banal saignement de nez qu'il nous présenta comme une incontrôlable hémorragie nécessitant l'intervention urgente d'un homme de l'art.

Pansés, guéris, branchés, accordés et défoncés, nous étions sur scène à vingt-deux heures, prêts à interpréter notre premier morceau, « Castles Made of Sand », de Jimi Hendrix.

Dès les premières mesures, je sentis que quelque chose se passait, un événement jusque-là impensable, imprévisible : nous jouions bien. Disons que nous respections le tempo sans trop dénaturer les accords, ni écorcher la mélodie. La magie de l'endroit opérait, nous étions touchés par une sorte de grâce, même si, au fil des morceaux, notre homogénéité de départ eut tendance à, doucement, se déliter. Nous étions les premiers Blancs à jouer au Blue Note, les premiers Blancs à être *reconnus* par des Noirs. Pouvait-on rêver plus belle fusion ? Au milieu d'un titre de Wilson Pickett dont j'ai oublié le nom, la scène fut, d'un coup, plongée dans l'obscurité la plus totale. Autour de nous, cependant, dans la boîte, il y avait de la lumière, le bar brillait de mille feux et la sonorisation de l'établissement avait pris le relais de nos amplis. Le public, toujours nombreux au Blue Note, s'était mis à danser sur la piste comme si rien ne s'était passé, comme si nous n'étions pas là, comme si nous n'avions jamais joué. Fébriles, paniqués, pressés de reprendre le concert nous tentions de vérifier nos branchements à tâtons. Au bout d'un moment, l'adjoint du patron du club vint vers nous.

– Vous pouvez tout démonter.

– Démonter quoi… on a à peine joué cinq morceaux avant la panne.

– Il n'y a pas de panne.

– Comment ça, il n'y a pas de panne ?

– Non, c'est le patron qui a décidé de vous couper l'électricité tellement vous êtes mauvais.

– Il nous a coupé l'électricité ?

– C'est ça. Et maintenant, il faut déménager tout ça très vite. Désolé.

Ce furent alors des fantômes, des corps dociles et silencieux qui débranchèrent les jacks un à un et emportèrent les instruments jusqu'au camion qui nous attendait dans la rue. Les bras chargés de matériel, nous nous efforcions de nous faufiler parmi les clients qui nous regardaient de haut.

Juste avant de partir, il me sembla voir Hector se faire vertement sermonner près du bar par un grand type noir en costume qui avait tout l'air d'être le propriétaire des lieux. Lorsqu'il nous rejoignit dans le fourgon, il était livide et se tenait le ventre. Pas plus que d'habitude nous ne prêtâmes attention à ses maux imaginaires. Il essaya bien de nous dire quelque chose, mais ses phrases restèrent au fond de sa gorge. Alors il s'inclina, et vomit.

Ces événements ont dû se produire vers la fin de l'année 74 alors que je m'apprêtais à quitter l'appartement de l'allée des Soupirs, estimant avoir fait le tour des grandeurs et servitudes de la vie en communauté. À cette adresse, en moins de cinq années, mes colocataires et moi avions déjà enterré deux présidents de la République : Charles de Gaulle, le 9 novembre 1970, victime d'une rupture d'anévrisme, et Georges Pompidou, le 2 avril 1974, atteint de la maladie de Kahler. Hector, toujours soucieux de nourrir ses névroses, avait écrit, en gros et au feutre noir, cette succession de décès et leurs causes, sur la porte des toilettes. Habitués à sa folie douce, je crois qu'aucun d'entre nous ne lui avait demandé le pourquoi de ces inscriptions latrinesques. Simplement, chaque jour, lorsque nous occupions le siège, nous acceptions de n'avoir d'autre alternative que de lire ces notations morbides.

Nous étions quatre à nous partager cet espace commun : Mathias, le saxophoniste implacable, Hector, le guitariste incurable, moi, le pianiste raisonnable, et Simon, le bassiste bien improbable. Nous poursuivions tous des études et exercions des petits métiers qui nous permettaient de vivre en paix et de payer notre loyer. Tous, sauf Simon Weitzman. Lui, prétendait suivre un cursus de médecine, sans jamais avoir mis les pieds dans un amphithéâtre. Aussi impensable que cela pût paraître, Weitzman affirmait être arabe, membre de la famille royale marocaine, et neveu du ministre de l'Intérieur de son pays. Ce qui ne l'empêchait nullement de passer ses journées à jouer aux cartes, traîner à l'hippodrome, monter des arnaques compliquées et voler du mobilier dans les administrations. Nos fauteuils provenaient des salles de réunion de l'université Paul-Sabatier. Les deux grandes tables de la cuisine ainsi que les chaises, du campus du Mirail. Quant à l'étrange bibliothèque métallique fixée au mur de l'entrée, elle avait été prélevée dans les locaux de l'Institut des études politiques attenant à la faculté des sciences sociales. Ainsi allait la vie : le soir nous nous couchions dans un appartement vide, et à notre réveil, le lendemain matin, par la grâce d'un descendant du Prophète, notre salon ressemblait à la caverne d'Ali Baba. Simon allumait alors une cigarette en nous regardant d'un œil vif, pétillant de bonheur et de malice. Physiquement, Weitzman était le sosie de Houari Boumediene, ressemblance qui, compte tenu du contexte politique et racial de l'époque, ne l'avantageait pas. Mais Simon vivait dans un monde bien au-delà de ces contingences. Pragmatique, intelligent, s'adaptant instantanément à toutes les situations, il improvisait sa vie dans l'urgence de l'instant. Il empruntait, chapardait tout ce qui lui passait sous la main, le bonheur aussi bien qu'un vélo de femme, une paire de skis ou des fauteuils de skaï. Simon n'était pas un voleur. Il ignorait simplement l'existence de la propriété. Pour lui, le monde était un pot commun où chacun avait le droit de se servir selon ses désirs et ses besoins du moment. Certes, il n'ignorait pas qu'il y eut des règles, des interdictions, des usages, mais il préférait les détourner ou les ignorer avec cet élégant dédain méditerranéen, cet entrain sympathique que dégagent les enfants turbulents.

La nuit, Simon recevait. Des types discrets que l'on croisait parfois dans le couloir, au petit matin. Tous traînaient dans leur sillage un parfum prégnant de mystère et de tabac froid. À cette époque, les manifestations et les attentats antifranquistes se multipliaient. Des bombes artisanales étaient placées devant le consulat d'Espagne situé à deux pas de la préfecture et du palais Niel, quartier général des armées. La fréquence et l'intensité des explosions de nuit allaient croissant tandis que, de l'autre côté de la frontière, le caudillo continuait à ordonner des exécutions de détenus politiques en les faisant mettre à mort selon la technique du garrot.

Simon et Mathias avaient noué des liens avec des militants antifranquistes appartenant à divers groupuscules qui luttaient activement contre la dictature. À l'appartement, on voyait défiler des Basques, des Catalans, des gens de la CNT. En dépit de ses louches ascendances, de ses liens familiaux revendiqués avec la dictature marocaine, de sa réputation de détrousseur de bureaux et de voleur de bicyclettes, Simon devenait très rapidement l'unique interlocuteur de nos visiteurs. Nous parlions beaucoup mieux l'espagnol que lui, notre culture politique était plus vaste et pourtant c'est lui qui inspirait la confiance, incarnait le représentant solidaire de la lutte internationale. Il n'était pas rare même que nos visiteurs préfèrent s'isoler en sa compagnie dans sa chambre pour discuter. Nous vivions ces moments comme des camouflets. Notre jalousie fut à son comble, lorsqu'un soir, au milieu du dîner, Simon nous annonça :

– Ça va sauter cette nuit.

– Qu'est-ce qui va sauter ?

– Le consulat.

– Comment ça, le consulat ?

– Je te dis que le consulat va sauter. C'est tout.

– Et comment tu sais ça ?

– Je le sais.

À deux heures du matin, une énorme déflagration réveilla tout le quartier. Sans doute animés de sentiments identiques, Mathias, Hector et moi sortîmes précipitamment de nos chambres. Nous trouvâmes Simon, assis dans un fauteuil, fumant un petit cigare avec cette décontraction typique des Anglais en vacances.

– Comment tu savais ça ?

Il me regarda de sa bonne bouille d'escroc, porta le mégot à ses lèvres et lâcha quelques ronds de fumée qui s'envolèrent vers le plafond en s'enroulant sur eux-mêmes. Ensuite, plus énigmatique que jamais, il enfila son pardessus et sortit sans se retourner en nous gratifiant d'un simple : « Bonne nuit, les gars. »

Je travaillais, alors, comme surveillant d'externat au collège d'enseignement général Marie-Curie, dans la lointaine banlieue. L'établissement qui comptait plus de quatre cents élèves était dirigé par un personnage humainement pitoyable, intellectuellement déficient et professionnellement pervers. Il y avait dans la dureté de son visage quelque chose qui rappelait les traits avachis de Benito Mussolini. Edmond Castan-Bouisse menait son école comme l'on barre un cuirassé. Lui, seul maître aux gouvernes, quelques subalternes notoirement lâches et soumis, alignés dans la première coursive, et tous les autres, apprentis, contremaîtres mêlés, entassés dans la salle des machines. Autrement dit, Castan-Bouisse était un con luminescent, une endive gorgée de sa suffisance et revigorée par l'échec de 68.

J'étais arrivé ici en 70, année où il avait décidé de reprendre les choses en main et d'infliger aux professeurs comme aux élèves les outrances d'un nouveau règlement intérieur tout droit sorti de son cerveau plaqué de Formica.

Le collège Marie-Curie faisait partie des établissements dont la cote avait baissé depuis qu'ils accueillaient une population essentiellement rurale jusque-là répartie dans les petites écoles du département. Les enfants de Marie-Curie étaient pour une bonne part des fils ou des filles d'agriculteurs, le reliquat étant issu de familles modestes regroupées dans ces lotissements bon marché dispersés en périphérie des villes. Castan-Bouisse détestait ce qu'il appelait cette « clientèle impossible ». Il ne comprenait pas que le rectorat l'eût affecté, lui, le chantre de la règle et le gardien de la vertu, dans un pareil trou à rat. Avec son savoir-faire, son passé de résistant – grandement contesté par ses détracteurs –, sa pratique courante du grec et du latin – totalement bidon selon les spécialistes –, il méritait de diriger un lycée de renom. Au lieu de quoi il était là, disait-il, au cœur d'une population hostile, rustre, quasi barbare, secondé par une brigade d'incapables plus préoccupés de se syndiquer et de forniquer que de respecter les lois cardinales de l'enseignement secondaire.

– Vous ne comptez pas, je l'imagine, garder vos cheveux aussi longs ?

C'était la première chose qu'Edmond Castan-Bouisse m'avait dite lorsque j'étais venu me présenter à lui. Il ne savait pas mon nom, ni d'où je venais, ni quelles études je poursuivais, ni si mon frère était mort ou mes parents vivants, mais il avait déjà tranché la question fondamentale de mon apparence.

Tout le temps que dura mon affectation à Marie-Curie il dut cohabiter avec cette tignasse dont la vue lui était proprement insupportable. Ma seule présence l'indisposait au point que, dans le silence de son bureau, et alerté par les violentes contractions de ses masséters, je pouvais l'entendre crisser des dents. Sur sa porte, il avait fait apposer deux plaques émaillées où l'on pouvait lire : « Direction » et, en dessous : « M. le Principal », en lettres gothiques. On imaginait aisément que le choix d'un pareil caractère n'avait d'autre but que d'intimider le rural, d'effaroucher le petit maître et d'asseoir son aura d'implacable dictateur de faubourg.

– … en outre je vous demanderai de ne pas être familier avec les élèves qui, pour la plupart, n'ont pas reçu une éducation leur permettant de comprendre les subtilités des rapports d'autorité. Contentez-vous donc d'appliquer le règlement intérieur à la lettre et de me prévenir au moindre manquement. Et… vos cheveux… bien sûr, le plus tôt possible.

Disant cela, il figura une paire de ciseaux avec son index et son majeur qu'il promena d'un air pervers et gourmand sur le flanc d'une calvitie bien avancée.

La vie à Marie-Curie était une sorte d'enfer tridimensionnel. Au premier niveau je devais supporter le chahut des élèves qui avaient parfaitement compris que je n'étais pas un chien de garde mais plutôt un animal de compagnie qui ne leur voulait aucun mal. Au sommet, le kaiser ne se privait pas de me reprocher ma vulgate gauchiste, mon manque d'autorité et mon exubérance capillaire. Quant aux professeurs, stagnant dans l'entresol de mes ennuis, ils se faisaient un devoir et, pour certains, une joie de bisser les remarques de Castan-Bouisse, allant même, parfois, jusqu'à surenchérir dans la critique.

Dans ce cloaque scolaire, seules deux petites tribus m'apportaient timidement soutien et réconfort. Il y avait d'abord les professeurs communistes, au nombre de trois, syndiqués au SNI et contre lesquels Castan-Bouisse menait depuis des années une guerre acharnée.

En privé ou en compagnie de ses partisans, il appelait ce trio d'enseignants les « bolchos » ou le « front russe ». Et voilà que mon arrivée avait, justement, soulagé ce front-là. En cristallisant la haine nouvelle de la direction, je permettais aux soviets de souffler un peu, de se réorganiser et de mener des actions ciblées contre un principal désormais engagé sur deux théâtres d'opérations. Avant chaque vote du conseil d'administration du collège, les « stals », comme on les appelait à l'époque, essayaient de me flatter maladroitement et de m'embobiner, en me répétant, par exemple, que j'étais leur « allié objectif ».

Le second groupe à ne pas ourdir contre moi était composé des amoureux adultérins. Ils représentaient un pourcentage non négligeable, une intéressante sous-catégorie professionnelle. La sympathie qu'ils me témoignaient s'expliquait aisément : en se livrant à leur commerce extraconjugal, tous avaient l'impression de commettre l'irréparable, de transgresser le sacro-saint règlement intérieur, de flirter en permanence avec le conseil de discipline. Adultes infantilisés, à la fois terrifiés et excités par leurs minuscules turpitudes, ils se sentaient désormais secrètement complices du monde « contestataire » dont j'étais, à leurs yeux, le représentant. Ils essayaient de se convaincre que mentir à leurs conjoints, s'effleurer dans la salle des professeurs, se toucher pendant les interclasses et baiser un mercredi sur deux constituaient autant de signes d'émancipation et de libération. Ils se voyaient comme l'avant-garde d'un nouveau désordre sexuel dans une société cornaquée, normative et castratrice. Un mercredi sur deux je leur prêtais les clés de l'appartement de l'allée des Soupirs où ils pouvaient gémir tout à loisir l'espace d'une paire d'heures. Ils disposaient de peu de temps pour se livrer à leurs caleçonnades, leurs conjoints respectifs, également professeurs titulaires et sourcilleux sur la règle, n'ayant pas l'habitude de plaisanter avec les horaires du dîner.

Il m'arrivait aussi, plusieurs fois par semaine, de véhiculer, le matin, l'un ou l'autre de ces couples illégitimes jusqu'au collège. Ils passaient me prendre à l'appartement vers sept heures trente, grimpaient à l'arrière de la Volkswagen et s'embrassaient tout au long du trajet. Ils se mettaient même parfois dans des états impossibles, et tel un chauffeur de taxi complaisant, je devais m'arrêter juste avant le collège pour leur donner le temps d'arranger leur coiffure et de discipliner leurs vêtements. Ils avaient beau faire, leurs pommettes empourprées et le contour de leurs lèvres exagérément rosi trahissaient l'intensité de leurs récentes effusions.

Au bout de quelques mois, je faisais à ce point partie de leur intimité qu'ils n'avaient plus devant moi la moindre retenue. Je pense notamment à cette professeur d'anglais qui, le soir, à la fin des cours, grimpait dans la Volkswagen où l'attendait déjà son amant, et lui disait, en remontant légèrement sa jupe : « Je suis déjà toute mouillée. » Elle énonçait cela de sa voix naïve d'adolescente attardée, sans la moindre gêne, comme si j'étais une quantité négligeable, une abstraction vaporeuse, un domestique de l'ancien temps, sourd, aveugle et muet. Mais le lendemain matin, dès la première heure de cours, cette madone ruisselante pouvait tout aussi bien mettre sèchement un élève à la porte au seul motif qu'il mastiquait du chewing-gum en classe. La grandiose hypocrisie, la confondante inconséquence, la misérable nécessité d'infliger les arrêts de rigueur de ces professeurs me stupéfiaient, quel que fût le degré de leur misère sexuelle.

Je suis resté près de quatre années dans cet univers débilitant et mesquin où le pire était toujours à venir. Au fil du temps, tous ces personnages m'ont semblé se fossiliser dans leurs rôles respectifs face à un Castan-Bouisse d'airain, martyrisant avec méthode le petit camp de travail dont il se vantait d'être à la fois le kapo et le protecteur. Un jour, en arrivant à son bureau, il trouva l'inscription « Heil ! » écrite au feutre noir sur sa porte. L'incident enfla si bien qu'il s'ensuivit une polémique quasi publique sur son passé de pseudo-résistant. J'ignore ce qu'avait fait Castan-Bouisse pendant la guerre mais cela ne pouvait pas être pire que les combats misérables qu'il menait en temps de paix.

Au début des grandes vacances de 1974, je quittai le collège Marie-Curie, pour ne plus jamais y revenir. Le jour de mon départ, Castan-Bouisse se présenta à la sortie de ma dernière classe :

– C'est aujourd'hui que vous nous quittez, monsieur Blick ? Vous savez ce que je pense de vous, alors je vous épargnerai les formules du genre « Vous allez beaucoup nous manquer. » Ici, vous n'allez manquer à personne sauf, peut-être, à tous ces petits sagouins braillards qui, je l'espère, l'an prochain, auront face à eux un surveillant plus impliqué et moins permissif. Est-ce que vous vous droguez, monsieur Blick ?

– Ça m'arrive.

– J'en étais sûr. Certain. Vous avez parfois dans l'œil cette mydriase caractéristique.

– Je dois m'en aller maintenant, monsieur Bouisse.

– Castan-Bouisse, s'il vous plaît, vous êtes encore dans mon établissement. Et ne me parlez pas sur ce ton condescendant, je vous prie.

Le phrasé de cet homme me rappelait le verbe aiguisé et tranchant de ma grand-mère, Marie Blick. Comme elle, on sentait qu'il avait le plus grand mal à maîtriser le molosse de haine qui, en lui, tirait constamment sur sa laisse.

– Une dernière question : c'est vous, n'est-ce pas, qui avez inscrit ce mot allemand, l'an dernier, sur ma porte ?

– Vous voulez parler de « Heil » ?

– C'est ça.

Je regardai une dernière fois ce petit gauleiter, soigné, vissé été comme hiver dans son complet gris, toujours rasé de près. Malgré cette volonté farouche d'exprimer en permanence sa virilité, il se dégageait de lui quelque chose d'ambigu, de féminin même. On pouvait l'imaginer sans peine fréquenter assidûment les saunas et les toilettes des hommes.

– Non. Je n'ai rien écrit sur votre porte.

– Écoutez-moi bien, Blick. Je sais que c'est vous. Je le sais comme je savais que vous vous droguiez. Alors j'ai envoyé un rapport sur tout ça au rectorat. Un rapport détaillé. J'espère que ce dossier vous suivra partout où vous irez et qu'il vous empêchera d'entrer dans l'administration de l'Éducation nationale si jamais vous l'aviez, un jour, envisagé. Foutez le camp d'ici.

Cette année-là, dans le sud-ouest, l'été fut particulièrement chaud et sec. Mon père, qui avait cédé son garage à son jeune remplaçant, restait souvent à la maison et passait le plus clair de ses journées à s'occuper de son jardin qui était devenu une splendeur, un muséum, une véritable galerie de verdure. En quelques années, il était parvenu à transformer un vieux parc arthritique en une cascade végétale où se mêlaient les essences les plus diverses. Certains arbustes s'étiraient le long des allées pareilles à des coulées vertes, tandis que d'autres s'enroulaient autour des ormeaux et des cèdres comme des cols de fourrure profonde. Taillés, émondés, enfin soulagés de leurs branches mortes, les palmiers, les platanes, les marronniers, les acacias, les arbres de Judée et les mûriers donnaient leur pleine mesure. Et partout, reliant entre eux massifs et arbustes persistants, une herbe rase, grasse, voluptueuse, régulièrement coiffée par une tondeuse de marque anglaise qui laissait, des jours durant, les traces parallèles de sa coupe au cordeau.

Ce jardin était bien plus qu'un passe-temps pour mon père, il était une sorte de cure pour ses ennuis cardiaques, son ultime raison de vivre. Et c'est toujours dans ces moments-là, lorsque après des années d'effort l'on croit enfin accéder au bonheur et à la plénitude, que survient l'événement imprévisible qui va nous coucher au sol, nous, nos rêves et notre travail.

Ce fut la sécheresse qui saccagea le dernier petit carré de vie de mon père. Une sécheresse d'une intensité et d'une longueur accablantes. Cette année-là, les pluies de printemps avaient été rares. Aucune précipitation en juin, pratiquement rien en avril et en mai. Juillet fut une fournaise permanente sous un ciel désespérément bleu, au point que dès le milieu du mois la préfecture prit des mesures de restriction. À la campagne, l'arrosage des cultures fut réglementé et nul ne pouvait plus pomper dans les eaux mortes du canal du Midi. À Toulouse, interdiction de laver les voitures, de remplir les piscines et surtout d'arroser les jardins, qu'ils fussent privés ou publics.

Mon père, loyal citoyen et républicain dans l'âme, respectant la consigne à la lettre, laissa lentement jaunir sa pelouse écossaise. Puis ce fut au tour des arbustes les plus exposés de griller lentement au soleil. Ensuite, celui des arbres. Les cerisiers se desséchèrent et perdirent progressivement leurs feuilles comme en novembre. Jour après jour, toute une nature s'asphyxiait. La terre se craquelait et les racines cherchaient en vain la moindre trace d'humidité dans le sol.

Le soir, il m'arrivait d'aller prendre un café avec mon père. Nous nous installions dans le jardin et nous écoutions tomber les feuilles. Quand elles entraient en contact avec le sol, elles émettaient une sorte de petit bruit métallique auquel mon père ne pouvait s'habituer.

– Tout est sec. Le parc entier est en train de mourir.

Au début du mois d'août, il se résolut à braver la loi et commença à arroser au pied de ses arbres toutes les nuits. Il avait branché plusieurs tuyaux qu'il déplaçait tous les quarts d'heure. Il opérait rapidement, comme un voleur de bicyclettes, de peur qu'on ne le surprît en train de détourner le bien public. Il tentait de combattre ses remords en expliquant qu'en arrosant de nuit, il évitait l'évaporation et rendait à la nappe une bonne partie de la quantité qu'il prélevait. Il parvint à se mentir ainsi à lui-même pendant une bonne semaine, puis ses problèmes de conscience furent définitivement réglés : les pompes tournaient à vide, la nappe était à sec.

Les jours suivants, mon père passa son temps à écouter les bulletins météo, espérant l'annonce d'une dépression. Le soir, il sortait sur la terrasse regarder le ciel et les éclairs de chaleur s'embraser dans le lointain.

De gros orages éclatèrent vers la fin du mois d'août. J'étais en compagnie de mon père lorsque tomba la première averse. Nous sortîmes respirer l'odeur si particulière de la terre mouillée. L'air tourbillonnant transportait toutes sortes de senteurs végétales soudain libérées par les impacts de la pluie. Dans le jardin, les gouttes énormes claquaient sur le tapis de feuilles sèches comme des billes d'acier.

– Je n'imaginais pas que tout finirait comme ça un

jour. Dans une semaine l'herbe reverdira. Mais pour le reste, il est trop tard. Toute l'eau du ciel ne ranimera jamais les arbres morts.

La France avait un nouveau président de la République, Richard Nixon, lui, venait de démissionner, le monde était en proie à toutes sortes de guerres et de tiraillements, et pourtant, ce soir-là, rien ne me semblait plus triste que de voir mon père, doux monarque éclairé, errer en lisière de son royaume dépeuplé et sans vie.

ALAIN POHER

(Second intérim, 2 avril 1974 – 27 mai 1974)

Avant que mon père n'eût à souffrir, cet été-là, des caprices du ciel, j'eus pour ma part à connaître, au printemps, les pratiques d'un dentiste désaxé. Son nom aurait dû me mettre en garde. Il s'appelait Edgar Hoover, comme le directeur du FBI. Hoover était le patron de Marie avec laquelle je continuais d'entretenir des relations espacées. Depuis l'épisode de la Lune nous nous appelions de temps en temps pour prendre mutuellement de nos nouvelles et nous tenir informés des petits événements de nos vies. Aussi lorsqu'une violente douleur dentaire commença à vriller l'une de mes molaires, c'est tout naturellement que je lui demandai de l'aide. Elle me ménagea le jour même un rendez-vous avec Hoover, véritable colosse au visage assombri par un système pileux surabondant. Chacun de ses poils semblait aussi raide et dur qu'un poteau de clôture. On n'imaginait pas qu'un rasoir pût venir à bout d'un tel champ de pieux. En outre, une sorte de toison noire ourlait le col de sa blouse dont on devinait qu'elle dissimulait une épaisse fourrure couvrant uniformément le torse et le dos. Cet homme sans âge souffrait de la maladie commune à tous les gens de sa profession : il parlait tout seul. Il vous faisait asseoir sur le fauteuil, vous demandait où vous aviez mal, et, sitôt les soins engagés, se lançait dans un monologue assommant où il était question d'un événement sportif, des aventures d'une célébrité, du Watergate, des prochaines élections présidentielles ou de ses sentiments sur Alain Poher. Hoover, je le savais, était aussi l'amant occasionnel, et cependant jaloux, de Marie depuis plus de deux ans. Je connaissais la nature de leurs rapports mais il m'était impossible d'envisager ne fût-ce qu'une seconde que ces deux-là puissent se côtoyer dans un lit. Je n'imaginais pas cette masse abrasive et velue gigoter entre les jambes soyeuses de Marie, ni ce menton au cadmium rayer son buste de porcelaine. Pourtant c'est bien ce à quoi s'employait Edgar Hoover.

Marie m'avait également confié que le dentiste était en proie à une sorte de dépression chronique – depuis le départ de sa femme avec son associé – qu'il soignait sur le mode américain, en respirant tous les soirs, avant de fermer son cabinet, plusieurs bouffées de gaz hilarant, celui qu'il utilisait parfois comme anesthésique léger. C'était sa manière à lui d'affronter la suite de la soirée et ce qu'il considérait comme l'échec permanent de sa vie. Souvent Marie l'avait surpris, allongé sur le fauteuil de soins, le masque sur le visage, les yeux plafonnant, respirant à plein nez cet oxyde azoteux euphorisant, son saké professionnel, son cannabis sous pression.

– C'est là que vous avez mal, quand j'appuie, c'est là, hein ?

Hoover semblait entretenir des rapports gourmands avec la douleur. Surtout quand il la provoquait. Il fallait être aveugle pour ne pas voir une sorte de voile de bonheur couvrir son regard lorsque, d'une simple pression de l'index, il déclenchait un violent cataclysme dans votre mâchoire. Sans doute ces frissons sadiques lui permettaient-ils de tenir jusqu'à l'heure critique de ses délices gazeux.

– Je vais vous donner des antibiotiques et dans cinq ou six jours je dévitaliserai la racine. C'est bien là, la douleur, hein ?

Et la foudre me traversa à nouveau la bouche.

Marie avait eu le tort de lui parler de notre liaison passée. Dès que j'avais franchi la porte de Hoover j'avais tout de suite senti qu'il ne m'aimait pas, que je représentais à ses yeux un condensé d'à peu près tout ce qu'il détestait.

Marie ne vivait pas avec Edgar Hoover. Elle avait conservé l'appartement où elle continuait de dormir plusieurs fois par semaine. Ce soir-là, sans doute stimulés par les circonstances particulières de nos retrouvailles, nous nous retrouvâmes chez elle où, selon ses habitudes, elle me fit entrevoir le bonheur et virevolter dans tous les sens du lit. Ma dent, elle, continuait de pulser ses élancements cette fois décuplés par les battements de mon cœur et la force de mon désir.

Au matin, je commençai mon traitement aux antibiotiques. Une heure après la prise des premières gélules je ressentis de violentes démangeaisons sur toute la verge. Ce prurit laissa place ensuite à une inquiétante sensation de brûlure. Vers midi, ma queue avait pris des couleurs et un aspect effrayants. La peau était couverte de vésications, sortes de grosses ampoules écœurantes et douloureuses que l'on imaginait gorgées de mille germes infectieux. J'ignorais la nature du mal putride qui était en train de me ronger et je ne pouvais imaginer que Marie m'ait transmis un *alien* aux propriétés aussi vénéneuses, virulentes et foudroyantes. Enveloppant mon engin dans un matelas de gaze, je fonçais chez un dermatologue qui n'eut pas besoin d'examen complémentaire pour diagnostiquer un érythème pigmenté fixe provoqué par une réaction aux antibiotiques, et pronostiquer quarante à cinquante jours pour une cicatrisation complète.

Pendant près de deux mois je vécus ainsi, le sexe écorché, à vif, saucissonné comme une momie dans des bandages malodorants de tulle gras. Ma dent, elle, libérée de tout traitement, avait repris sa danse de Saint-Guy. J'avais beau multiplier mes visites chez Hoover, rien n'y faisait. Les antidouleurs qu'il me prescrivait me permettaient de passer des nuits en pointillé. J'esquivais les élancements comme l'on saute une flaque d'eau. À chacune de nos rencontres, il ne manquait pas de presser l'extrémité de son doigt sur la partie la plus enflammée de ma gencive.

– C'est là, hein ? Ça irradie jusque dans la mâchoire du haut, quand j'appuie comme ça, hein ?

Après s'être offert ce pur moment de sadisme, il allait chercher sa bouteille d'oxyde azoteux, m'appliquait le masque sur le visage et ouvrait toutes grandes les vannes. Mes poumons s'emplissaient alors d'une nuée de bonheur aussi artificiel et volatil que le vrai. Je me souviens que chaque fois, avant de ranger sa bonbonne, Hoover prenait discrètement une brève inspiration, comme quelqu'un qui finirait le verre d'un invité. En me relevant, j'avais toujours le sentiment de vivre dans un monde bancal, rien ne marchait droit, et je devais même me pencher sur le côté pour franchir toutes les portes installées de travers dans cet appartement. Quand il m'arrivait de croiser Marie dans le couloir, je lui adressais un petit signe amical, mais j'étais à ce point cérébralement ralenti qu'elle avait déjà disparu avec un autre client dans la salle de soins quand ma main commençait à s'agiter.

Je venais presque quotidiennement prendre l'avis de l'expert.

– L'abcès a encore gonflé. Et comme vous ne pouvez pas prendre d'antibiotiques, je vais être obligé d'opérer. Vous n'êtes pas allergique aux anesthésiants, par hasard ?

Hoover, encore une fois, m'avait posé la question avec cette intonation caractéristique des grands pervers. Plus les séances passaient, plus j'étais convaincu que cet homme d'une jalousie névrotique me faisait payer ma relation avec Marie.

– Ouvrez grand la bouche. Ça va faire mal quand je vais enfoncer l'aiguille de la seringue, ensuite la douleur devrait passer.

J'étais entre les pattes du gorille. Il me perçait comme une chambre à air, m'injectait son poison légal. À ses côtés, Marie, le masque sur le visage, l'assistait dans ses méfaits. Elle pouvait voir dans ma bouche, en découvrir toutes les imperfections, avoir accès jusqu'aux anfractuosités de mes amygdales. Je savais que désormais, elle aurait une perception clinique, chirurgicale de mon orifice. Je détestais cette idée.

– Chérie, donne-lui un peu de gaz.

Devant tous ses autres patients, Hoover vouvoyait Marie et l'appelait *mademoiselle*. Lorsque j'étais là, sans doute pour affirmer ses prérogatives de mâle dominant, il préférait employer ce terme affectueux. Et *chérie* m'envoya une bonne dose d'oxyde azoteux. Ensuite, *chérie* me mit un écarteur sur la mâchoire, des tampons dans le creux des joues, aspira ma salive, épongea quelques filets de sang, et tandis que Hoover martyrisait mes gencives en bois, je songeais à ce que *chérie* faisait quelques jours auparavant de mon sexe, organe aujourd'hui défiguré, condamné au retrait et emmailloté dans des langes comme un vulgaire rouleau de printemps. Hoover m'enfonçait dans la bouche tout ce qui lui passait sous la main. Il enfournait ses instruments sans grande précaution, comme l'on charge un break un matin de départ à la pêche. Et il parlait, pépiait sans le moindre répit.

– … Évidemment ces élections seront différentes des autres. Vous vous souvenez de Barbu qui pleurait, je ne sais plus en quelle année, et de Ducatel qui avait commencé son premier discours par : « Je me présente : Louis Ducatel, inventeur du tuyau du même nom »… chérie, là… aspire… non cette fois, avec Dumont, l'écologiste, et cette femme, je ne sais plus comment elle s'appelle, on va vers… chérie, prépare-moi une nouvelle piqûre et remets-lui un peu de gaz…

Avec ses cocktails démoniaques, son usage dépravé de l'antalgie, Hoover me soignait comme un fou furieux. En réalité, il me tenait sous sa coupe, me contrôlait, m'infligeait au cours de ses mystérieuses interventions des douleurs et des blessures dentaires hors du commun qu'il était le seul, ensuite, à pouvoir calmer à l'aide de ses piqûres, de ses gélules en flacon et de ses gaz en bouteille. En deux semaines, Hoover avait réussi à détruire mon sexe et à faire de moi un patient soumis, narcodépendant, inapte à faire la moindre différence entre les programmes de Renouvin, Krivine, Royer ou Laguiller et surtout incapable d'honorer et même d'approcher *chérie*.

traître, mais en tout point préférable, j'eus, l'espace d'une heure, ce petit vague à l'âme qui accompagne la digestion des mauvaises actions.

Si je n'ai guère parlé du déroulement de mes études en sociologie, c'est qu'elles ressemblèrent à une longue et bienveillante séance de physiothérapie. Après quatre années de présence, je n'avais pas écrit une seule ligne, remis la moindre copie, passé le plus petit examen. L'enseignement tenait davantage de l'assemblée générale que du cours magistral. Et si certains professeurs avaient eu la tentation de vouloir professer, fût-ce discrètement, ils se seraient sans doute retrouvés dans un camp de rééducation, aux champs ou en usine, afin d'apprendre les règles de base du *Traité de savoir-vivre à l'usage des jeunes générations*. À la fin de chaque année, l'administration nous donnait nos unités de valeur sans contrepartie. Nous n'avions aucun contrôle, aucun examen. Il était inutile de réclamer les points qui nous permettaient d'accéder à la licence, puis à la maîtrise, inutile de remplir le moindre document ; tout cela nous était automatiquement offert. Notre présence en cours n'était même pas indispensable. Il suffisait de prendre la carte du club en début de cycle puis de se laisser porter, de passer de temps en temps et de démontrer que, parfois, *la dialectique pouvait casser les briques*. Les cours se résumaient à d'interminables affrontements idéologiques et stratégiques entre situationnistes, maoïstes, trotskistes, libertaires, membres du Parti communiste marxiste-léniniste français (PCMLF) et déjà quelques autonomes radicaux, partisans de la lutte armée. L'enseignant de garde, assigné à résidence, silencieux, discret, attentif, prenait des notes, parachevait sa formation au contact de ce mouvement perpétuel d'idées, qui, il faut bien le reconnaître, avait parfois tendance à surévaluer son potentiel révolutionnaire et novateur.

Je serais bien incapable de dire pourquoi l'élection de Giscard d'Estaing modifia l'ordonnancement de ce monde parfait, mais en quelques semaines l'atmosphère changea du tout au tout. L'administration – avait-elle reçu des ordres ? redoutait-elle un contrôle ? – commença à se raidir. Les titulaires de chaire reprirent du poil de la bête et les assistants se risquèrent à tripoter les manettes de leurs pouvoirs minuscules. Ainsi, lors des examens de 1974, nos maîtres exigèrent que nous leur remettions des copies pour chacune de nos unités de valeur. Il n'était pas encore question de contrôler nos connaissances mais nous devions cependant fournir une contrepartie papier, une sorte de monnaie de singe, en échange des diplômes que l'administration nous délivrait. Cela nous apparut comme un pronunciamiento, un coup de force impensable et de nombreuses assemblées générales débattirent de ce retour au mandarinat. Les plus radicaux proposaient un traitement « physique » de la question – casser quelques profs et saccager l'administration. D'autres, à l'âme plus réformiste, prônaient une grève immédiate et une mobilisation de toutes les universités.

Ce qui n'était jusque-là qu'une joyeuse pagaille étudiante, tourna à l'émeute et à l'insurrection par la faute d'un assistant suicidaire, un certain Breitman, qui, nul ne sut jamais pourquoi, décida, seul, de nous provoquer de façon frontale. Il enseignait la matière la plus méprisée qui soit : les statistiques, et il faisait figure à nos yeux de militant d'extrême droite puisqu'il était membre du Parti communiste français. Non seulement il nous demanda de lui remettre une copie nominative en fin d'année mais aussi de nous présenter à un véritable examen à l'occasion duquel nos connaissances en matière de redressement de données et autres fantaisies statistiques seraient réellement contrôlées.

Breitman n'était ni un idéologue pervers, ni un fin tacticien. Il appartenait davantage à cette catégorie d'enseignants peu sophistiqués, passablement aigris, psychorigides, prêts à se bloquer au moindre conflit. Ses options politiques et sa fidélité au Parti encourageant par ailleurs son attitude inflexible. À chacun de ses cours, il était vertement sommé de s'expliquer sur ses choix et son attitude. Breitman ramassait alors ses affaires et quittait la salle sans dire un mot. Au bout d'un mois de ce régime, nous décidâmes d'une action d'intimidation dont nous pensions qu'elle suffirait à ramener ce mustang à la raison. Nous nous présentâmes à trois à son domicile privé, à l'heure du dîner. Lorsqu'il ouvrit la porte, son visage se ferma aussitôt et c'est d'une voix retranchée derrière un rideau de fer qu'il s'adressa à nous :

– Qu'est-ce que vous voulez ?

– Discuter.

– Discuter de quoi ?

– Bon, on peut entrer ?

– Non.

Jesús Ortega, le moins patient des trois, donna un grand coup de pied dans la porte, laquelle, en s'ouvrant, claqua violemment contre le mur et fit se décrocher un tableau.

– Putain, tu vas pas nous faire chier ! On te dit qu'on est venus pour discuter !

– Il n'y a rien à discuter. Ici vous n'êtes pas à l'université, vous êtes chez moi ! Alors sortez !

À peine Breitman avait-il terminé sa phrase que dans une harmonie absolument synchrone il reçut d'Ortega une large et voluptueuse gifle qui claqua sèchement. L'instant d'après nous nous retrouvions tous dans son salon, assis sur le canapé, réunis comme de vieux amis de régiment.

– Bon, Breitman, maintenant tu vas nous écouter : tes histoires de cow-boy, c'est terminé, fini, tu comprends ? On veut même pas savoir ce qui t'est passé par la tête ces temps-ci. Demain tu vas annoncer à tout le monde que tu as changé d'avis et que tu nous donnes ton unité de valeur, comme d'habitude. Sinon...

– Sinon quoi ?

– Sinon on te casse la tête pour de bon et on brûle ta bagnole.

Breitman sembla se condenser sur son siège, rassemblant les ultimes molécules de son courage comme lorsque l'on se prépare à affronter le choc d'une grosse vague. Sans nous regarder, la tête rentrée dans les épaules il dit :

– Demain je répéterai ce que j'ai dit jusqu'à maintenant : vous allez tous passer votre examen. Tous sans exception.

Jesús Ortega assena un grand coup du plat de la main sur la table basse dont le verre se fendit en deux dans un bruit de fermeture Éclair que l'on remonte. « Putain de communiste ! » J'étais, pour ma part, assez désemparé et malgré la disproportion des forces en présence je sentais confusément que Breitman était en train de remporter la partie. « Putain de communiste », répétait Ortega en marchant de long en large dans ce salon dont les murs semblaient se rapprocher et se refermer sur notre cercle. Breitman était à peine un peu plus vieux que nous mais, alors que nous donnions l'image de lucioles irresponsables, il était, lui, l'incarnation même du principe de réalité. Un terrien vissé jusqu'au plus profond de la matérialité du monde.

– Tu as jusqu'à demain, Breitman. Ensuite on te casse.

Ortega donna un coup de pied rageur dans le canapé et sortit de la pièce. On entendit des bruits de verre brisé dans le couloir, puis plus rien. Je dis quelque chose comme :

– Vous feriez bien de réfléchir à tout ça.

Breitman leva vers moi un visage livide au centre duquel scintillaient des yeux brillant de rage.

– Foutez le camp. Foutez-moi tous le camp d'ici.

Dès le lendemain, et pendant deux semaines, le campus s'embrasa comme aux plus belles heures de mai 1968. Manifestations, grèves, affrontements physiques avec des membres de l'UNEF, saccages de locaux, voitures renversées, la fission des noyaux Breitman prenait des proportions nucléaires au point que l'université dut fermer durant dix jours, le temps de remettre un peu d'ordre dans les bâtiments et de raison dans les esprits.

À la réouverture, nous retrouvâmes Breitman toujours fidèle à lui-même, communiste, têtu, raide comme un piquet de clôture et plus résolu que jamais à vérifier avec zèle le bien-fondé de nos sentiments statistiques. Un accord fut passé avec l'administration : Breitman nous contrôlait comme il l'entendait, mais quel que soit notre niveau, l'université s'engageait à nous offrir cette UV selon la coutume de l'ancien régime. C'est ainsi que je reçus mon dû et quittai cette maison de fous dont j'avais été pendant près de cinq ans le pensionnaire. J'avais vingt-quatre ans, un diplôme grotesque en poche et une vision anamorphosée de ce monde charbonneux. Les Américains allaient quitter le Vietnam, Pinochet s'était installé à Santiago, Picasso était mort et ma jeune vie, confuse, désordonnée, ressemblait au plus cubiste de ses tableaux.

Depuis la mort de mon frère, il m'arrive de traverser des périodes difficiles durant lesquelles je me trouve en proie à des sentiments de déréliction, d'abandon, de solitude. En cet automne 74, je connus semblable impression de grand vide, un soir, en raccompagnant Marie chez elle, tandis qu'elle m'annonçait, d'une voix blanche, qu'elle était enceinte des œuvres d'Edgar Hoover. Une faille dans son système de protection, un oubli, un moment d'égarement ou d'inattention, avait suffi pour que l'un des millions de spermatozoïdes de l'odontostomatologue velu se joue de la chalaze, du nucelle, du funicule et du tégument de l'ovule de Marie. Pour rien au monde elle n'aurait voulu que le dentiste soit mis au courant de son état. Il était, avant tout, son employeur, disait-elle, et elle ne voulait de lui ni comme mari, ni comme père, ni même comme conseiller ou soutien moral dans ces moments d'angoisse. Alors elle m'avait appelé. Juste pour que je l'accompagne, pour ne pas entrer seule dans le cabinet verdâtre du médecin qui lui avait demandé d'apporter des serviettes et, surtout, le règlement en liquide.

Le Dr Ducellier appartenait à cette catégorie de praticiens dont on devinait que s'il prenait le risque de faire des avortements ce n'était sûrement pas pour aider des femmes dans le désarroi. Comme d'ailleurs la plupart de ses confrères, Ducellier demandait des tarifs prohibitifs en échange de son savoir-faire. C'était un homme à mi-vie, semblant sans cesse exaspéré par sa petite taille et marchant sur la pointe des pieds. Une large barre de sourcils coupait en deux son visage gras au milieu duquel deux petites billes rapprochées, d'un bleu saisissant, balayaient l'espace sans jamais entrer en contact avec votre regard. Ducellier portait une blouse à manches courtes laissant dépasser des avant-bras musculeux, des membres d'haltérophile bourrés de nandrolone et habitués à travailler au forceps. Pourtant la spécialité de ce médecin n'était ni la gynécologie, ni l'obstétrique, ni la chirurgie. Plus prosaïquement il exerçait dans le domaine de la médecine légale et de l'expertise médicale. Il était essentiellement employé par des banques et des compagnies d'assurances pour sonder le foie et les reins de quelque sociétaire ou d'entrepreneurs en quête de crédits ou de garanties.

Tandis que nous montions l'escalier menant vers le cabinet, j'avais remarqué qu'avec son visage impassible, son petit sac de sport à la main, Marie était déjà partie pour son voyage intime et douloureux, dans cette sorte de périlleuse expédition au cours de laquelle une femme perd toujours une part d'elle-même et un fragment d'innocence.

– Vous êtes qui ?

– Vous voulez connaître mon nom ?

– Je vous demande qui vous êtes par rapport à elle.

– Son ami.

– Je ne vois que des amis ici, monsieur. Tous ceux qui s'assoient à votre place sont des amis. Ce que je veux savoir c'est si vous êtes un proche ou bien l'*ami de lit*, comme je dis, l'auteur, en d'autres termes.

Exaspéré par mes approximations, Ducellier s'amusait de ses propres mots, de ses formules faciles et vulgaires. Comme tous les médecins véreux, il méprisait ostensiblement les hommes et surtout les femmes qui défilaient dans son cabinet. On voyait qu'il se sentait confusément investi d'un rôle de père, de juge, de censeur. Cet implacable bienfaiteur allait curer le vice jusqu'à l'os et vous en faire voir de toutes les couleurs.

L'argent menait sa vie, mais c'était autre chose, de plus louche, de plus inquiétant, qui guidait sa main.

– Non, je suis simplement son ami.

Assise à mes côtés, Marie restait impassible, son sac à ses pieds. Ses mains, posées l'une sur l'autre, semblaient se tenir compagnie, attendre quelque chose. Il me fallut un moment pour découvrir en quoi son visage était différent : elle n'était pas maquillée. Elle était venue ici sans artifice, débarrassée du désir de plaire ou de paraître. Pour la première fois, je la découvrais véritablement nue.

– Vous n'avez pas eu de chance. À un mois près vous auriez pu bénéficier de la nouvelle loi. Mais là, ça ne serait pas raisonnable d'attendre et de toute façon, d'après ce que je sais, vous seriez hors délai. Vous êtes enceinte de combien, on a dit ?

Marie répondait d'une voix étouffée, un souffle maigre et filé qui avait du mal à naître dans sa gorge. Lui, impassible, suivait le fil de sa procédure :

– Vous avez le règlement ?

Il compta tranquillement, les doigts effeuillant habilement la liasse, comme un négociant en viande ou un marchand d'automobiles. Tout travail méritait salaire et à un moment ou à un autre l'argent changeait de mains. Simplement.

– Bien. Madame et moi allons passer dans mon cabinet d'examen, et vous, monsieur, je vous demanderai de patienter dans la salle d'attente. Si vous vous absentez pour faire une course, sonnez trois coups brefs lorsque vous reviendrez, je saurai que c'est vous.

Ducellier se leva et indiqua le chemin à Marie. Avant qu'elle ait pu faire trois pas, il l'arrêta d'un geste du bras et, lui désignant son sac, dit :

– Vous oubliez votre linge.

Lentement, la vie m'apprenait ses règles, me faisait connaître ses priorités, délimitait les invisibles frontières séparant le monde des hommes de celui des femmes. À l'heure qu'il était, je savais Hoover sous son masque, respirant son élixir en bouteille, détendu sur son fauteuil, les jambes légèrement relevées pour favoriser l'irrigation du cerveau. Marie, elle, était allongée sur une table articulée, jambes écartées, les pieds pris dans des étriers, avec cet homme aux petits yeux qui glissait toutes ces choses froides en elle. Dans son esprit rompu aux rapports marchands, pensait-il lui en donner ainsi pour son argent ? Je n'avais rien à voir dans cette histoire, rien à faire dans cette salle d'attente, et pourtant des choses confuses et relatives à la paternité me passaient par la tête. Une angoisse que je n'arrivais pas à formuler rôdait dans ma poitrine. Je me souvenais de la nuit d'alunissage au cours de laquelle Marie et moi avions insensiblement dévié de notre trajectoire amoureuse. Je me rappelais notre conversation à propos de Collins, le troisième astronaute qui avait fait tout ce voyage pour rien, qui jamais n'avait franchi la porte du sas. Je me disais qu'il en allait de même aujourd'hui du fœtus dont était en train de s'occuper Ducellier. Lui aussi avait fait un long périple dans l'univers palpitant de l'infiniment petit. Mais tout au bout de cette traversée, il n'avait rien trouvé qu'une porte infranchissable et un hublot au travers duquel, comme Collins, il n'avait pu qu'entrevoir un monde dont il entendait le bruit, percevait les vibrations, mais sur lequel il ne pourrait jamais marcher.

Quand Marie sortit du cabinet de Ducellier, son visage était livide, ses traits tirés, et sur les tempes, ses cheveux étaient encore collés par la transpiration. Je demandais à Ducellier d'appeler un taxi.

– Ce n'est pas la peine, vous avez une station en bas, dit-il.

Le boulot était fait et, maintenant, il était pressé de nous voir partir. Peut-être avait-il planifié un autre rendez-vous et ne souhaitait-il pas que ses patientes se croisent.

– En principe, tout devrait aller bien. S'il y avait un problème, appelez le médecin dont je vous ai donné le numéro.

– Vous ne la revoyez pas dans quelques jours ?

– Non. Et vous ne devez plus jamais revenir ici. Voilà. Je vous dis au revoir.

Jusqu'à ce que nous ayons atteint la dernière marche de l'escalier plongé dans la pénombre, nous sentîmes son regard scrutateur posé sur nos épaules, puis sa porte se referma doucement.

Je restai dans l'appartement de Marie qui grelottait de douleur et de solitude. Elle prit une bonne dose d'antalgique et s'endormit très tard en me tenant la main.

Pendant plusieurs jours, cette visite chez Ducellier continua de provoquer en moi d'étranges remous, comme si l'on brassait ces sédiments accumulés qui reposent au fond des affluents de nos vies. Un limon en suspension brouillait ma vue, enveloppant mon esprit d'un voile de souvenirs où se mêlaient les morts et les vivants, le silence des pierres et les cris de l'enfance.

Un matin, je pris ma voiture et roulai une demi-heure en direction des Pyrénées. Au-dessus de la nationale, les platanes bâtissaient une voûte végétale qui n'avait rien à envier aux prétentions des cathédrales. Autrefois, toutes les routes du sud étaient ainsi, bâchées de larges feuillages. Voyager était alors une partie de plaisir, une sorte de prélude à la sieste.

C'était la première fois que je revenais dans le petit

cimetière de campagne où Vincent avait été enterré. Sans que je sache pourquoi, l'avortement de Marie et les chemins tortueux dans lesquels il avait engagé mon esprit m'avaient conduit ici, au bord de cette dalle sous laquelle se trouvaient les os de mon frère. J'essayais d'imaginer son squelette, la forme de son crâne, l'état de ses dents. Qu'étaient devenus ses cheveux, ses ongles ? Que restait- il de ses habits ? Et sa montre de plongée, étanche à dix mètres, avec ses aiguilles et son cadran fluorescents, avait-elle résisté à cette profondeur du temps ? Plutôt que d'accepter d'être envahi par une marée de chagrin, mon esprit élevait des digues fantômes en multipliant des questionnements stupides sur tous ces résidus humains. Petit à petit, ces remparts de pudeur s'affaissèrent, balayés par un flot de larmes venu des eaux profondes de l'enfance.

Je n'ai jamais prié. Ni compris ces simagrées consistant à mettre un genou en terre et à supplier quand il n'y a nulle oreille pour vous entendre. Je n'ai jamais prié, ni cru de bonne foi en quoi que ce soit. Je vois la vie comme un exercice solitaire, une traversée sans but, un voyage sur un lac à la fois calme et nauséabond. La plupart du temps nous flottons. Parfois, sous l'effet de notre propre poids nous glissons vers le fond. Lorsque nous le touchons, lorsque nous sentons sous nos pieds la substance vaguement molle et écœurante de nos origines, alors nous éprouvons la peur ancestrale qui habite tous les têtards voués à l'abattoir. Une vie n'est jamais que *ça*. Un exercice de patience, avec toujours un peu de vase au fond du vase.

J'étais assis sur la tombe, tout près de mon frère. Nous nous retrouvions enfin, côte à côte, comme autrefois. Je pouvais lui parler, lui dire que son départ nous avait tous précipités dans le vide. S'il avait été encore avec nous, papa aurait sans doute conservé son garage et un cœur plus solide. Maman aurait continué à parler, à rire à table, à s'habiller avec des couleurs claires. Et moi, la nuit, j'aurais eu moins peur de glisser lentement vers le fond du lac. J'ai dit à mon frère que je l'avais toujours aimé et admiré. Je lui ai parlé de notre enfance commune, de tout ce qu'il représentait pour moi. Un aîné rassurant, un hors-bord vrombissant qui me tirait vers la vie et le monde des adultes. Je lui ai demandé pardon pour les chevaux et le carrosse. Je lui ai avoué que j'avais souvent rêvé de porter sa montre à mon poignet. Avant de partir, je lui ai expliqué qu'une fois au moins, j'aurais aimé qu'il me donne son avis sur ce que j'avais fait de ma vie.

Je lisais son nom sur la tombe. Notre nom. Celui qui faisait de nous des frères inséparables. Sans ignorer la vanité de ce vœu pieux, j'aime caresser l'idée que mon frère, quelque part, veille sur moi.

En rentrant du cimetière je fis un détour par l'appartement de Marie. Elle semblait en pleine forme et avait repris son travail au cabinet depuis plusieurs jours. Avec cette légèreté dont elle maquillait parfois ses véritables sentiments, elle parlait de toutes sortes de choses sans intérêt, évitant soigneusement d'aborder les circonstances de notre visite chez Ducellier. Je comprenais sa volonté farouche de maintenir ces moments douloureux à bonne distance. Simplement, lorsque, au fil de la conversation, je commis l'erreur d'évoquer son avenir sentimental avec Hoover, elle marqua un léger temps de réflexion et dit :

– Tu sais ce que disait Louise Brooks ? Qu'on ne peut pas tomber amoureuse d'un type bien ou gentil. Parce que les choses sont ainsi faites qu'on n'aime jamais vraiment que les salopards.

Machinalement, je tâtai du bout de ma langue le cratère encore sensible de la dent que m'avait finalement arrachée Hoover. J'étais totalement ébranlé par ce que venait de me dire Marie. Cette phrase m'était tombée dessus comme une sorte de fatalité castratrice. Et elle pèse encore, parfois, aujourd'hui sur moi de tout son poids.

La fulgurante beauté d'Anna Villandreux et surtout les circonstances de notre rencontre ne firent que lustrer l'éclat de ce troublant théorème.

Face à celle qui allait devenir ma femme, j'ai souvent éprouvé cet étrange phénomène magnétique qui affole les boussoles à l'approche du pôle. Et pendant longtemps il a suffi qu'elle pose son regard sur moi pour que vacillent mes défenses, mes principes, et même mes plus intimes convictions. Anna ne possédait rien de l'imposante et majestueuse structure de Marie. Pourtant on restait subjugué par ce visage à la fois empreint de réserve mais aussi d'une incompressible part libertine dont on devinait la veinure sous le placage lisse de ses yeux noisette.

Nous nous étions connus lors d'une soirée privée animée par Cruise Control, un groupe composé de gosses de riches plutôt sympathiques, s'échinant à poursuivre d'interminables études afin de retarder au maximum leur entrée dans l'âge adulte et la vie active. La plupart des musiciens de Cruise Control semblaient vaccinés depuis leur plus jeune âge contre les maladies existentielles et les affections matérielles. Ils avaient tous des cheveux longs, souples, brillants, et donnaient l'impression de vivre de l'air du temps, de se gaver de nourritures terrestres, en profitant des libres cavalcades sexuelles de l'époque. Anna était la petite amie du guitariste solo, musicien de circonstance fourvoyé trop jeune dans de filandreuses études de pharmacie. C'était un garçon de belle allure, avec quelque chose de féminin dans le dessin des mâchoires et dont les doigts interminables ressemblaient à des pattes d'araignée de mer. Lorsqu'il s'échinait sur les cordes du manche, il faisait penser à un tennisman emprunté, échalas maladroit, semblant toujours flirter avec le point de rupture, mais réussissant malgré tout des séquences d'une grande efficacité. Outre ses talents de soliste, Grégoire Elias avait aussi la réputation d'être un séducteur insatiable. Avec un chic discutable, ses amis l'avaient surnommé Zipper, ce qui en anglais signifiait « braguette ».

Je crois m'être méfié de Braguette dès la première seconde où je l'ai vu. Il incarnait à mes yeux cette variété de salaud lumineux, de nanti désinvolte dépourvu de conscience politique, pour qui les femmes étaient un divertissement au même titre que le golf, les courses de côte et le slalom spécial. Dès que je vis Zipper, je repensais à Louise Brooks et à Marie. Il était la parfaite incarnation du salopard mythique aux exigences d'ogre que les femmes aiment tant combler.

Je ne garde pas de souvenirs de cette soirée, ni des gens qui s'y trouvaient, ni de la qualité de la musique que l'on y joua. La seule chose qui subsiste dans ma mémoire, c'est le visage d'Anna, ovale parfait barré de lèvres rouges, avec ses yeux de faon, planètes aux reflets assombris à l'intérieur desquelles semblait sans cesse se jouer le destin du monde. Le cou était aussi gracile que toutes les attaches de ce corps dont on avait le sentiment qu'il échappait aux règles communes et aux lois premières de la gravitation. Anna portait une robe dont je pourrais, toute ma vie, dessiner la coupe, une enveloppe de jersey noir parfaitement ajustée à des fesses aristocratiques et des seins gonflés de vie aux somptueux mamelons que l'on n'imaginait pas une seule seconde voués à des fonctions nutritionnelles.

Si l'on considérait l'affaire d'un point de vue purement esthétique, Anna Villandreux et Grégoire Elias formaient un couple parfaitement assorti. Et si l'on visait à plus long terme, la combinaison raisonnée de leurs avoirs familiaux et de leurs espérances professionnelles devait leur garantir une existence où le manque serait banni. La famille Elias était un vaste archipel médical. Chaque îlot, possédant sa propre spécialité, envoyait systématiquement ses patients subir des examens complémentaires dans le plus important cabinet radiologique de la ville possédé et dirigé par le patriarche de la famille, Simon-Pierre Elias. La tribu vivait donc en circuit fermé, prélevant sa dîme sur une clientèle captive, fatiguée et soumise au flux tendu des maladies des temps modernes. Grégoire étant à la fois le raté du clan – il avait échoué en médecine – mais aussi le chaînon jusque-là manquant de cette filière sanitaire. Une fois installé, il deviendrait l'ultime racketteur du système, celui qui délivrerait les ordonnances établies par ses aînés. Avec lui, la boucle était bouclée.

Les Villandreux, eux, ne faisaient partie d'aucune tribu. Petits bourgeois de la première génération, ne bénéficiant pas des avantages d'un quelconque réseau, ils ne pouvaient s'en remettre qu'à leur acharnement au travail. Jean Villandreux était un homme pragmatique, sans complexe, plein de vie, possédant bon nombre de certitudes, détestant l'abstraction, les profiteurs, les paresseux et les idées de gauche en général. Il gérait avec un égal savoir-faire une entreprise de piscines préfabriquées et un hebdomadaire sportif national faisant la part belle au rugby et au football. Très loin de cet univers qu'elle jugeait trop masculin, Martine Villandreux, généraliste reconvertie dans la chirurgie plastique, travaillait depuis plus de quinze ans dans une clinique spécialisée dans le rabotage de nez, le remodelage de poitrine et le lifting. Elle possédait une beauté lumineuse, qu'elle avait transmise à sa fille, et la patine désirable qu'apportent les rides du désenchantement.

Villandreux et Elias gravitaient dans le même univers, même si leurs planètes de nature et de structure différentes ne possédaient évidemment pas le même pouvoir d'attraction. Mais en cette soirée de début de printemps, bien loin de telles subtilités, ignorant tout de ces familles accomplies, je n'avais d'yeux que pour leurs rejetons appariés : Anna, éblouissante, et Zipper dont je souhaitais la mort, là, instantanée, pendant qu'il s'essayait à un solo de Santana. À partir de ce jour-là, ma vie, dans sa totalité, s'organisa autour des moments qui allaient me mettre en présence de ce couple. Il me fallut les approcher, m'infiltrer dans leur cercle, gagner leur sympathie, devenir une figure familière. Lorsque je repense à cette période, je me revois pareil à une araignée, patient, résolu, aveugle au monde, concentré sur ma tâche, tissant les innombrables fils de ma toile amoureuse.

Une application de tous les instants, une certaine rouerie apprise dans les joutes gauchistes et la grande décontraction de l'époque me permirent de me faire adopter dès la fin du printemps. Avec Grégoire, bien sûr, nous parlions de musique. Il avait des goûts terriblement conventionnels, d'une médiocrité confondante, s'enthousiasmant avec une sincérité renversante pour des groupes affligeants comme America, Ash Ra Tempel, Pink Floyd, Kraftwerk et l'inexcusable Jethro Tull. Il n'y avait aucune sophistication, pas la moindre cohérence dans ses choix. En réalité, il possédait autant de discernement qu'un juke-box. À part cela il adorait le ski en hiver, la voile en été, les voitures de sport, et, en toutes saisons, les filles qui vont à l'intérieur. De longues semaines d'observation m'avaient donné à penser que Grégoire n'aimait pas Anna. Je veux dire pas vraiment, pas à en perdre le sommeil ou à se couper un bras. Anna était traitée sur un pied d'égalité avec le cabriolet MGB, les skis Kästle, la guitare Fender et le groupe Yes. Elle faisait partie des accessoires qui rendent la vie plus douce, plus agréable. Dans l'esprit de Grégoire elle n'était pas à proprement parler un objet, mais simplement ce qu'il avait trouvé de mieux sur le marché pour rassurer son ego. Il ne lui témoignait que très rarement des marques d'affection et la traitait plutôt comme un bon copain dont il aimait parfois regarder les seins en buvant un martini. Ils formaient un de ces couples de fiction que l'on photographie devant le jardin d'un pavillon modèle ou dans une décapotable anglaise. Ils semblaient n'exister que dans l'illusion de la lumière et de la représentation.

Anna, concentrée sur son avenir professionnel, donnait l'impression de se contenter de ce mode de vie minimal et de la compagnie de ce garçon sans mystère. Que Grégoire fût à ce point lisible et prévisible lui garantissait une relation qu'elle pouvait totalement contrôler. De son père, elle tenait ce caractère fonceur qui n'hésitait jamais à prendre le monde à bras-le-corps. Anna avait deux ans de plus que moi mais était déjà diplômée en sciences économiques. Il lui restait encore une année d'université à accomplir pour terminer des études de droit. Elle travaillait comme stagiaire dans un cabinet d'avocat.

Plus le temps passait, plus il m'apparaissait comme une évidence qu'Anna n'avait aucune affinité réelle avec Grégoire Elias et que rien ne justifiait qu'elle continue à le fréquenter. Si j'avais eu un brin de lucidité, j'aurais vite deviné qu'elle n'avait pas davantage de raisons de s'intéresser à moi.

Durant l'été, Elias partit plusieurs fois en week-end à la mer avec sa bande de copains et de musiciens. Comme les poissons, Grégoire et les siens se déplaçaient en banc au gré des saisons. Anna détestait ce genre de migration massive et préférait rester à Toulouse. Elle vivait chez ses parents, même s'il lui arrivait de partager plusieurs fois par semaine l'appartement de Grégoire dont elle avait les clés. Ce logement donnait sur les grands arbres du jardin royal, un point de vue apaisant et princier dans le plein centre d'une ville si agitée qu'elle vous donnait toujours l'impression d'être en retard. J'avais été reçu bien des fois dans le salon démesuré, meublé de fauteuils et de canapé Knoll où Grégoire aimait organiser de petites soirées spéciales pour ses amis de Cruise Control. Des parties avec ce qu'il fallait de sexe, de drogues et, malheureusement, de musique insipide. Le rituel de ces fêtes était immuable : une trentaine de personnes, des verres d'alcool, un tajine ou un couscous avec des disques pour égayer la toile de fond, des conversations la bouche pleine, des plaisanteries de garçons de bain, un peu de poudre ou d'herbe pour donner des couleurs à chacun, des vêtements de moins en moins indispensables, des couples de plus en plus illégitimes, des moments de partage, des zones de libre-échange, puis cette phase de relâchement où les peaux se séparent encore tout imprégnées d'une moiteur plus proche de l'étourdissement que du bonheur. Durant ces soirées j'avais vu toutes sortes de choses : des types défoncés se claquer violemment des portes sur le sexe, des filles ivres uriner dans les ouïes d'une guitare de jazz, Grégoire, en personne, pomper des filles équipées de godemichés très réalistes. Et même un musicien de Cruise Control branler son chien préalablement gavé de la friandise préférée de la maison, le gâteau à l'huile de haschisch.

Sauf une fois où elle passa en coup de vent, Anna ne participait jamais à ces soirées qu'elle tenait visiblement pour des divertissements de corps de garde à l'usage de musiciens attardés. Que Grégoire en fût l'instigateur et l'un des principaux animateurs ne la dérangeait pas plus que cela. Et lui ne se cachait pas de s'amuser de ces plaisirs de légionnaire. Il riait tout le temps. C'était normal. Il fallait s'amuser. Ne l'avait-on pas éduqué dans cet esprit ?

Lorsque je me trouvais là-bas, j'éprouvais toujours une crainte diffuse de voir Anna surgir à l'improviste et me surprendre à quatre pattes, dans le salon, en train d'allaiter, telle une louve, et de mon unique et turgescente mamelle, une enseignante de latin-grec enfumée aux huiles orientales et aux délires philistins de Jethro Tull. Je n'avais vraiment aucune légitimité à ainsi m'alarmer, ni à m'encombrer de cette culpabilité de séminariste, et pourtant j'avais le sentiment de la tromper.

Drôle d'époque. La plupart d'entre nous traversaient cette période dans cet état d'hébétude caractéristique des explorateurs qui découvrent un monde nouveau. Ce continent-là était celui de toutes les libertés, de terres aussi inconnues qu'immenses, où l'air du temps nous encourageait à vivre sans temps morts, à jouir sans entraves. Ce que l'on nous proposait, ce qui s'offrait à nous, c'était une aventure sans précédent, un bouleversement en profondeur des relations entre les hommes et les femmes, débarrassées de la gangue religieuse et des contrats sociaux. Cela impliquait la remise en cause de l'exclusivité amoureuse, la fin de la propriété des corps, la culture du plaisir, l'éradication de la jalousie et aussi, pourquoi pas, « la fin de la paupérisation le soir après cinq heures ».

Vers le milieu de la nuit, lorsqu'il avait les couilles vides et que plus rien n'avait d'importance, Grégoire Elias venait s'affaler à mes côtés pour bavarder de façon décontractée, puisque l'essentiel du temps était déjà tué. Je l'intriguais. J'étais le seul gauchiste, comme il disait, qu'il connaissait. Plusieurs fois nous avions essayé de parler de politique mais c'était pour lui un effort surhumain, comme pousser un énorme bloc de granit avec le front. Il butait sur les concepts élémentaires, se noyait dans dix centimètres d'abstraction et finissait toujours par rompre la joute avec son magique « tu-dis-ça-aujourd'hui-mais-demain-tu-finiras-à-droite-comme-tout-le-monde ».

Parler de musique n'était pas non plus une partie de plaisir.

– Tu entends ça ? Avec mon nouvel ampli c'est vraiment formidable. Un Harman Kardon, deux fois cent watts avec des baffles Lansing. J'ai tout changé, même les câbles. Tu sens la différence ?

– Le son est bon, mais ce que tu écoutes... Tu pourrais aussi bien passer ce truc sur un vieux Teppaz.

– Je ne comprends pas ce qui te gêne dans la musique qu'on aime. Tu as vraiment des goûts bizarres. Par exemple, tu es le seul type que je connaisse qui n'aime pas les Beatles.

– C'est comme ça.

– Quand même, merde, les Beatles...

– Quoi « quand-même-merde-les-Beatles ». C'est trop roublard, trop anglais, je me sens mal à l'aise quand j'écoute ça.

– Non, mais attends, tu peux pas dire une chose pareille… Redis-moi les noms des types que tu aimes, toi, comme ça, pour voir…

– Curtis Mayfield, John Mayall, Isley Brothers, Brian Eno, Marvin Gaye, Soft Machine, Bob Seger.

– Mais c'est quoi ça ? Putain, j'en connais pas un seul. Je suis sûr que si tu demandes à n'importe qui ici c'est pareil, personne connaît. Je vais te dire une chose : la musique c'est un truc simple. Tu mets deux balles dans la machine et si au bout de trente secondes tout le monde danse pas, c'est que c'est de la merde. Tu t'es fait pomper ce soir ?

Que pouvais-je ajouter ? J'étais dans son appartement, sur son canapé de marque en cuir, imprégné de son huile, gavé de cornes de gazelle et amoureux de son amie. Je ressentais comme jamais la difficulté de partager de bons moments avec des gens qui ne pensent, ni ne ressentent le monde comme vous. J'étais de plus en plus convaincu qu'il pouvait y avoir entre un homme et une femme des divergences politiques bien plus profondes et irréconciliables que toutes les incompatibilités d'humeur. Et voilà que j'étais fou amoureux d'une fille de droite, issue d'une famille de droite, qui baisait plusieurs fois par semaine avec un héritier de droite.

Au fil de l'été, Anna avait encore embelli. Le soleil accentuait ses caractéristiques méridionales et sa peau prenait les couleurs et les reflets d'un bois de châtaignier vernis. Nous nous voyions de plus en plus souvent et il n'était pas rare que je l'accompagne faire des courses, tandis que Grégoire s'adonnait à quelque activité sportive. J'aimais ces séances de trekking consumériste. J'aimais marcher avec elle et la regarder acheter n'importe quoi. Sa façon d'essayer des chaussures me plaisait et aussi sa manière de payer, de toujours refuser le ticket de caisse. Et puis il fallait que les choses aillent vite, qu'on ne perde pas de temps, même si l'on n'avait rien d'autre à faire. Parfois on prenait un verre à la terrasse d'un café et je regardais les muscles de ses bras s'arrondir au soleil, ou sa poitrine se piquer de fines gouttelettes de transpiration. Je n'avais pas encore osé lui livrer ma théorie sur les tibias, mais les siens, éblouissants, saillants comme une étrave de voilier, m'obnubilaient chaque fois que je laissais mon regard glisser vers ses jambes.

Dans ces moments, Grégoire Elias n'avait jamais existé et pas davantage la révolution sexuelle. Anna était à moi, rien qu'à moi et j'avais bien l'intention de la conserver ainsi, à mes côtés, pour le restant de ma vie.

J'avais quitté l'allée des Soupirs et réintégré la maison de mes parents en attendant de trouver un emploi après mon départ du collège. Mon père, physiquement diminué par ses ennuis de santé, avait changé de visage et son corps donnait l'impression de s'être condensé. Lorsqu'il empruntait l'escalier pour se rendre à son bureau, à l'étage, il offrait l'image d'un vieil homme gravissant les dernières marches de sa vie. Son esprit, lui, conservait sa vivacité et considérait avec fatalisme les désagréments croissants engendrés par sa carcasse fatiguée. Lorsque nous partagions un repas, mon père ne se plaignait jamais de son état physique. En revanche, il ne manquait jamais de m'infliger ce qui, depuis quatre ans, était devenu un leitmotiv et un tourment pour son esprit :

– Tu te rends compte que je vais mourir sans avoir jamais vu l'appartement de Torremolinos autrement qu'en photo ?

L'appartement de Torremolinos. Une histoire qui remontait à 1971. Cette année-là, sur les conseils de son jeune gérant, celui de son garage, mon père avait fait l'acquisition d'un petit appartement en Espagne, à Torremolinos, station balnéaire située à l'extrême sud de la péninsule, à une encablure du détroit de Gibraltar. Un investissement judicieux, un placement de père de famille, répétait-il, pendant les mois précédant la signature. Il l'avait acheté sur plan, assorti d'une garantie de son remboursement en dix ans. Le principe de cette rente était assez simple : vous investissiez la somme globale, le promoteur construisait l'immeuble en se réservant le droit de louer à son profit votre bien onze mois sur douze pendant dix ans, s'engageant, en contrepartie, à vous verser, chaque année, dix pour cent de votre mise initiale. Au terme du contrat, vous possédiez donc un appartement qui ne vous avait rien coûté. Mon père semblait se délecter de l'ingéniosité de ce montage financier, un fabuleux tour de magie, une quintessence de commerce équitable. Il avait beau retourner la transaction dans tous les sens, il ne lui trouvait aucun défaut, aucune aspérité, les intérêts de chaque partie étant indéniablement préservés. Je ne partageais pas son enthousiasme et j'avais même été à deux doigts de faire capoter la transaction.

Pour des raisons de succession, il avait décidé de mettre cet appartement à mon nom, ce qui me plaçait dans une position quasi intenable. Comment pouvais-je encourager les plasticages du consulat, manifester contre les exécutions au garrot, frayer avec la mouvance antifranquiste la plus radicale et, dans le même temps, « investir » dans l'immobilier ibérique, véritable poule aux œufs d'or du régime, « un millón veintiuna mil quinientas cincuenta pesetas » représentant le montant des quatre-vingt-quatre mètres carrés de l'appartement 196, de l'immeuble Tamarindos 1, édifié à même la plage de cette impossible Costa del Sol ? Mon père avait beau m'expliquer qu'il s'agissait là d'un simple artifice comptable et qu'il partageait, au fond, mes réticences, je n'arrivais pas à me rendre à sa raison. Je ne comprenais pas qu'il pût aussi facilement se débarrasser de grands principes pour privilégier ses minuscules intérêts particuliers. Au terme d'une longue campagne familiale durant laquelle ma mère sut habilement jouer de l'état de santé de mon père pour me forcer la main, je décidai de prêter mon nom à cette opération que je considérais plus que jamais comme une mauvaise action.

Le jour de la signature des documents j'avais le sentiment que mon âme ne valait pas une peseta de plus que celle de Faust. Le représentant de la compagnie immobilière Iberico me traitait comme si j'étais un bienfaiteur du régime. Toutes les pages de l'acte commençaient par la « Sociedad Financiera Internacional de Construcciones y Don Paul Blick, de nationalidad francesa, mayor de edad, estudiante, natural y vecino de Toulouse, con domicilio Allée des Soupirs... ». El señor Peña Fernández-Peña, représentant de la société, était une caricature du promoteur ibérique et tartufe. Cheveux plaqués en arrière à la brillantine, lunettes d'écaille rectangulaires, on l'imaginait tout aussi bien tenir un rôle de maître d'hôtel dans un parador, que diriger un bureau de surveillance et de renseignements dans la Guardia civil. Pendant que je paraphais les dernières pages du document original il me parlait de copies que m'adresserait, plus tard, un certain don Alfonso del Moral y de Luna, premier clerc de l'étude. Et c'est alors, à la toute dernière page du contrat, que je découvris le nom et l'adresse du notaire choisi par la société Iberico pour avaliser toutes ses transactions : Carlos Arias Navarro, calle del General Sanjurjo, Madrid. Arias Navarro. Je n'en croyais pas mes yeux. J'étais en affaires et à deux doigts de traiter avec l'un des ministres les plus influents du caudillo.

Je n'ai jamais osé raconter cette histoire à personne et jusqu'à ce qu'elle se termine, en 1981, de la manière la plus rocambolesque qui soit, elle a pesé sur moi comme un passé de collaborateur. Dans ces conditions, mon père pouvait bien se lamenter cycliquement sur cet investissement lointain qu'il ne verrait jamais, ou sur son inaccessible plage de sable blanc, ses jérémiades spéculatives ne trouvèrent jamais en moi la moindre surface compassionnelle sur laquelle prendre appui. D'autant qu'en cette fin d'été 1975 j'étais essentiellement préoccupé par la recherche d'un emploi, un travail tranquille, sans grande implication, une fonction transitoire me permettant de gagner ma vie pendant une ou deux années. C'est Anna qui fut ma bienfaitrice en parlant de moi à son père. Il cherchait justement un type susceptible de remplacer l'un de ses chroniqueurs sportifs qui partait à la retraite. Jean Villandreux me reçut très vite dans son bureau des allées Jules-Guesde, un cocon lumineux plaqué de bois blond et augmenté d'un petit salon à la décoration outrageusement virile. *Sports illustrés* était un hebdomadaire national, paraissant le lundi, consacré essentiellement au football et au rugby. Pour une petite fortune, Jean Villandreux avait racheté ce journal à son fondateur, Émile de Wallon, propriétaire du titre depuis 1937. Papier jaune maïs, format berlinois, *Sports illustrés* était l'une de ces publications immuables que rien n'affecte, ni les guerres, ni la prospérité, ni le progrès, et que les nouvelles générations trouvent dans l'état où les précédentes l'ont laissée. On pouvait le poser sur sa table de nuit, partir en voyage pendant dix ans, et reprendre, au retour, sa lecture. Dans *Sports illustrés*, à part les résultats, rien jamais ne changeait.

– Vous connaissez le sport ?

– Le foot, mais surtout le rugby.

– Vous y avez joué ?

– Aux deux.

– En fait, je n'ai pas vraiment besoin d'un spécialiste, plutôt d'un touche-à-tout. Quelqu'un capable, le dimanche, d'écrire, au stade, un compte rendu à toute vitesse, et de revenir ensuite au bureau pour noter les résultats que nous envoient les correspondants régionaux et aussi réviser leurs papiers. Et quand je dis réviser… Vous avez déjà écrit pour un journal ou une revue ?

– Jamais.

– Vous vous sentez capable de faire ça ?

– Sincèrement, je ne sais pas.

– Sociologue, c'est ça ?

– C'est ça.

– Aucun rapport avec le sport.

– Aucun.

– Ma fille m'a affirmé que vous étiez quelqu'un de malin, alors on va dire que nous allons faire un bout d'essai ensemble. Vous venez ici dimanche matin, le chef de service vous expliquera votre travail et vous donnera un match à couvrir pour l'après-midi. Nous, on se revoit ici lundi midi. Votre nom, c'est Block ?

– Blick.

Jean Villandreux passait tous les jours au moins deux heures au magazine. Il adorait l'atmosphère de ce journal qui semblait monté sur coussin d'air et capable d'absorber sans broncher toutes les secousses, toutes les agressions du monde extérieur. Quand il avait acheté le titre, il ne connaissait rien à la presse, à ses règles, ses lois ou ses rythmes. En revanche, il aimait le sport et, plus que tout, les ragots se rapportant au sport. Les bisbilles entre joueurs, les rumeurs de transfert, les menaces pesant sur les entraîneurs, les salaires secrets, les affaires de dopage, les filles qui tournaient autour des vedettes mais aussi des présidents de club qui, sous leurs mines de bénédictins, menaient des vies de patachon entre yacht club et Ferrari. Villandreux n'appartenait pas à ce petit monde musculeux et nanti, mais il aimait bien, quand ça le chantait, pouvoir l'observer par le hublot de son bureau. En tout cas, cela le changeait des contingences rigoureuses de son entreprise de construction de piscines.

– Vous connaissez bien ma fille ?

– Assez bien.

– Il paraît que vous l'accompagnez partout quand Grégoire n'est pas là.

– C'est à peu près ça.

– Qu'est-ce que vous pensez d'Elias ?

– C'est quelqu'un qui fait du ski en hiver et de la voile en été.

– Ah ! Ah ! Ça me plaît bien. C'est exactement ça. Un vrai con, quoi.

En quittant *Sports illustrés* j'avais le sentiment d'avoir marqué des points. Je n'avais pas encore parlé de mon éventuel salaire avec Jean Villandreux, mais ne fût-ce que pour entendre un patron énoncer de tels jugements à propos de mon rival, j'étais prêt à travailler bénévolement.

Le dimanche, j'étais au journal à la première heure dans l'état d'esprit d'un homme qui, bien qu'ignorant tout des rudiments du saut en parachute, allait devoir se livrer en solo à cet exercice dans moins de dix heures. Cinq années d'université ne m'avaient pas préparé à ce cas de figure, pas plus que la connaissance de formules telles que « Le régime politique auquel sont soumises les sociétés humaines est toujours l'expression du régime économique qui existe au sein de la société » (Kropotkine) ne pourrait m'aider dans le déchiffrage du hors-jeu de position ou la description du tacle glissé.

Le responsable du service, Louis Lagache, était un homme bien élevé qui voussoyait avec respect ses subordonnés, les appelait tous « ami » et employait avec beaucoup de naturel quantité de mots précieux qui détonnaient avec l'idée que l'on pouvait se faire du langage en usage dans la profession.

– Vous êtes donc la personne recommandée par notre directeur. Bienvenue au club, ami. J'espère que vous serez la méléagrine que nous espérons tous.

– Qu'est-ce qu'une méléagrine ?

– Une huître perlière, ami, une sorte de pintadine.

Je n'osai pas lui demander quelle était la définition de pintadine. J'avais trop de choses urgentes à apprendre avant ma première prise de service. Mais la proximité de cette échéance semblait passer à cent coudées au-dessus de la tête de Louis Lagache qui n'en finissait pas de pétiller d'idées générales et de considérations secondaires.

– Ne soyez pas inquiet, ami. Nous reprendrons langue un peu plus tard pour régler les petits problèmes pratiques. Et puis, bon sang, n'oubliez pas que nous travaillons pour *Sports illustrés* et que dans *Sports illustrés*, il y a le mot…

– … sports… ?

– Non, ami, non. Illustrés. Dans *Sports illustrés*, le substantif essentiel c'est « illustrés ». N'oubliez jamais que ce qu'aiment les lecteurs de magazines tels que le nôtre ce sont, avant tout, les images du succès, les photos de l'effort, les chromos de l'exploit. Tous les petits textes qui trottent autour de ces clichés ne sont jamais que de modestes vers chargés de tisser leur légende. Suis-je assez clair ?

Lagache avait le don de toujours employer des images alambiquées pour parler de choses simples, et donnait en permanence l'impression de flotter au-dessus des contingences du journalisme sportif. J'apprendrai, par la suite, que derrière cette désinvolture de façade œuvrait un professionnel de haut vol capable de récupérer des situations désespérées et de décrire par le menu des rencontres auxquelles il se faisait un devoir de ne jamais assister. Lorsqu'un jour je lui demandais d'où il tenait un pareil savoir-faire, sa réponse fusa comme un air de flûte :

– Tout ce petit monde-là est tellement prévisible, ami. Les situations sont aussi répétitives que les codes du théâtre de boulevard. Des gens vont, viennent, entrent, sortent, des portes claquent, des amants sortent des placards. Et, voyez-vous, je ne crois pas que cette routine soit l'apanage de la sphère sportive. On retrouve cette propension au misonéisme dans tous les milieux socioprofessionnels. Ce que je crois, ami, c'est que l'homme, fût-il musculeux, est quand même un petit monsieur.

Lagache était le seul spécimen de la rédaction à observer le monde avec autant de détachement. La plupart des autres journalistes du magazine vivaient intensément les fluctuations de ce marché de l'effort dont ils essayaient de prévoir et d'analyser les cours. Les spécialistes de football, de loin les plus pusillanimes, tenaient avec religiosité les plus invraisemblables statistiques, notaient les joueurs, après chaque match, en fonction de leurs prestations et discutaient des heures entières pour se mettre d'accord sur la composition de «L'équipe de la semaine» regroupant les onze professionnels les plus méritants.

Le métier de journaliste sportif, et de journaliste en général, n'a jamais eu bonne presse dans ma famille. Je me souviendrai toujours du visage consterné de mon père lorsque je lui annonçai qu'après cinq ans d'université j'avais décidé pour quelque temps d'exercer l'emploi de chroniqueur. Lissant ses paupières, authentiquement déçu, il murmura: «J'aurais encore préféré que tu rentres dans la police.»

Au bout de deux semaines d'apprentissage, Jean Villandreux me signa un contrat de travail qui m'assurait un salaire décent en échange de week-ends passés dans les tribunes de stades humides et à demi vides. Il m'arrivait de suivre les équipes en déplacement. Partager la vie, ou simplement voyager en compagnie de footballeurs professionnels est une expérience déprimante, dommageable même. Quand ils n'exercent pas leur métier, quand ils arrêtent l'entraînement, ces gens-là n'ont plus que deux idées en tête: faire des siestes et jouer aux cartes. En général au tarot. Ces athlètes aux corps surpuissants ont des loisirs et des vies privées de nourrisson. Ils s'arrangent d'ailleurs pour épouser très vite une nurse blonde, hâtivement peroxydée, qu'ils tètent raisonnablement avant de dormir et dormir encore, pendant qu'elle veille sur leur carrière de pousseur de ballon.

Je voyais cela se répéter tous les jours, dans toutes les équipes, quels qu'en soient le niveau, le style, le classement ou l'entraîneur. Il était vain d'espérer une conversation sérieuse avec ces sportifs élevés dans le culte de la langue d'ébène. Perdants ou victorieux, adroits ou malchanceux, ils s'en sortaient toujours avec les vingt-quatre ou vingt-cinq mots mis à leur disposition dans les centres de formation de la Fédération. Et les coaches ne valaient pas mieux. Ils s'arrangeaient toujours pour adopter des profils d'anguille et se défiler les soirs de défaite. Victorieux, ils déployaient leur éventail de plumes et se pavanaient dans les couloirs tels de petits coqs habillés de Lycra par les parrains commerciaux du club. Déprimante, l'atmosphère devenait irrespirable dès lors que les choses tournaient mal, après plusieurs défaites consécutives, par exemple, ou durant la période des transferts quand des divergences opposaient un joueur à son club.

Je détestais rendre visite à ces gens, dans les vestiaires, après les matchs, pour recueillir leurs impressions. « Il-y-a-toujours-quelque-enseignement-positif-à-retirer-d'une-défaite. » Ou encore : « Nous-tenons-enfin-notre-match-référence. » À ces moments-là, éprouvant la sensation d'être enveloppé d'une longue cape de honte, je comprenais exactement ce qu'avait voulu dire mon père.

Il y avait à *Sports illustrés* des journalistes spécialisés dans les crises, des enquêteurs sournois, madrés, hypocrites, capables, à coups d'insinuations et d'entrefilets malveillants, d'enflammer la mer et de faire batailler des montagnes. Ils allaient voir un clan, puis l'autre, soufflaient ici, attisaient là, et publiaient quotidiennement les fruits acides de leur récolte. Ils montaient d'incroyables affaires à partir de rien, et des désaccords qui auraient dû se régler en privé autour d'un simple gigondas se retrouvaient imprimés en tête de page ou enregistrés sur le rôle des prud'hommes.

– Croyiez-vous, ami, que le journalisme fût une noble activité pratiquée par des gentlemen pour la plupart animés de bons et vertueux sentiments ? Vous savez ce qu'aimait à répéter Valéry : « Je suis un honnête homme, je veux dire par là que j'approuve la plupart de mes actions. » Tous mes enquêteurs sont dans ce cas. Ils sont convaincus, comme d'ailleurs la plupart des reporters, du bien-fondé de leurs malversations.

Si j'ai, aujourd'hui, de la difficulté à décrire avec précision les traits de Louis Lagache, en revanche, le son de sa voix, posée, raisonnablement grave, son expression, si modulée, continuent de rouler en moi comme les grondements d'un interminable et lointain orage. À l'écouter ainsi, j'avais, à l'époque, le sentiment de me trouver face à l'unique survivant d'un temps révolu, blasé aussi, dont la tournure d'esprit, si française, n'avait d'autre ambition que d'effacer les faux plis disgracieux du quotidien.

En deux mois tant de choses avaient changé dans ma vie qu'il m'arrivait, parfois, en regardant cette nouvelle existence, d'éprouver le sentiment bizarre d'épier un voisin. Il y avait d'abord eu mon emploi au magazine, si inattendu et tellement étranger à mon cursus, le nouvel appartement dans lequel je venais d'emménager, presque trop sophistiqué, et surtout l'invraisemblable décision prise par Anna de venir vivre avec moi du jour au lendemain.

En l'espace d'une soirée elle avait quitté Grégoire Elias, ramassé l'essentiel de ses affaires chez ses parents et les avait transportées à mon domicile dans sa minuscule Morris. Moi, si souvent caparaçonné par les pesanteurs de l'indécision, évaluant sans cesse les répercussions du déplacement du moindre pion, je suis depuis toujours fasciné par ces natures capables de déclencher délibérément un séisme domestique, de répudier, en quelques mots, une existence consommée, de vider le corps d'une armoire, de passer d'une maison à une autre, de changer de lit, de partenaire, d'habitudes, parfois même d'opinions, et cela, comme disent les Araméens, en moins de temps qu'il n'en faut à une chèvre pour mettre bas.

Elias avait giclé de la vie d'Anna. Une expulsion immédiate, soudaine, sans préavis. Son cas avait été réglé en une seconde. Il était là, et l'instant d'après il avait disparu. Lui, sa MG, son bateau, ses Dock Side, son Harman Kardon, ses Lansing, son Vox, sa Fender, ses Lacoste, ses Jethro Tull, et ses espérances d'apothicaire. Qu'avait-il commis de si disgracieux qui lui valût pareille infamie ? À ma connaissance, rien de particulier. Pour ce qu'on m'en avait raconté par la suite, il avait été ce soir-là égal à lui-même, c'est-à-dire riche, gai, rieur, mais aussi rude, rustre, fruste et mufle. Ce cocktail, qui jusque-là entretenait sa popularité, lui avait été, cette fois, fatal. J'apprendrai par la suite qu'Anna possédait un caractère que l'on pourrait qualifier de « à débordement », en référence aux piscines du même nom construites par son auguste père. Comme ces solides ouvrages maçonnés, elle pouvait supporter sans broncher la pression d'une lourde masse de ressentiments, mais lorsque ceux-ci atteignaient le seuil critique, c'était alors l'ensemble de la pièce d'eau qui, de toutes parts, dégorgeait de cet excès de charge. Et ce soir-là, ignorant la cote d'alerte, Grégoire Elias avait simplement pris son habituel petit bain vespéral.

Durant les cinq jours qui avaient précédé cette rupture, mettant à profit une absence d'Elias, Anna et moi ne nous étions pratiquement pas quittés. Plongés dans une sorte d'ivresse sensuelle, nous avions fait l'inventaire complet de nos aptitudes et de nos goûts sexuels. Cette expérience frénétique s'était déroulée dans l'appartement de Grégoire, vide de tout occupant. Retrouver, en compagnie d'Anna, ce local débarrassé de son propriétaire détesté, de ses amis emmanchés et de leurs disques effroyables, était un exercice légèrement pervers et définitivement excitant. Une succession de soleils et de lunes sous lesquels je fus pétri, manipulé, avalé, léché, caressé, cent vingt heures d'un voyage étincelant durant lequel j'eus l'impression qu'un chaman glissait dans ma poitrine des papillons aux ailes incandescentes.

Tout cela semblait se dérouler en dehors de notre volonté. Nous n'avions rien prémédité, rien calculé. Le hasard avait simplement procédé à un arrangement de circonstances pour qu'enfin, les forces orogéniques qui poussaient dans « l'obscurité du dedans » révèlent au grand jour le rapprochement de nos continents amoureux. Lorsque, de retour de voyage, Grégoire Elias glissa sa clé dans la serrure, il ne pouvait pas savoir que derrière la porte l'attendait un procès truqué, joué d'avance, l'une de ces audiences à comparution immédiate qui allait l'expédier, fissa, au terminus des immodestes.

Vivre avec Anna était aussi simple, aussi agréable, que descendre une longue côte à vélo par un après-midi d'été. L'air de la vie sifflait doucement à vos oreilles et une brise aux odeurs de foin coupé vous caressait le visage. Les heures et les jours s'engrenaient sans la moindre secousse, et la nuit, lorsque vous ouvriez les yeux, vous éprouviez ce précieux sentiment d'avoir trouvé votre place sur cette terre.

Je découvrais peu à peu le véritable caractère d'Anna, ce territoire intime à la géographie complexe, tourmentée, où les chemins de crête étaient longés de gouffres à vous couper le souffle. Il y avait beaucoup plus de fragilité, de tristesse et de générosité dans les yeux de cette femme que dans les regards blasés de la courtisane qui godillait dans le sillage tapageur de Grégoire

Elias. À partir du moment où nous avons vécu ensemble, je crois que nous n'avons jamais plus reparlé de ce garçon, ni même évoqué son nom. C'était un peu comme s'il n'avait jamais existé.

La période enchantée connut cependant une brisure ce 20 novembre 1975, quand, rentrant de *Sports illustrés*, j'entendis, à la radio, en voiture, l'annonce de la mort de Franco. Je fus transporté de bonheur. Je me souviens d'avoir croisé une colonne d'exilés roulant au pas sur le boulevard Carnot, brandissant des drapeaux rouge et noir et klaxonnant leur joie. Je fis un détour par le consulat d'Espagne devant lequel une foule en liesse tapait des mains en entonnant des chants catalans. Cela faisait plus de trente ans que, dans cette ville, des dizaines de milliers de républicains et de réfugiés attendaient ce moment.

Lorsque Anna franchit le seuil de la porte, j'étais fou de joie de la retrouver, brûlant de lui annoncer la nouvelle :

– Tu sais quoi ? Franco est mort.

– Et alors ?

J'eus le sentiment de me retrouver suspendu dans le vide, me balançant au bout d'une corde pouvant se rompre à chaque instant et m'envoyer rejoindre toutes les âmes noires du caudillo. Elle avait juste dit : « Et alors ? », et cela avait suffi pour qu'un monde s'écroulât. Elias aurait pu répondre la même chose. Elias et tous ceux qui se machinaient en groupe ou individuellement dans son appartement. « Et alors ? » Je venais brutalement de comprendre que la relation affective et charnelle qui m'unissait à Anna cachait, en réalité, une profonde mésalliance. Nous appartenions, chacun, à des univers parallèles. Nous n'avions pas respiré le même air, ni partagé la même atmosphère. Je me piquais de théologie gauchiste tandis qu'elle tenait la politique pour un art proche du macramé. Mes misérables 80 mètres carrés, au fin fond de l'Espagne, me rongeaient chaque nuit la conscience alors que l'entreprise familiale inondait de ses bassins, et sans la moindre vergogne, les plus belles demeures de la Costa Brava. Je lisais les théoriciens de la révolution, elle était abonnée aux chroniques de *L'Expansion*.

Seul un lit de 2,80 mètres carrés pouvait aplanir ces divergences, atténuer ces différences. Sur cette modeste surface nous laissions à nos corps le soin de prendre le contrôle de la situation. Ils s'acquittaient parfaitement de leur tâche, s'alliant le temps du tournoi, laissant ensuite à chacun, dans le silence de son retrait, le soin d'apprécier les mérites comparés d'une fellation bourgeoise et d'un cunnilingus progressiste. Mais 2,80 mètres carrés de latex haute densité représentaient-ils un socle, une étendue suffisante pour espérer construire une relation amoureuse ? Malgré mes postures désinvoltes, j'avais à l'époque un profond désir de stabilité, le goût d'aimer une femme unique, le plus longtemps possible. J'avais même une idée très précise de cette compagne idéale : une fille qui ressemblerait à Sinika et penserait comme mon frère Vincent, qui serait capable de m'aimer, de me secouer, aussi, quand je faisais fausse route, avec qui je pourrais jouer, bricoler, fumer de l'herbe, dormir dehors, à qui je pourrais raconter l'histoire sacrée du carrosse, parler de l'appartement maudit, et auprès de qui, jamais, je ne ressentirais le fardeau d'être en vie. Ni la peur de mourir seul.

Mais voilà, il avait suffi de deux mots pour me faire dégringoler de mes rêves, et comprendre qu'en réalité j'aimais une giscardienne, une libérale avancée, une économiste égoïste à la beauté sans doute confondante, mais pour qui Guernica ne serait jamais qu'une ville de la province de Biscaye, célèbre pour ses fonderies bâties dans la vallée de Mundaca.

Je ne crois pas qu'Anna se soit aperçue de mon trouble. Comment d'ailleurs l'aurait-elle pu. « Et alors ? » était, après tout, de son point de vue, une réplique appropriée.

– Tu sais, j'ai un problème avec la voiture, enchaîna-t-elle. Si j'accélère un peu trop fort le moteur a des ratés, comme s'il n'y avait plus d'essence.

– Je vais descendre voir ce que c'est.

– Maintenant ?

J'avais sauté sur l'opportunité de quitter cette pièce, de me concentrer sur autre chose, d'oublier ce qui venait de se passer dans les vapeurs entêtantes des hydrocarbures. Je restai une bonne heure dans l'obscurité et le froid à trafiquer les vis platinées, les bougies et même la pompe à essence de la Morris dont les ailes et le bas de caisse commençaient à être grignotés par des verrues de rouille. Lorsque je remontai, je trouvai Anna allongée sur le canapé en train de lire une biographie d'Adam Smith.

Au prétexte que cet économiste avait commencé à écrire, à Toulouse, en 1765, ses fameuses *Recherches sur la nature et les causes de la richesse des nations*, elle avait fait de ce père du libéralisme une sorte de gourou derrière lequel elle s'abritait pour justifier tous les excès du capitalisme moderne. Ainsi vantait-elle les positions optimistes de cet Écossais pour qui la régulation du marché s'opérait automatiquement grâce aux équilibres naturels de l'offre et de la demande.

– Si tu veux comprendre Smith, me répétait-elle, il te faut admettre sa théorie selon laquelle il n'y a rien de mal à privilégier les intérêts particuliers puisque, tôt ou tard, ils finissent toujours par converger vers l'intérêt général.

En vertu de ces axiomes établis voilà plus de deux siècles par l'antique Écossais, Anna Villandreux, à la suite de son père, s'apprêtait à s'en mettre plein les poches, et par voie de conséquence – elle en était en tout cas sincèrement convaincue – à remplir les caisses de la nation.

Au journal, le lendemain, personne n'évoqua la disparition de Franco. À l'exception de Louis Lagache qui, dès qu'il m'aperçut, se fit un bonheur de m'entreprendre sur le sujet :

– Avez-vous vu, ami, avec quelle promptitude ce petit roi d'Espagne a sauté dans les chaussons du pouvoir ? Ces aristocrates sont des gens incroyables. Inaltérables même. Ils me font penser à des bactéries congelées par un soudain refroidissement de l'histoire, des spirochètes mis en sommeil, capables de recouvrer leur vigueur au moindre réchauffement de l'atmosphère.

– C'est quoi des spirochètes ?

– Si je vous dis des brachiopodes cela ne va guère nous avancer. Alors tranchons pour des fossiles du primaire dont les supports brachiaux sont en spirale. Pour en revenir à notre sujet, avez-vous lu cet article inoubliable où l'on raconte que ce M. Franco avait pour manie de conserver toutes ses rognures d'ongles dans de petites boîtes en argent ? On connaissait les talents de tyran de l'olibrius, et voilà que l'on découvre, au lendemain de sa mort, que ce butor était aussi onychophage… Vous souriez, mais vous ne dites rien. Parfois vous m'intriguez, surtout quand vous arborez ce petit air de vous foutre de tout ce que l'on peut vous raconter. Là, en ce moment, bien malin qui pourrait dire ce que vous pensez. Je n'imagine pas, en tout cas, ami, que ce que je viens d'énoncer ait pu vous choquer.

Vous êtes trop jeune et avez des cheveux bien longs pour aimer les dictateurs et respecter les rois.

– Vous savez que vous êtes le seul, au journal, à ne pas me tutoyer ?

– J'ai toujours détesté le tutoiement professionnel, cette espèce de familiarité poisseuse qui voudrait que les membres d'un même compagnonnage au nom de je ne sais quelle confraternité, s'affranchissent des égards élémentaires.

– Tant que j'y pense, avez-vous choisi le match que je dois faire, dimanche ?

– Quand vous consulterez le tableau de service vous pourrez voir que, dimanche, vous resterez ici. Vous vous occuperez de centraliser et de relire les pages de rugby. Cela vous changera des petits pédérastes du football. Et puis vous passerez la journée au chaud.

Depuis que je vivais avec sa fille, Villandreux m'évitait. Il ne m'appelait plus dans son bureau pour plaisanter sur Elias, me raconter les derniers ragots de vestiaire, me demander mon sentiment sur Lagache et savoir si je comprenais tout ce qu'il me disait. Les deux hommes entretenaient des rapports étranges où se mêlaient la fascination, le mépris, l'envie et une forme très masculine d'affection. Villandreux possédait la fortune mais se sentait bien pauvre face à l'érudition et au vocabulaire efflorescent de son employé. Et si celui-ci jouait magistralement du verbe, il n'avait, en revanche, pas un sou vaillant au point qu'il était souvent obligé de participer à l'humiliante cérémonie de la « petite caisse ». Fièrement accroché à sa dignité, il avait pourtant ignoré ce rituel pendant de longues années. Et puis, poussé par la nécessité et un goût immodéré pour les courses de chevaux, il avait fini par faire comme tout le monde, tendre la main et dire : « Merci, monsieur Villandreux. »

La « petite caisse » était un modeste coffret à vin, une boîte en bois blanc bourrée de billets de cinq cents francs, et enfermée à double tour dans le coffre du journal scellé au mur du bureau de la secrétaire de direction.

Chaque semaine, dans son élégant salon, Villandreux réunissait les sept chefs de service de *Sports illustrés*. Il demandait ensuite à Marianne, son assistante, d'apporter le petit trésor. En fonction de leurs mérites respectifs il remettait alors à ses « sept mercenaires », comme il les appelait, une prime hebdomadaire conséquente. L'argent passait ainsi de main en main au vu et au su de tous. C'était un moment embarrassant pour chacun de ces hommes. Qu'avaient-ils accompli pour mériter pareille récompense ? Quels étaient les critères d'excellence ? En quoi les moins bien récompensés avaient-ils failli ? Il y avait bien longtemps que ceux qui participaient à cette messe ne se posaient plus ce genre de questions. Ils se contentaient de dissimuler leur gêne, de prendre l'argent et de remercier ce patron atypique, étrange et généreux, qui s'arrangeait toujours pour qu'à la fin du mois tous les bénéficiaires aient encaissé des primes à peu près équivalentes. Pourquoi, dans ces conditions, ne pas augmenter uniformément et officiellement ces chefs de service ? Cette clarification aurait sans doute facilité le travail de la comptabilité, mais aussi grandement pénalisé l'ego directorial, toujours là, érectile comme jamais.

Lorsqu'il m'apercevait dans les bureaux, Villandreux me saluait d'un geste désinvolte. Anna avait commis l'erreur de venir me chercher au journal deux ou trois fois. Cela avait suffi pour que toute la rédaction me regarde comme « celui-qui-baise-la-fille-du-patron ». Je comprenais que Villandreux, par ailleurs monstre d'indélicatesse, pût s'accrocher à l'idée qu'il se faisait d'un protocole bien ordonné. Sans doute avait-il décrété que son image de bienveillant propriétaire n'avait rien à gagner dans la fréquentation d'un sous-fifre supposé libidineux et dont chacun supputait qu'il avait trouvé place dans la rédaction grâce à un coup de braguette magique. Dans ces conditions, Villandreux, sensible aux rumeurs de couloir, n'avait aucune raison de s'afficher à mes côtés.

Un curieux dîner allait rétablir entre nous des relations moins torturées. Les parents d'Anna avaient tenu à nous inviter le premier janvier, au lendemain d'un réveillon qui avait visiblement laissé des traces sur le visage de nos hôtes. Avec leur teint brouillé, leurs regards fluctuants, caractéristiques des nuits embrumées de sexe, d'alcool ou d'autres substances, Martine et Jean Villandreux donnaient l'impression d'être encore légèrement imprégnés de leur ivresse, comme on peut l'être d'une médecine à effet retard. C'est à peine s'ils effleurèrent un foie d'oie mi-cuit, quelques huîtres du bassin d'Arcachon, et une tranche d'espadon grillé. Vers la fin du repas, peut-être revigoré par les effets de l'iode, Jean Villandreux se montra chaleureux, allant même jusqu'à poser sa main sur mon épaule pour s'assurer de ma complicité pendant qu'il éreintait joyeusement mon prédécesseur :

– Dites-moi, Paul, est-ce qu'Anna vous parle beaucoup d'Adam Smith ?

– Très peu.

– C'est bon signe. Quand ma fille s'emmerde avec un type elle lui parle sans arrêt d'Adam Smith. J'ai remarqué ça, pas vrai Martine ? Les derniers temps, avec Elias, c'était Smith du matin au soir.

– Papa…

– Quoi, c'est pas vrai ? Quand vous veniez ici je

n'entendais que ça, Smith par-ci, Smith par-là... D'un autre côté il faut bien reconnaître qu'avec Grégoire le choix des sujets de conversation était réduit. Ce type-là était une vraie calamité.

– Papa, arrête, tu veux.

– Tu sais ce que j'ai dit à ta mère quand elle m'a annoncé que tu sortais avec lui ? Elias ! Trois fois Elias ! Jacques Goude, qui connaît bien sa famille, m'avait dit qu'il était encore plus con que son père qui avait déjà la réputation d'être un sacré calibre.

– Papa...

– Mais c'est Paul qui a le mieux défini cet âne. La première fois qu'on s'est rencontrés je lui ai demandé ce qu'il pensait d'Elias. Et tu sais ce qu'il m'a répondu ? Vous vous en souvenez, Paul ? « Un type qui fait du ski en hiver et de la voile en été. » Ma fille, il faudra que tu m'expliques un jour ce que tu as pu trouver à une pareille truffe.

– Jean, tu deviens franchement indélicat.

C'était Martine Villandreux. La voix satinée de fatigue. Une cigarette posée au bout de ses ongles vernis. Une frange indécise retombant en pluie sur son front. La bretelle de sa robe noire s'affaissant sur l'arrondi de l'épaule. Elle était incroyablement troublante. Sans doute la femme la plus sensuelle qu'il m'ait été donné de connaître. Imprégnée de lassitude, joliment éraflée par les rides, et gainée de quelques rondeurs, Martine Villandreux éclipsait l'innocente perfection de sa fille de vingt-cinq ans sa cadette. Cette femme dégageait une puissance érotique aussi perceptible, aussi forte que l'odeur de l'herbe fraîchement coupée. En cette soirée instable de premier de l'an, je ne souhaitais qu'une chose : que le père emmène sa fille, qu'ils partent ensemble, et me laissent seul avec la mère. Alors je la regarderais finir sa cigarette. Dans sa bouche, je goûterais la saveur du tabac humide. Et il n'y aurait pas grand-chose à dire. Elle s'éloignerait de moi, irait jusqu'à la salle de bains et laisserait la porte grande ouverte. Elle enlèverait sa culotte, s'assiérait sur la cuvette et un filet d'urine s'écoulerait. En entendant le petit bruit de cette cascade, je fermerais les yeux. Avec l'humilité du pèlerin, je mettrais mes deux genoux en terre. Je glisserais mon bras replié en crochet dans le creux de ses jambes. L'ayant ainsi embrochée, le poing refermé sur ses reins de femelle, les choses deviendraient plus fluides. Les langues entreraient dans tous les trous de la terre, léchant ce qui peut l'être. Il n'y aurait plus ni devant, ni derrière, ni face, ni profil. Les bouches seraient pleines, et aussi les ventres, et les mains, et les gorges encore. Sous la pression des corps, les peaux se tendraient, s'étireraient, grimaceraient, pareilles à des gargouilles païennes et toutes sortes de liquides suinteraient le long des parois internes. Les mots arriveraient à la rescousse, glissant dans le creux de l'oreille, reptiliens. Elle murmurerait « Je suce les couilles préférées de ma fille. » Et il y aurait alors dans l'air cette irradiation sacrilège, ce sentiment gratifiant de ne pas trahir pour rien. Il deviendrait ensuite impossible de faire des différences entre les postures des hommes et celles des chiens. De ce fracas de chair remonteraient les odeurs marines de la vie. Les embruns de foutre lubrifieraient les derniers orifices. Les dents mordraient les peaux. Il s'enfoncerait jusqu'à la garde, creusant le trou de sa propre tombe et elle le conduirait aux portes de sa perte. Et, puisqu'il avait fait tout ce chemin, il basculerait dans ce gouffre onctueux où tant d'autres, avant lui, avaient déjà péri.

À la fin, il suffirait d'essuyer quelques traces de mémoire. Et rien de tout cela n'aurait existé.

– Vous vous plaisez au journal ?

Il était patent que Martine Villandreux se contrefichait de ma réponse et de mon degré d'implication à *Sports illustrés*. Elle faisait simplement semblant de s'intéresser au nouveau petit ami de sa fille, un lendemain d'excès, tandis que son estomac tentait de s'accommoder d'un clapot nauséeux. Sans même me laisser le temps de lui répondre, elle se tourna d'ailleurs vers son mari et dit :

– Tu n'as même pas encore donné leurs cadeaux aux enfants.

– Quels cadeaux ?

– Jean, tu es impossible. Ceux qui sont sur la commode, dans l'entrée.

– C'est pour eux ?

Rien de bien original. Un stylographe coûteux pour moi, une paire de boots hors de prix, doublée d'un chèque conséquent pour Anna.

– Bonne année à vous.

Martine Villandreux nous embrassa sans effusion et régla l'affaire en trois mouvements. Ensuite, aussi soudainement que gicle un bouchon de champagne et sans que rien dans la conversation ne l'ait laissé prévoir, Jean Villandreux fit une saillie inattendue sur les insuffisances générales du giscardisme, cette « branche abâtardie des De La Tour-Fondue ».

– Il faut toujours se méfier de ces types qui descendent des croisés par les fenêtres… Vous vous rendez compte qu'en plein XXe siècle on est gouvernés par un président de la République, et j'insiste sur le mot République, qui s'est marié avec une femme du nom de Anne-Aymone Sauvage de Brantes et a appelé ses deux filles Valérie-Anne et Jacinthe ? Il faudra pas s'étonner si, un jour, ce pays vote à gauche.

Personne ne se crut autorisé à commenter cette soudaine indignation civique. Jean Villandreux se servit un verre de pomerol et le but à petites gorgées en fermant les yeux. Nous échangeâmes encore quelques banalités puis, très vite, tout le monde décida d'aller se coucher. La mère avec le père, et la fille avec moi.

Je fus longtemps troublé et embarrassé par l'attirance physique que j'éprouvais pour la mère d'Anna. Chaque fois que je me retrouvais en sa présence, je captais ses fréquences sexuelles qui avaient la particularité d'entrer en résonance avec les miennes. Mais un événement d'importance, qui survint au milieu de l'été 1976, allait brouiller les bandes passantes de mes obsessions.

Lorsque Anna m'annonça qu'elle attendait un enfant, j'eus l'impression d'être frôlé par un train lancé à grande vitesse. Passé ce moment de frayeur, une agréable chaleur me traversa le corps, tous les muscles de ma nuque se relâchèrent et une joie d'une texture nouvelle, grésillante, impétueuse, mêlée d'inquiétude, me fit découvrir les tout premiers sentiments de la paternité. Le père vagissant que j'étais prit la mère dans ses bras, mais il la sentit froide, lointaine, quasiment absente. Elle lui dit que c'était une catastrophe et lui ne comprit pas pourquoi. Elle répéta qu'elle n'était pas prête, qu'elle ne pouvait pas garder l'enfant. Lui ne répondit rien, même s'il savait ce que tout cela signifiait. Il avait déjà porté le sac de sport et les serviettes propres. La nuit, il avait tenu la main de Marie. Et le jour, fait le compte des analgésiques. Mais cette fois, il savait que ce serait bien pire. Car le père n'était pas Edgar Hoover.

Pendant une semaine, Anna alterna les phases de doute et les moments de certitude. Elle avait chaque fois de bonnes raisons pour justifier ce désarroi momentané. Je pouvais comprendre cela. En revanche il m'était plus difficile d'admettre de n'être jamais véritablement consulté lorsqu'elle envisageait notre avenir et éventuellement celui de cet enfant. Il lui importait peu que je lui livre mes arguments ou mon point de vue, elle réfléchissait avant tout en fille unique, soucieuse de préserver sa sphère de toute intrusion. Or le bébé et moi, d'une certaine façon, étions des invités envahissants, voire importuns. Même si cela arrivait trop tôt dans une histoire commune encore balbutiante, pour ma part, je ne trouvais rien d'effrayant ni de terrible dans cette situation. J'aimais cette fille, elle attendait un enfant, j'en étais le père et tous les mois un salaire décent nous permettrait de l'élever.

Vers la fin du mois de juillet, dans un revirement dont elle avait le secret, Anna décida de garder le bébé et se transforma instantanément en attentive génitrice, tenant des discours enthousiastes à la limite de l'extravagance sur les avantages de la famille et les bienfaits de la maternité. Je me souviens parfaitement que sa décision de ne pas recourir à un avortement fut prise le jour de l'exécution de Christian Ranucci, le dernier condamné à mort à être exécuté en France. Quelques jours avant ce 28 juillet 1976, Giscard avait reçu les avocats venus demander la grâce du condamné. Après les avoir écoutés, il les avait fait reconduire sans se prononcer dans un sens ou dans l'autre. Et le jour de l'exécution le président s'était contenté de laisser filer les heures.

Il ne broncha pas. Ne décrocha pas son téléphone. Et la tête fut tranchée. Dans l'histoire, ce nobliau qui s'était échiné à « relever » le nom des D'Estaing, devint le dernier président de la Ve République à avoir laissé guillotiner un prisonnier. En cette soirée de juillet, tandis que la télévision relatait les circonstances et l'heure exacte de la mort de Ranucci, celui que l'on avait majoritairement élu à la tête de l'État m'apparut comme un être minuscule, un humain méprisable. Depuis ce jour-là, je n'ai jamais pu revoir son visage sans que, spontanément, pareils à des renvois de mémoire acides, les souvenirs de cette exécution ne remontent à mon esprit.

Anna était enceinte depuis deux mois lorsque nous l'annonçâmes à nos familles respectives. Mes parents accueillirent la nouvelle avec toute la joie dont ils étaient capables. Stupéfait, mon père me regardait d'un œil nouveau, à la fois attendri et sceptique. Hier encore j'étais un enfant solitaire en train de pousser mes Dinky Toys sur le tapis de ma chambre, et voilà qu'aujourd'hui, une femme à mon bras, je revenais paré de l'incroyable titre de père de famille. Je savais qu'il se passait beaucoup de choses dans la tête de Victor Blick, que, sous l'effet de la bourrasque que je venais de faire lever, des idées et des sentiments contradictoires tournaient à toute vitesse. Dans cette pulpe centrifugée se mêlaient sans doute des images de Vincent conquérant, du garage Jour et Nuit, de ma mère en robe d'été, de moi rentrant de l'école, de l'aiguille traçante de l'électrocardiographe, et de tout un passé déjà confus, amalgamé en vrac. Le coup de vent passé, il allait falloir classer toutes ces particules, les ranger par ordre d'importance pour faire place nette à celui qui allait venir, celui qui allait devenir un nouveau Blick et dont j'affirmais être le père. Oui, ce jour-là, je crois que Victor Blick me regarda comme l'on examine ces surprises dont on ne sait finalement que penser.

Bien qu'affectivement mutilée depuis la mort de Vincent, ma mère fut secouée, ébranlée par la réplique d'un bonheur ancien, une émotion qui venait de très loin, un frisson ovarien datant, peut-être, de l'époque où elle était enceinte de son premier fils.

Toute la durée de notre visite, Anna fut son unique préoccupation. Il était patent qu'aux yeux de ma mère, seule Anna portait le trésor et les clés de la vie. Aussi se montra-t-elle pleine de douceur, d'attentions et me donna-t-elle l'impression de s'accorder un moment de répit, de s'extraire de ses habituels cadres contraignants. Pour une fois, il n'y avait rien à corriger, rien à redire, rien à regretter ou à pleurer. Cet enfant à venir était la première chose neuve qui l'éloignait de son passé et lui faisait entrevoir l'aube d'un avenir où la vie primait.

Chez les Villandreux, l'annonce se déroula dans un climat beaucoup moins serein, et la mère d'Anna, d'abord giflée par la stupeur, eut ensuite les plus grandes difficultés à cacher son hostilité. Il était évident qu'elle avait prévu tout autre chose pour sa fille, un autre départ dans l'existence, de meilleures espérances et sans doute un parti plus convenable. Quelqu'un de son cercle, qui, par exemple, aurait fait de la voile en été et du ski en hiver, un Elias en moins calamiteux. Il semblait y avoir deux Martine Villandreux. Celle qui donnait l'image d'une femme largement émancipée, épanouie, à l'humeur libérale, que l'on sentait capable de séduire, d'aimer et ne se cachant pas de goûter à tous les plaisirs de la vie. Et l'autre, engoncée dans un catholicisme de convenance, corsetée des petits principes économes de la bourgeoisie, bardée de tous les poncifs de la mesquinerie conservatrice, sévère, austère, inclémente, avec toujours en bouche des remarques blessantes et des observations perfides. Soumis aux exigences de la seconde, on était toujours étonné qu'un visage si parfait, un corps à ce point séduisant pût abriter une âme aussi noire. Il y avait une sorte d'antinomie frappante, une incompatibilité flagrante entre la luxuriance de ces chairs et l'aridité, la rigidité d'un tel esprit.

Lorsque Martine Villandreux comprit que nous avions

décidé de garder l'enfant, elle lança une seconde offensive dont je n'avais pas imaginé les conséquences :

– Et vous comptez vous marier quand ?

En 1976, le monde était encore vieux, conventionnel, régi en sous-main par la morale des soutanes. Un enfant devait avoir un père et une mère officiellement liés, un état civil conforme aux canons menaçants des bons usages.

– On n'a aucune intention de se marier.

J'avais répondu cela le plus naturellement du monde, sans la moindre volonté de provocation ou d'agression. Ces quelques mots eurent le don de faire violemment réagir la mère d'Anna :

– Si vous voulez garder cet enfant, cela vous regarde, mais je vous demanderai de vous comporter en parents responsables. Un mariage est indispensable. Et le plus tôt sera le mieux.

Martine Villandreux se leva comme un ressort et quitta la pièce sans adresser un regard à sa fille. Dans un mouvement de lâche solidarité son mari la suivit en m'adressant un petit sourire empreint de complicité masculine qui, dans sa culture, pouvait vouloir dire « les femmes sont un paquet d'hormones ».

L'attitude brutale et les déclarations intransigeantes de Martine Villandreux n'avaient d'autre but que de glisser un coin entre sa fille et mes préventions matrimoniales. Elle savait parfaitement qu'Anna était dans l'incapacité psychologique d'assumer un conflit familial, si minime fût-il. Elle était ainsi faite. La simple idée d'un différend entre elle et ses parents pouvait la plonger dans l'angoisse. Autant elle pouvait se montrer combative dans ses rapports avec le monde extérieur, autant elle rendait les armes dès la première anicroche avec l'un ou l'autre de ses géniteurs.

Durant le trajet qui nous ramenait chez nous, Anna commença déjà à évoquer l'idée qu'un mariage, « après tout, n'était pas la fin du monde, que cela n'avait aucune importance, et qu'on pouvait bien faire plaisir aux parents ».

– Je n'ai aucune intention de faire plaisir à ta mère en me livrant à des simagrées ridicules.

– J'imagine que tu respectes là tes sacro-saints principes politiques ? Tu veux que je te dise ? Tu es aussi rigide qu'elle, aussi injuste.

– Mais enfin, c'est extraordinaire ! En quoi est-ce que je fais preuve d'injustice dans cette histoire ? J'ai quand même le droit d'être simplement contre le mariage sans passer pour un sauvage.

– De toute façon tu es toujours contre tout. Tu regardes le monde et les autres à travers tes lunettes de gauchiste. Tu as des réactions bizarres.

– De quoi tu parles ?

– De rien.

– Tu m'accuses d'avoir des réactions bizarres. J'aimerais savoir de quoi il s'agit.

– Le soir du décès de Franco, par exemple. Tu es arrivé vers moi et tu m'as annoncé la mort de ce type comme si tu venais de gagner le gros lot de la Loterie nationale. C'est ça que j'appelle une réaction bizarre.

Martine Villandreux était parvenue à ses fins. Elle avait réussi à instiller son poison entre l'écorce et l'arbre, entre la mère et le père. Et pour sa minable histoire de mariage, elle était même parvenue à tirer le vieux caudillo de sa tombe.

Plus le ventre d'Anna s'arrondissait, plus ma détermination faiblissait. Je m'accrochais à mes principes comme un alpiniste épuisé s'agrippe à sa corde. Mais insensiblement je lâchais prise. Je ne voulais pas rendre

Anna malheureuse, ni compliquer sa grossesse, et encore moins donner à mon fils une mauvaise image de son père. Je ne demandais qu'une chose: qu'on me laisse le temps de capituler dignement, de me soumettre avec honneur. Même cela me fut refusé. Il fallut organiser l'affaire dans la hâte et la précipitation.

– Vous semblez surpris que je vous demande d'aller vite, Paul. Vous n'avez donc pas conscience de l'urgence de ce mariage ? Vous imaginez notre gêne et surtout celle d'Anna si elle devait arriver à la cérémonie avec un ventre énorme de six ou sept mois ? Il me semble que c'est une question de respect. Vous avez parfois des réactions bizarres...

Ce jour-là, au lieu de laisser, par tacite consentement, cette chirurgienne plasticienne remodeler les cloisons de ma vie, j'aurais dû la renverser sur son canapé, lui enlever tout son attirail et la prendre avec l'impudence et le manque d'égard que l'on prête généralement aux motards du Michigan. M'en tenir aux commandements revisités de David Rochas: « Si ma mère était belle, je la baiserais. » Je crois que cela nous aurait remis à tous les idées en place.

Deux semaines plus tard, un dîner de famille réunissait mes parents et ceux d'Anna. J'ai oublié de préciser que, dans l'euphorie de sa victoire, Martine Villandreux avait tenté d'imposer à sa fille, et à mon insu, la mise en place d'une rapide cérémonie religieuse avant le passage en mairie. Mais elle s'était heurtée au refus à la fois ferme et conjugué de son mari et d'Anna. Le dîner, solennel et prétentieux, avait été organisé chez les Villandreux. Le déploiement des arts de la table faisait songer à un défilé du premier mai en ex-Union soviétique quand le régime se croyait obligé de déballer toute sa ferraille et ses missiles pour dissuader les curieux et surtout épater la galerie. Je connaissais Martine Villandreux. Je la savais capable de calculs aussi peu estimables. L'argenterie étincelante se reflétait dans le vermeil des assiettes, tandis que le cristal des verres irisait les bouchons des carafes. Même les porte-couteaux, tranchés dans des pavés de spath, ajoutaient au raffinement de la mise en scène. Mes parents qui n'ont jamais eu la moindre malice ne prêtaient guère attention à ce déploiement de verroterie. Leur vie les avait lentement écartés du cercle des réceptions et voilà longtemps qu'ils avaient oublié les codes et les règles orgueilleuses de ces petits jeux de table.

Jean Villandreux avait trouvé en mon père un interlocuteur de premier choix avec lequel il pouvait parler de voitures. À l'inverse d'autres sujets de conversation, la mécanique a le pouvoir fédérateur de rapprocher les hommes, d'en faire très vite des partenaires ou des complices de bonheur ou d'infortune. Tous à un moment ou à un autre ont eu à connaître des problèmes de satellite ou de planétaire, de joint de culasse ou de chemise, de rotule ou de maître-cylindre. Ces infortunes tissent d'invisibles liens masculins entre ces automobilistes que le sort n'a pas épargnés. Mon père exposait sa théorie personnelle sur la décrépitude de la marque Simca, et Villandreux, subjugué, buvait chacune de ses paroles comme s'il avait devant lui le père fondateur de la marque. Ma mère n'avait pas la chance de bénéficier d'une telle qualité d'écoute. L'austérité et la marginalité de son travail ne lui laissaient que peu d'espoir de briller en société. Après s'être informée par pure politesse de la nature de sa spécialité, Martine Villandreux s'était lancée dans un long plaidoyer *pro domo* vantant les bienfaits de la chirurgie esthétique qu'elle considérait comme une seconde libération des femmes, un acte émancipateur permettant à chacune de prendre réellement possession de son corps. La bêtise et l'indigence de son raisonnement portaient déjà les stigmates du consumérisme sauvage. Ma mère l'écoutait avec cette brume de sourire et ce regard voilé que je ne connaissais que trop. Claire Blick n'était plus là. Elle avait depuis longtemps quitté cette table des vanités, ces futilités ostentatoires, ces festivités obligatoires. Sur sa chaise, ne restait que son double, une enveloppe sans vie, creuse et sombre comme une tombe. J'imagine qu'à ces moments-là, ma mère devait rêver à une autre vie qu'elle aurait partagée avec une autre famille dans un autre monde. Martine Villandreux, elle, n'en finissait pas d'occuper celui-ci. Son physique éblouissant, sa toilette élégante, son enviable carnation habilement rehaussée de quelques bijoux, tout concourait à la rendre incontournable, à la désigner comme l'administratrice générale de ce conseil de famille. Pour séduisante qu'elle fût, Martine Villandreux m'apparaissait comme un personnage de plus en plus vulgaire en ce qu'elle imposait aux autres, sans autre forme de procès, l'étalage de sa richesse, de sa réussite, de son élégance et de sa beauté. À ses côtés, avec ses vêtements atones, son sourire énigmatique et modeste, ses silences intensifs, ma mère faisait penser à une cameriste bienveillante. Au moment du dessert, un impair de Martine Villandreux me fit monter les larmes aux yeux. L'incident survint de manière imprévisible, au détour d'une conversation anodine. La mère d'Anna narrait quelques épisodes de la jeunesse solitaire de sa fille en expliquant combien elle-même aurait aimé avoir un second enfant. Se tournant vers ma mère et jouant de sa chevelure, elle dit alors :

– À ce que l'on m'a dit, Paul a eu un frère, non ?

Elle lâcha cette phrase comme elle expédiait toutes

les autres, dans le flux du courant, sans réfléchir, sans imaginer une seule seconde que ces mots pouvaient faire basculer l'énorme bloc de chagrin qui, depuis dix-huit ans, reposait en équilibre instable au-dessus de nos têtes.

Formuler cette question au passé c'était déjà y répondre. Qu'espérait-elle au juste ? Qu'après deux décennies de silence et de mutilation ma mère se lance dans l'évocation de souvenirs émouvants ou raconte les circonstances de la mort de Vincent ? Espérait-elle que Claire Blick dépeigne son fils tel qu'il était, affectueux, généreux, loyal, courageux, robuste, travailleur, baraqué, émouvant, possesseur d'un carrosse argenté et d'un Brownie Flash de marque Kodak ? Fallait-il que cette faussaire soit à ce point obnubilée par ses travaux de suture pour négliger le douloureux suintement des cicatrices de la mémoire. Un silence embarrassant répondit à la question de la meneuse de revue. On reprit un peu de dessert et le bruit rassurant des petites cuillères effleurant la porcelaine des assiettes envermeillées conforta la maîtresse de maison dans l'idée que, lors de circonstances pénibles, il importait avant tout d'assurer la continuité de la liturgie alimentaire.

De retour à la maison, je laissai Anna se coucher seule et demeurai un long moment en tête à tête avec le carrosse et le Brownie Flash de mon frère. Je me souviens d'avoir longtemps regardé la rue au travers du viseur de son appareil. Et le simple fait de placer mon œil au milieu de ce cadre, à l'intérieur duquel il avait tant de fois glissé le sien, m'emplit le cœur de larmes. En me rendant à la mairie, j'éprouvais réellement le sentiment de commettre une mauvaise action et je priais surtout pour que personne, et surtout aucun de mes anciens amis, ne me voie dans cet accoutrement de garçon de café. Dans les pires moments, il m'arrivait aussi d'imaginer qu'Anna, voulant me ménager ce genre de surprise ridicule très en vogue chez les Anglo-Saxons, avait convié les anciens de Round up pour animer la soirée. Et ils étaient là, sur scène, en formation complète, incapables de tirer la moindre note de leurs instruments, à me regarder fixement comme s'ils voyaient passer la mort.

Fort heureusement seuls quelques membres de ma famille proche avaient été conviés à cette triste journée. Ils étaient d'ailleurs totalement noyés dans la masse des invités des Villandreux. Leur statut social mais aussi leur goût de paraître les avaient incités à organiser une incroyable partie dont la munificence n'avait d'autre but que de renseigner chacun sur l'état de fortune de la puissance invitante. Toutes les connaissances, les relations, les amis des Villandreux étaient là. Jean avait même convoqué, le mot n'est pas trop fort, l'entière rédaction de *Sports illustrés*. J'imagine que, pour tous ces journalistes bienveillants, j'étais maintenant « celui-qui-a-réussi-à-foutre-enceinte-et-à-épouser-la-fille-du-patron ». Un verre à la main, l'allure dodelinante, Lagache vint me présenter ses bons vœux :

– Ami, vous avez une femme absolument charmante et je vous souhaite tout le bonheur qu'un honorable locataire de cette planète puisse espérer. Savez-vous que j'ai, moi-même, été marié ? Avec une sorte de pythie dévastatrice qui chaque jour prédisait la fin du monde et de notre bonheur.

– Et elle a fini par avoir raison ?

– Si l'on veut. Un matin, au petit déjeuner, n'en pouvant plus de l'entendre ainsi oblitérer le futur, je me suis levé de table et, sans rien dire, très calmement, je lui ai flanqué un grand coup de poing dans la gueule.

Bien évidemment je me suis aussitôt amendé. Pardonnez-moi, ami, de vous entretenir d'aussi piteux exploits en une pareille journée, mais je crois que cet excellent Glenfiddish est en train de me griser.

Lagache exécuta un demi-tour plein de grâce et en chaloupant parmi la foule s'en alla rejoindre quelques précieuses qui se délectaient déjà de son vocabulaire chantourné. Dans ce décor qui se voulait princier, Lagache, sans le savoir, tenait parfaitement le rôle de l'impertinent petit valet de cérémonie. Abandonnant ses innombrables amis, Anna vint s'asseoir un instant près de moi.

– À quoi tu penses ?

– À rien. Ou plutôt à tout ça, à tout ce monde qui bouge, qui danse, qui parle.

– Tu crois qu'on va être heureux ?

– Je ne sais pas.

– Tu as l'air triste.

– Ce n'est pas une journée très gaie.

Elle comprenait parfaitement ce que je voulais dire. Je la savais embarrassée de m'avoir imposé ce simulacre, cette comédie que je réprouvais. Elle me découvrait assis au milieu d'un monde qui n'était pas le mien, ployant en silence sous l'excessive charge des convenances. Allions-nous être heureux ? Il fallait demander à l'ex-femme de Lagache.

Anna passa sa main sur mon visage. Comme pour me remercier d'avoir accepté tout cela pour elle, de lui avoir donné la preuve que je l'épousais *vraiment* par amour. Aurait-elle été capable de pareils sacrifices ? Cette fois, elle seule détenait la clé de l'énigme.

Par certains côtés cette soirée reflétait le malaise que j'éprouvais, désormais, à vivre dans ce pays. Comme l'avait écrit Emmanuel Bove à propos de tout autre chose, il était patent qu'une «époque était en train de finir, qu'une autre allait commencer mais forcément moins belle que la précédente». La longue période d'insouciance, de liberté, et de bonheur, qui avait accompagné mai 1968, était définitivement révolue. Tout le monde avait rengainé ses illusions, remonté son pantalon, éteint son mégot de tétrahydrocannabinol, rejeté ses cheveux en arrière, et s'était remis au travail. Le pays avait confié ses intérêts à un petit roi calculateur faussement féru d'accordéon, s'était acheté des costumes de coupe ridicule et de petites mallettes qui ne l'étaient pas moins. Dans ces attachés-cases thermoformés censés receler la puissance du siècle, chacun, en réalité, sans se l'avouer, dissimulait la misère et la honte d'être redevenu un petit soi.

Raymond Barre théorisait déjà sur les mérites de l'«austérité» et se colletait avec les syndicats quand mon fils, profitant sans doute de la confusion, se décida à venir au monde.

Lors de notre première rencontre, je le trouvai plutôt laid et inamical. Des yeux clos, des paupières bouffies, un visage disgracieux, une tête vrillée en pain de sucre, et des poings rageurs, hostiles, résolument fermés. Lorsque l'infirmière me le désigna dans son berceau, elle dit simplement: «Trois kilos quatre cent cinquante», comme on annonce le poids de forme d'un boxeur au moment de la pesée. Ces chiffres se sont enkystés dans ma tête, au point qu'aujourd'hui encore, lorsque j'aperçois mon fils lors de l'une de ses visites, il m'arrive de penser: «Tiens, voilà trois kilos quatre cent cinquante.» Pour l'état civil nous lui donnâmes le prénom de Vincent. À dire vrai, je n'avais pas un seul instant imaginé pouvoir appeler mon fils autrement. Et Anna non plus d'ailleurs. En apprenant la naissance et notre choix patronymique, ma mère fondit en larmes et me serra dans ses bras comme si j'étais son fils unique. Mon père retrouva le visage que je lui avais connu dans ma prime jeunesse et dit simplement: « Vincent Blick. C'est beau, c'est très beau. » Chez les Villandreux comme chez les Blick, le charme de « Trois kilos quatre cent cinquante » opéra si bien que toutes les tensions accumulées durant la phase critique du mariage furent oubliées dès l'apparition du bébé. En regardant tous ces adultes bêtifier ensemble ou séparément au-dessus de ce petit être je songeais que les naissances, comme les morts d'ailleurs, ont l'étrange pouvoir de lubrifier les cœurs et d'effacer les ardoises surchargées du passé.

Un an et demi plus tard, lorsque naquit ma fille Marie, je pus vérifier une seconde fois le bien-fondé d'une telle observation. Autant son frère semblait être venu au monde à contrecœur, l'humeur noire et le poing menaçant, autant Marie, dès le premier instant, donna l'impression de se délecter de l'atmosphère subtilement oxygénée de cette planète. Avec ses cheveux blonds, ses yeux d'un bleu atlantique, sa façon de sourire à chacun, elle faisait penser à ces Anglaises en vacances dans le sud de la France et que tout enchante. J'avais une fille. Je débordais de fierté. Une fille. Le plus beau cadeau que la vie puisse faire à un homme.

C'est Anna qui avait décidé d'avoir un autre bébé aussi vite. Pour, je le crois, s'acquitter au plus tôt de son serment intime: n'avoir jamais un enfant unique. Sans doute avait-elle comme moi trop souffert de la solitude familiale, de l'interminable et décevante jeunesse passée face à soi-même.

Avant que les rôles ne s'inversent, je constatai que, pour l'instant, Vincent et Marie étaient en train d'éduquer leur mère, de lui apprendre à trier l'essentiel du secondaire, à privilégier l'être aux dépens du paraître et le biberon à vis aux avis d'Adam Smith. La lune de miel fut de courte durée. Anna n'avait pas d'attirance prononcée pour les choses de la maternité. Elle adorait ses enfants mais les tentations du monde extérieur, le besoin d'entreprendre se faisaient chaque jour plus pressants. Surtout depuis que Jean Villandreux, désireux de s'investir totalement dans *Sports illustrés*, lui avait proposé de diriger Atoll, son entreprise de piscines, qui ne l'amusait plus du tout depuis qu'il avait racheté le magazine et goûté aux fantaisies de la presse. Pour Anna, c'était l'occasion de mettre ses diplômes à l'épreuve, de déployer son savoir-faire. Avant même qu'elle ait accepté la proposition paternelle, je connaissais par cœur la liste de ses objectifs : faire prospérer de dix pour cent par an une compagnie déjà florissante ; tenir tête à une cinquantaine de cadres et d'ouvriers à l'affût de son premier faux pas ; renouveler le catalogue pour proposer de nouvelles formes et lancer une gamme complète de spas et jacuzzis, très en vogue en Amérique. Anna me donnait l'impression d'avoir anticipé cette situation depuis des années. On aurait dit que, dans son esprit, tous les dossiers étaient déjà préparés, négociés, budgétisés et classés dans un échéancier. Elle n'avait encore jamais mis les pieds dans les bureaux d'Atoll et elle me parlait déjà de son nouveau rôle, m'instruisant des forces et des faiblesses de cette compagnie comme si elle en était la fondatrice.

Anna souffrait d'une maladie assez répandue durant cette ère giscardo-barriste : la fièvre *entrepreneuriale* caractérisée par un incoercible besoin de créer un alvéole supplémentaire à l'intérieur de la mielleuse ruche libérale. Un petit trou à soi dans le Grand Tout. Ce désir d'œuvrer, de bâtir, de construire, d'édifier, d'avancer, d'imaginer, de produire, s'accompagnait généralement d'un remarquable œdème de l'ego et d'une violente crise de confiance en soi. Anna cumulait l'ensemble de ces symptômes et c'est sans la moindre surprise que je la vis peu à peu s'éloigner de nous trois pour plonger dans le bain à remous des affaires paternelles.

Cette immersion brutale changea totalement notre mode de vie. En quelques jours, la femme que j'aimais et avec qui je partageais la douceur d'être en vie s'effaça au profit d'une gestionnaire pestant contre les charges des PME, l'influence des syndicats, la désorganisation du patronat, l'impôt sur les bénéfices et le manque d'implication du personnel. Ces bouleversements m'incitèrent à prendre une décision à laquelle je pensais déjà depuis longtemps : abandonner mon stupide travail pour me consacrer à mes enfants. Les élever tranquillement. Comme une mère d'autrefois.

J'eus le sentiment que ma décision arrangeait tout le monde. Anna se sentit immédiatement déculpabilisée de délaisser ses nourrissons. Jean Villandreux, lui, parut soulagé de ne plus me voir traîner dans les couloirs de *Sports illustrés*, son nouveau domaine. Comme les émoluments de la directrice d'Atoll étaient plus que confortables, je pouvais sans aucune gêne m'adonner à mon nouvel emploi de père au foyer.

J'ai aimé ces années passées auprès de Marie et de Vincent, ces saisons vécues hors du monde du travail et des préoccupations des adultes. Nous vivions de promenades, de siestes et de goûters où le pain d'épice avait la saveur de l'innocence et du bonheur. Pour les avoir talqués, poudrés, pommadés, je connaissais chaque centimètre carré de la peau de mes enfants. Je percevais les dominantes de leur odeur, animale chez le garçon, végétale chez la fille. Dans l'eau chaude du bain, je leur soutenais la nuque et ils flottaient ainsi, apaisés, dans l'interstice du monde, à la surface d'un liquide aux réminiscences séreuses. J'aimais ensuite les habiller de linge propre et parfumé, et, en hiver, les coucher dans des pyjamas tièdes. Marie s'endormait très vite en serrant mon index dans sa petite main. Son frère, lui, se blottissait contre mon avant-bras et laissait flotter ses grands yeux noirs dans le vague. Avant que de dormir, déjà, il semblait rêver.

Mes journées se résumaient à l'exécution de tâches répétitives, simples, le plus souvent ménagères, auxquelles je ne pouvais cependant pas m'empêcher de trouver une certaine noblesse. Le soir, lorsque Anna rentrait, le repas était prêt et les enfants couchés. Mon existence ressemblait à celle de ces épouses modèles que l'on voyait dans les feuilletons américains des années soixante, toujours impeccables et prévenantes, semblant n'être nées que pour faire oublier au mâle dominant et travailleur la fatigue de sa journée de labeur. Il ne me manquait que la jupe à volants et les talons aiguilles. Pour le reste, à l'image de mes sœurs d'outre-Atlantique, je servais un scotch à l'entrepreneuse en faisant semblant de m'intéresser à ses jérémiades patronales. Il lui arrivait de me demander parfois comment avait été ma journée, je lui répondais « Normale » et cet adjectif bien qu'élusif et minimal semblait amplement combler sa bien maigre curiosité. Après avoir fini son verre, elle rangeait quelques dossiers et, comme tous les bons pères de famille, allait embrasser les enfants en remontant la couverture sur leurs épaules. Pendant que je mettais la table, elle rôdait autour de la télévision en picorant quelques nouvelles avant de me demander ce qu'il y avait à dîner. Quand le menu convenait, j'étais gratifié d'un « formidable» plein de gourmandise impatiente. À l'inverse quand la préparation n'avait pas l'heur de plaire, je devais me contenter d'un «ne-te-complique-pas- les-choses-ce-soir-je-n'ai-pas-très-faim». Ainsi était ma vie, domestique, dans tous les sens du terme. Pour éloigné que je fusse des affaires du monde, et aussi paradoxal que cela puisse paraître, je me rendais compte que j'habitais bien plus intensément cette terre qu'Anna. Bien qu'elle ait toujours prétendu œuvrer en son centre névralgique, elle ne quittait jamais vraiment le petit bain des eaux couleur émeraude de ses piscines. Du balcon de notre grand appartement (nous en avions changé) je vis ainsi passer les heures et la course du monde. Je devinai la mort d'un pape et découvris, un matin, celle de Mao Zedong (L'orient est rouge, le soleil se couche). L'*Amoco Cadiz* déversa le jus de ses entrailles dans l'océan et les autonomes dévalisèrent Fauchon. La révolution éclata en Iran et, ici et là, on parlait déjà de l'éblouissant éclat des diamants de Bokassa. Et puis, l'on exécuta Mesrine comme l'on n'abat plus les chiens. Quasiment à bout portant, et d'un nombre incalculable de balles dans le corps.

Tous ces événements, quelle que fût leur importance, étaient relégués au second plan dès qu'Anna rentrait à la maison. Elle ne pouvait s'empêcher de m'infliger quotidiennement les grands titres de la gazette d'Atoll, lesquels tournaient toujours autour de tentatives de putsch du comité d'entreprise, de pronunciamientos de couloir, de révolutions syndicales, et de coups de force de l'URSSAF.

Même si, chaque jour davantage, je prenais conscience qu'Anna et moi dérivions peu à peu dans des directions opposées, j'étais heureux de vivre cette existence auprès de mes enfants et d'une femme que, malgré elle, j'aimais encore. J'avais mis à profit tout le temps libre de ces journées pour me remettre à ma passion d'enfance : la photographie. J'ai toujours aimé cette activité silencieuse, discrète et solitaire. Durant mon adolescence je partais avec le Contarex de mon père photographier, de préférence, le minéral, le végétal, en fait tout ce qui ne bougeait pas. Figer l'immobile me fascinait.

Je possédais une imposante collection d'images de fruits, de légumes, d'arbres et de pierres qui n'étaient pourtant nullement précieuses. Pour moi, ces natures mortes regorgeaient de vie. Je travaillais uniquement dehors, au milieu de la nature, prélevant mes clichés dans le désordre du monde, du hasard et des saisons. À mon retour je développais mes films et faisais mes tirages dans un petit laboratoire que j'avais aménagé dans un dressing attenant à la salle de bains.

C'est mon père qui m'avait initié à ces travaux de l'ombre où, dans un faux jour de lumière inactinique – à la maison nous avions une lampe aù sodium –, je traitais les pellicules avant de procéder aux tirages sur papier. La première fois que j'avais vu mon père faire apparaître une image aux sels d'argent dans le révélateur et, ensuite, la fixer dans un bain d'hyposulfite, je l'avais réellement pris pour un magicien doué de pouvoirs surnaturels. Et je crois, véritablement, que c'est ce tour de prestidigitation qui m'a donné, ensuite, le goût de faire apparaître des images à partir de rien. De recréer des bouts de monde à ma mesure. Des instantanés païens, des fragments de vie à la fois immobiles et tellement proches de l'idée que je me fais de l'humanité.

Plus j'y repense, plus il m'apparaît comme une évidence que c'est ce moment de mystère et de grâce entre un père et son fils qui fit de moi ce que je suis ensuite devenu.

En cette fin d'année 1979, toutes les nuits, pendant qu'Anna et les enfants dormaient, je m'enfermais dans mon réduit et, coupé de tout, je tirais les images que j'avais prises pendant mes promenades avec les enfants. Je ne le savais pas encore, mais en menant cette vie qui ne ressemblait à rien, j'étais en train de forcer la main du destin.

J'avais perdu le contact avec mes anciens amis de l'université et de l'appartement de l'allée des Soupirs. Quand je pensais à eux, à tout ce temps que nous avions passé ensemble, à la manière dont nous avions vécu, j'éprouvais cet indéfinissable sentiment nauséeux qui accompagne les trahisons secrètes. Pourtant, en dehors d'un mariage peu glorieux, je n'avais à rougir de rien. Entretenu par le petit patronat, plaqué au sol par la famille, isolé, à l'écart des courants et des groupuscules, je n'étais sans doute plus un modèle d'activiste révolutionnaire. Je n'appartenais plus à cette frange jubilatoire. J'avais désormais rejoint une autre catégorie d'humains de plus ou moins bonne volonté, ces types qui ne valent peut-être pas grand-chose, qui ne croient en rien, mais qui, cependant, tous les matins se lèvent.

Deux ou trois fois par mois, Anna organisait, à la maison, des dîners où elle invitait ses deux amies d'enfance accompagnées de leurs maris. Laure Milo, jeune maman sexy aux fesses équatoriales, exerçait le même métier que moi. Elle élevait, sans faillir, ses enfants dans une sorte de bonne humeur vivifiante. François, son compagnon, ingénieur à l'Aérospatiale, travaillait sur les voilures des programmes Airbus. Michel Campion, après avoir terminé son internat, avait, lui, intégré une clinique réputée pour ses services de néonatalité et de chirurgie cardiaque. Brigitte, sa femme, partageait son temps entre toutes sortes d'activités sportives et une grande variété de soins esthétiques allant de la manucure au rollfing en passant par les balayages des biocosméticiens capilliculteurs. Mais la mise à contribution de tous ces corps de métiers ne changeait rien au problème de Brigitte Campion : elle n'avait aucune élégance, aucun charme et de quelque côté qu'on la regardât, elle ressemblait à un petit homme mal fagoté. Les Campion avaient un enfant que l'on ne voyait jamais, dont on entendait à peine parler et qui était la plupart du temps confié aux bons soins de la mère de Michel.

Ces soirées dînatoires commençaient toujours de la même façon : les femmes venaient me retrouver en cuisine pour parler recettes, famille, enfants, pendant que les hommes buvaient un verre au salon en discutant boulot avec Anna. Je me suis souvent demandé comment me considéraient Brigitte et Laure. Étais-je pour elles encore un homme à part entière ou plutôt un être hybride, un mutant, conservant l'apparence de la masculinité mais doté d'une carte-mère résolument féminine ? Si l'on m'avait posé la question, j'aurais répondu que je me voyais comme une sorte de nageur d'eau douce, souvent triste, parfois fatigué, et qui au fil des longueurs ressemblait de plus en plus à un noyé.

Lors de ces dîners, Anna était transfigurée. Au milieu de ses amis, elle abandonnait les mascarades professionnelles, les soucis obligatoires, les bilans contrastés et redevenait rayonnante. Bien que je ne fusse pour rien dans cette transformation, j'étais heureux de retrouver pour quelques heures la fille que j'avais, de haute lutte, dérobée à Elias.

Ce soir-là, nous étions tous encore à table lorsque le téléphone sonna. C'était ma mère. Sa voix semblait venir d'une autre planète : « Ton père a fait un nouveau malaise cardiaque... le SAMU l'emmène à l'hôpital... je suis obligée de te quitter... je pars avec lui... » À partir de cet instant, chaque détail de cette soirée est demeuré gravé dans ma mémoire. Le disque de Murray Head, *Between Us*, qui passait en musique de fond. L'odeur des parfums et des tabacs mêlés. La lumière rassurante des lampes harmonieusement réparties dans la pièce. Le visage étrange de tous les invités, tournés vers moi, me regardant fixement. Le bruit d'un long coup de klaxon impatient, dans la rue. Anna qui dit « Qu'est-ce qu'il y a ? » Et la conviction profonde, plantée en moi comme un pieu de clôture, que plus jamais je ne reverrais mon père vivant.

Lorsque j'arrivai au service de réanimation de l'hôpital Rangueuil, ma mère ressemblait déjà à une vieille femme. Elle se tenait debout contre une cloison, les bras noués sur la poitrine, grelottante au cœur d'un hiver invisible. En me voyant, elle me fit un signe de la tête plein de tendresse qui pouvait vouloir dire : « Ne te presse pas, ce n'est plus la peine. »

Mon père était de l'autre côté de la cloison vitrée, allongé sur un lit métallique. Il avait ce même visage détendu que je lui connaissais lorsqu'il faisait la sieste en été, la bouche entrouverte et la mâchoire légèrement décrochée. Il était perfusé et divers câbles électriques le reliaient à un moniteur. Anna essayait de réconforter ma mère, le cardiologue de garde lisait des bilans, les appareils émettaient de brefs signaux électroacoustiques, tout semblait sous contrôle, et pourtant, insensiblement, mon père nous échappait.

Vers minuit, le médecin vint nous voir pour nous expliquer l'étendue des lésions dont souffrait « M. Block ». Ma mère l'écouta sans avoir le courage de rectifier l'erreur patronymique. Et lorsque le praticien lui dit :

« Rentrez chez vous vous reposer, madame Block, je vous verrai demain et j'espère pouvoir vous donner de meilleures nouvelles », elle acquiesça sans mot dire. Cette proposition lui convenait. Elle retenait surtout que cet homme lui avait implicitement assuré qu'il y aurait un demain, et que Victor Blick ne passerait pas comme cela, seul, sans revoir personne, au milieu de la nuit. Avec une telle promesse, elle acceptait, sans broncher, de s'appeler Block, maintenant, demain, et s'il le fallait, pour le restant de ses jours.

En reconduisant ma mère chez elle, j'avais la certitude que nous touchions au bout d'une histoire commune et que mon père allait mourir. Ce qui me troublait c'est que j'avais l'impression d'être le seul à le savoir.

Je restai avec ma mère. Elle but un thé, parla un moment avec moi d'Anna et des enfants, puis monta dans sa chambre, épuisée, et s'endormit comme une pierre. En bas, électrisé par l'anxiété, je m'efforçais de passer les heures en marchant dans le salon ou dans les allées du jardin, la tête pleine d'idées incohérentes et de pensées hétéroclites. Mon frère et moi en voiture avec mon père. Ma grand-mère éructant ses « Mikoyashhh ». La photo du chien de Sinika. Mon grand-père Lande au sommet de la montagne. Collins sur le bord de la Lune. Les yeux fuyants du Dr Ducellier. Le ciel étoilé des nuits de sécheresse. Moi, jetant des pavés dans les vitrines de la concession familiale.

Durant cette longue nuit me revinrent aussi des images de mon père au temps de sa splendeur, lorsqu'il manœuvrait cet énorme paquebot galactique qui semblait veiller « Jour et Nuit » sur la ville. C'est lui qui avait trouvé cette inoubliable signature. (Aujourd'hui, le garage a bien sûr disparu, mais l'on continue à se repérer à partir de cet invisible point cardinal qui demeure ancré dans la tête de plusieurs générations d'habitants de la ville.) Derrière les panneaux vitrés de son bureau, avec son costume croisé et son chapeau de feutre d'Espéraza, il faisait penser à un personnage de Tati, riche de certitudes, attaché à ses prérogatives, mais grésillant d'une joie enfantine chaque fois qu'il lui était donné de tripoter les manettes du monde moderne. Les voitures entraient et sortaient en un ballet de pneumatiques crissant sur les laques framboise des sols. Maniaque de la propreté, mon père tenait à ce que son établissement ressemblât davantage à une maternité qu'à une station de vidange/graissage. Sa plus grande fierté était qu'aucune odeur d'hydrocarbure ne souille l'air que l'on respirait à Jour et Nuit. Ses chefs d'atelier relayaient ses consignes, si bien que chaque goutte, chaque fuite, chaque écoulement étaient immédiatement essuyés et nettoyés avec un chiffon. Mon père achetait d'énormes ballots de vieux tissus qu'il réservait exclusivement à cet usage. J'ignore pourquoi il appelait les P60 les « Pedro », mais je me rappelle parfaitement que, lui, qui ne parlait presque jamais de voitures, se mit, à une époque, à expliquer, soutenir et marteler que la Simca 1100 était, d'un point de vue esthétique et technique, la matrice de la traction avant des temps modernes. Sur un ton quasi biblique, d'une voix pastorale, il concluait toujours son homélie par « Et cent fois, vous verrez, elle sera copiée, imitée en tout cas, mais jamais égalée. » Ces alexandrins de mirliton ne devaient rien au hasard ou à une quelconque facilité d'improvisation. Cette ode à Simca, j'en étais certain, tel un Hugo des Ferodo, il l'avait écrite, un jour, quelque part.

Les nuits qui précèdent la mort d'un père sont toujours étranges, irréelles, pleines de fébrilité et de confusion, peuplées de fantômes inattendus, de réminiscences incohérentes. Les flammes de la mémoire dansent dans tous les sens, dispensent leur lumière, repoussant d'heure en heure l'implacable emprise du noir. Tant de choses se mélangent que l'on finit par ne plus savoir ce que l'on souhaite vraiment, la mort en ce qu'elle apaise l'angoisse, ou simplement encore un peu de vie, parce qu'on ne sait jamais.

Cette fois, nous sûmes vers cinq heures du matin. Au téléphone la voix dit des choses simples. Le cœur s'était arrêté de battre. L'inutile réanimation. Le silence des cardiographes. Prenez votre temps. Il est là. Il vous attend.

Et ma mère arrachée à sa nuit qui s'habille dans la hâte du voyageur, dévale les marches de l'escalier et claque la porte de la voiture comme pour sectionner toute attache avec ce monde. Elle demande d'aller plus vite, dit qu'on peut peut-être encore arriver à temps, pleure en suppliant je ne sais qui de faire Dieu sait quoi, prend des nouvelles d'Anna avec qui elle était quelques heures auparavant, s'inquiète des enfants, maudit le téléphone, parle pour la première fois de mon père au passé, sort péniblement de la voiture, traverse le long couloir en s'accrochant à moi, entre dans une pièce faiblement éclairée, s'approche du brancard, regarde, comme elle le peut, la mort en face, et au bout d'un invisible ponton, abandonnant toute forme de résistance, s'affaisse lentement en serrant dans la sienne la main de mon père.

Je suis resté debout un moment, immobile, semblant attendre quelque chose ou quelqu'un. Puis je me suis avancé et j'ai embrassé mon père. Je l'ai embrassé de loin, comme si je le connaissais à peine. Sa peau était si froide.

En quittant l'hôpital, je rentrai directement à la maison. Le jour commençait à peine à se lever. Anna dormait encore profondément. Je me suis assis dans la cuisine et j'ai fondu en larmes devant un verre de soda.

Mon père ne connaîtrait jamais les Talbot. Simca n'existait plus depuis 1979. Il avait survécu un an à la disparition de sa marque.

FRANÇOIS MITTERRAND (I)

(21 mai 1981 – 7 mai 1988)

Jamais je n'ai eu autant de choses à raconter à mon père que pendant les mois qui ont suivi sa mort. J'aurais voulu m'expliquer sur mes absences auprès de lui, mes indifférences passagères, mes silences, le peu de cas que j'avais fait de ses affaires familiales et de son garage. J'aurais voulu lui demander des conseils, lui raconter mes soucis avec Anna et les enfants, et l'entendre me dire ce qu'il pensait, vraiment, de ce que j'avais fait de ma vie.

Je n'imaginais pas à quel point la mort de mon père allait changer le cours de ma vie et modifier ma perception des choses. Avec son départ, je cessai d'être un fils et pris physiquement conscience de ma part d'unicité. Je n'étais plus le frère cadet de l'incomparable Vincent Blick, mais, ce qui était tout aussi intimidant, un « homme fait de tous les hommes qui les vaut tous et que vaut n'importe qui ». Ma mère, elle, plongea dans une spirale d'angoisses mal définies qui s'alimentaient les unes les autres. Par exemple, la crainte de manquer d'argent pour assumer l'entretien de sa trop grande et vieille maison revenait souvent en tête de ses préoccupations. C'est pour apaiser ce tourment que me vint l'idée de lui proposer de vendre l'appartement de Torremolinos.

Ce faisant, je réalisais une double bonne affaire : j'enlevais un souci à ma mère et je me débarrassais d'un patrimoine moralement encombrant.

Peu après la mort de Franco, la société Iberico sombra corps et biens dans une retentissante faillite internationale et le notaire Carlos Arias Navarro, convaincu de malversations, fut envoyé au cachot. Une pratique forcenée de la cavalerie avait en effet poussé cet ancien ministre et ses associés à vendre à plusieurs clients un seul et même appartement. Ils avaient effectué ce misérable subterfuge des centaines de fois. Un voyage au bureau du syndic madrilène m'apprit que j'étais bien le seul et unique propriétaire de l'appartement 196 de l'immeuble Tamarindos 1. Il ne me restait plus qu'à mettre ce logement en vente et à aller toucher son pesant de pesetas. En faisant l'acquisition de ce modeste bien, mon père, d'une certaine façon, avait conforté le régime franquiste avant de se transformer par la suite, et bien involontairement, en un de ces petits dominos qui, dans leur chute, allaient entraîner l'effondrement de tout un système.

Vers le milieu du mois de mai 1981, je reçus un coup de fil de l'agence immobilière de Torremolinos m'annonçant qu'un client madrilène voulait acheter l'appartement. Le prix lui convenait, il n'y avait qu'à signer l'acte de vente chez le notaire local. Avant d'entreprendre ce voyage, il faut se souvenir du visage bien peu engageant de la France à cette époque : celui d'un pays rattrapé par ses vieux démons conservateurs. L'élection de Mitterrand avait provoqué la dégringolade du franc, une chute de vingt pour cent des valeurs boursières et des fuites de capitaux qui cavalaient, nuit et jour, vers tout ce que la nation comptait comme frontières. Et moi, pendant ce temps, l'âme légère et le pied leste, je conduisais ma voiture vers Barcelone. Je possédais une vieille Triumph V6, petit cabriolet anglais capricieux à l'allure ichtyoïde, avec des phares inclinés et une calandre froncée qui lui donnaient toujours l'air d'être de mauvaise humeur et de rouler à contrecœur. J'avais décidé de conduire ainsi jusqu'en Catalogne et de prendre ensuite un avion pour Malaga.

Je me souviens de l'atmosphère légère de ce vol printanier vers le sud, de la cabine lumineuse du Boeing d'Iberia, du sentiment bienveillant qui murmurait que les choses étaient en train de changer et la chance de tourner. L'avion a toujours eu sur moi des propriétés antalgiques et euphorisantes. Peut-être en raison de la raréfaction de l'oxygène, à moins que ce ne soit le fait de voler à trente-six mille pieds qui me donne l'enivrante illusion d'être hors de portée des ennuis et des soucis terrestres.

Détendu sur mon siège, la tête appuyée contre le hublot, je repensais à ce qui venait de se passer en France, à cette drôle d'élection conclue par la théâtrale sortie de Giscard d'Estaing, se levant de son fauteuil, quittant la scène, pour laisser les Français face à la peur du vide. Ce sont des moments pareils, de semblables images avec d'aussi médiocres visées qui m'ont toujours enlevé le goût de voter. Dans ma carlingue, à mi-chemin de la terre et des cieux, je songeais à celui qui avait ostensiblement quitté le monde des vivants et que l'on avait remplacé par cet autre, avide depuis toujours, ayant, lui, choisi d'ouvrir son ère en visitant les morts, des baccaras en main. Je n'aimais pas ces gens, et encore moins la représentation qu'ils donnaient, en public, de leurs maigres intentions ou de leurs piètres émotions.

Du balcon de l'appartement, je pouvais presque apercevoir les côtes marocaines et le bout des rêves de mon père. Ce soir-là, je voulais être ses yeux, lui montrer ce qu'il ne pourrait jamais voir. Avec la faillite de la société, l'immeuble avait perdu de sa superbe. Fini le grand hall de marbre bruissant de l'activité des concierges et des voituriers. Arrêtées les pendules d'aluminium indiquant les heures des grandes capitales mondiales. Défraîchis les luxuriants jardins intérieurs qui serpentaient vers les étages. Ces espaces orgueilleux jadis dévolus aux rencontres et à la déambulation étaient aujourd'hui pratiquement déserts. L'air était incroyablement doux et le vent du sud, parfumé. J'avais rendez-vous le lendemain vers midi à l'étude Consuelo y Talgo. Tout semblait parfait. En regardant le ciel, je pensai à la vie qu'avait eue mon père, puis, sans m'en apercevoir, je m'endormis en écoutant le bruit apaisant de la mer.

Consuelo ressemblait à Talgo, à moins que ce ne fût le contraire. Les deux, en tout cas, faisaient davantage penser à des malandrins mexicains gorgés de mescal qu'à des notaires andalous. Leur étude était à leur image : sale, désordonnée, improbable. Située au deuxième étage d'un immeuble scrofuleux, elle se résumait à deux pièces contiguës regorgeant d'objets hétéroclites rarement prisés chez les hommes de loi : un cadre de Mobylette, un vieux frigo de cuisine, une plaque chauffante abandonnée en équilibre sur des enceintes acoustiques, un vélo de course flambant neuf, une poubelle de plastique remplie d'oranges et, partout, des alignements de canettes vides de bière et de sodas. Sur des étagères gauchies, des dossiers semblaient sécher comme du vieux linge.

Consuelo, du coin de l'œil, guettait Talgo, lequel me regardait de travers. Outre une odeur de galette de maïs brûlée, il y avait dans cette pièce un parfum de suspicion généralisé. L'air brasillait des senteurs de l'arnaque.

– Señor don Blick, si vous voulez vous donner la peine de vous asseoir…

– L'acheteur n'est pas encore arrivé ?

– En fait, señor, l'acheteur ne viendra pas. Il nous a téléphoné hier, il est retenu à Madrid.

– Vous voulez dire que vous m'avez fait venir pour rien ?

– Absolument pas. Mon associé, el señor Talgo, servira en quelque sorte de porte-fort dans la transaction. Il a reçu procuration de notre client.

– Vous avez ce document ?

– En fait il n'a été établi qu'hier et ne nous parviendra que sous quarante-huit heures. Mais cela ne nous empêche nullement de signer l'acte de vente dès aujourd'hui.

– Et pour le règlement ?

– El señor Talgo va vous établir un chèque.

– Un chèque de l'étude ?

– Non, un chèque personnel.

Avec son visage asymétrique, ses mâchoires canines barrées d'un sourire torve, ce notaire – si tant est qu'il eût un jour fréquenté les bancs de la faculté – suintait le faux en écriture publique, l'abus de bien social, le détournement de fonds, la captation d'héritage, le trafic d'influence et cent autres miasmes sévèrement punis par la loi. Quelque chose me dit alors que si j'acceptais cette proposition, je ne reverrais plus jamais ni Talgo, ni Consuelo, ni les clés de l'appartement, ni mon exceptionnel titre de propriété, ni peut-être même ma famille. Je disparaîtrais comme par enchantement, mes enfants seraient orphelins et ma mère ruinée.

– Je suis désolé, mais rien ne se passe comme prévu : l'acquéreur n'est pas présent, il manque des documents et vous me proposez de me payer sur un compte bancaire privé…

– C'est vrai, le contretemps dû à notre client change un certain nombre de choses, mais ce que nous vous proposons est tout à fait légal.

– Peut-être, mais dans ces conditions je vous demanderai de me régler le montant de l'appartement en liquide.

– En liquide ? Mais señor nous n'avons pas une somme pareille à l'étude...

– Eh bien, réunissez-la d'ici ce soir ou demain matin.

– Avez-vous pensé au contrôle des changes ? On ne peut pas sortir autant d'argent d'Espagne sans le déclarer.

– J'en fais mon affaire.

– Accordez-nous un instant, señor.

Francisco Talgo et Juan Consuelo sortirent de la pièce avec des mines de comploteurs. J'avais très vite compris que le client madrilène n'avait jamais existé et que Talgo rachetait l'appartement pour son propre compte. Pourquoi les deux hommes avaient-ils monté une histoire pareille alors qu'il aurait été beaucoup plus simple de faire les choses normalement et de me dire la vérité ?

En voyant les associés revenir vers moi, je pensais que bien peu d'hommes de loi de par le monde pouvaient à ce point emprunter leur démarche de crabe, exsuder la trahison et émettre une telle quantité d'ondes malveillantes.

– La somme sera prête demain matin, señor.

Côte à côte, jumeaux intrigants et malsains, ils s'efforçaient de sourire à la façon de types qui ont en permanence quelque chose à se faire pardonner. Le lendemain matin, Consuelo tournait obséquieusement les pages des documents officiels pendant que Francisco Talgo et moi y apposions nos signatures. Pour se donner une contenance, Consuelo parlait à tort et à travers du climat, de la culture des oranges, des Allemands qui envahissaient la côte. Je ne prêtais guère attention à ces considérations subalternes jusqu'à ce qu'il me pose une question plus personnelle :

– Vous rentrez en France par la côte Atlantique ou par Barcelone, señor ?

La veille, sans vraiment savoir pourquoi, j'avais menti aux deux notaires en leur racontant que j'étais descendu à Malaga en voiture. Soudain, en proie à une bouffée de paranoïa, j'eus la conviction que ces deux fils de pute allaient me balancer aux douanes sitôt que je leur aurais donné mon point de passage à la frontière. Non seulement ils seraient ainsi vengés du désagrément que j'avais pu leur causer, mais, en plus, ils toucheraient la prime réservée aux indicateurs.

– Je vais remonter par Madrid, Burgos et le Pays basque.

– Belle région, señor, belle région.

Quand Talgo ouvrit sa mallette et entassa devant moi une véritable forteresse de pesetas, je compris que je m'étais fourré dans un mauvais cas. Dans quoi allais-je bien pouvoir transporter toutes ces liasses ? Je n'avais pas de bagage et vraiment plus le temps d'en acheter un. L'avion m'attendait. Consuelo et Talgo me regardèrent partir comme l'on voit s'éloigner un colis piégé.

Le Boeing décolla à l'heure et il s'en fallut de très peu que je le manque. Bardé de billets, gonflé de papier-monnaie, j'étais engoncé dans l'argent. Il y en avait partout. Dans les poches du pantalon, de la chemise, du blouson, de l'imperméable, dans les doublures, autour de la ceinture et même jusque dans les chaussettes, enroulé autour des chevilles. Durant quelques brefs éclairs euphoriques, je jubilais à l'idée d'avoir imposé mes vues aux deux argousins et d'être sorti vivant de ce coupe-gorge. L'instant d'après, j'étais en proie à une crise d'angoisse, craignant d'avoir été payé en monnaie de singe ou de m'être fait rouler dans le jeu des divisions et des multiplications des taux de change. Couvert de transpiration, les mains moites et tremblantes, j'allais m'isoler dans les toilettes pour recompter sommairement les petites briques de mon magot. Ou plus exactement de cet argent qui allait pouvoir soulager ma mère de ses premiers soucis.

Lorsque je pris place au volant de ma voiture sur le parking de l'aéroport de Barcelone je devais ressembler à ces rescapés transfigurés et béats, souriant à la vie et au monde, reconnaissants envers leurs bienfaiteurs et disposés à aimer la terre entière jusqu'à la fin des temps. Je mis le contact et les six cylindres de l'antique Triumph se lancèrent à corps perdu dans les cavalcades de la combustion. Encore quelques centaines de kilomètres et ma mission serait achevée. Sur l'autoroute qui menait vers le poste frontière du Perthus, je songeais qu'en ce mois de mai où les capitaux fuyaient de toutes parts et vers tous les pays, je devais être le seul et unique citoyen français s'apprêtant à faire *entrer* de l'argent sur le territoire national.

Le comique de la situation allait virer au grotesque. À une vingtaine de kilomètres de la frontière le moteur se mit à faire un bruit étrange, une sorte de gargarisme aux consonances métalliques, suivi d'un claquement sec et d'une plage infinie de silence. Un instant la Triumph donna l'impression de planer au-dessus de ces problèmes, puis, rattrapée par la réalité, ralentit inexorablement jusqu'à stopper sur la bande d'arrêt d'urgence. La chaîne de transmission venait de se rompre. Une bonne journée de travail à condition d'avoir les pièces et en priant pour que vilebrequins et soupapes aient résisté à cette casse dévastatrice. Avant même de contacter une dépanneuse via le téléphone de la borne d'appel, mon premier réflexe fut de récupérer les liasses que j'avais glissées dans les aumônières, la boîte à gants, et de les dissimuler à nouveau dans toutes les poches de mes vêtements. J'étais en train de finir cette opération quand, dans le rétroviseur, j'aperçus une Seat de la Guardia civil qui s'apprêtait à se garer derrière moi.

Les fruits de cet appartement étaient maudits. L'Espagne et la Catalogne me faisaient payer le collaborationnisme familial au prix fort. Il ne faisait aucun doute que ces deux policiers allaient trouver étrange de m'entendre craquer à chaque pas comme un vieux journal. Ils finiraient par me fouiller et je serais emprisonné dans les pires cachots de la péninsule en compagnie d'Arias Navarro et d'autres vieilles carnes du régime. Les policiers ne se montrèrent ni curieux, ni méfiants et me demandèrent même de rester à l'intérieur de mon véhicule en attendant l'arrivée de la dépanneuse. Ils avaient allumé leur gyrophare pour mettre en garde les autres conducteurs et fumaient tranquillement dans leur voiture qui, au fil des minutes, s'emplissait d'un épais nuage bleu. À cette distance de la frontière c'était un garagiste français de Perpignan qui avait la charge du remorquage des véhicules en panne. L'homme ne souleva même pas le capot et tracta la Triumph sur son plateau. Il me demanda si je voulais monter dans la cabine à côté de lui. Je répondis que je préférais rester dans ma voiture. Nous passâmes le poste frontière sans même nous arrêter en empruntant la voie réservée aux véhicules de service. Le chauffeur me laissa à la gare et me demanda de le rappeler dans deux jours pour prendre des nouvelles de mon moteur.

Je pris le train de Toulouse vers vingt-deux heures. Je

garde le souvenir cauchemardesque de voitures bondées de militaires bruyants, aux yeux rouges et aux dents jaunies, pataugeant dans une odeur de bière mêlée d'urine et se ruant dans les compartiments en hurlant des horreurs. La malédiction continuait. Avare de tous mes mouvements, terrifié à l'idée d'attirer l'attention de la horde sauvage, je m'efforçais de transpirer en silence, emmitouflé dans ma fourrure de devises, caparaçonné derrière mon blindage de papier-monnaie.

Le lendemain, à la première heure, j'étais à la banque avec, cette fois, mon pécule bien rangé dans une petite valise de cuir. Lorsque je l'ouvris, le responsable de l'agence ne put réprimer un mouvement nerveux de sa lèvre supérieure. J'étais loin de me douter que cet imperceptible frémissement trahissait l'intense jubilation intérieure du prédateur au moment où il comprend que sa proie ne peut plus lui échapper.

– Il est plutôt rare, en ce moment, que nos clients nous apportent de l'argent venu de l'étranger…

– Je sais.

– Même si votre geste est… disons… patriotique, il n'en demeure pas moins que cette entrée de devises est une opération en infraction avec le contrôle des changes. Vous auriez dû faire un transfert de banque à banque…

– Je sais, mais c'était impossible, je n'avais pas le choix.

– Nous pouvons, bien sûr, mettre ces pesetas sur le compte de madame votre mère, néanmoins il vous faut savoir que, techniquement, cette opération va engendrer des frais et qu'en conséquence nous ne pourrons pas, bien sûr, appliquer le taux de change réel.

– Ça veut dire quoi exactement ?

– Exactement ce que je viens de vous dire : vous allez perdre au change.

– Combien ?

– Je ne pourrai vous répondre qu'en début d'après-midi lorsque j'aurai consulté notre service des devises. Pour une somme pareille, je dois avoir l'aval de Paris.

À quinze heures, le responsable de l'agence me fit entrer dans un petit salon attenant à son bureau. Immigrant ridicule, voyageur grotesque, j'avais toujours ma précieuse petite valise à mes côtés.

– Je n'ai pas de très bonnes nouvelles, monsieur Blick.

– C'est-à-dire ?

– Compte tenu des circonstances politiques et économiques du moment qui sont, vous le savez, assez exceptionnelles, la direction vous propose de transférer cet argent au taux de change du jour moins dix points.

– Dix points, ça veut dire quoi ?

– Dix pour cent.

– Dix pour cent ! ?

– C'est exact. Dix pour cent de moins que le cours d'aujourd'hui.

– Mais c'est énorme, et illégal !

– Je sais bien. Mais ce que vous nous demandez l'est tout autant. Aucune banque ne vous fera une meilleure proposition si tant est que vous en trouviez une qui accepte de changer cet argent.

– Qu'est-ce que j'ai comme alternative ?

– Repasser frauduleusement ces pesetas en Espagne, les déposer dans une banque ibérique et faire ensuite un transfert légal sur le compte de votre mère.

– Attendez, vous vous rendez compte de ce que vous me dites ? Risquer de me faire coincer au Perthus, comme un spéculateur, pour sortir illégalement de France de l'argent *espagnol* que j'ai rapporté frauduleusement de Malaga deux jours auparavant…

– C'est exactement ça.

– Vous êtes quand même gonflé... Je vais parler de votre proposition à ma mère et je vous donnerai sa réponse demain... Je n'aime pas votre façon de profiter de la situation.

– Je peux admettre votre point de vue. Ce que j'ai, en revanche, du mal à comprendre ce sont les raisons qui vous ont poussé à rentrer illégalement en France une pareille somme plutôt que d'effectuer un transfert bancaire qui ne vous aurait rien coûté...

Ces raisons s'appelaient Juan Consuelo et Francisco Talgo. Deux simples notaires. Deux petits trafiquants mal rasés. Mais ce banquier si calme et soigné, barbotant dans ses chiffres et l'élégance discrète de ce bureau, n'était-il pas, en réalité, un malfaisant plus effrayant que la rocambolesque paire de filous andalous ?

Ma mère qui n'était friande ni de chiffres ni de négociations, accepta avec enthousiasme la proposition de sa banque, tout heureuse de récupérer une bonne part de cet argent dévoyé et depuis trop longtemps exilé.

Deux ans plus tard, j'appris que le directeur d'agence qui m'avait aussi habilement imposé ses vues avait été renvoyé en raison de plusieurs indélicatesses. Je n'ai jamais su si celle qu'il avait commise à l'encontre de ma mère figurait au nombre des malversations qu'on lui avait reprochées.

Si 1981 scella mon échec en tant que trafiquant, cette année fut celle de mon entrée en photographie. Les enfants avaient grandi et allaient maintenant à l'école. Je continuais à m'occuper d'eux, tout en essayant de travailler pendant mes moments de liberté. Les relations du père d'Anna m'aidèrent à décrocher plusieurs commandes, des séries de clichés colorés et abstraits destinés à égayer des emballages.

J'effectuais les prises de vues dans la journée et, la nuit venue, je disparaissais dans mon caisson pour m'occuper des développements et des tirages. Avec ce nouvel emploi du temps, je ne voyais pratiquement plus Anna et nous avions dû prendre quelqu'un pour suppléer mon absence auprès des enfants. Vincent et Marie étaient tout intrigués de ne plus avoir leur père en permanence auprès d'eux. Ils avaient pris l'habitude de vivre avec cette présence masculine, ce père toujours disponible qui lavait les draps, repassait les pyjamas, préparait les goûters et étanchait les larmes avec le naturel d'une mère.

Après m'avoir encouragé, pendant des années, à mener une vie de nurse, Anna souhaitait désormais me voir abandonner ces tâches domestiques et m'incitait à persévérer dans mon entreprise photographique. Elle avait même un avis très tranché sur la qualité de mon travail. Tout cela était techniquement irréprochable mais manquait singulièrement de vie, de lien avec le monde réel. Bien que les certitudes et la suffisance de ma femme m'eussent toujours exaspéré, je ne pouvais, en la circonstance, lui donner totalement tort. Bien malin en effet celui qui aurait trouvé la moindre trace d'activité humaine dans mes boîtes Ilford ou Agfa. Je ne photographiais que des choses, de l'immobile, du fragment minéral, de la parcelle végétale. Parfois même, je me contentais de pures abstractions, tout heureux de capter une irisation de lumière ou la profondeur d'une ombre. À travers ses critiques, je voyais bien l'orientation qu'Anna aurait souhaité donner à mon travail. Il lui aurait convenu que je fusse un reporter d'actualités pourvu de cils vibratiles, un témoin sans frontières palpant hardiment les entrailles du monde, mitraillant chacune de ses trémulations, saisissant tout ce qui bouge, change, remue, s'agite, bondit, court, parade, frime, branle, chute, naît, vagit, s'emmerde et meurt. En vérité Anna Villandreux souhaitait me voir entrer à *Paris Match* alors que j'avais parfois peine à sortir de chez moi.

Celui qui regardait mes photos pouvait penser que je vivais dans un univers où la vie telle que nous l'entendons communément avait bel et bien disparu. Pourtant, si toutes ces images donnaient à voir des choses plutôt que des êtres, il me semblait que chacune, dans sa modeste candeur, son refus *d'apparaître*, inspirait une forme de paix, de douceur et même de bienveillance. Je ne le savais pas encore mais tout ce qu'Anna me reprochait allait bientôt être à la base de mon succès.

Lorsque je repense à cette époque, je me dis qu'Anna et moi entretenions une sorte de relation de voisinage. Nous vivions de façon stupide, mais en bonne intelligence. Désormais rompue à la pratique des affaires, elle menait son entreprise à la manière d'une cavalière de concours qui cache une poigne et des jarrets d'acier sous sa grâce. Très vite, Anna avait fait le tour de son entreprise et jaugé la véritable nature de ses employés. Sans se préoccuper des états d'âme de chacun, elle avait insensiblement augmenté les cadences de production et prospecté de nouveaux marchés à l'exportation. En un éclair elle avait transformé une paisible maison familiale en une sorte de *ballroom* frénétique où tout le monde dansait au son du canon. Et bien sûr, le chiffre d'affaires avait suivi : plus six pour cent la première année, encore neuf pour cent la deuxième, douze pour cent la troisième et depuis la cadence se maintenait. Ses nouveaux spas et jacuzzis étaient moulés dans des plastiques moirés rappelant par leur texture et leur couleur les jetons et les plaques de casino. Tout cela était d'un mauvais goût terrifiant et se vendait comme des petits pains. À croire que la France et l'Europe du Sud économisaient à tour de bras pour s'offrir le privilège de clapoter à longueur de journée dans les abominables marmites à bulles d'Anna. Autant ma femme ne se privait pas de livrer vertement ses vérités sur les sujets les plus divers, autant elle ne supportait pas que quiconque pût émettre la moindre réserve sur la qualité ou l'esthétique de sa production. J'eus, une nouvelle fois, l'occasion de vérifier la sensibilité de son épiderme lorsqu'un soir de printemps elle me présenta la plaquette de son nouveau catalogue 1983 :

– C'est pas mal, hein ?

– Franchement ?

– Quoi, franchement…

– Tu veux que je te dise franchement ce que je pense de tout ça ?

– Bien sûr.

– C'est pas terrible. Enfin, à mon goût. Les matériaux, surtout les couleurs…

– Qu'est-ce qu'elles ont les couleurs ?

– Ce vert métallisé, ce bleu à reflets, ce jaune irisé d'orange, ces pigments brillants, c'est vraiment… spécial.

– Ah bon ! Et depuis quand as-tu un avis en matière de spas, toi ?

– Depuis que tu me le demandes.

– Tu as raison. Je ne sais pas ce qui m'a pris de te montrer ces choses-là, toi qui es un pur esthète…

– Ne te vexe pas… c'est ridicule.

– Tu veux que je te dise ce qui est ridicule ? Ton attitude est ridicule ! Tes réflexes de petit gauchiste de merde sont ridicules ! Tu te moques de ce que je fais, de la difficulté pour une femme seule de faire tourner une entreprise comme la mienne. La concurrence, l'export, les taux de change, les lois du marché, tu es très au-dessus de tout ça !

– Anna…

– La seule chose qui t'importe c'est de ne pas grandir, de faire l'enfant avec tes enfants, d'échapper aux responsabilités. Moi, chaque jour, je dois me battre pour faire vivre soixante-trois personnes. Pardon, soixante-quatre, je t'oubliais…

– C'est élégant.

– En tout cas c'est comme ça ! Sans parler de tes copains de l'Union de la gauche qui dévaluent deux fois le franc en une année, taxent les sociétés à tour de bras et créent l'impôt sur la fortune ! Alors tu m'excuseras si dans ces conditions je fabrique des spas de mauvais goût qui ont quand même le grand mérite de se vendre et de nous faire vivre.

– Depuis quelque temps mes photos y contribuent aussi un peu, non ?

– Tes photos… Tu parles de photos… Tu veux que je te dise ce que j'en pense de tes images congelées ?

– C'est inutile, tu viens juste de le faire.

Il ne fallait jamais toucher à tout ce qui concernait Atoll de près ou de loin. Les piscines en forme de rein, commercialisées sous le nom de Riviera Line, les filtres à diatomées Epurator, les pompes Excellence, ou les ridicules marmites à bulles Balloon, tout cela appartenait au domaine du sacré, de l'intouchable. Émettre une réserve, fût-elle esthétique, sur le moindre de ces produits équivalait à attaquer Anna personnellement, à remettre en cause sa vie, son œuvre, ses compétences, Adam Smith, et même notre couple déliquescent qui s'étiolait à l'image de notre sexualité.

Anna noyait sa libido dans les hauts-fonds de son

Atoll, tandis que j'enfouissais la mienne dans le tiède fessier de Laure Milo.

Les sorties d'école, les goûters d'anniversaire, les mercredis après-midi, les séances de cinéma, les vacances scolaires, toutes ces activités tant de fois partagées nous avaient fort logiquement menés l'un vers l'autre. Laure se sentait à l'époque aussi seule que moi puisque François, son mari, entretenait avec l'aéronautique les mêmes rapports exclusifs que ceux qui liaient Anna aux bains d'agrément. Il ne vivait que pour ses voilures et entretenait l'obsession commune à tous les *salarymen* de cette corporation : enlever, un jour, le leadership du ciel à Boeing. *Toulouse avant Seattle*. Le corollaire de cette manie patriotique impliquait qu'il passât tout son temps libre à dessiner les courbes de ses ailes plutôt qu'à caresser celles de sa femme. Durant les dîners hebdomadaires que nous prenions en commun il s'acharnait à nous démontrer que le cœur et l'âme d'Airbus Industrie, ce consortium européen, se trouvait à Toulouse et nulle part ailleurs : « C'est ici qu'on imagine, dessine, assemble tous les avions. C'est d'ici qu'ils décollent, du Concorde au 300. Tous les autres pays qui participent au programme ne sont que des sous-traitants. Si tu veux comprendre le vrai fonctionnement d'Airbus, il ne faut jamais perdre ça de vue. » Si à cet instant François Milo, chef de projet de je ne sais quel empennage ou bord d'attaque, avait baissé ses yeux fixés dans les cieux pour les glisser plus modestement sous la table, il aurait vu le bout des doigts de la mère de ses enfants effleurer et flatter mes organes reproducteurs. Certains jours de la semaine, pendant que nos enfants étaient à l'école, Laure avait pris l'habitude de venir me retrouver dans mon laboratoire. Elle entrait, nous enfermait dans ce cachot protecteur et nous baisions à la santé du consortium et des jacuzzis réunis, nous baisions de toutes nos forces, suffoquant de chaleur dans cet espace confiné, nos corps entortillés et contraints dégageant des odeurs intimes qui se mêlaient au parfum âcre de l'hyposulfite. Sous la lumière jaunâtre de l'ampoule de sodium, ainsi imbriqués, nous palpant à tour de bras, nous devions ressembler à une pieuvre humaine, un gros calamar de Humboldt en train de s'autodévorer.

Je ne porte plus de sous-vêtements depuis ma petite enfance. Ces toiles et cotons superfétatoires m'ont toujours gêné. Leur contact m'est extrêmement désagréable. Aussi je n'oublierai jamais la décharge érotique que ressentit Laure lorsqu'elle découvrit ce bien modeste particularisme. Il symbolisait pour elle une forme de disponibilité sexuelle et la changeait de ses habitudes matrimoniales, « Tu connais François, prude comme un moine. S'il pouvait, des slips, il en mettrait trois. » Vivre tous les jours sans culotte était pour elle le comble du libertinage, l'alpha et l'oméga du stupre, de la luxure et de la débauche. J'étais le premier homme de cette sorte qu'elle rencontrait et cela lui fouettait littéralement le sang.

Passé un certain degré d'excitation, Laure devenait volubile et verbalisait hors de toute censure. On aurait dit que, sous la pression du désir, s'ouvrait chez elle un clapet laissant échapper un flot de vapeurs libidineuses trop longtemps contenues. Elle disait des choses qui me hérissaient de plaisir et certaines de ses descriptions me donnaient littéralement la chair de poule. Ses fesses, comme je l'ai déjà dit, avaient été dessinées par un chef de projet aussi obsédé de la perfection et du détail que pouvait l'être son mari. Rien, pas un grain de beauté, pas la plus petite ridule, ne venait gâter la perfection de ces globes extraterrestres. Il suffisait à Laure de s'accouder sur le rebord de l'agrandisseur et de soulever sa jupe pour que la suite et le monde entier coulent de source.

Ni elle ni moi n'étions sujets à de jésuitiques contritions post-coïtales. Entre nous, pas de regrets, pas de remords, aucune culpabilité. Uniquement du plaisir, rudement efficace et sans la moindre allusion aux conjoints. Hors de notre réduit nous attendaient nos vies respectives dont nous savions, chacun, quoi penser. Mais ici, dans ce laboratoire, cette principauté du foutre et du plaisir, au milieu des sels d'argent et des images mortes, nous jouissions sans entraves, nous laissant aller à la manière de voyageurs solitaires s'accouplant frénétiquement avec des inconnus.

J'ai souvent été frappé par l'acharnement avec lequel des gens éduqués, raisonnables et intelligents s'ingéniaient à gâcher leur vie sexuelle en s'appariant durant des décennies avec un partenaire lui aussi affectueux, talentueux et brillant, mais doté d'une horloge biologique et sociale qui jamais ne s'accorde avec celle de son conjoint. Et malgré cette incompatibilité, le couple asynchrone s'accroche, se débat dans la glu de l'impossible, la vase des frustrations, niant l'évidence. Quand François Milo employait son énergie à vendre des moyens porteurs à Aer Lingus, Laure rêvait de cunnilingus. Et pourtant ils continuaient de vivre dans ce no man's land mutique et asexué où ils élevaient leurs enfants, regardaient la télévision, partaient en vacances et achetaient des automobiles familiales à crédit.

Baiser avec Laure était une activité aussi vivifiante et naturelle que de courir à pleins poumons à travers un champ. Je ne le savais pas encore mais ces agréables cavalcades me conduisaient doucement vers l'enclos douillet que me préparait le destin. Une fois encore, ce hasard bienveillant prit les traits de Jean Villandreux.

Après avoir cédé sa société à sa fille, mon beau-père s'était fermement installé aux commandes de *Sports illustrés,* se lançant aussitôt dans une frénétique entreprise de rénovation d'un magazine que l'on eût dit figé dans le marbre depuis sa création. Ces bouleversements choquèrent profondément une rédaction qui ne comprenait pas qu'un fabricant de piscines, jusque-là propriétaire discret, s'autorise subitement à défigurer un patrimoine et une institution. Officiellement, rien ne justifiait ces bouleversements sinon une vague volonté de modernisation avancée sans grande conviction par la direction. La vérité était beaucoup plus simple : Villandreux s'emmerdait. Les ragots de sportifs, qui l'avaient un temps amusé, ne suffisaient plus à combler le vide de ses après-midi. Ce qu'il voulait maintenant, ce qu'il lui fallait, c'était de l'action, du mouvement.

Il commença par s'attaquer à la couleur jaune du papier du magazine qu'il se fit fort de blanchir en l'espace d'un week-end. Ensuite, il changea toutes les polices de caractères, la mise en page et l'ensemble de la maquette. À chaque opération, il m'appelait et me faisait venir dans son bureau. Il mettait plusieurs projets sur la table et me demandait d'en choisir un :

– Donnez-moi votre avis, Paul.

– Pourquoi me demandez-vous cela ? Vous savez bien que je ne connais rien à la presse.

– Peut-être, mais vous avez l'œil, tous les photographes ont l'œil, et vous plus que quiconque.

Depuis quelque temps, dans l'esprit de Jean Villandreux, j'étais vraiment devenu « le-type-qui-a-l'œil », une sorte de gourou du visuel capable d'instinct de trier le bon grain de l'ivraie. Les photos qui irritaient tant la fille subjuguaient totalement le père au point de le laisser bouche bée devant l'image d'une paire d'arbres ou de trois cailloux mouillés.

– À la fin de la semaine on change de police de caractères. Laquelle préférez-vous ? Garamont, Times, ou Bodoni ?

– Peut-être le Times.

– J'en étais sûr. Je savais que vous choisiriez le Times.

Il décrocha immédiatement son téléphone, appela le directeur technique et lui annonça que désormais le journal serait imprimé en Times.

– Au fait, comment va Anna ?

– Ça va.

– Elle ne vous casse pas trop les pieds avec ses histoires de taxes d'apprentissage ou ses dossiers d'aide à l'export ? Il faut reconnaître qu'elle se bat bien. Elle a sacrément remonté les chiffres. Et vous ?

– Quoi, moi ?

– Vous allez bien ? Je vous trouve une petite mine. L'air fatigué. Vous savez, comme tous ces types qui font leurs coups en douce. Ah ! Ah !

– Ça va.

– Sérieusement, Paul, j'aurais peut-être quelque chose pour vous. Un gros travail, quelque chose d'intéressant.

– Ici, au journal ?

– Non, à Paris. Un ami éditeur a l'intention de publier un beau livre sur les arbres, quelque chose, je crois, de très particulier, une essence par page, luxueux, tout ça, vous voyez le genre. Je lui ai parlé de votre travail et ça a vraiment eu l'air de l'intéresser. Il aimerait que vous l'appeliez.

– C'est vraiment gentil. C'est grâce à vous si je commence à m'en sortir avec mes photos.

– Qu'est-ce qu'Anna pense de votre travail ?

– Vous le savez bien…

– Je trouve qu'elle ressemble de plus en plus à sa mère…

Moi qui étais censé posséder l'œil, j'avais aussi l'oreille. Et cette remarque, je peux l'affirmer, ne sonnait absolument pas comme un compliment. Déjà, à plusieurs reprises, j'avais noté l'acidité de certaines réflexions de Jean Villandreux à l'égard de sa femme. Elles semblaient le fait d'un homme déçu, délaissé, et traduisaient une rancœur indéfinie ou une frustration diffuse. De son côté, Martine Villandreux était toujours aussi séduisante. Le temps, l'âge semblaient n'avoir aucune prise sur ce corps et cette peau qui continuaient à détourner le regard des mâles. J'éprouvais moi-même parfois des bouffées de désir pour ma belle-mère et de tortueux fantasmes de gendre sodomite me travaillaient dans la pénombre de mon laboratoire.

– Venez dîner avec Anna ce soir, ça me fera plaisir.

Il ne faisait pour moi aucun doute que Martine Villandreux avait un amant, un interne quelconque ou un jeune plasticien avec lequel elle se faisait de temps en temps passer la crise. Je l'avais bien malencontreusement surprise une fois dans son bureau de la clinique dans une situation qui n'avait rien de professionnelle, même si elle n'était pas franchement explicite. Une certaine moiteur de l'air, des pommettes trop roses, un embarras tangible, une intimité abrégée, tout donnait à croire qu'il venait de se passer ou qu'il allait arriver quelque chose. Autant Martine Villandreux avait immédiatement repris la situation en main, autant son partenaire sur lequel je serais bien en peine de mettre un visage, en proie à une panique enfantine, s'était faufilé entre nous comme une truite arc-en-ciel. Avant qu'il ne franchisse le seuil de la porte j'avais eu cependant le loisir de noter son exubérante érection de matelot. Ma belle-mère m'avait alors regardé fixement et dans ses yeux magnifiques j'avais pu découvrir tous les camaïeux du mépris et du ressentiment. Ces nuances blessantes, il ne faisait aucun doute que son mari les avait découvertes avant moi. Peut-être même devait-il les subir tous les soirs ?

Cette femme était dotée d'une puissance et d'une énergie vitales hors du commun. Un égoïsme forcené, un inaltérable désir de s'imposer lui permettaient de traverser les situations les plus délicates avec un flegme qui se confondait parfois avec de l'indifférence ou de l'insensibilité. Un soir où nous dînions chez elle, elle arriva en retard, pétaradante de colère :

– Je suis vraiment désolée mais j'ai eu un problème à la clinique. J'ai perdu une patiente.

– Comment ça *perdu* ?

– Mais tu le fais exprès, Jean, ou quoi ? Perdu, enfin ! Perdu, perdu !

– Tu veux dire qu'elle est morte ?

– Voilà ! Elle est morte !

– Qu'est-ce qui s'est passé ?

– Cette conne était venue pour se faire faire une réduction mammaire. Je l'opère, tout se passe bien jusqu'à ce qu'elle se mette en fibrillation. L'anesthésiste s'affole, appelle la cardio, le temps qu'un type monte, elle avait fait un arrêt du cœur. Impossible de la ranimer, rien à faire.

– Et alors ?

– Alors j'ai reçu la famille pour leur annoncer ça. Tous les autres s'étaient débinés, tu parles. Le mari ne comprenait pas ce qui venait d'arriver, bien sûr, et il commençait à me poser des questions soupçonneuses. Je l'ai pris à part et, entre quatre yeux, je lui ai dit :

quand on a une femme cardiaque, monsieur, on essaye de la convaincre de ne pas se faire refaire les seins ! Un point c'est tout.

– Et il a dit quoi, le type ?

– Qu'est-ce que tu veux qu'il ait dit ? Il s'est mis à pleurer. En tout cas j'espère que tout ça ne se finira pas au tribunal. Parce qu'autrement je peux te dire que la compagnie d'assurances va profiter de l'occasion pour sacrément nous augmenter la prime.

Je me disais qu'un jour quelqu'un avait dû arracher le cœur de cette femme. Mais ce qui m'inquiétait le plus était bien la phrase de Jean Villandreux qui n'en finissait plus de tourner dans ma tête : « Je trouve qu'elle ressemble de plus en plus à sa mère. »

Anna ressemblait surtout à son époque : insolente, avide, désireuse de posséder, d'avoir, de montrer et surtout de démontrer que l'Histoire était bel et bien finie. Bien avant Fukuyama, ma femme développait cette thèse qui réduisait le monde à une sorte de masse a-critique seulement apte à réguler le cours des monnaies et à encaisser les profits collatéraux. En ces années quatre-vingt, il fallait être mort pour ne pas avoir d'ambition. L'argent avait l'odeur agressive et prémerdeuse des déodorants pour toilettes. Tous ceux que ce fumet incommodait étaient priés de n'en point dégoûter les autres. Et de se mettre sur le côté. Rapidement convertis à la moelleuse réalité du monde des affaires, prestataires zélés, élèves pressés d'égaler leurs maîtres, les socialistes et leurs amis entraient dans les plis de l'industrie, infiltraient les doublures de la Banque, se glissaient dans la fourrure du pouvoir. Signe qui ne trompe pas, ma femme finissait par leur trouver quelques qualités. N'avaient-ils pas choisi Fabius comme Premier ministre et réussi à écarter les communistes du gouvernement ? « La France retrouve peu à peu un visage humain », renchérissait ma belle-mère. Tels étaient mon pays et la famille dont je partageais la vie.

Ma mère devenait lentement une vieille dame. Elle continuait à corriger et à remettre au pli les écrivains de toutes sortes qui prenaient, par ignorance ou distraction, des libertés avec les usages de la langue. Elle qui avait toujours eu le cœur à gauche ne comprenait pas mes réticences à l'égard des socialistes. Je ne le savais pas encore mais elle nourrissait pour François Mitterrand une passion qui allait devenir dévorante.

Il s'appelait Louis Spiridon – comme le vainqueur du premier marathon de l'ère moderne des Jeux olympiques – et dirigeait le département « beaux livres » d'une grande maison d'édition parisienne. À le voir se faufiler dans les minuscules couloirs, on l'eût dit monté sur coussin d'air. Il s'adressait à ses auteurs, comme d'ailleurs aux fabricants, aux libraires ou aux diffuseurs, avec une grande équanimité et beaucoup de douceur. On ne pouvait entretenir avec Spiridon que des relations civilisées. Il appartenait à cette race d'hommes conçus pour absorber les inégalités de caractère, réduire les écarts de conduite et amortir les conflits. Son amitié avec mon beau-père était bien réelle et j'eus droit à un accueil chaleureux dans ses bureaux. Une seule chose m'intrigua : l'insistance avec laquelle Spiridon s'enquit des charmes de ma belle-mère.

– Est-elle toujours aussi séduisante ? Une femme d'une beauté saisissante, n'est-ce pas ? Figurez-vous que je l'ai connue à l'époque où elle terminait ses études de médecine. Nous étions bien jeunes.

À la fin de chaque phrase, Spiridon marquait une légère pause de silence que l'on pouvait interpréter de bien des façons. Mais son regard flottant, son sourire lointain, son extrême pudeur de vocabulaire me donnaient à penser qu'il avait, un jour, partagé l'intimité de ma belle-mère. D'un geste étrange, à la façon dont on chasse une mouche en été, Spiridon se dégagea de ce passé pour me parler de sa préoccupation présente : son ouvrage végétal.

– J'ai deux livres en projet : le premier, qui pourrait s'intituler *Arbres de France,* serait une luxueuse recension des principales espèces de notre pays. Le second, *Arbres du monde,* reprendrait le même principe mais cette fois à l'échelle de la planète. Tout le charme de ces ouvrages réside bien sûr dans le traitement, l'excellence des photographies. Je voudrais que chaque arbre soit portraituré avec autant de soin que l'étaient, jadis, les acteurs, au studio Harcourt, vous voyez ce que je veux dire ? Cette importance de la lumière, de l'angle de prise de vues, de la perspective. Jean m'a montré votre travail et figurez-vous que c'est exactement ce que je recherche. La plupart des photographes savent prendre des images d'action au millième de seconde. Très peu en revanche ont le goût ou la capacité de mettre en lumière la beauté de l'immobilité.

– Qui choisit les arbres ?

– Vous. C'est un gros travail de recherche. Des repérages. Des voyages. Et puis vous devrez jouer avec les saisons, les variétés persistantes, les caduques. Lorsque vous travaillerez sur une espèce il vous faudra, pendant des jours, dénicher le spécimen qui se détache des autres, celui qui, soudain, s'imposera à vous comme une évidence. Chaque fois, vous devrez trouver l'arbre qui, à lui seul, englobe et éclipse la forêt. Et quand vous aurez enfin mis la main sur cette perle rare, l'environnement devra être assez dégagé pour que notre merveille ressorte du lot commun. C'est un très long travail qui demande patience et exigence. Qu'en pensez-vous ?

Rien ne pouvait me séduire davantage. Cette idée me semblait totalement irréelle, coupée à l'exacte mesure de mes ambitions. Être payé pour regarder le monde et l'admirer. Ne parler à personne. Vivre dans le retrait des bois. Apprendre des arbres et de la terre. Oublier les remontoirs du temps, simplement traîner sur ses traces. Et toujours emplir chaque image de toutes ces petites choses invisibles qui, pourtant, sont là et transcendent la beauté de ce qui nous entoure. Il me parlait, et j'étais déjà au pied d'un cèdre que je connaissais, cherchant le cadre, la lumière.

– … Pour ces deux ouvrages, le parti pris éditorial doit être clair et intangible : un arbre par page, plein cadre, en milieu naturel. Pas de truquage, pas d'éclairage. Comprenez-moi bien, monsieur Blick, il y a bien plus qu'une entreprise commerciale, dans ce projet. Je voudrais qu'en ouvrant ce ou ces livres, chacun soit saisi par une émotion indéfinissable, quelque chose qui remonte de très loin et ravive ce lien qui nous a unis à ce monde végétal que nous avons aujourd'hui oublié. Vous comprenez ce que je veux dire ?

La vie m'offrait un cadeau magnifique : une année de salaire pour vivre en paix parmi les arbres. Mine de rien, je parvenais à mes fins : mener une activité professionnelle sans contrainte d'horaires, sans ordres à recevoir et encore moins à donner. Dès mon retour, avide de me mettre au travail, je décidai de compléter mon équipement photographique en faisant l'acquisition d'un Hasselblad 6x6 qui viendrait compléter le très performant matériel que mon père m'avait légué : un Rolleiflex grand format, deux boîtiers Nikon F avec des objectifs de 20, 35, 50, 105 mm et un agrandisseur Leitz Focomat IIc.

Anna se montra très enthousiaste même si elle m'avoua ne pas comprendre les raisons que pouvait raisonnablement invoquer un éditeur pour se lancer dans une pareille aventure vouée, selon elle, à l'échec commercial avant même que le premier cliché ne soit tiré.

– Je suis vraiment ravie pour toi. Mais conviens que cette histoire ne tient absolument pas debout. Un projet aussi peu travaillé, reposant, d'après ce que tu m'en as dit, sur un vague sentiment et des intuitions, ne résisterait pas deux secondes entre les mains d'un banquier. Tu n'obtiendrais pas le premier sou dans le monde réel.

Ce qu'Anna appelait le *monde réel* était l'univers des affaires, un globe suffisant et mature régi par des gens avisés, responsables, embauchant à la petite cuillère, licenciant à grands seaux, transformant habilement le travail en une denrée aussi rare que le cobalt et dressant des générations entières à l'humiliant exercice de la génuflexion.

Je commençai mon travail quelques jours avant que n'éclate l'affaire Greenpeace. Filant d'arbre en arbre, je suivais, à la radio de la voiture, les péripéties assassines et sous-marines d'une poignée de plongeurs de la République mandatés pour se livrer à des exactions à l'autre bout du monde dans le but de satisfaire l'ego de quelque socialiste zélé.

Heureusement, il y avait mes arbres. On aurait dit qu'ils m'attendaient depuis toujours. Qu'ils avaient volontairement poussé à l'écart des autres pour que je puisse ainsi bénéficier d'une belle perspective et les isoler facilement dans le cadre. La nature regorgeait de spécimens cabotins et poseurs. Quelques promenades en lisière de forêt ou au creux d'un vallon suffisaient pour les repérer. Il n'y avait plus ensuite qu'à revenir le soir, quand la lumière commençait à décliner et à dorer, ou, au contraire, de bonne heure, lorsque la nature semblait encore flotter dans l'anonymat de la nuit. Espèce après espèce, semaine après semaine, je remplissais mon gigantesque herbier. Je roulais à travers tout le pays en quête de saules pleureurs, de cèdres, de platanes, d'ormes, de magnolias, de chênes, de châtaigniers, de noisetiers, de hêtres, de bouleaux, de cyprès, d'érables, de noyers, de micocouliers, de mûriers, d'ifs, de pins parasols, de sapins, de peupliers, de palmiers, de poiriers, de tilleuls, d'oliviers, de pêchers, de cerisiers, d'acacias.

Comme me l'avait dit Spiridon de manière prémonitoire, il y avait toujours un de ces arbres qui à lui seul englobait toute la majesté et les caractéristiques de son espèce, « s'imposait comme une évidence et éclipsait la forêt ». Il me suffisait d'installer mon trépied, d'y visser l'Hasselblad et d'attendre la bonne heure. Il m'arrivait souvent de procéder ainsi. Repérant l'arbre vers midi, je m'installais près de lui jusqu'aux belles lumières du soir. Nous avions en quelque sorte le temps de nous habituer l'un à l'autre. Sans doute enviait-il ma mobilité, tandis que j'admirais la patience et la persévérance qui lui avaient permis de s'enraciner ici des siècles durant. Les plus coriaces – oliviers, chênes, hêtres, châtaigniers, ifs – dépassaient allégrement les mille ans. Il existait des oliviers vieux de deux mille ans à Roquebrune-Cap-Martin, dans les Alpes-Maritimes, et aussi à deux pas de chez moi, dans la Haute-Garonne. Des ifs de mille six cents ans vivaient toujours en Corrèze et dans le Calvados. Des châtaigniers de mille cinq cents ans poussaient dans le Finistère. Et, dans le Var, l'on ne comptait plus les chênes-lièges âgés de mille ans.

Durant ces longues attentes je me disais que ces arbres

devaient avoir, quelque part, une mémoire, sans doute bien différente de la nôtre, mais capable d'enregistrer l'histoire de leur pré, les fréquences bavardes des villes lointaines. Il ne faisait pour moi aucun doute qu'ils possédaient aussi une intelligence du monde tout aussi subtile que celle dont nous nous prévalons. Comme nous, ils avaient pour mission de construire leur destinée à partir de rien, d'un hasard et d'une nécessité combinés, d'une simple graine transportée par le vent ou un oiseau, et ensuite de s'accommoder du sel de la terre et des eaux de la pluie.

Fourmis agitées, nous nous démenions pour trouver une place en ce monde. Les arbres ne devaient rien comprendre à notre espèce. Petits mammifères agressifs à la maigre espérance de vie, nous combattions sans cesse et tombions inexorablement à leurs pieds sans jamais prendre racine nulle part. Nous ne semblions jamais tirer aucun enseignement durable de nos erreurs. Même si nous étions capables d'inventer des boissons gazeuses et des téléphones sans fil.

Réfléchir au pied des arbres ne me valait rien de bon. À les fréquenter avec assiduité, à presque parler leur langage, je songeais que, désormais, j'aurais les plus grandes difficultés à photographier des humains. Lorsque le vent s'engouffrait dans la forêt, on aurait dit soudain qu'une marée d'équinoxe battait au cœur des bois, que les forges de la mer ronflaient à deux pas. Je pouvais rester des heures au seuil de cette chorale marine à écouter le bruit des vagues fantômes.

L'Hasselblad faisait des images somptueuses, avec un piqué exceptionnel. Le 6x6 était vraiment un format royal et cet appareil suédois méritait bien d'avoir été choisi par la NASA pour prendre les clichés des astronautes effectuant leurs premiers pas sur la Lune. Les images s'entassaient par centaines dans leurs boîtes et mon œil exercé n'avait aucun mal à deviner la personnalité de chaque arbre. Il y avait ceux qui prenaient les choses à la légère, prêts à dinguer au premier vent. Les austères, habitués aux sols pauvres et à l'économie des effets. Les inébranlables, véritables châteaux forts végétaux enfichés dans le sol jusqu'au royaume des morts. Les cossus, enfants des terres grasses, regorgeant de verdure, déployant leur riche fourrure. Les rêveurs, le corps maigre, si peu de ce monde et la tête toujours aux cieux. Les anxieux, les torturés, les noueux, enroulés sur leurs doutes séculaires. Les aristocrates, droits comme des *i*, légèrement dédaigneux, subtilement hautains. Les généreux, offrant leurs branches et leur ombre sans compter. Les besogneux, alignés, occupés, travaillant sans relâche à arrimer les sols. Je pouvais passer des heures dans le laboratoire et succomber à ces jeux ethnocentriques, prêtant mille et un caractères à ces végétaux. Dans le lot de mes prises de vues, deux photos restaient impossibles à définir, deux images saisissantes qui troublaient immanquablement tous ceux qui les avaient vues. Je ne saurais dire pourquoi, mais dès que vous preniez ces clichés en main vous aviez l'impression, tant ils paraissaient vivants, que c'étaient les arbres qui vous regardaient et non l'inverse.

La première image avait été prise au sud de la Montagne Noire, entre Mazamet et Carcassonne. C'était un soir d'hiver. Un léger voile de brume flottait au-dessus de la terre recouverte d'une pellicule de neige. À un mètre du sol, en revanche, l'air était limpide, cristallin, d'une irréelle luminosité. Et au sommet de la colline, bien à l'écart de la forêt, dominant la plaine, ce jour-là ensevelie sous les nuages, l'araucaria, conifère d'origine chilienne, sorte de sapin à écailles, avec ses branches remontantes pareilles à de grands chandeliers. On aurait dit un drakkar de verdure flottant dans le brouillard, une vigie aux avant-postes du monde. Il symbolisait à la fois la solitude et l'exil. Nous sommes restés un moment face à face. Et tout au long de cette rencontre j'ai senti confusément que ma présence le dérangeait, que j'étais un intrus. Il ne se privait d'ailleurs pas de me faire connaître ses sentiments en me regardant fixement à travers l'objectif. Ce malaise, la photo l'avait fidèlement restitué. Quiconque examinait l'image pouvait lire très clairement dans les pensées de l'araucaria: «Tu n'as rien à faire ici.»

Le second cliché était très différent. Je l'avais pris dans une clairière de la forêt landaise un jour de très grosse tempête. Les vents venus de la mer soufflaient en rafales à plus de cent kilomètres à l'heure. En raison du temps, je n'avais pas l'intention de faire des images, seulement de procéder à un repérage pour le lendemain. Et puis je l'avais aperçu. Immense pin isolé à l'intérieur d'un large couloir dans lequel les rafales s'engouffraient avec la force d'une avalanche. C'était un colosse dépassant tous ses congénères de plusieurs têtes. Sous les bourrasques, on le voyait se démener dans tous les sens comme s'il voulait échapper à d'invisibles flammes. On pouvait l'entendre craquer et aussi gémir à la façon d'une anche vibrant dans le souffle du vent. Aux avant-postes de la forêt, il donnait l'impression de mener une bataille solitaire contre la tempête, tentant de l'émousser à lui tout seul, de l'affaiblir pour l'empêcher de ravager les bois. Sachant que je n'aurais plus jamais l'occasion de refaire de pareilles images de lutte, j'installai mon matériel et pris la photo. Le cliché a quelque chose de véritablement stupéfiant, de terrifiant aussi. De la cime aux racines, l'arbre combat, s'arc-boute, s'accroche au ventre de la terre. Il incarne dans son acception la plus exigeante l'idée, parfois abstraite, que l'on peut se faire de la rage de vivre. Le lendemain, je revins dans la forêt pour faire d'autres images. Le grand pin était au sol. Déraciné, vaincu.

Commencé durant l'été 1985 sous le gouvernement d'un Laurent Fabius timidement social-démocrate, *Arbres de France* s'acheva deux mois après la nomination de Jacques Chirac au poste de Premier ministre. Avec la cohabitation, le pays et toute son armada de foireux Diafoirus avaient trouvé une nouvelle marotte qui allait leur permettre de gratter jusqu'au sang cette petite plaque eczémateuse. Dans cette valse de l'alternance, de vieux conservateurs se réappropriaient les allées du pouvoir jusque-là empruntées par les réformateurs. Quant au président de la République, impassible pharaon morvandiau, il surveillait, au Louvre, l'édification de son orgueilleuse pyramide.

Dire qu'*Arbres de France* eut du succès relève de la litote. Le livre fut une des meilleures ventes de l'année et on le plébiscita chez les libraires comme dans la presse. Télévisions, radios, journaux, tout le monde s'accordait à célébrer l'ouvrage. Chaque organe, selon sa sensibilité et son lectorat, trouvait matière à s'enflammer. Les plus populaires s'arrêtaient à « la beauté et la majesté des photos » ; d'autres, plus politiques, notaient « la conscience exigeante et l'ambition d'une véritable entreprise écologique », tandis que les hebdomadaires artistico-mondains analysaient « l'éblouissante simplicité d'un concept mené jusqu'au bout de sa logique, sans concession pour l'image spectacle ou la facilité esthétisante ». Depuis la parution, Louis Spiridon vivait sur un nuage. Il m'accompagnait dans toutes les émissions de radio et de télévision auxquelles j'étais invité. Et chaque fois que l'on me demandait d'où m'était venue une idée si simple et si belle, je ne manquais pas de rappeler que je n'étais que le doigt déclencheur d'un projet dont tout le mérite revenait à mon éditeur. À chacun de ces hommages, et ils étaient nombreux, Spiridon donnait l'impression de flotter un bon mètre au-dessus de sa chaise, soulevé par les vapeurs de la joie et les petits ballonnets s'échappant de son adorable péché d'orgueil.

Alors même que la tournée de promotion était loin d'être terminée, Spiridon confiait à qui voulait l'entendre qu'il allait bientôt publier *Arbres du monde*. Il installait déjà, dans la tête des journalistes et celle des libraires, l'idée de cette suite somptueuse à l'échelle planétaire, décrivant des essences dont il ne soupçonnait même pas l'existence. J'en serais bien sûr le maître d'œuvre et nous allions voir ce que nous allions voir ! Le raz de marée des ventes m'avait instantanément transformé en un homme riche. Un type anormalement fortuné.

Si la presse voyait désormais en moi « un Doisneau ou un Weegee du végétal », à la maison, j'avais également changé de statut. Le succès, semblait-il, me rendait plus sexy, et Anna me découvrait avec un regard neuf. Du temps où je m'acquittais de tâches domestiques, elle me baisait sporadiquement avec la rapidité et le détachement que l'on réserve généralement aux employés de maison en quête de gratifications. Maintenant que je dépassais les trois cent mille exemplaires, elle me traitait à l'égal d'un puissant acheteur japonais porteur de grandes espérances. Si je le voulais, compte tenu de ma nouvelle situation, je pouvais lui passer commande, immédiatement, d'une centaine de ses horribles jacuzzis. J'étais persuadé que cette seule conjecture l'excitait. À ses yeux, j'étais un autre homme, l'un de ces types à la mode que l'on voyait à la télévision et qui, un jour ou l'autre, bien sûr, finissent tous par acheter un bain à remous.

Les enfants, pour leur part, paraissaient toujours surpris de me voir parler à la télévision dans une émission enregistrée, pendant qu'à deux pas du canapé je changeais la prise défaillante de l'aspirateur. Autant ils intégraient parfaitement cette distorsion de l'espace et du temps lorsqu'elle s'appliquait à un inconnu, autant ils avaient du mal à percevoir le caractère illusoire du don d'ubiquité dont semblait faire preuve ce père qui était partout et nulle part à la fois. Car entre Marie, Vincent et moi, la rupture était consommée. Ils avaient oublié toute la vie que nous avions partagée durant leurs premières années pour ne retenir que mes absences, à leurs yeux injustifiables, de ces derniers mois. Ils ne manifestaient aucune hostilité à mon égard mais me traitaient avec indifférence. Ils me faisaient payer très cher mon abandon de poste. Leur mère, elle, avait repris la main, via Jeanne, la nurse qu'elle employait.

La plus impressionnée par ma courte exposition médiatique fut indiscutablement Martine Villandreux. Il avait suffi de quelques émissions pour qu'aussitôt ses yeux superbes me voient comme une sorte de Magellan prêt à reconquérir le monde. Chaque fois que nous dînions en famille, elle était suspendue à mes lèvres, prélevant chacune de mes paroles comme autant d'échantillons précieux. Elle n'en revenait pas. Pour elle, l'onction de la télévision était le sacre des temps modernes. Quiconque l'avait obtenu méritait qu'on l'honorât d'or, d'encens et, pourquoi pas, de myrrhe. C'était étrange de voir cette femme jusque-là inaccessible, méprisante et cruelle se liquéfier à ce point devant un gendre dont le seul mérite récent avait été de photographier des arbres immobiles. Du temps où je me livrais à cette même activité sans qu'elle fût ni reconnue, ni rémunérée, c'était à peine si j'avais le droit de m'asseoir à la table commune et de baisser humblement les yeux en rêvant aux fesses de la maîtresse de maison. Et voilà qu'aujourd'hui, ce derrière qui m'avait toujours intimidé frétillait positivement de bonheur au simple motif que je franchissais le seuil de sa porte.

Cela eut pour conséquence de court-circuiter mes fantasmes incestueux et de me rendre les charmes de Martine Villandreux aussi peu attrayants que le fameux rôti de David Rochas. Je ne saurai donc jamais si, dans d'autres dispositions, et tout auréolé de ma nouvelle couronne, elle aurait accepté que je glisse mes doigts sous son cachemire parme pour pétrir à plein cœur son enviable poitrine.

Les deux seules personnes de la famille à se contrefi-cher de ce tumulte publicitaire furent Jean Villandreux pour qui j'avais été et demeurais un « type qui avait l'œil » et ma mère qui, jusqu'à l'heure de sa mort, me considérerait comme le « petit frère de Vincent ». Chaque fois qu'il m'arrivait de prendre entre les mains son vieux Brownie Flash Kodak, millionnaire ou pas, je n'étais jamais que ce petit frère-là.

Avant que je reparte en voyage pour réaliser le second ouvrage, Anna exigea que nous achetions une maison au prétexte que les enfants devaient maintenant bénéficier des bienfaits d'un jardin. En réalité, je la sentais surtout pressée d'afficher notre réussite, d'édi-fier une petite principauté capable de rivaliser avec le duché maternel. J'avais toujours sous-estimé une forme de rivalité assez fruste qui opposait Anna à sa mère. Cet antagonisme se manifestait sous des formes sou-vent inattendues et à peine lisibles. Ce soudain besoin impérieux de posséder une maison traduisait sa volonté d'en imposer à sa mère et de lui signifier définitivement qu'elle avait désormais repris en main toutes les commandes. Qu'il s'agisse de piscines, de jacuzzis, d'enfants, de nouvelle maison ou même de ce type réservé dont tout le monde parlait à la télévision.

Lorsque je repense à cette époque, je vois l'image d'un homme perdu, groggy par l'indolence de sa vie, tétant une fade mamelle dont s'écoulait un bonheur sans goût. Je n'aimais plus vraiment les gens qui m'entouraient mais ne les détestais pas assez pour avoir le courage de les quitter. Je travaillais pour gagner de l'argent dont je n'avais plus besoin. Je roulais dans une vieille Volkswagen cabriolet de 1969 pour m'offrir la distraction et le luxe de redouter les pannes. Je continuais de temps en temps à baiser Laure Milo et à manger deux fois par mois avec son mari François. Il parlait toujours de ses avions, Anna de ses bains à bulles, pendant qu'entre les plats Laure continuait de me caresser discrètement. Les histoires chirurgicales de Michel Campion n'intéressaient personne à moins qu'elles ne fussent salaces. Quant à Brigitte, sa femme, elle continuait de fréquenter toutes sortes de gourous de l'esthétique sans pour autant parvenir à atténuer l'ingratitude de ses traits et la lourdeur de ses formes.

La nouvelle maison était une vieille demeure toulousaine, sans doute bicentenaire. Avec ses murs en brique rose et galet de Garonne, ses génoises discrètes, son perron et ses appuis de fenêtre en pierre, le bâtiment faisait penser à un gros chat endormi au soleil. La teinte des façades embellissait la lumière du jour, la dorait, et donnait en permanence aux terrasses des couleurs de fin d'après-midi. C'était superbe. À regarder. Car il fallait être totalement fou pour acheter une chose pareille et espérer l'habiter, c'est-à-dire se sentir bien et vivant à l'intérieur, y élever des enfants, y faire l'amour, accepter d'y être malade, d'y vieillir et, bien sûr, un jour, d'y mourir. Une bonne douzaine d'humains bien conformés étaient nécessaires pour espérer emplir toutes ces pièces des rires et des cris rassurants de la vie, pour en imposer un tant soit peu à cette demeure qui en avait vu bien d'autres. Et nous n'étions que quatre malheureux naufragés perdus, à errer dans les couloirs de l'infini. Habiter une maison trop grande, réellement trop grande, procure très vite un sentiment d'angoisse chronique. L'espace inoccupé devient une zone hostile pleine de réprobation silencieuse. Au début, quand je rentrais chez moi, j'avais le sentiment d'être avalé par un gigantesque estomac qui allait lentement me digérer pendant la soirée et le restant de la nuit, avant de m'expulser le matin venu. Il me fallut très longtemps pour me débarrasser de cette idée que la maison était une vaste panse à l'intérieur de laquelle j'étais soumis à un banal cycle excrémentiel.

Lorsque je confiai mes problèmes à Anna, elle me répondit :

– Ça, mon vieux, ce n'est plus du domaine de l'immobilier mais du ressort de la psychanalyse.

– Non, mais je suis sérieux, cette maison m'angoisse réellement, j'y suis très mal.

– Tu t'habitueras, tu verras. C'est ta mauvaise conscience de gauche qui te travaille.

– Qu'est-ce que tu racontes…

– La vérité. Inconsciemment tu n'acceptes pas ce qui t'arrive. Ni l'argent de ton livre, ni cette maison agréable. Dans ta logique tu dois refuser ces choses parce qu'elles font de toi un petit bourgeois, un type comme les autres, qui participe au fonctionnement de ce système que tu as toujours refusé.

– Tu dis n'importe quoi.

– Absolument pas. Le bonheur t'a rattrapé. Et c'est ça qui te fait paniquer.

Anna avait une conception du bonheur qui se résumait pour l'essentiel à la combinaison de deux éléments : un compte en banque à sept chiffres et une très grande maison. Passant outre à mes réticences, elle avait acheté cette bâtisse, non pour l'habiter, mais pour l'exposer. Pour que quiconque passant devant ces façades imagine aussitôt les trésors qu'elles devaient receler. Elle se fichait pas mal qu'à l'intérieur, quatre misérables habitants traînassent comme des âmes en peine, sitôt la nuit tombée.

De temps en temps, j'allais déjeuner chez ma mère qui, depuis l'élection de François Mitterrand, ne jurait plus que par les socialistes. Son admiration inconditionnelle pour le président était assez forte pour gommer tous les reniements et insuffisances de ses amis. Elle vivait la cohabitation comme une lente crucifixion et assimilait Chirac à une paire de chaussures de marche trop petites restreignant la conquérante foulée du Grand Randonneur. La maison n'avait pas trop souffert de la disparition de mon père. Même s'il était revenu à un état plus sauvage, le jardin gardait toujours son charme indéfinissable. Me retrouver entre ces murs accueillants et familiers était reposant, rassurant. C'est là que je me sentais chez moi. Il m'arrivait de parler à ma mère du malaise que j'éprouvais dans la maison d'Anna, de ce sentiment de vivre une existence de passager clandestin recroquevillé dans les immenses cuves d'un tanker. Elle m'écoutait avec une patience polie, puis, d'un mouvement de tête, mettait un terme à la conversation : « Tu es trop gâté. »

Je n'ai jamais su ce que ma mère pensait vraiment à

propos d'Anna. Si elle avait pour elle une affection réelle. Si elle rendait justice à ses indéniables capacités de travail ou, au contraire, la méprisait pour son goût du lucre. Lorsqu'elles étaient ensemble, Anna et ma mère devenaient illisibles. Elles entretenaient des rapports d'une sidérante neutralité, manifestant l'une envers l'autre des sentiments solubles dans l'écume de leurs bavardages. Jamais ma mère ne me posa la question de savoir si j'étais heureux auprès d'Anna. Sans doute la fréquence de mes visites et mon peu d'empressement à remonter à bord du tanker la renseignaient-ils mieux sur le sujet que mes réponses embarrassées.

Au retour de ces visites, lorsque je rentrais à la maison en empruntant la longue allée qui traversait le jardin, je me faisais l'effet, dans cette obscurité, d'être une luciole marchant instinctivement vers la lumière. Comme le font tous les insectes, je me plaçais un instant, avant d'entrer, devant une vitre, pour regarder ce qui m'attendait à l'intérieur.

Étais-je trop gâté, comme me l'affirmait ma mère ? Sans doute. Mais j'avais aussi quelques bonnes raisons de douter de l'évolution de ma propre vie, et des capacités dont je faisais preuve pour la maîtriser réellement. Moi qui m'étais toujours pensé capable de résister aux tentations et aux pressions d'un système parfois violemment séducteur, parfois subtilement autoritaire, je me rendais compte que, comme les autres, j'avais été emporté par l'énergie cinétique du corps social. En temps et heure j'avais franchi, sans en être conscient, toutes les étapes de la vie d'un petit bourgeois. Étudiant pour les diplômes, libertaire à l'heure de la récréation, libertin le temps d'un frisson, puis vite recadré par un bon mariage, lesté de deux solides enfants, et enfin, notablement enrichi. Finalement j'avais été un bon élève. Plutôt que de me dresser ou de me fustiger, le système, à l'instar de la maison d'Anna, avait choisi de me digérer.

Il me semble que c'est à cette époque, sida oblige, que l'amour pur et dur redevint un sujet de préoccupation à la mode. Suivant la logique de l'évolution et les lois du conditionnement, je paraissais donc condamné, à terme, à expérimenter une nouvelle fois ce sentiment. Mais en la matière, je ne nourrissais plus aucune illusion. Je tenais l'amour pour une sorte de croyance, une forme de religion à visage humain. Au lieu de croire en Dieu, on avait foi en l'autre, mais l'autre, justement, n'existait pas davantage que Dieu. L'autre n'était que le reflet trompeur de soi-même, le miroir chargé d'apaiser la terreur d'une insondable solitude. Nous avons tous la faiblesse de croire que chaque histoire d'amour est unique, exceptionnelle. Rien n'est plus faux. Tous nos élans de cœur sont identiques, reproductibles, prévisibles. Passé le foudroiement initial, viennent les longues journées de l'habitude qui précèdent le couloir infini de l'ennui. Tout cela est embossé dans le creux de nos cœurs. Le rythme et l'intensité de ces séquences dépendent uniquement de notre taux d'hormones, de l'humeur de nos molécules et de la rapidité de nos synapses. Notre éducation – notre dressage, devrais-je dire – se charge du reste, c'est-à-dire de nous faire croire qu'un esprit obnubilé, un ventricule palpitant et une queue bien raide sont les marques bienheureuses de je ne sais quelle grâce divine ou surnaturelle accordée au cas par cas aux mortels que nous sommes. L'amour est l'un de ces sentiments sophistiqués que nous avons appris à développer. Il fait partie des divertissements opiacés qui nous aident à patienter en attendant la mort.

Je ne parlais jamais de ce genre de choses avec Anna, ni avec ses amis. Aucun n'aurait partagé ni même admis un point de vue aussi restrictif. La seule personne avec laquelle je me sentais suffisamment en confiance pour aborder ce sujet était Marie. Nous avions quelquefois évoqué cette tendance à embellir et, même parfois, à travestir nos histoires d'amour. Comme s'il fallait qu'elles collent absolument à un modèle, une grille de lecture. Plus j'y repense, plus je me dis que Marie fut sans doute la seule femme que j'aie connue à ne pas hésiter à regarder réellement la vie en face et à la traiter pour ce qu'elle était. Je me souviens que parfois, lorsque nous dormions ensemble, je devinais, dans le noir, l'éclat de ses pupilles. Et quand je lui demandais si quelque chose n'allait pas, elle me répondait alors simplement : « Je réfléchis. » C'est avec ces mêmes yeux, grands ouverts, qu'elle toisait l'amour.

Aujourd'hui, je n'avais guère la tête aux sentiments, trop occupé que j'étais à préparer mes voyages au long cours, ces tours du monde qui allaient me conduire de continent en continent à la recherche de mes modèles végétaux. Durant les semaines qui précédèrent mon premier départ, Spiridon ne tenait plus en place. Il téléphonait presque tous les jours pour me répéter combien la perspective de ce livre le réjouissait, ajoutant chaque fois qu'il tenait d'ores et déjà pour acquis que cet ouvrage serait vendu dans le monde entier. Nous nous efforçâmes d'établir une feuille de route cohérente pour éviter les inutiles et dispendieux allers et retours intercontinentaux.

Le jour de mon départ les enfants allèrent à l'école sans même me dire au revoir ni m'embrasser et Anna me fit un simple signe de la main comme si j'allais revenir dans une heure. En dépit de mes théories sur la glaciale mécanique des sentiments, ce genre de comportement me brisait le cœur.

Commença alors la période la plus mystérieuse et la plus magique de ma vie. Aujourd'hui encore, j'ai du mal à en parler, à décrire cette succession quasi ininterrompue d'éblouissements qui, d'escale en escale, d'arbre en arbre, ont changé ma vision et ma perception du monde. Voyageur presque dépourvu de bagages, nomade à l'esprit dépouillé, déchargé de toute responsabilité, de la moindre implication, botaniste d'opérette, l'esprit léger, aérien, je mesurais l'infinie beauté de la nature végétale.

Je connus des chaleurs extrêmes, marchai face à des vents intenses, traversai des tempêtes déchaînées, avançai sous des pluies torrentielles, juste pour aller voir un arbre, un seul, et le prendre en photo. Je me souviens de pins Douglas et de séquoias sempervirens de plus de cent mètres de haut oscillant dans les brises de la Californie du Nord et de la Colombie-Britannique, de saguaros géants jaillis du désert de l'Arizona, de cocotiers nonchalants aux Bahamas, de palmiers fulgurants au Maroc, de granitiques baobabs au Kenya, des sucs abondants des érables du Québec et des hévéas de Malaisie, d'érables palmés avec leurs feuilles à sept lobes, de larix leptolipis tourmentés, de cryptoméras, tous trois vivant au Japon, des généreux caféiers en Colombie, d'indestructibles sidéroxylons en Afrique du Sud, du précieux garou vendu à prix d'or en Thaïlande, de flamboyants cyprès hinoki de Taiwan, de sévères montézumas d'Oaxaca au Mexique, d'immortels châtaigniers de Sicile vieux de trois mille ans, des chênes massifs dans la forêt de Sherwood où vécut Robin des Bois, d'eucalyptus géants de Tasmanie en Australie, et d'incroyables figuiers banyans de Calcutta avec leur multitude de troncs, trois cent cinquante gros, trois mille petits, et dont la circonférence dépassait les quatre cents mètres. J'étais emporté dans une tourmente de bonheur. Les branches succédaient aux branches, les espèces aux espèces, il y en avait toujours et encore, plus spectaculaires, plus élégantes les unes que les autres. Je n'en viendrais jamais à bout. Toutes mes prises de vues se doublaient d'une séance de macro durant laquelle je photographiais les plus infimes détails des écorces. Le temps n'avait plus aucune signification. Mes listes en devenaient caduques tout comme mon agenda prévisionnel. Je n'avais pas la moindre idée de ce que je poursuivais sinon cette quête absurde et forcenée d'exhaustivité, de perfection, de pureté aussi. Toujours seul, je marchais. Des heures et des heures. Jusqu'à ce que je le voie. Jusqu'à ce que je comprenne que c'était pour lui que j'avais fait tout ce chemin. Ensuite, il suffisait de trouver un angle de prise de vues et d'attendre la lumière. Ayant appris à accepter le mauvais temps, à l'intégrer dans le contexte, je n'avais plus le moindre scrupule à travailler sous la pluie ou les nuages, dans le vent ou les bourrasques. Au cœur de certaines régions tropicales, il m'arrivait d'assister à des orages dantesques, résonnant de mille bombardements, ébranlant l'écorce de la terre au point d'évoquer les premiers instants de la création du monde. Toutes ces images, toutes ces émotions s'accumulaient en moi. Au long de ces marches solitaires, il m'arrivait souvent de penser au jardin de mon père, au Brownie de mon frère, à l'odeur de mes enfants, aux abominables jacuzzis d'Anna, à notre maison démesurée, au travail silencieux de ma mère. Je revoyais aussi mon grand-père maternel debout au sommet de son col, foudroyé par la beauté de ses montagnes. Je mettais à profit ces périodes d'attente et de repos pour étudier les feuilles des spécimens que je photographiais. J'examinais leur limbe, leurs nervures, leurs pétioles et selon leur découpe je les classais dans la famille des palmiséquées, des digitées, des pennées, des pennatilobées, des sinuées, des épineuses, des dentées, des pennatiséquées, des engainantes, des peltées, des palmilobées ou bien des palmifides. Sans m'en rendre vraiment compte je m'enfonçais chaque jour davantage dans un univers de plus en plus éthéré, de plus en plus fantomatique. Et ce voyage, qui n'avait désormais plus de sens et aurait pu durer toute une vie, cessa brutalement près de Colombo, un soir où mon corps et mon esprit s'allièrent pour me coucher à terre alors que je revenais de photographier des théiers dans les montagnes du Sri Lanka.

Je logeais dans un petit hôtel en bois au bord de la mer. La nuit tombait de bonne heure et il m'arrivait le plus souvent de dîner dehors, sur la terrasse, à la lueur d'une lampe à huile. Ce soir-là tout commença par des frissons. Puis vinrent la fièvre, les nausées, les coliques qui me précipitèrent à dix-sept reprises dans les toilettes. J'avais l'impression d'expulser des litres d'eau, de vomir des poignées d'hameçons. Des batailles féroces se livraient à l'intérieur de mes entrailles. Ma peau brûlait et mon corps grelottait sous l'effet de la température. Pour éviter de claquer des dents, j'enfonçais des pointes de drap dans ma bouche. Et puis je me relevais. Et l'enfer, à nouveau. Je repensais sans cesse à cette phrase que j'avais lue un jour à propos du Sri Lanka: « Si tu viens un jour à Ceylan, fais le voyage pour de bonnes raisons, sinon, si puissant que tu sois, tu y mourras. » Avais-je fait le voyage pour de bonnes raisons ?

Le jour, la fièvre et les symptômes digestifs disparaissaient comme par enchantement, mais mon épuisement était tel que je restais cloué au lit. Dès que la nuit retombait, pareille à une marée inexorable, la fièvre m'envahissait à nouveau et tout recommençait.

Durant ces épisodes nocturnes je ne savais plus si j'étais en proie à des cauchemars ou à des délires éveillés. Tantôt je voyais tous les arbres que j'avais photographiés se pencher à mon chevet et me recouvrir peu à peu de leurs feuilles mortes, tantôt mon frère Vincent entrait silencieusement dans la chambre et, avec son Brownie Flash, me photographiait avec insistance dans mes draps auréolés de sueur. J'avais beau l'implorer, le supplier de me sortir de là, il continuait méthodiquement son travail.

Au bout d'une semaine, je n'avais plus la moindre force. Le patron de l'hôtel m'apportait du riz, des légumes et un peu de poisson auxquels je touchais à peine. J'avais aussi le vague souvenir de la visite d'un médecin local qui m'avait prescrit, je l'apprendrais plus tard, une décoction à base d'herbes et de plantes. Je dormais toute la journée et, dès le crépuscule, recommençait l'assaut des mille diables. Chaque nuit, je vomissais accroupi devant un vieux portrait de la reine d'Angleterre datant, sans doute, de l'époque où Ceylan était encore une possession britannique. Je n'avais même pas l'idée de me faire transporter dans un hôpital et le patron de l'hôtel, pas davantage. Il avait l'habitude de voir ses clients occidentaux s'entortiller ainsi dans leurs draps et souiller ses cuvettes. Il laissait faire le temps, lui faisait confiance. Je savais qu'ici, lorsqu'ils étaient arrivés au bout de leurs forces, les gens les plus pauvres se couchaient par terre et mouraient dans les rues. Au matin, des hommes dont c'était le métier, inspectaient les trottoirs, ramassaient les corps et les entassaient dans une carriole. Mais qu'allait faire Vincent de toutes ces photos ?

La nuit, lorsque les choses allaient mal, juste avant de perdre pied, j'enroulais la sangle de mon sac photographique autour de mon poignet et serrais appareils et pellicules dans mes bras. Je n'ai jamais su si j'espérais ainsi les protéger d'un quelconque danger ou au contraire quémander, par ce geste, une part de réconfort. Parfois une violente hémorragie nasale se déclarait et mes gencives se mettaient à saigner. Une forme d'angoisse inconnue m'étreignait la poitrine et j'avais l'impression que de la gelée glaciale s'écoulait lentement le long de mon corps.

Durant cette maladie, j'ai souvent perdu pied, j'ai plié mais jamais je n'ai prié. Même au plus profond de ma peur et de ma douleur, même lorsque je voyais les forces s'écouler de mon ventre. Jusque sur mon lit me parvenaient des odeurs d'encens qui brûlait dans un temple voisin, et ces relents sucrés de suppliques contribuaient à mon écœurement.

J'ai toujours été athée et la religion, quelle qu'elle soit, n'est pas pour moi un concept négociable. Partout, j'avais vu la vermine de la croyance et de la foi grignoter les humains, les rendre fous, les humilier, les rabaisser, les ramener au statut d'animaux de ménagerie. L'idée de Dieu était la pire des choses que l'homme eût jamais inventées. Je la jugeais inutile, déplacée, vaine et indigne d'une espèce que l'instinct et l'évolution avaient fait se dresser sur ses pattes arrière mais qui, face à l'effroi du trou, n'avait pas longtemps résisté à la tentation de se remettre à genoux. De s'inventer un maître, un dresseur, un gourou, un comptable. Pour lui confier les intérêts de sa vie et la gestion de son trépas, son âme et son au-delà. Au plus fort de la fièvre, incommodé par l'encens, alors même que ma conscience vacillait, je n'ai jamais imploré quiconque. Je me suis simplement accroché à la réalité qui m'entourait, me réconfortant de la compagnie de mes appareils, de mes photos et surtout de mes arbres.

Un matin, après avoir subi de nouvelles vidanges nocturnes, je trouvai cependant assez de force pour rompre avec ce cycle nycthéméral infernal, m'habiller et me faire transporter en taxi jusqu'à l'aéroport.

Le voyage parut interminable, comme si nous traversions toutes les banlieues du monde. Les vertiges qui ne me lâchaient plus depuis une semaine donnaient des allures maritimes et tempétueuses à ce trajet littoral. Le plancher de la voiture, une vieille Hillman, je crois, était percé par la rouille et je pouvais voir la route défiler sous mes pieds. Encore une fois, j'étais sanglé à mon bien le plus précieux, ce sac, et surtout à mes arbres que j'avais peur de voir glisser et disparaître dans cette ouverture béante. À mi-parcours, il se mit à pleuvoir et des projections d'eau commencèrent à entrer dans la voiture par les trous du châssis. Le chauffeur conduisait sans le moindre ménagement ne cherchant à éviter ni les nids-de-poule, ni les animaux qui traversaient la route, se contentant de corner longuement sur son klaxon. Lorsqu'il écrasa un chien, c'est à peine si l'on ressentit l'impact, mais dans l'instant je vis passer à mes pieds le corps de la bête qui s'accrocha par la mâchoire au longeron de l'Hillman. Étais-je encore à l'hôtel, roulé dans mes draps infectés et les limbes malsains de mes cauchemars ou bien roulions-nous tranquillement sous une averse de mousson vers l'aéroport international de Colombo en compagnie d'un chien mort ?

Sitôt que l'hôtesse eut glissé mon sac dans le coffre à bagages et m'eut offert son aide pour m'installer sur mon siège, j'eus la sensation physique que tous les diables qui colonisaient mon ventre depuis trois semaines renonçaient à entreprendre ce voyage en ma compagnie. Je les sentis réellement déserter, quitter mon corps. C'était comme si on me déchargeait d'un invisible poids. À mesure que le Boeing 747 prenait de l'altitude j'éprouvais une rassurante paix. Je fermais les yeux et entrais sans crainte dans une nuit que je savais désormais réparatrice.

Anna vint me chercher à l'aéroport de Blagnac. Lorsqu'elle m'aperçut, elle eut un léger mouvement de recul.

– Qu'est-ce qui t'est arrivé ?

– J'ai été malade.

– Quel genre de maladie ?

– Je ne sais pas, des diarrhées, des fièvres, des vertiges.

– Tu as vu quelqu'un ?

– Je crois, je ne sais plus.

– Tu es livide et maigre à faire peur. Tu suis un traitement ?

– Non.

– Tu ne peux pas rentrer à la maison dans cet état.

– Comment ça ?

– Imagine que tu aies quelque chose de sérieux et de contagieux. Tu viens d'où ?

– Du Sri Lanka.

– En plus. Non, je t'assure, je vais t'emmener à la clinique pour qu'on te fasse des examens. Tu dois penser aux enfants. Regarde-toi, tu peux à peine marcher. Donne-moi ton sac.

– Non, je le garde.

Je passai quatre jours dans un service spécialisé dans le traitement des maladies contagieuses et tropicales. Je n'ai pas le souvenir, durant ma vie, d'avoir aussi profondément et paisiblement dormi qu'à l'occasion de cette courte hospitalisation. Perfusé, réhydraté, transfiguré par la grâce de je ne sais quel cocktail thérapeutique, je sortis de ce service le corps et l'esprit sereins, reposés.

Pour la première fois, je retrouvais la maison avec plaisir. Après ce que je venais de subir, elle aurait bien du mal à me faire croire à nouveau qu'elle pouvait me digérer à sa guise. Elle ne me faisait plus peur. Malgré ses grands airs, je savais parfaitement qu'elle n'aurait pas tenu plus de deux jours dans ma chambre d'hôtel du Sri Lanka.

J'avais été absent durant six mois et le hasard voulut que je rentre quelques jours avant le onzième anniversaire de mon fils Vincent, qui, en cette année 1987, coïncida avec le krach boursier de Wall Street. Les titres perdirent trente pour cent de leur valeur après l'annonce du déficit abyssal du commerce extérieur américain. Pour des raisons qui m'échappaient encore, Anna suivait ces événements avec une intensité dramatique. J'appris par la suite qu'elle possédait un portefeuille d'actions que la crise avait sérieusement giflé. Indifférent à ce séisme boursier, je ressentais les effets d'un bouleversement d'une nature beaucoup plus intime : Vincent était presque un adolescent, et, exception faite de ses premières années, c'est à peine si j'avais vu grandir mon fils. Tous les regrets de la terre n'y pouvaient rien changer.

Vincent avait encore la douceur des traits de l'enfance, mais possédait déjà l'assurance et la détermination qui caractérisaient sa mère. Sans doute devait-il compter un David Rochas parmi ses amis, un gosse suffisamment déluré pour lui apprendre, bien mieux que je ne l'aurais jamais fait, les arcanes, somme toute assez frustes, de la masculinité.

Depuis que j'étais revenu, j'avais remarqué que ma fille Marie se montrait assez distante. Elle me parlait peu. Et lorsque je lisais, il lui arrivait parfois de me rejoindre, de s'asseoir sur un fauteuil voisin et de me dévisager sans rien dire. Ce regard insistant, scrutateur, dans lequel je devinais une sourde réprobation, me mettait à ce point mal à l'aise qu'il m'arrivait de quitter la pièce.

Dans mon laboratoire, j'avais commencé le développement des pellicules et le tirage des premiers clichés en noir et blanc. Leur définition était à ce point précise que la texture des troncs semblait apparaître en relief. Passant mes journées enfermé auprès de mes arbres, je ne parlais jamais et ne voyais personne. J'avais l'impression qu'en permanence une vitre me séparait de mes proches. Lorsque je tentai d'en venir à des relations plus confiantes avec Anna en lui montrant certains de mes clichés, elle les parcourut distraitement et me dit : « Tu as de la chance de gagner ta vie aussi facilement. » Il y avait dans sa voix un petit filet d'amertume qui sous-entendait que, pour elle, le succès passait par une remise en cause permanente, et la survie, par un combat de chaque instant. Elle me laissait entrevoir que la jungle des marchés était autrement périlleuse que les safaris photographiques végétaux. Les prédateurs guettaient le moindre relâchement de son attention pour fondre sur elle et s'emparer de sa production. J'acquiesçai avec un sourire affectueux en me demandant quel industriel de mauvais goût pouvait à ce point convoiter des jacuzzis informes aux couleurs innommables.

– Je suis fatiguée, tu sais. Lasse de tout ça.

C'était la première fois en dix ans de vie commune que j'entendais Anna avouer une chose pareille. Dans

« tout ça » elle englobait l'affaire familiale à laquelle elle avait consacré son temps, l'essentiel de sa jeunesse et de son énergie, qu'elle avait modernisée, qui faisait maintenant vivre près d'une centaine d'employés, et dont l'unique et décevante mission consistait à vendre de petits bassins clapotants à des gens qui avaient déjà l'eau courante.

– Tout va mal. Je vais être obligée de licencier.

L'épuisement et l'ombre de la capitulation voilaient le regard d'Anna. Sa voix, couvrant jusque-là toutes les gammes de l'autorité, semblait, cette fois, flûtée, mal assurée, cherchant son registre.

– C'est vraiment la crise. Et on est les premiers touchés.

– Comment ça ?

– Les Bourses se sont effondrées et un tas de types ont perdu des sommes colossales. Ces gens-là, c'étaient nos clients potentiels, ceux qui faisaient tourner les industries du luxe et du loisir. Nous, on est à cheval sur ces deux catégories. Conséquence : depuis le krach, les commandes ont chuté de soixante-cinq pour cent.

– Tu vas licencier combien de personnes ?

– Le tiers des employés, pour commencer. Un peu dans tous les secteurs.

– Si cela peut t'aider, prends l'argent dont tu as besoin sur mes droits d'auteur.

– C'est gentil, mais ça ne servirait à rien. Peut-être à repousser l'échéance, mais le problème se reposerait dans deux ou trois mois. Il ne s'agit pas de passer un cap difficile. Cette crise on y est en plein et il va falloir vivre avec pendant un sacré bout de temps.

– Tu as parlé de tout ça à ton père ? Il pourrait peut-être t'aider.

– Mon père, m'aider ? Depuis qu'il a quitté Atoll, crois-le ou pas, il n'y a jamais remis les pieds. Il passe son temps à emmerder le monde dans son journal et à espionner ma mère.

– Espionner ta mère ?

– Il est persuadé qu'elle a un ami, qu'elle voit quelqu'un. Il devient impossible.

– Tu devrais quand même discuter avec lui avant de licencier. Il a peut-être une solution.

– Mais bon sang, il n'y a *aucune* solution, tu comprends ça ? Ce n'est pas un problème de concurrence, de modernisation ou de productivité. Il n'y a plus de commandes, plus d'acheteurs, un point c'est tout. En période de crise, les gens ont d'autres soucis que les jacuzzis. Je suis fatiguée de me battre toute seule. En plus des inquiétudes des banquiers, il va maintenant falloir que je calme celles des syndicats et que je reçoive tous ces gens pour leur dire que je ne peux plus les payer. C'est la première fois de ma vie que je vais faire ça.

Anna se pelotonna sur le canapé et posa sa joue contre ma cuisse. Elle fermait les yeux comme une petite fille endormie. C'est à peine si l'on percevait le souffle de sa respiration. Je songeais au désarroi et à la déconfiture de tous les Adam Smith de la terre, à l'absurdité et aux inconséquences de l'économie. Tandis que je caressais doucement les cheveux d'Anna je vis une larme glisser sur sa joue et rouler lentement jusqu'au pli de ses lèvres.

Les tribulations de la modernité s'arrêtaient aux portes de mon laboratoire. Là, je travaillais à l'ancienne, avec des matériaux éternels, des sels d'argent, de l'hyposulfite, du papier à insoler, et surtout de la patience, de l'attention, de la méticulosité, de la propreté et ce silence qui finissait par matelasser chaque pouce de la pièce. Spiridon me harcelait pour que je lui envoie mes clichés noir et blanc au plus vite. Les distributeurs, les libraires attendaient la parution de l'ouvrage. Tous, apparemment, misaient gros sur *Arbres du monde*. Malgré cela, je prenais mon temps, traitant chaque cliché avec un soin maniaque. Ayant opté pour des tonalités très contrastées, je procédais sans cesse à des mesures de lumière grâce à l'analyseur Exaphot. J'utilisais aussi mes mains comme caches mobiles pour insoler plus longuement un beau ciel nuageux ou les parties d'un tronc mal éclairé.

Tandis qu'avec la lenteur d'un taxidermiste, j'extrayais, un à un, mes arbres de la nuit, je reçus par deux fois la visite de Laure Milo. La première se produisit une dizaine de jours après mon retour. Elle avait tourné court quand Laure avait découvert ma maigreur, mon visage ravagé, mes cernes bistre et ce teint peu engageant que donnent généralement les foies malades. Je me rappelle que toute forme de désir avait alors fui son regard pour laisser place à l'apitoiement démonstratif généralement de mise au chevet des infirmes. Notre seconde rencontre avait eu lieu deux ou trois semaines plus tard. J'avais récupéré toutes mes forces et mon visage avait retrouvé figure humaine. Laure s'était faufilée dans le laboratoire comme si elle était traquée par une nuée d'espions. Sous la lumière au sodium, sa peau me sembla extrêmement bronzée. J'avais du mal à discerner l'exacte teinte de son chemisier, mais je reconnaissais, en revanche, la légère jupe d'été que j'avais quelquefois relevée. Laure ne tenait pas en place. Elle passait d'une jambe sur l'autre, regardait quelques photos, toussotait, rejetait ses cheveux en arrière, croisait les bras, les décroisait, se raclait à nouveau la gorge, me regardait procéder à un tirage, puis repartait dans un autre coin tripoter je ne sais quelle pince ou ustensile.

– Est-ce que tu peux m'écouter ?

– Je ne fais que ça.

– Arrête. Je voudrais qu'on ait une conversation sérieuse. J'ai un gros problème.

– Je t'écoute.

– J'ai rencontré quelqu'un. Il y a un peu plus d'un an. Ça a commencé six ou huit mois avant que tu partes. Il est à peine un peu plus âgé que moi, il est formidable. Tu es choqué ?

– Pas du tout. J'essaye simplement de comprendre où est le problème.

– Le problème c'est qu'on s'aime, qu'il est marié et que je suis enceinte.

– De lui ?

– Oui.

– Tu en es sûre ?

– Certaine. François était en Allemagne à cette époque-là. De toute façon, avec lui, c'est tous les trois mois. Je peux t'assurer que je n'ai aucun doute sur le père.

– Qu'est-ce que tu vas faire ?

– Justement, je n'en sais rien. J'aurais aimé partir vivre avec Simon et garder l'enfant, mais c'est impossible, ça pose beaucoup, beaucoup trop de problèmes. Simon, mon ami, est… comment dire… rabbin.

J'éclatai d'un formidable rire païen, aussi irrépressible qu'irrespectueux envers la situation de Laure.

– Je savais que tu réagirais comme ça. Tu es la dernière personne à laquelle j'aurais dû parler de cette affaire.

– Excuse-moi, c'est si inattendu, toi avec un rabbin et toute cette histoire…

– Je suis totalement perdue, Paul. Certains soirs je

suis à deux doigts de tout dire à François, ne serait-ce que pour le faire redescendre sur terre, pour qu'il oublie deux minutes ses putains d'avions de merde !

– Qu'est-ce qui t'empêche de vivre avec ton ami ?

– Simon ? Tu es fou. D'abord je ne suis pas juive. Et puis tu imagines, lui, le garant moral de sa communauté, lui qui célèbre les mariages, plaquer femme et enfants du jour au lendemain pour aller vivre avec une goy qu'il a mise enceinte ? Jure-moi que tu ne parleras jamais de ça à personne.

– Évidemment. Et François ?

– Il vit sur une autre planète. Si ce soir je lui annonce que je suis enceinte, il sourira comme un imbécile, me dira que c'est formidable et se remettra aussitôt au travail sur son ordinateur. Je me fous de François.

– Et ton ami le rabbin ?

– Lui ? Il se met en rage quand je lui dis que je veux garder l'enfant. Il n'a qu'une peur c'est que cette histoire s'ébruite.

– Si je comprends bien, il est plus rabbin qu'amoureux.

– Ça m'est égal. Je ne peux pas me passer de lui, tu comprends ? Il me rend folle, je n'ai jamais connu ça.

– Connu quoi ?

– Je ne vais pas te faire un dessin.

Ensuite Laure me fit le genre de confidences qu'un homme a rarement l'occasion d'entendre durant son existence.

– Tu vois, Paul, je crois que deux hommes m'auront marquée dans ma vie. Toi, parce que d'une certaine façon tu as été le plus gentil, et Simon, parce qu'il a été le seul à me faire jouir.

Je venais d'avoir trente-huit ans. Je vivais au milieu des arbres. Mes enfants se défiaient de moi. Ma belle-mère avait un amant. Ma mère votait pour un social-traître. Ma femme préparait des «plans sociaux». Et Laure découvrait l'orgasme entre les bras d'un rabbin débauché mais prudent.

Le ridicule de la situation dans laquelle elle s'était fourrée m'empêchait de compatir sincèrement à ses problèmes sentimentaux, mais je lui rendais cependant grâce pour tout le mal qu'elle s'était donné en simulant, dans cette pièce et des années durant, d'extatiques jouissances.

François Milo était-il réellement un con flamboyant ?

Méritait-il pour autant d'élever le bébé d'un rabbin ?

Par quel miracle un pareil abruti parvenait-il à faire tenir des avions en l'air ?

Toutes ces questions et bien d'autres, je me les posais dans le silence de ma retraite nimbée de lumière au sodium. Pendant ce temps, François Mitterrand battait la campagne en quête d'un second mandat. Durant son premier septennat, il avait parlé 1 700 fois en public. En outre, son cabinet venait de révéler qu'il s'était déplacé 154 fois à l'étranger. Ses croisières politiques se décomposaient ainsi : 60 visites officielles dans 55 pays ; 70 voyages d'une journée ; 18 conseils européens et 6 sommets.

En lisant cela, je songeais que si l'on jugeait l'activité et le sérieux d'un candidat à la présidence de la République à l'aune de ses pérégrinations internationales, la publication de mon itinéraire à travers le globe ferait de moi un prétendant hautement recommandable.

FRANÇOIS MITTERRAND (II)

(8 mai 1988 – 17 mai 1995)

Le succès d'*Arbres du monde* dépassa de beaucoup les espérances les plus optimistes de Louis Spiridon. Dès la mi-décembre, les libraires et les grandes surfaces étaient en rupture de stock. Meilleure vente des fêtes de fin d'année, l'ouvrage était encore en tête des listes au début de l'été suivant. Le phénomène était tel que plusieurs hebdomadaires se penchèrent sur cet événement, mobilisant des sociologues et des analystes du comportement afin de comprendre l'engouement des consommateurs pour un simple catalogue d'arbres exotiques. Selon ces spécialistes, cet emballement était la manifestation visible d'une profonde prise en compte de l'écologie planétaire que la société tout entière était en train d'opérer.

Autrefois je me serais peut-être gendarmé contre cette marotte des sciences humaines qui consiste à filtrer l'insignifiante écume des jours pour en extraire une mousse appauvrie. Mais il y a bien longtemps qu'en moi le sociologue avait fait place à l'« homme-tronc » ainsi que m'avait baptisé un journaliste du cahier livres de *Libération*.

Il faut dire que la photogravure et la mise en page du livre étaient magnifiques. Spiridon avait publié, en annexe, les macrophotographies de toutes les écorces des arbres représentés. Ces images – quatre par page – ressemblaient à l'œuvre méticuleuse d'un calligraphe japonais ou bien aux peintures abstraites d'une école sauvage.

Spiridon n'en finissait pas de passer des accords avec des distributeurs et des éditeurs étrangers. Le livre cavalait dans le monde entier. Sydney, Bombay, Montréal, Lima, Moscou. Et derrière son petit bureau, pareil à un chef bienveillant, Spiridon dirigeait de main de maître les musiciens chargés d'interpréter ce concerto commercial. La partition le comblait tellement qu'il ne m'en avait pas voulu le moins du monde quand je lui avais annoncé que je ne participerais pas à la promotion du livre. Croulant déjà sous les commandes, il m'avait répondu d'un sourire entendu et d'un simple haussement d'épaules que l'on pouvait traduire par quelque chose comme : « Ce n'est pas grave, je crois que nous n'en aurons pas besoin. »

Au début du printemps, le collège de mes enfants me demanda si, malgré le refus de principe que leur avait transmis mon éditeur, j'accepterais exceptionnellement de donner, dans l'établissement, une conférence à une date qui me conviendrait. Après avoir questionné Vincent et Marie, qui soutinrent ce projet avec enthousiasme, je donnais mon accord. Rendez-vous fut pris pour l'après-midi du 9 mai 1988.

54,01 %. Tel était le score par lequel, la veille, Mitterrand avait battu Chirac au second tour de la présidentielle. J'avais suivi une partie de la soirée électorale en compagnie de ma mère. Elle accueillit les résultats avec une juvénile exubérance. Je la revois encore serrer ses petits poings et marteler de joie les accoudoirs de son fauteuil. François était élu. Car maintenant, elle l'appelait François.

Elle ne comprenait pas mes réticences à l'égard de l'homme qui avait redonné une stature, une existence et même un projet à toute la gauche. À mes côtés, elle se sentait pousser une âme de missionnaire, utilisant toutes les gammes de la propagande. Outre l'abattage politique de Mitterrand, ma mère, en experte, admirait la façon dont il traitait la langue. « Il s'exprime toujours avec le mot approprié, la tournure exacte. Il conjugue à merveille et respecte la concordance des temps. Il est en fait le seul à parler correctement le français, à l'inverse d'un Le Pen qui s'enivre d'un salmigondis où se mêlent quelques imparfaits du subjonctif, du latin de cuisine et des mots boursouflés comme "palinodies" ou "stipendier" qui n'épatent plus que ce pauvre diable. »

Au lendemain de l'élection, à l'heure dite, je me rendis au collège avec la même inquiétude qui m'avait accompagné tout au long de ma scolarité. La peur de ne pas être à la hauteur, la crainte d'être évalué, comparé, jugé. Le directeur me reçut comme si j'étais un hôte de marque, le membre éminent d'un ministère ou d'une quelconque académie. Il tint à me présenter l'essentiel du corps enseignant de l'établissement puis me conduisit jusqu'au forum, salle de réunion aux proportions généreuses où s'entassaient plusieurs centaines de personnes. Les enfants devant, les parents regroupés dans le fond.

Le proviseur me présenta comme un hybride de Jean Rouch et de Paul-Émile Victor, « un explorateur respectueux en quête des traces éternelles d'un immuable monde végétal ».

Tandis qu'il parlait de toutes ces choses qui ne me concernaient que de très loin, j'essayais de retrouver dans cette foule le visage de mes enfants. Même si nos rapports étaient, depuis longtemps, assez embrouillés, je savais qu'à cet instant précis leur cœur devait battre un peu plus fort que celui de leurs camarades.

Je les repérai d'un regard. Ils n'étaient pas seuls. Anna et ma belle-mère les encadraient, comme pour une photo de famille. La vue de ces deux femmes me déstabilisa au point que j'eus la tentation de quitter l'estrade. C'était sans doute ridicule mais leur présence inattendue dans cette salle m'apparaissait soudain comme une marque d'hostilité, un signe de défiance. Il me semblait qu'elles étaient venues là pour me porter la contradiction, m'humilier en public, me harponner de leurs regards impitoyables. Cette bouffée de paranoïa ne s'apaisa que lorsque le proviseur me donna la parole et que je commençai, d'une voix blanche, à m'enfoncer dans la narration touffue de mon safari végétal transcontinental. Je parlai de la musique des vents asiatiques dans les plis des écorces de pin, du crépitement des pluies américaines sur les feuilles grasses des catalpas, des milliers d'odeurs que dégageait la terre indienne, des marches sans but qui toujours finissaient par conduire quelque part, de cette errance intérieure qui, en revanche, ne menait à rien. Je parlai de la fragile beauté de cette planète dont les arbres étaient à la fois le cœur étranger et les poumons d'acier. Je parlai des après-midi passés à attendre la belle lumière en écoutant le bruissement permanent de la vie affairée à son œuvre, des mystères de ces longs voyages qui finissent par s'emparer de votre itinéraire et diriger vos pas. Je parlai du hasard, de la chance, du malheur qui vous frôle, du destin qui vous rate, des bonheurs d'altitude et des chiens écrasés. Je parlai de toutes ces petites choses sans importance, incohérentes ou ordinaires. Je parlai enfin du Brownie Flash de Vincent, de l'agrandisseur Leitz et des bains magiques de mon père, de cet instant miraculeux où une image naissait à partir de rien. Je ne dis rien, en revanche, des fesses resplendissantes de Laure Milo.

À la fin, lorsque ma bouche n'eut plus un seul mot à prononcer, enfants et parents se levèrent et m'applaudirent comme si je venais de remporter les élections. En apercevant, dans la salle, les membres de ma famille me saluer de la main, j'eus l'étrange impression de partir en voyage, de me tenir sur une sorte de quai d'embarquement.

En quittant le collège en même temps que les enfants, je me demandai si parmi tous ces adolescents bien élevés se cachait un David Rochas, qui, en rentrant chez lui, allait filer tout droit vers le réfrigérateur pour présenter ses hommages empressés au rôti familial.

À la maison, Marie et Vincent m'accueillirent avec une inhabituelle ferveur, m'annonçant fièrement que leurs copains m'avaient trouvé « vraiment sympa », ce qui semblait me situer tout en haut d'une échelle de valeur entre, disons, The Clash et Police. Anna était rentrée avec les enfants sans repasser par Atoll. Lorsque je lui demandais la raison de sa présence inattendue au collège, elle prit une profonde inspiration qui ressemblait à un soupir.

– J'ai envoyé plus de trente lettres de licenciement ce matin, alors franchement, je n'avais pas le courage de rester au bureau. J'ai appelé maman, et comme elle était libre, on a décidé de venir. Tu as été très bien.

– Trente licenciements ?

– Trente-six exactement.

– Bon sang, mais pourquoi ne m'as-tu rien dit ? Je ne dépense rien, je n'ai pas l'usage de tant d'argent. Et en plus les livres continuent à se vendre.

– C'est gentil, mais on a déjà eu cette conversation. Avec la crise, si je veux sauvegarder l'entreprise, je dois considérablement diminuer ma masse salariale.

– Tu as prévenu tous ces gens que tu les mettais dehors ?

– Bien sûr. Je les ai reçus un par un.

– Et comment ils ont pris ça ?

– Paul, je t'en prie.

Les yeux d'Anna s'embuaient lentement de larmes. Immobile face à elle, sidéré par la nouvelle qu'elle venait de m'annoncer je me demandais si ma femme se lamentait sur son sort, ou si elle témoignait une réelle compassion à l'égard des trente-six salariés qu'elle abandonnait sur le bord de la route. Si je me référais à sa philosophie d'entreprise et aux fondements de sa morale patronale, nous nous trouvions, selon toute vraisemblance, dans le premier cas de figure.

– Je pense que maman va quitter mon père. Elle m'a dit qu'elle ne le supporte plus... murmura Anna, en retenant un sanglot. Je n'ai pas eu le courage de lui demander si elle avait quelqu'un... Pourquoi faut-il que tout cela arrive en même temps ?

Le lendemain, je me rendis à *Sports illustrés*. Dans son bureau, face à la baie vitrée, mains derrière le dos, Jean Villandreux regardait passer la vie, en bas, dans la rue. On le sentait déçu par le journal. Lorsqu'il avait quitté ses piscines pour venir s'y installer, il espérait vivre chaque jour le genre de petits frissons qu'il éprouvait lorsqu'il passait dans la rédaction, une ou deux fois par semaine, pour signer des documents ou assister à des réunions. Le journal lui paraissait être alors un endroit stimulant, une ruche en perpétuelle effervescence. Depuis, il avait découvert combien le quotidien d'un hebdomadaire sportif pouvait être rasoir. La rédaction ne s'animait vraiment que pendant les week-ends. Or Villandreux, psychologiquement formaté aux rythmes de l'industrie, avait du mal à s'adapter aux cycles particuliers de la presse et ne venait jamais au bureau le samedi et le dimanche, pas même en ces fins de semaine de printemps durant lesquelles se concentraient les phases finales de la plupart des compétitions et leurs épilogues toujours dramatiques.

– Paul, comment ça va ?

– Je viens vous voir au sujet d'Anna. Elle vous a parlé de ses problèmes ?

– Vous voulez dire des licenciements à Atoll ? Je suis au courant, bien sûr.

– Je me demandais si vous ne pourriez pas essayer d'arranger ça, de voir, avec votre expérience, s'il n'y avait pas une autre solution.

– Dites-vous bien que si Anna licencie c'est qu'elle ne peut pas faire autrement. Elle vit ça très mal, vous savez. J'ai appelé le comptable, il m'a donné les chiffres. Ils sont catastrophiques. Depuis des mois la chute des commandes est vertigineuse.

– Vous ne voulez pas essayer d'étudier la situation de plus près ?

– Sincèrement ? Non. Je vais vous dire la vérité, Paul. Je me fous complètement des problèmes d'Atoll. Cette entreprise m'est devenue totalement étrangère. Je voudrais vous dire que je me sens coupable vis-à-vis des trente et quelques personnes qui vont se retrouver au chômage, mais ce n'est même pas le cas. Des types font les cons à la Bourse de New York et nous, le lendemain, à Toulouse, on ne peut plus vendre de jacuzzis. Je ne comprends plus rien à ce monde de merde. Anna vous a parlé de sa mère ?

– De sa mère ?

– Oui, de sa mère, de ma femme, quoi.

– Non, à quel propos ?

– Martine déconne. Elle déconne à pleins tubes. Vous

voyez ce que je veux dire. Tant que j'y pense, Lagache m'a dit que ça lui ferait plaisir d'avoir un de vos bouquins dédicacé, vous pourriez faire ça ?

Jean Villandreux n'en dit pas davantage sur ses soucis domestiques. Mais il était évident que chaque parcelle de ce bureau reflétait l'inquiétude d'un homme confronté à la solitude au seuil de la vieillesse.

Pendant ce temps, Mitterrand, dressé, dans sa jeunesse, chez les pères maristes, avait confié les clés du pays à Michel Rocard, son meilleur ennemi, nourri, lui, à la mamelle des éclaireurs protestants chez lesquels il servait sous le surnom de Hamster érudit. Ainsi curetonnée jusqu'à la moelle, la France était entre de bonnes mains.

Comme elle en avait manifesté le désir, Laure Milo garda finalement l'enfant qu'elle portait, en attribua tous les mérites à son mari et continua d'entretenir avec le rabbin priapique des relations épisodiques. Lorsque je réfléchissais aux contorsions affectives et sexuelles que nous nous imposions, j'enviais l'impassibilité des séquoias géants ignorants des pénibles tourments de la tentation et oscillant doucement dans la brise et les brumes du Pacifique.

Depuis mon retour de voyage, le temps me donnait l'impression de passer au ralenti. Les jours n'en finissaient pas, tous se ressemblaient. Tandis qu'Anna se débattait dans son entreprise, rapportant des dossiers chaque soir et travaillant pendant les week-ends, je menais, pour ma part, une existence de garde- barrière maintenu en poste sur une voie désaffectée. J'entretenais le jardin, coupais des arbustes, taillais des branches mortes, passais la tondeuse à gazon. Je cuisinais aussi. Des plats compliqués, parfois exotiques, mais toujours rapidement ingurgités par Anna et les enfants qui n'accordaient que très peu de temps et d'intérêt aux nourritures terrestres. De temps en temps il m'arrivait de penser avec nostalgie aux fesses remuantes de Laure. Ou à l'imposante carrure de Marie. Je l'avais appelée un après-midi au cabinet de Hoover. Elle travaillait toujours avec lui mais vivait encore dans son appartement personnel. Je lui avais dit que cela me ferait plaisir de la revoir, mais elle avait très gentiment décliné mon offre, m'expliquant qu'elle n'avait plus envie de compliquer sa vie avec des relations « non essentielles ». Cette expression, nouvelle pour moi, m'avait surpris. À partir de quel moment et selon quels critères une relation était-elle classifiée « non essentielle » et sur quelles bases pouvait-on, à l'inverse, décréter que telle autre était primordiale ? Je pouvais passer des heures à me ronger l'esprit avec de pareilles considérations. Et cela d'autant plus que, selon les informations que me rapportait Spiridon toutes les semaines, mes « arbres » n'en finissaient pas de germer aux quatre coins du monde.

Au printemps 1989, grâce à de nouveaux produits, meilleur marché, fabriqués en Asie du Sud-Est, les carnets de commandes de jacuzzis recommencèrent à bouillonner. Pour autant, Anna n'embaucha pas un salarié supplémentaire au prétexte que les charges étaient trop lourdes et l'état de santé de l'entreprise encore bien fragile. Ma femme avait récupéré son autorité. À la voir agir, l'on pouvait penser qu'il ne s'était rien passé, que la crise était un artefact du marché et que, quelques mois plus tôt, elle n'avait pas mis à la porte le tiers de ses effectifs. J'avais même la certitude que cette mauvaise passe l'avait confortée dans ses convictions, et que le regain actuel lui apportait la preuve qu'elle avait fait le bon choix. C'était cela, répétait-elle, un chef d'entreprise responsable : quelqu'un qui, au bon moment, avait le courage de couper un membre pour préserver l'intégrité du reste du corps. Je n'étais pas certain que ceux dont elle s'était ainsi débarrassée admiraient à ce point son art de manier la serpe.

Entre Martine et Jean Villandreux, les choses avaient aussi bougé. Lassée de son ami – à moins que ce ne fût le contraire –, ma belle-mère s'était finalement rapprochée de son mari, lequel entreprit un régime et se soumit quotidiennement à des exercices de musculation. En outre, grâce au pouvoir couvrant de solides teintures discrètes et progressives, un biocosméticien capilliculteur redonnait régulièrement ses couleurs d'antan à sa vieille toison patinée par le temps. Une fois par mois, Jean Villandreux invitait sa femme en week-end dans une grande ville d'Europe. Venise, Londres, Genève, Madrid, Florence, Stockholm, Vienne, Copenhague, Amsterdam.

Villandreux n'était plus le même homme. Il ressemblait à ces rescapés frôlés par le vent du boulet, appréciant désormais chaque seconde de leur vie comme si c'était la dernière.

Insensiblement, les choses s'arrangeaient. Sauf pour moi et Salman Rushdie. Nous vivions tous les deux reclus. Moi, dans ma prison mentale, cerné par l'ennui et la dépression, lui, plus prosaïquement, dans un appartement mitoyen d'une fatwa. Aussi surprenant que cela puisse paraître, il m'est souvent arrivé, à cette époque, d'envier sa situation de fugitif, de rêver de clandestinité, de fausse barbe, de gardes du corps, de rumeurs, de P38, de déménagements soudains, de filles superbes dans les couloirs, d'articles de presse avantageux louant mon art et mon courage, de menaces, de fuite en voiture aux vitres teintées, bref de cette existence absurdement virile mâtinée d'une odeur de sueur et d'adrénaline. Il y avait quand même un problème dans cette affaire : le visage de Salman Rushdie. Impossible, pour lui, dans l'histoire, de tenir le rôle du gentil. Rushdie avait tous les traits du reître, les caractéristiques du sournois malfaisant. Avec ses yeux de fakir, toujours mi-clos et vaguement menaçants, sa mâchoire légèrement prognathe, son front et ses sourcils semblant, en permanence, ourdir et camoufler le plus noir des projets, Rushdie était l'Indien félon des *Cigares du pharaon*.

L'oisiveté et la solitude finissaient par me faire débloquer. Je pouvais m'accrocher à n'importe quelle histoire dont, au fond, je me contrefichais – Rushdie, par exemple – et la mâchonner ainsi pendant des jours, la combinant à l'infini comme un Rubik's cube monochrome.

Je crois bien que j'étais au plus profond de ces marottes débilitantes quand, peu avant Noël, le téléphone me tira de l'une de ces siestes non désirées qui accompagnent généralement les lents naufrages neurasthéniques. C'était Michel Campion. Il y avait quelque chose de désagréablement catholique, une sorte de vitalité surjouée, dans les formules agaçantes qu'il affectionnait.

– Salut ami, comment va la vie ?

– Normal.

– Je te réveille ? Tu as la voix d'un type qui sort du sommeil.

– Tu plaisantes…

– Voilà, je t'appelle pour te proposer de partir en mission avec moi.

– En mission de quoi ?

– Pour Médecins du monde, en Roumanie.

Les premiers coups de feu de la révolution avait été tirés deux ou trois jours auparavant et l'organisation humanitaire envoyait des caisses de médicaments et une équipe de médecins pour apprécier les besoins réels de l'hôpital de Timisoara. Michel travaillait depuis longtemps pour cette ONG et avait déjà participé à plusieurs opérations humanitaires lors, notamment, de tremblements de terre en Turquie, en Arménie et dans d'autres pays d'Europe centrale.

– Qu'est-ce que j'irai faire dans une mission comme ça, moi ?

– Rien, tu m'accompagnes, c'est tout. Et tu fais des photos si on en a besoin.

– Des photos de quoi ?

– Mais je n'en sais rien. Des photos, quoi. On décolle de Blagnac vers dix-huit heures dans un avion spécial. On sera quatre, deux médecins, une infirmière et toi, si tu viens.

Le ciel, la lune et tous les astéroïdes vagabonds venaient de me tomber sur la tête. Je barbotais dans la bienveillante vase d'une dépression de luxe et voilà que, l'instant d'après, un médecin familier m'expédiait en première ligne d'un conflit que lui-même pensait voué à finir dans le sang.

– Je ne comprends pas pourquoi tu me proposes un truc pareil.

– Je pensais que c'était une expérience qui pouvait t'intéresser. Tu ne te rappelles pas, tu m'avais dit, une fois, que tu aimerais bien voir à quoi ressemblait une mission ?

Je ne me souvenais absolument pas d'avoir dit, ni même pensé une pareille absurdité. Mon métier consistait à parcourir le monde du pas du promeneur en photographiant des micocouliers à la lumière du couchant, pas à courir sous les balles de Transylvaniens excités et autres Valachiens hystériques. Alors que tout ce qu'il y avait de sensé et de raisonnable en moi récusait en bloc l'offre de Michel, j'entendis ma bouche répondre que oui, c'était d'accord, je serais, avec mon passeport, à l'heure dite, à l'aéroport.

Le vieux Boeing avait été débarrassé de la plupart de ses sièges et rempli de plusieurs tonnes de pansements de guerre et de médicaments de première urgence. À l'arrière de l'appareil voyageaient une dizaine de passagers à l'allure peu engageante et que l'on eût dit coulés dans le même moule. Carrure de dockers, stature de commandos de marine, coupes de cheveux militaires.

L'avion atterrit en Hongrie, à l'aéroport de Budapest, où deux camions aux couleurs de Médecins du monde attendaient sur le tarmac. Les dix samouraïs participèrent activement au déchargement du fret médical avant de disparaître comme par enchantement.

Nous devions conduire les deux véhicules jusqu'à Szeged, ville située à la frontière de la Roumanie, avant de descendre vers les plaines glacées de Timisoara. Je pilotais l'un de ces véhicules en compagnie de Michel, l'autre fourgon étant, lui, confié à Dominique Pérez, le second médecin, assisté de Françoise Duras, l'infirmière du groupe. À la douane de Szeged, avec des manières fort peu diplomatiques, des officiels hongrois nous conseillèrent de renoncer à notre voyage et de rebrousser chemin. La Roumanie était, selon eux, à feu et à sang, livrée à la colère des émeutiers et à la sauvage répression de la Securitate de Ceausescu.

Aussitôt que nous eûmes franchi la ligne de démarcation et avant de nous délivrer une douteuse « autorisation de circuler » dans leur pays – le document était rédigé à la main –, les militaires roumains encore fidèles au dictateur inspectèrent chaque camion et nous imposèrent l'achat de visas totalement fantaisistes, payables en dollars, et dont le montant devait correspondre à trois ou quatre fois leur solde mensuelle.

L'aube avait des airs de crépuscule. La neige recouvrait les champs et les bords de la route. Nous étions sans cesse arrêtés à des barrages tenus par des hommes en armes, vêtus d'uniformes dépareillés où le survêtement Adidas élimé se combinait avec la vareuse de chasseur crottée. La plupart de ces miliciens avaient des têtes de voleurs de chiens. Ils étaient antipathiques à faire peur. On les sentait méfiants et porteurs d'une dangerosité bien réelle. Traumatisé par les mises en garde des Hongrois, Michel Campion s'était replié sur le siège passager. Chaque fois que nous étions contrôlés, il levait une main, brandissait un stéthoscope dans l'autre, et criait à qui voulait l'entendre : « French doctors ! French doctors ! » Fouillés, palpés, quasiment reniflés à tout bout de champ par ces louches soldats dont on ne savait quelle cause ils défendaient, il nous fallut une bonne partie de la journée pour rallier l'hôpital de Timisoara.

L'établissement évoquait une caserne abandonnée. Quelques vitres du rez-de-chaussée étaient cassées, des portes sans serrure laissaient un peu partout entrer le froid, des chariots de malades renversés traînaient dans la cour, mais ce désordre semblait être davantage la conséquence d'un laisser-aller général que l'œuvre d'un saccage récent. Quelques infirmiers désœuvrés se réchauffaient et fumaient autour d'un poêle à bois.

« French doctors ! » répétait toujours et encore Michel en agitant son stéthoscope. Avant de pénétrer dans la ville, il nous avait fait stopper sur le bord de la route pour fixer au dos de nos anoraks les énormes badges de l'ONG. C'étaient des cercles bleus d'une quarantaine de centimètres de diamètre. En apposant l'un d'entre eux sur mon vêtement en Goretex, j'imaginais combien, pour un tireur isolé, cette cible circulaire et terriblement voyante pouvait être tentante.

Un jeune médecin de l'hôpital sortit de son bureau, l'air méfiant, et vint à notre rencontre.

– French doctors, French doctors !

– Roman Podilescu. Je comprends très bien le français, j'ai fait mes études de médecine à Montpellier. Vous êtes qui ?

Lorsque Michel déclina son identité et le but de sa mission, Podilescu sembla tomber des nues, mais nous suivit poliment jusqu'aux camions. Avec les gestes d'un prestidigitateur s'apprêtant à faire sortir des colombes de son chapeau, Michel Campion ouvrit les portes des fourgons. Il eut alors ce ridicule petit mouvement de main qu'affectionnent les assistantes de magicien. Podilescu demeura planté devant ces cartons de pansements, de bandes Velpeau, de désinfectants et de Dieu sait quels autres condiments dont on assaisonne généralement les combattants.

– C'est très gentil à vous, nous sommes très sensibles à la solidarité de votre pays, mais nous n'avons pas besoin de tout ça.

– Mais bien sûr que si, pour les soins d'urgence de vos blessés…

– Nous n'avons pas de blessés.

Michel reçut cette réponse comme une gifle. Il demeurait sans voix et de sa bouche entrouverte s'échappait seulement le souffle embué de sa respiration.

– Les Suisses et les Allemands sont passés avant

vous ce matin. Eux avaient apporté un bloc opératoire et une unité mobile de réanimation. Je leur ai dit la même chose qu'à vous : merci, mais nous n'avons pas de victimes. Et même pas de cadavres. Les quelques corps que nous conservions à la morgue ont été emportés par des soldats qui les ont enterrés dans un faubourg de la ville pour faire croire à l'existence d'un charnier.

Michel Campion regarda Dominique Pérez qui offrit du feu à Françoise Duras, laquelle souffla un véritable nuage de fumée qui s'éleva droit dans le ciel comme une prière gonflée à l'hélium.

« Il faut quand même que je vous donne tout ça... » dit Michel d'une voix presque implorante. Podilescu rameuta le gang des infirmiers qui retroussa ses manches et s'attaqua au chargement comme s'il s'agissait d'un véritable trésor de guerre.

– J'imagine que mon travail d'évaluation de vos besoins n'a plus de sens...

– S'il s'agit d'une aide directement liée aux désordres de la révolution, non. En revanche si votre organisation veut s'investir ici sur le long terme, nous apporter son soutien dans notre travail de tous les jours, alors, oui, nos besoins sont immenses. Nous manquons de beaucoup de choses, d'appareillages, de matériels de radiologie, d'instruments opératoires... C'est ce que j'ai expliqué ce matin aux Allemands.

Michel vivait comme une humiliation supplémentaire le fait que les Germains l'aient devancé sur la terre sacrée de l'urgence. Cette mission était pour lui un fiasco total.

– Mais alors tout ce que l'on dit à la télévision sur les morts, tout ça...

Podilescu eut un sourire évasif.

– À Bucarest, peut-être... Ici, on entend des coups

de feu, surtout la nuit. Depuis hier, la rumeur court que nous allons être attaqués par les agents de la Securitate qui viendraient achever les blessés, mais nous n'avons pratiquement pas de blessés... Alors je ne sais pas... Beaucoup de ces nouvelles sont données par des agences de presse yougoslaves, et les Yougoslaves, vous savez...

Je n'avais jamais vu de ma vie un bâtiment aussi sinistre et angoissant. Les vieux globes de verre dépoli qui éclairaient les couloirs répandaient une lueur sale qui donnait l'impression de dégouliner le long des murs tapissés par le graillon du temps. Pendant que Michel et ses amis se faisaient expliquer la situation en ville, je visitais les étages. On entendait au loin le bruit de fusillades sporadiques.

Le directeur de l'hôpital, nommé sous l'ère Ceausescu, avait fui son poste, et sans doute Timisoara, pour échapper aux règlements de comptes qui n'allaient pas manquer de secouer toutes les administrations. Son bureau réunissait les accessoires et le mobilier caractéristiques des apparatchiks de province. Les murs portaient encore la marque des portraits du conducator prudemment décrochés après les premières émeutes et empilés sur le dessus de la bibliothèque. Derrière les portes latérales de ce meuble imposant, pas le moindre livre, mais une centaine de bouteilles de grands vins de Bordeaux classés par crus et par châteaux. S'entassaient également des conserves de salmis de palombe, de civet, de magret et de foie gras.

Le bureau, en vulgaire bois administratif, affichait des proportions dictatoriales. Assis derrière un pareil meuble, on devait légitimement se sentir à l'abri de bien des choses, hors d'atteinte. Trois vieux téléphones, une lampe coiffée d'un abat-jour d'aluminium, un coupe-papier avec un manche gainé de cuir, et rien d'autre, pas le moindre dossier, pas la plus petite note.

À peine m'étais-je assis sur le trône de ce petit royaume, que deux hommes armés et porteurs de brassards indéfinissables, pénétrèrent sans frapper dans la pièce. En me découvrant, vautré dans le fauteuil du maître, ils sursautèrent littéralement de peur. Ils demeurèrent un instant figés dans leur ridicule posture, puis se ressaisirent, m'adressèrent un salut conventionnel agrémenté de ce qui me sembla être un cri de guerre et se volatilisèrent dans le couloir où le bruit de leur course résonna longtemps.

Au rez-de-chaussée, Podilescu multipliait les assauts de courtoisie pour honorer ses hôtes.

– Vous pouvez dormir à l'hôpital. Ici vous ne serez pas pris pour cibles par des snipers. Nous avons des lits vides.

J'étais prêt à traverser un champ de mines sous un feu nourri plutôt que de passer une heure supplémentaire dans ce centre de soins qui transpirait l'angoisse. Une demi-heure plus tard, escortés par une voiture blindée de l'armée, nous quittions l'hôpital au volant de nos camions. Pendant le trajet qui nous mena à notre hôtel, l'automitrailleuse arrosa de rafales des façades d'immeubles ou de maisons. Pourtant, à aucun moment, personne ne nous avait tiré dessus.

La nuit et un froid de glace étaient tombés sur Timisoara. Les salons de l'hôtel Continental grouillaient de reporters arrivés le jour même de toute l'Europe tandis que, dans le hall, kalachnikov au poing, des militaires en uniforme protégeaient l'établissement d'un éventuel assaut de la Securitate. Je partageais la chambre 501 avec Michel, tandis que Pérez et son infirmière logeaient à la 502. Nous n'avions ni chauffage, ni eau chaude et le restaurant, dont les cuisines étaient privées de gaz, ne servait plus que des repas froids improvisés.

À toutes les tables, les journalistes ne parlaient que de ce charnier que l'on venait de découvrir, de la terre fraîchement retournée, de tous ces corps alignés filmés par les cameramen des télévisions. Le soir même, le monde entier avait dîné en compagnie des images de ce massacre attribué aux brigades de Ceausescu.

Si j'avais pu dire à ces reporters ce que le médecin de l'hôpital venait de nous raconter à propos du vol de cadavres à la morgue, de la mise en scène qui avait suivi, et des allégations fantaisistes des Yougoslaves, aucun ne m'aurait cru, pas un n'aurait accepté de retoucher l'impeccable dramaturgie d'une révolution, écrite, on l'apprendra plus tard, par les scénaristes de la CIA.

Le repas était froid à l'inverse des regards qu'échangeaient le Dr Pérez et l'infirmière Duras. Lorsque, vers dix heures du soir, un insurgé se précipita dans l'hôtel en criant « Securitate ! Securitate ! », les militaires de garde firent éteindre toutes les lumières et commencèrent à mitrailler la rue. Les dîneurs de toutes nationalités s'accroupirent au sol avec plus ou moins de grâce dès les premières rafales. Pérez et Duras, insensibles au désordre ambiant, sourds au fracas valachien, s'embrassaient dans le noir.

Sans chauffage, la chambre était glaciale. Roulés tout habillés dans les couvertures et le dessus-de-lit, Michel et moi essayions de trouver le sommeil, malgré les coups de feu qui résonnaient dans la ville.

– Podilescu m'a dit que ce sont les insurgés qui, la nuit, tirent contre les façades pour faire croire que c'est la Securitate, et attiser contre elle la haine de la population.

Michel parlait dans le noir. Sa voix était monotone, teintée de fatigue et de découragement. Il était un chef de mission qui n'avait plus de mission. Un médecin du monde dont le monde n'avait pas besoin. À peine avait-il terminé sa phrase que, de l'autre côté de la cloison, commencèrent à nous parvenir des bruits qui ne laissaient aucun doute sur la nature des ébats qui s'y déroulaient. Pérez baisait Duras, à moins que ce ne fût l'inverse. Ils s'enfilaient sur le mode dodécaphonique, bien connu pour utiliser une série de douze sons. Outre cette petite musique sérielle, ils nous infligeaient également les battements de la tête de lit qui cognait en rythme contre la cloison. À chaque coup de reins, Pérez émettait des grognements de lanceur de mélèze tandis que Duras montait une courte gamme d'aigus. Le finale du premier mouvement dépassa en intensité tout ce que j'avais jamais entendu dans ce domaine. Leurs râles étaient empreints d'une jubilatoire sauvagerie animale qui, dans cet environnement glacé et hostile, ramenait chacun de nous à ses origines.

– Après notre bide à l'hôpital et, maintenant, cette drôle de soirée, je me demande ce que tu vas penser de nos missions… Un truc pareil ne m'est jamais arrivé…

Une série de coups de feu tirés dans la rue ou, peut-être, du hall de l'hôtel fit taire les considérations du chef de mission qui, cette fois d'une voix presque enfantine murmura :

– Tu as fermé la porte de la chambre à clé ? On ne sait jamais.

Les coups de bélier retentirent à nouveau dans la pièce voisine. J'avais hâte que cette nuit finisse.

Le lendemain, en allumant la télévision, nous découvrîmes en direct, et en roumain, l'hallucinant procès de Nicolae et Elena Ceausescu. Il y avait quelque chose d'irréel à voir ce couple tyrannique et omnipotent menotté et rudoyé par de jeunes conscrits que la situation impressionnait sans doute bien plus qu'il n'y paraissait. Je ne comprenais évidemment rien de ce qui se disait mais il était clair que ces juges, que l'on ne voyait jamais, brandissaient des accusations insupportables aux Ceausescu qui les rejetaient avec une agressivité canine. Elle, avec son manteau et son foulard noué, et lui, avec sa toque et sa grosse montre en or, ressemblaient à un couple de petits commerçants venus, à la hâte, déposer plainte après une tentative d'agression. Ils faisaient preuve de cette exaspération mal contenue que manifestent les victimes de choix lorsque, à la clinique ou au commissariat, leur cas n'est pas traité en toute priorité.

Le lendemain, la télévision nationale diffusa les images tronquées de l'exécution du couple. En voyant le cadavre de Nicolae Ceausescu une seule question me vint à l'esprit : qu'était devenue sa montre ?

Débarrassés de toute préoccupation professionnelle, Pérez et Duras continuaient leur lune de miel. Michel semblait totalement consterné par cette idylle.

– Tu te rends compte, en plus il est marié…

– En plus de quoi ? Qu'est-ce que ça change ?

– Rien, je dois sans doute être vieux jeu.

– Et Duras ?

– Quoi, Duras ?

– Elle est mariée ?

– Je n'en sais rien, je ne la connais pas, c'est la première fois que je pars en mission avec elle. En revanche, Pérez, lui, semblait savoir avec qui il voyageait.

Je passai l'après-midi à me promener dans Timisoara. Une ville aussi attrayante qu'une remise à outils. Avec ses vieux trams, ses rails hors sol, son architecture tâtonnante, le centre faisait penser à un faubourg en construction. Cette impression d'inachevé était encore accentuée par les impacts de balles qui, désormais, tavelaient les façades. Les habitants faisaient leurs courses, opposant un mépris achevé aux escarmouches nocturnes qui se déroulaient dans les rues. En découvrant les membrures d'un vieux chêne à l'angle d'un jardin, je songeais que pas une seule fois, depuis mon arrivée dans ce pays, je n'avais utilisé le petit appareil Nikon que j'avais emporté. Le lendemain de cette promenade, sans comprendre vraiment ce que nous étions venus faire dans cette ville, nous repartîmes en camion vers Szeged d'abord, puis Budapest ensuite où la vue d'un McDonald's me fit songer qu'ici aussi une révolution était à l'œuvre, sans doute plus discrète mais autrement ravageuse.

Avant de quitter l'hôtel Continental de Timisoara, j'avais fait une chose étrange qu'encore aujourd'hui je ne m'explique pas vraiment. Laissant Michel régler nos notes à la réception, j'étais resté un moment dans la salle de bains de la chambre pour boucher les bondes d'évacuation de la baignoire et du lavabo. Ensuite, j'avais ouvert tous les robinets à fond et attendu que l'eau déborde. Sortant, pour la première fois, mon appareil photo, j'avais alors pris plusieurs images de ces cascades domestiques qui dévalaient des sanitaires, gorgeant, lentement, les moquettes d'eau glacée.

Je passais quelques jours à Budapest avant de retourner chez moi. Je photographiais, le long du Danube, quelques arbres esseulés. Il faisait très froid, les gens s'apprêtaient à fêter leur premier nouvel an après la chute du mur de Berlin survenue deux mois plus tôt. En regardant cette ville, j'essayais d'imaginer à quoi pouvait ressembler la vie ici au temps du pacte de Varsovie, et quelles sortes de réjouissances économiques les nouveaux croisés de l'Ouest allaient infliger à Pest.

Les parents d'Anna nous invitèrent à déjeuner le jour de l'an et me posèrent une quantité de questions sur mon périple roumain. Eux, d'habitude si distants des mouvements populaires, étaient cette fois totalement conquis par la scénographie de cette révolution. Ma belle-mère fut même abasourdie d'apprendre que, me trouvant au cœur de l'événement, je n'avais pas eu la présence d'esprit ni même l'envie de prendre une seule photo : « Parfois, Paul, je me demande dans quel monde vous vivez. Et vous n'avez rien rapporté de là-bas ? » Si. La clé de la chambre 501, un billet de *una suta lei* de la Banca Nationalä a Republicii Romänia et un autre de *szäz forint* émis par la Magyar Nemzeki Bank.

Loin de partager la déception de sa mère, Anna s'était, en revanche, délectée du récit de cette pitoyable expédition, conclue par les débordements inattendus et nocturnes du Dr Pérez. Ses exploits pelviens la réjouissaient, d'autant qu'elle connaissait, et surtout détestait sa femme de longue date.

Peu de temps après, Laure accoucha. J'étais évidemment le seul à connaître le nom du véritable géniteur de cet enfant. Cela me mettait parfois dans une situation peu enviable comme lorsque François, redescendu un court instant de sa constellation d'Airbus, me demandait, en berçant l'enfant dans ses bras : « Tu ne trouves pas qu'il me ressemble ? »

J'avais parfois du mal à comprendre le choix de Laure. Avoir un troisième enfant, à quarante ans, avec un rabbin marié, père de famille nombreuse, et en faire endosser la paternité à un époux absent, ne me paraissait pas être une option particulièrement rationnelle et judicieuse. Ayant cependant fait ce choix, elle n'avait désormais d'autre alternative que de se taire à jamais. Dans ces circonstances, je devenais le dépositaire d'un véritable secret, le complice d'une forfaiture d'entrejambe. Il ne restait plus qu'à espérer une chose : qu'il ne prenne jamais l'envie aux douaniers de la génétique de comparer le caryotype du fils avec celui de son prétendu père.

Laure, pour sa part, donnait l'impression de tout ignorer de la situation et jouait à la perfection le rôle de la mère comblée et de l'épouse tant aimée. Le déni était total, la mise en scène presque parfaite. Sauf lorsque nos regards se croisaient. Je pouvais alors lire dans ses yeux une supplique muette et une brève menace. Laure ne faisant jamais les choses à moitié, elle donna à son enfant le prénom du rabbin : Simon. Simon Milo.

D'après Laure, cette attention avait bouleversé le saint homme qui, pour autant, n'avait nullement manifesté l'intention de mettre un terme à sa double vie. Leur relation allait donc se poursuivre dans la coulisse. Ils allaient devoir jongler avec tous les accessoires de l'adultère au long cours : les enfants omniprésents, le sexe improvisé, le mensonge permanent, beaucoup de religion et des avions, de plus en plus d'avions.

À la maison, bien loin de ces emplois du temps hystériques, j'avais repris mes rythmes domestiques.

Nous étions à la fin du mois de mai 1990 et, au téléphone, la voix avait dit : « Bonjour, ici le secrétariat de la présidence de la République… »

Mon interlocuteur portait le nom d'Auvert ou Aubert et m'appelait, affirmait-il, de la part de François Mitterrand.

– … Le président a particulièrement aimé votre dernier livre. Il souhaiterait que vous le photographiiez devant certains de ses arbres préférés à Paris, à Latché et dans le Morvan.

– Qu'est-ce que c'est que cette histoire ?

– C'est tout à fait sérieux, monsieur Blick. Vous savez combien le président apprécie la compagnie des arbres. Il n'a jamais fait mystère de cette passion. Ce qu'il voudrait c'est que vous le preniez, lui, à côté de ses arbres.

– Pourquoi faire appel à moi ?

– Je vous l'ai dit, à cause de votre livre. Le président ne tarit pas d'éloges à votre sujet. Alors ?

– Je suis désolé.

– Vous êtes désolé de quoi ?

– Je ne peux pas accepter ce travail.

– Y a-t-il un moyen de vous faire fléchir, quelque chose que vous souhaiteriez…

– Non.

– Bien. C'est une réponse… disons… inattendue. Je transmettrai votre refus au président.

Même si la voix de ce personnage reflétait le détachement mâtiné de professionnalisme que l'on a tendance à prêter aux commis de la haute administration, j'avais le plus grand mal à considérer comme sérieuse la proposition que cet Auvert/Aubert venait de me faire. Même s'il avait un penchant prononcé pour les végétaux, j'imaginais assez mal le président de la République distraire trois ou quatre journées de son emploi du temps pour poser devant des troncs d'arbre. Cet appel me parut si peu sérieux que je négligeai même d'en faire part à Anna.

Trois jours plus tard, Auvert/Aubert me rappela en début d'après-midi. Quelques rayons de soleil se faufilaient entre les feuilles des marronniers, dessinaient des îlots de lumière sur les larges lames du parquet blond de l'entrée où j'étais en train de passer l'aspirateur.

– Monsieur Blick ? Secrétariat de la présidence, je vous passe M. le président de la République…

Auvert/Aubert ne m'avait même pas demandé comment j'allais, ni s'il me dérangeait. Peu lui importait que je passe l'aspirateur en ruisselant de transpiration ou que je sois occupé à un méticuleux tirage photographique sur papier brillant 24 × 30. Dès l'instant où le président désirait me parler, il allait de soi que j'abandonne tout, séance tenante.

– François Mitterrand à l'appareil... Comment allez-vous, monsieur Blick ?

– Bien, je vous remercie.

– Parfait, parfait. J'espère que l'on vous a dit combien j'avais admiré la beauté des photos d'*Arbres du monde*. Vous avez réalisé un travail remarquable... réussi à rendre compte, avec un regard totalement neuf, de la majesté d'un monde éternel... Vous êtes là ?

– Oui, oui, bien sûr.

– Vous avez donc parcouru tous les continents.

– Oui.

– Quel est celui qui vous a le plus ébloui ?

– Peut-être l'Australie.

– Tiens donc. La flore est-elle, là-bas, à ce point éblouissante ou avez-vous succombé au charme du théorème de Coriolis ?

– Je ne sais pas...

– Bien. Bien. Venons-en à notre sujet. Vous n'ignorez sans doute pas la passion que j'ai toujours eue pour les bois et les forêts. Et j'ai donc été très contrarié quand on m'a fait savoir que vous ne souhaitiez pas donner suite à mon projet. Sans doute vous l'a-t-on mal exposé. Alors voilà : j'ai un certain nombre d'arbres fétiches à Paris, dans le Morvan, et surtout dans les Landes, à côté desquels il me plairait d'être photographié. Quelque chose d'intime, de très simple, pour ma collection personnelle... Vous êtes là ?

– Oui.

– Pas d'éclairage ni de maquillage. En tout, je verrais bien, disons, une trentaine de clichés. Avant l'automne. C'est moi qui fixe les rendez-vous. Pour que les choses soient claires, il s'agit là bien sûr d'une commande privée. Vous êtes là ?

– Je suis là.

– ... donc voilà. Des images très simples, en noir et blanc. Vous voyez, comme dans votre livre. Juste un arbre et moi à côté. Juste vous, moi et l'arbre. Je suis certain que vous feriez cela très bien.

– Je ne crois pas.

– Pourquoi donc ?

– Je ne photographie jamais les humains...

– Mes ennemis vous diraient que je le suis de moins en moins.

– Je regrette.

– Vous n'aimez pas les humains en général ou bien me détestez-vous en particulier, monsieur Blick ? Je suis déçu. J'aurais aimé ces photos. Je crois même qu'elles m'auraient fait du bien. Mais puisque vous ne voulez rien savoir, nous ne les ferons pas. C'est aussi simple que ça.

La communication fut coupée sitôt la phrase finie, et il me fallut une paire de secondes pour prendre conscience que le président de la République venait de me raccrocher au nez. Ses manières monarchiques, ses exigences capricieuses me plongèrent dans une colère froide et républicaine. J'avais envie de rappeler Aubert/Auvert pour lui dire ce que je pensais de ce socialiste en poulaines élevé chez les maristes, ancien membre des Volontaires nationaux et oscillant tout au long de sa carrière au gré de ses intérêts personnels, entre une gauche amollie et des droites opportunistes. Je n'avais pas la moindre envie de photographier François Mitterrand. Pas plus lui que ses arbres.

Lorsque, le soir même, je racontai la teneur de cette conversation à Anna, elle marqua un temps de surprise:

– Je ne sais pas si c'est très malin d'avoir refusé.

– Qu'est-ce que tu veux dire ?

– Je ne sais pas, c'était une expérience. Et puis je trouve son idée plutôt esthétique, touchante même.

– Mais enfin j'ai quand même le droit de refuser un travail, fût-il commandé en tapant du pied par le président de la République.

– Tu as tous les droits. Y compris celui de commettre des impairs quand tu es aveuglé par ton caractère teigneux et tes vieux réflexes gauchistes.

– J'ai gagné en deux livres suffisamment d'argent pour vivre trois vies à ne rien faire, et tu voudrais que je parte ventre à terre satisfaire les caprices d'un ancien membre des Volontaires nationaux ?

– Ce sont tes affaires. Je pense que tu as été maladroit, c'est tout. Tant que j'y pense: j'ai rencontré Laure aujourd'hui. Elle a un truc à faire demain après-midi et demande si tu pourrais lui garder le petit Simon.

– Non.

Elle n'avait qu'à le confier au rabbin. À moins que ce fût justement avec lui qu'elle avait à faire ce fameux «truc». Je venais de me faire humilier par le président de la République, je n'allais pas, en plus, rendre service à une ancienne maîtresse qui avait le culot de réclamer mes services à ma femme pour garder son enfant, pendant qu'elle allait rejoindre la couche du père, pharisien et faux cul de première, lequel, bien sûr, allait parvenir, en moins d'une heure, à lui offrir ce que j'avais été incapable de lui donner pendant des années: du plaisir.

Je croyais en avoir terminé avec l'« affaire » Mitterrand.

C'était sans compter avec l'âme de boutiquière de ma belle-mère et les fixations socialistes de ma propre mère.

Deux jours à peine après ma conversation avec le président, et sans doute instruite de sa teneur par Anna, Martine Villandreux passa me voir à la maison en fin d'après-midi. Ce n'était plus la même femme. Elle avait vieilli d'un coup. Son visage, jadis si rayonnant, n'avait plus la moindre grâce et les chairs donnaient l'impression de flotter sur une masse graisseuse dépourvue d'ossature.

– J'espère que vous êtes content de vous, Paul.

– À propos de quoi ?

– De Mitterrand, évidemment. Vous êtes devenu fou ou quoi ? Vous voulez nous attirer un contrôle fiscal ?

– Qu'est-ce que vous racontez ?

– Enfin ne faites pas l'imbécile, tout le monde sait ça.

– Mais sait quoi ?

– La façon dont agissent les socialistes quand vous leur déplaisez ou que vous leur refusez un service !

– Et comment agissent-ils ?

– En vous envoyant le fisc, voyons ! Ça vous aurait coûté tant que ça de prendre ces satanées photographies, hein ?

– Attendez, je ne comprends rien à votre histoire. Si d'après vos théories quelqu'un a à redouter quelque chose du fisc, c'est moi, pas vous.

– Rien n'est moins sûr. Ils s'attaquent aussi à la famille. Dois-je vous rappeler que vous êtes marié sous le régime de la communauté ?

– Eh bien ?

– Alors mon pauvre ami, si les sauterelles s'abattent

sur vous, elles s'attaqueront aussi à l'entreprise d'Anna. Par moments, je me demande ce que vous avez dans la tête. Même Jean qui vous défend toujours, là, ne comprend plus. Hier soir il me disait encore : « Mais enfin, Paul est pourtant de gauche, non ? »

Les fluctuations boursières consécutives à l'invasion du Koweit par l'Irak, au début du mois d'août, eurent tôt fait de recadrer les préoccupations financières de ma belle-famille. Je pensais donc l'affaire Mitterrand définitivement oubliée quand ce fut au tour de ma propre mère de m'intenter un mauvais procès. Pendant une de ces étouffantes journées d'été où j'avais eu la faiblesse d'aller déjeuner chez elle, et avant même que j'aie eu le temps de m'installer à sa table, elle, d'habitude si calme, si mesurée, m'avait agressé comme jamais je ne l'avais vue s'en prendre à quelqu'un.

– Je crois que j'ai un fils fou. Ne me regarde pas avec cet air ahuri ! Tu es fou, mon fils, cinglé !

– Qu'est-ce qui te prend ?

– Il me prend que ça fait plusieurs semaines que j'essaye de me taire, de me dire que ça ne me regarde pas, mais, là, quand je te vois devant moi, alors il faut que j'explose, sinon la colère m'étouffe. Comment as-tu pu !

– Comment j'ai pu quoi… ?

– Dire non au président, refuser cette chose si belle qu'il t'offrait !

– Ah non, ça ne va pas recommencer…

– Quand je pense qu'on t'a fait faire latin-grec…

Cette phrase, je l'avais souvent entendue dans ma vie. Ma mère l'employait chaque fois que je lui causais une profonde déception. Elle ne comprenait pas qu'un homme élevé aux mamelles de la civilisation fût à ce point demeuré imperméable à la sagesse de ses maîtres.

Dans son esprit, de la même façon que le BCG (Bilié de Calmette et Guérin) m'avait protégé de la tuberculose, le latin-grec, vaccin éminemment culturel, aurait dû me mettre à l'abri des erreurs de jugement et des écarts de conduite. En refusant l'offre présidentielle, j'avais démontré son inefficacité sur des organismes et des caractères mal dégrossis comme le mien.

– Tu t'es comporté comme un hooligan. Je me demande ce que cet homme va penser de nous…

– Mais vous êtes tous devenus fous ou quoi ? Tout ça parce que j'ai refusé de faire des photos !

– Des photos ? Tu appelles ça *des* photos ? Mais mon pauvre fils, c'étaient *les* photos de ta vie. Et on peut savoir quelle excuse tu as donnée au président pour lui dire que tu ne voulais pas de ce travail ?

– Je n'ai donné aucune excuse, j'ai simplement dit que je ne photographiais pas les humains.

– Paul, tu n'as pas dit ça… Mais c'est d'une grossièreté sans nom… C'est totalement irrespectueux et méprisant…

– Écoute, maman…

– Quand je pense que tu as répondu ça à l'homme qui a aboli la peine de mort…

– Maman…

– Un homme âgé, qui t'a choisi parmi des milliers d'autres pour que, simplement, tu le prennes en photo avec les arbres de sa vie, un homme avisé, digne, qui possède et respecte la langue comme personne… Et toi, tu réponds : « Je ne photographie pas les humains »… Mais pour qui te prends-tu, Paul Blick ? !

Son indignation, jusque-là contenue, débordait à gros bouillons. Il était inutile d'essayer d'endiguer ce flot de réprobations.

– Je peux te dire que ce que tu as fait là te suivra pendant toute ta vie. Et ça aura des répercussions jusque dans ton travail, crois-moi.

– Mais maman, je ne travaille pas. Je n'ai pratiquement jamais travaillé, j'ai juste gagné de l'argent par hasard.

– Tu as eu trop de chance. C'est ça qui t'a gâté le jugement et le sens commun.

Ma mère n'avait pas tout à fait tort. Les ventes miraculeuses de mes deux livres m'avaient permis de vivre en lisière du monde, de ma famille et parfois de moi-même. Je n'étais impliqué dans rien, ne partageais aucun projet avec les autres. Je me faisais parfois l'impression d'être l'unique représentant d'une caste qui n'intéressait personne et que personne n'intéressait. Était-ce une vie que de photographier des arbres immobiles et silencieux, en veillant scrupuleusement à ce qu'aucun humain ne rentre jamais dans le cadre ? Il avait fallu que mes images se vendent dans le monde entier, pour que je prenne conscience que je n'avais pratiquement jamais photographié mes enfants, Vincent et Marie, et pas davantage Anna ou ma mère. Les seuls portraits que ma mère possédait de mon père avaient été pris au garage par des inconnus. Je sillonnais le globe en quête d'écorces mais je négligeais la vie familière qui poussait tout autour de moi et sur le pas de ma porte. J'avais quarante ans et le sentiment de tout juste sortir de l'université. C'est à peine si j'avais vu grandir mes enfants et mon fils chaussait déjà du trente-neuf. Je n'avais pas encore vraiment travaillé et pourtant depuis longtemps, j'étais à l'abri du besoin. Sans l'avoir voulu, et bien malgré moi, j'étais le pur produit d'une époque sans scrupule, férocement opportuniste, où le travail n'avait de valeur que pour ceux qui n'en avaient pas.

Peu de jours après cette désagréable conversation, ma

mère eut un accident vasculaire cérébral qui paralysa une partie de son visage et l'handicapa d'une main durant un bon trimestre. Longtemps, je ne pus chasser l'idée que ce trouble circulatoire avait été provoqué par l'intense contrariété qu'elle avait éprouvée à la suite de mon comportement à l'égard du président. Pendant l'une des fréquentes visites que je lui rendis durant sa convalescence, elle me glissa un jour cette étrange requête :

– Tu sais ce qui me ferait plaisir ? Que tu prennes, *toi*, une photo de Mitterrand. Une photo pour moi.

Sur l'instant, la proposition me parut amusante, même si je songeai aussitôt à demander à l'un ou l'autre des photographes de presse que je connaissais de me fournir un portrait du président. Mais la manière dont ma mère avait insisté sur le *toi* m'interdisait d'avoir recours à ce stratagème. Jouant habilement de sa maladie et de sa faiblesse, elle exerçait sur moi son ministère. Je sentais qu'elle voulait me mettre à l'épreuve, m'infliger une pénitence susceptible à la fois d'effacer ma prétendue impudence et de me rapprocher du caravansérail socialo-élyséen.

– Tu feras ça pour moi ?

Comment répondre non à une pareille question formulée par une vieille dame au visage asymétrique et à la main immobile ? Comment ne pas promettre que oui, je ferai ça pour elle, sans pour autant savoir comment j'allais m'y prendre.

Après avoir envisagé d'autres options, je décidai finalement d'acheter un téléobjectif, et un petit boîtier à moteur pour essayer d'obtenir une image du président à l'occasion de l'une de ses sorties publiques. L'autiste photographe végétal que j'étais éprouvait des bouffées de panique à l'idée de cette reconversion. Du jour au lendemain, ma mère avait fait de moi un vulgaire paparazzi. Finis les belles lumières et les après-midi d'attente passés au pied de l'Hasselblad. J'allais désormais devoir vivre au rythme du petit format à moteur, de la planque déshonorante et du stress de bas étage.

Comme il m'était impossible d'obtenir une accréditation de presse, je devais me cantonner aux lieux publics que le président fréquentait durant ses sorties officielles et privées. Un photographe de magazine m'avait procuré le programme présidentiel établi par l'Élysée. En ce début d'année 1991, il y avait quelques inaugurations à Paris et deux visites en province. Ma marge de manœuvre était limitée. Je devais opérer durant le bref moment où le président sortait de sa voiture et celui où il disparaissait derrière les murs de l'institution qui l'accueillait. Je devais m'arranger pour isoler mon sujet de la foule et de ses gardes du corps, prier pour que la lumière soit bonne, le président souriant, de bonne humeur, qu'il regarde dans ma direction, et qu'enfin mon esprit soit assez vif pour réagir à la seconde. Ensuite la qualité de l'image, sa pertinence, dépendrait du fait que la chance déciderait ou pas de se faufiler derrière l'obturateur à rideau. J'étais prêt à tenter mon premier essai, à Paris, le 18 janvier 1991, lors d'une sortie officielle du président.

Le 17, la guerre du Golfe éclata. Toutes les escapades élyséennes furent évidemment annulées. Comme tous les autres Français, je m'assis alors devant la télévision et regardais comment s'y prenait l'Amérique pour embobiner le monde. Altération de la réalité. Malversations sémantiques. Falsification des causes. Amplification des effets. Témoignages truqués. Contrefaçon des preuves. Détournement des buts. Déguisement de la souffrance. Dissimulation des morts. Ces gens d'outre-Atlantique incarnaient la forme civilisée de la barbarie.

Manipulateurs de conscience, exterminateurs de pensée, inséminateurs d'idées prédatrices, ils avaient fait de l'image un miroir mensonger qu'avec la complicité de hâbleurs stipendiés, ils pouvaient déformer à leur guise en fonction de leurs besoins. Si demain cela se révélait nécessaire, la guerre, comme la paix, d'ailleurs, pourraient être menées dans un verre à dent.

La vie reprit son cours normal au début du mois d'avril, à la fin du conflit. La Bourse se stabilisa et ma belle-mère retrouva le sourire. Pour ma part, je me procurai un nouvel agenda présidentiel et partis à la première occasion sur la piste de ce personnage inaccessible qui au fil des semaines allait devenir ma baleine blanche. Tel le cétacé qui hantait Achab, Mitterrand m'habitait, m'obsédait, devenait une insaisissable cible mouvante, une sorte d'entité ectoplasmique qui n'impressionnait même pas les pellicules. Après trois tentatives en un mois, je ne possédais pas un seul cliché digne de ce nom. Le président n'apparaissait nulle part. Ou bien il était caché par un membre de son service d'ordre, ou bien une porte l'avalait avant même que j'aie pu effleurer le déclencheur. Le personnage me glissait entre les doigts. J'étais en train de vérifier à mes dépens le bien-fondé de mes propres allégations : je ne savais vraiment pas photographier les êtres humains. Quelque chose, à mi-chemin de l'incompétence et de la malédiction, m'empêchait d'accrocher le visage de cet homme. Après trois échecs, je décidai de changer de méthode, abandonnant le téléobjectif et la prise de vues lointaine pour une focale de 50 mm qui allait m'obliger à me mêler à la foule et à travailler à quelques pas de ma cible. Il n'y avait là vraiment rien de bien extraordinaire. À chacune des sorties présidentielles, des milliers de Français se pressaient contre les barrières pour prendre des photos de leur président. Mais j'étais sans doute l'unique citoyen à s'être mis dans la tête qu'un invisible doigt le désignait dans cette foule comme étant le mauvais sujet qui avait refusé la commande, pourtant bien innocente, du chef de l'État. Au plus fort de mes bouffées paranoïaques je m'imaginais que, entre deux poignées de main, Mitterrand me reconnaissait et s'avançait vers moi en disant avec un petit ton arrogant: «Tiens, Blick, je croyais que vous ne photographiiez pas les humains.»

Ma première série de rouleaux réalisés au 50 mm, à la fin du printemps, lors d'un voyage du chef de l'État en province, fut tout aussi insatisfaisante. Cette fois, cependant, j'avais frôlé mon modèle. Il était passé à quelques pas de moi et le moteur du Nikon avait avalé la pellicule au rythme de deux images par seconde. Pourtant je n'avais rien d'acceptable. Un vague profil. Le premier plan d'une épaule. Et la nuque. Sa nuque sous à peu près tous les angles. Comme si, devinant ma présence, le président avait subitement tourné la tête de l'autre côté pour ne m'offrir que l'image de son occiput méprisant. Aussi invraisemblable que cela puisse paraître, sitôt que Mitterrand apparaissait dans mon viseur, je devenais aveugle. Le cadre s'obscurcissait et je ne voyais réellement plus ce que je photographiais. À mesure que le temps passait, que les voyages improductifs se succédaient, je prenais conscience du ridicule achevé de la situation. Voilà un homme que j'avais refusé de photographier à sa demande dans des conditions de prises de vues optimales et que, pour satisfaire un caprice maternel, je me voyais désormais contraint de traquer, par tous les temps et en tous lieux, à la façon d'un misérable voleur d'intimité. Lorsque je rentrais de ces périples et qu'après les avoir développés dans le secret du laboratoire, je découvrais l'insigne médiocrité de mes films, je devais alors faire face à deux sentiments parfaitement complémentaires : la honte et la rage.

J'avais eu la faiblesse de m'ouvrir de mon projet auprès d'Anna qui s'était beaucoup amusée de mes aventures.

– Tu as vraiment des problèmes de luxe et des loisirs d'enfant gâté.

– Je t'ai expliqué pourquoi je faisais ça.

– Je sais, mais quand même. Si au moins ça pouvait te faire réfléchir à tes inconséquences.

– Ça n'a rien à voir.

– Bien sûr que si. Tu as l'art de te fourrer dans des histoires impossibles. Tu passes ta vie à essayer de récupérer des situations que tu t'es toi-même ingénié à pourrir.

– Je n'ai rien pourri du tout, c'est un enchaînement...

– En tout cas, même tes propres enfants te trouvent ridicule de jouer les paparazzi. Hier encore, Marie me disait ne pas comprendre pourquoi tu ne donnais pas une simple photo de presse à ta mère. Au fait, pourquoi es-tu allé raconter cette histoire aux enfants ? Tu veux vraiment que tout le lycée soit au courant ?

Non. Je ne voulais surtout pas une chose pareille. J'avais tellement honte de la position dans laquelle je m'étais mis que j'étais prêt à acheter, à n'importe quel prix, le silence de mes enfants et de tous leurs amis.

Finalement c'est au bout de mon septième voyage que j'obtins ce que je cherchais : une série de portraits pris, dans la foule, à un ou deux mètres du président pendant que celui-ci se rendait à la pyramide du Louvre. La lumière, l'exposition, la netteté, tout était parfait. Sur la plupart des clichés, François Mitterrand arborait un petit sourire vacancier qu'on ne lui connaissait généralement pas. Ces photos étaient techniquement irréprochables, même si, parfois, sur certains clichés, et en raison du manque de discernement du moteur, le président apparaissait les yeux fermés, momifié à l'instant où il cillait. On pouvait en revanche remarquer une image, vraiment unique, qui se détachait du reste de la série. On y voyait François Mitterrand se retourner et me regarder fixement dans l'objectif avec un mélange de surprise et d'agacement. On eût dit que, par-delà le jeu des lentilles, ses yeux cherchaient à se planter dans les miens. Quand je regardais ce visage inamical, je l'entendais me dire : « Sept voyages pour ça ? Vous êtes ridicule, Blick. » Sans doute l'étais-je, monsieur le président, mais lorsque je vis s'ensoleiller le visage de ma mère au moment où elle découvrit l'objet de sa passion, de bois blond encadré, je sus que si je n'avais effectivement aucun talent pour photographier les humains, je pouvais, parfois, à force d'obstination, parvenir à leur apporter un peu de bonheur sous verre.

Ma mère avait récupéré de son handicap, mais la vieillesse s'emparait d'elle. Elle la tenaillait, infléchissait son corps, lui donnant l'apparence courbée d'un vieil arc débandé. Son esprit en revanche conservait sa belle prestance, et outre ses raptus mitterrandiens, elle continuait, de sa retraite, à traquer, à l'oral comme à l'écrit, les fautes de langue de ses compatriotes. Elle ne faisait preuve d'aucune mansuétude à l'égard des manquements des journalistes, des speakers ou des ministres. À l'époque, Édith Cresson était à la tête du gouvernement. À en croire ma mère, avec un langage aussi relâché et de pareilles manières, elle n'y resterait pas longtemps.

Quelques mois avant l'éviction de la dame, l'Élysée fit savoir à la presse que François Mitterrand venait d'être opéré d'un cancer. Ma mère vécut cette annonce avec la même intensité que si l'un des membres de sa famille était atteint par cette maladie, et trouva scandaleux l'embryon de polémique qui l'accompagna : compte tenu de son état, le président était-il encore en mesure de veiller aux affaires de la nation ? Inutile de préciser que la nomination d'Édouard Balladur au poste de Premier ministre, après la défaite de la gauche aux législatives de 93, réveilla chez elle, pareil à de vieux rhumatismes, le souvenir des heures sombres de la première cohabitation. Pour son malheur, outre ses poses outrageusement droitières, le pauvre Balladur était de surcroît affublé d'un indiscutable profil bourbonien. Et c'est, je crois, ce petit jabot d'aristocrate satisfait que ma mère ne lui pardonna jamais.

L'avenir de mon fils qui allait avoir dix-sept ans était donc confié à cet ancien patron de la Compagnie européenne d'accumulateurs qui durant son temps libre écrivait d'indispensables petites choses libérales, comme « Je crois en l'homme plus qu'en l'État », « Passion et longueur de temps », « Douze lettres aux Français trop tranquilles », ou « Des modes et des convictions ».

Dix-sept ans. Il paraît que tous les hommes sont ainsi. Ils vieillissent sans même s'apercevoir que leur fils a grandi. Jusqu'au jour où, dans la salle de bains, ils croisent un grand type au corps parfait, quelqu'un qui leur ressemble vaguement et dont la voix leur rappelle quelque chose. Et tout d'un coup, en eux un monde se brise et un frisson polaire leur enserre la nuque. Et ils n'arrivent pas à croire ce qu'ils voient, à accepter ce qu'ils commencent à comprendre. Et ils pensent que ce n'est pas possible, que ce doit être une erreur, que, tenez, hier encore ils soulevaient ce magnifique enfant à bout de bras. Alors en eux, soudain, l'horloge s'arrête, un ressort se détend. Dans le vide qui s'ensuit, ils font un rapide calcul mental. Et en découvrant le résultat, ils comprennent qu'hier, c'était il y a dix-sept ans.

J'ai été comme tous les autres hommes, aveugle à cette croissance, sourd aux murmures de tout ce temps passé. En guise de circonstances atténuantes je serais tenté de faire valoir que ma fille et mon fils ont poussé comme de l'herbe au printemps, sans ennui de santé majeur ni problème scolaire particulier. Que l'un et l'autre semblaient suivre le cours d'un fleuve apaisé, en franchir tous les biefs dans l'ordre des années. Oui, je pourrais dire cela.

J'avais, à l'époque, la faiblesse de penser être un père disponible, présent, très proche d'eux. J'étais persuadé de les connaître intimement. De partager l'essentiel de leur vie. En réalité, ils voyaient en moi une sorte d'inadapté social, de collatéral perturbant, brouillant les repères, vivant sans horaires, ni projet, ni but, jouant les hommes de ménage, enchaînant les semaines de dimanches ou les voyages au long cours. Ce n'est que bien plus tard que j'ai compris que les enfants détestaient ce genre de flou excentrique, ces existences flottantes, ces personnages mal définis. Marie et Vincent voulaient un père normal, un type qui parte et rentre du bureau à heures fixes, suive le cours de leur vie scolaire, entretienne des contacts avec les professeurs, emmène de temps en temps la famille en week-end, et, l'été, la réunisse un mois au bord de la mer. La seule chose qu'espéraient mes enfants, c'étaient quelques rampes solides, fiables, toujours placées au même endroit et auxquelles l'on puisse se raccrocher en cas de besoin. Au lieu de quoi, et à divers titres, leur mère et moi avions mis à leur disposition des balustrades molles, des appuis mouvants, des soutiens inconséquents, là un jour, disparus le lendemain. Sans même que je m'en aperçoive mes enfants s'étaient écartés de moi pour se rapprocher de la vie. Ils se trouvaient aujourd'hui de l'autre côté du fleuve. Sur la rive des gens sans histoires. Là où vivent les pères qui siègent dans les conseils de parents d'élèves.

Pour essayer de me rassurer, je me disais parfois que j'étais fait pour élever des bébés, pas pour avoir des enfants. Mais ces piètres considérations ne m'ôtèrent pas mes remords ni ne me rendirent la confiance de Vincent et de Marie. Je pris alors une décision difficile : celle de ne pas essayer de rattraper le temps perdu ou de faire semblant de récupérer ce qui ne pouvait l'être. Cette distance affective que Marie et Vincent avaient mise entre eux et moi, pour douloureuse qu'elle fût, j'allais la respecter. Quant au reste, ayant toujours été atterré par le concept même de « parent d'élève », ce n'est pas sous l'ère balladurienne que j'allais me convertir aux joies des phalanges associatives.

C'est Anna qui, un soir, en rentrant, m'avait appris la nouvelle. Elle avait juste dit : « Tu es au courant ? François a plaqué Laure. » J'en avais immédiatement conclu qu'il s'était douté de quelque chose ou qu'elle lui avait dit la vérité à propos du rabbin et de l'enfant. J'étais à cent lieues de la vérité. Les motifs qui avaient poussé le maître des avions à quitter le domicile conjugal étaient autrement prosaïques. Il était tout simplement tombé amoureux d'une jeune femme de vingt-quatre ans avec laquelle il avait redécouvert des plaisirs d'édredon oubliés depuis longtemps. Annonçant la nouvelle à sa femme en rentrant du travail, il fit sa valise, et sans explication supplémentaire ni discours superflu, quitta tout son monde, une heure plus tard.

– Tu te rends compte, partir comme ça et laisser Laure avec des enfants et un bébé...

Nadia était une jolie brune sensuelle qui donnait l'impression d'avoir une idée sur chaque chose. La matité de sa peau lui venait d'une mère nord-africaine, ses yeux bleus, paraît-il, d'un père luxembourgeois. Quant à son sourire, tout en dents, il n'appartenait qu'à elle. Peu de temps après avoir quitté Laure, François m'avait téléphoné pour se prêter à ce rituel que pratiquent tous les hommes en pareilles circonstances : essayer de se justifier auprès d'un ami de la famille et surtout lui confier les mille et un détails de son nouveau bonheur, qui, pour un homme de quarante-cinq ans, marié depuis vingt ans, se résume à trois activités essentielles : baiser deux fois par jour, se remettre à faire du sport et regarder des films idiots en compagnie de l'être aimé.

Comme c'est souvent le cas, François avait rencontré Nadia au travail. Tout s'était joué dès le premier regard. Il avait évidemment reconsidéré d'un autre œil sa vie de famille, sa femme indifférente, ses enfants envahissants. Il avait invité très vite Miss Vingt-quatre ans à déjeuner et l'avait trouvée incroyablement mûre. La jeune femme lui avait confié qu'elle ne se sentait pas à l'aise avec les garçons de son âge, trop superficiels, et qu'elle préférait la compagnie des hommes d'expérience, surtout quand ils dirigeaient des bureaux d'études d'aérodynamique. Bouleversé, il s'était compliqué la vie pendant des jours et des jours pour inventer une histoire plausible et faire croire à sa femme (l'avait-elle seulement écouté ?) qu'il passait un week-end en séminaire à Francfort, au lieu de quoi ils s'étaient enfuis dans un hôtel de bord de mer où, titan régénéré, il lui avait fait l'amour pendant deux jours. La sylphide, bien élevée, en avait bien sûr un peu rajouté pour lui faire plaisir. Il s'était alors senti rajeunir, revivre, rebondir, se demandant corrélativement comment il avait pu gâcher sa vie pendant aussi longtemps. En rentrant chez lui, il avait trouvé Laure fade, fanée, commune, inintéressante, et ses enfants mal éduqués. Il se donna cependant quelque temps avant de prendre une décision, considérant surtout les conséquences financières d'une rupture. Mais l'*autre* était de plus en plus attirante, disponible, amoureuse, indépendante, libre, intelligente, jeune, sportive, ferme, bandante. Elle fut la première informée du nouvel ordre du monde et montra sa gratitude en l'avalant d'un trait. Il rentra chez lui, fit son annonce au tambour à la façon d'un garde champêtre, et repartit sans égard ni regard pour celle qui pleurait. Au commencement de sa nouvelle vie, il eut le sentiment d'effleurer les clôtures du paradis, de vivre avec un ange, de détenir le trousseau de clés du bonheur. Un peu de temps passa, et ses enfants commencèrent à lui manquer et, aussi, l'habitude de sa femme. L'*autre* se mit à lui reprocher de ne pas la sortir davantage, de rester toujours enfermé, de ne jamais voir personne. Alors il se sentit devenir à nouveau vieux et eut le vague sentiment de s'être trompé, d'avoir fait le mauvais choix, tandis que grandissait en lui la certitude qu'il était désormais trop tard pour faire marche arrière. Peu à peu, les choses rentrèrent dans l'ordre, et les sentiments, dans leur coquille. Comme tout le monde, il sacrifia aux exigences des familles recomposées et fit, à sa nouvelle et jeune femme, un bébé qui, cette fois, lui ressembla. Alors, il se remit à dessiner des ailes et des culs d'avion, en attendant la retraite en compagnie de sa jeune et jolie brune qui, elle aussi, le moment venu, se mettrait en quête d'un mâle vigoureux.

À cette époque, lorsque je rencontrai François, il se trouvait dans la phase lumineuse de sa chrysalide. Débarrassé des pesanteurs familiales, il s'enivrait du vin de la jeunesse retrouvée.

– Tu ne peux pas imaginer ce que Nadia a fait de moi. Elle m'a vraiment ramené à la vie. C'est la première fois que je connais ça.

– Tu n'avais jamais eu d'amie avant elle ?

– Deux ou trois ans après m'être marié avec Laure j'avais rencontré une fille à une fête durant un voyage de travail. On avait beaucoup bu l'un et l'autre, et, à la fin, on s'était retrouvés dans ma chambre. Ensuite je ne sais pas ce qui s'est passé, mais ce que je peux te dire c'est que le lendemain matin, quand je me suis réveillé, elle n'était plus là. En revanche, il y avait un mot sur la table de nuit. Et tu sais ce qu'elle avait écrit ? « J'en ai connu qui s'endormaient avant, d'autres juste après, mais tu es le premier qui s'endort pendant. » Je te jure que c'est véridique. Je ne sais pas où je l'ai mis, mais j'ai gardé ce papier.

Dans sa nouvelle livrée d'amant libéré et conquérant, François m'apparaissait sous un jour totalement différent. Lui qui d'habitude se parfumait à l'austère trigonométrie sentait tout à coup le jeune homme grésillant d'esprit et de sève. Les femmes, fussent-elles de simples Miss Vingt-quatre ans, avaient cet incroyable pouvoir de transfigurer les hommes, de regonfler leurs vieilles batteries, de leur insuffler des collagènes pour l'âme, et d'autres ingrédients, tout aussi mystérieux, capables de raviver leurs glandes.

– Tu sais, j'avais oublié que ça pouvait être aussi bon de baiser comme ça… Avec Laure, il y avait longtemps que c'était fini de ce côté-là.

En entendant cet aveu dont je me serais bien passé, je

ressentis une petite bouffée de chaleur provoquée par un court-circuit de culpabilité. Je repensais aux après-midi où je voyais resplendir les fesses de Laure dans la lumière ambrée de l'éclairage inactinique. Mais simultanément – et cela, en partie, atténuait, j'imagine, et ma gêne et ma faute –, je songeais que, en dépit de nos activités assidues, j'avais été incapable de faire jouir Mme Milo ne serait-ce qu'une fois.

– Tu as revu Laure depuis que je suis parti ?

Cette question, pourtant bien naturelle, sonna à mes oreilles comme un verre qui se brise. Il y avait trop de sens caché derrière le mot « revu ». Non, je n'avais pas « revu » Laure depuis bien longtemps, mais un autre olibrius la « voyait » régulièrement à ma place. Et quand on y songeait, il n'y avait que François pour continuer à rester ainsi, aveugle à tous ces gens qui n'en finissaient pas d'aller et venir autour de sa femme.

– Je vais être obligé de divorcer.

– Comment ça, *obligé* ?

– Nadia veut un enfant. Pas tout de suite, bien sûr, mais elle en veut vraiment un.

– Et toi ?

– Moi ? Je n'en sais rien. Ça fait trop de choses en même temps, là. Pour le moment je vais m'occuper de divorcer. Et ça va me coûter une fortune. Je connais Laure, tu sais ; elle va me saigner.

Toutes dents dehors, entra Nadia. Jolie petite princesse, infiniment trop jeune pour traîner en compagnie d'hommes de notre âge, elle me dit que François lui avait beaucoup parlé de moi. Ensuite elle s'assit sur le canapé et passa un bon quart d'heure à croiser et décroiser machinalement ses jambes. À l'évidence la jeune femme ne tenait pas en place, il lui fallait de l'exercice. Quand elle me raccompagna dans l'entrée j'eus le temps de considérer sa plastique. Sans doute avait-elle tous les charmes de la jeunesse – souplesse, brillance et fermeté –, mais il lui manquait le savoir, la patine, la juteuse sensualité des femmes de plus de quarante ans. Je ne le dis pas à François, mais délaisser la croupe de Laure pour ce petit fessier d'exposition était pure folie.

François était donc heureux, et ses avions se vendaient de mieux en mieux. Pour ma part, sur les conseils de Spiridon, je m'étais remis au travail en macrophotographiant cette fois la nature dans sa plus large acception. Mousses, lichens, bourgeons, têtards, insectes au labeur, toutes les formes de vie minuscules, écosystèmes invisibles et précieux. J'accumulais les planches sans savoir vraiment ce que je souhaitais en faire. Ces travaux avaient au moins un but : donner un sens infinitésimal à mes journées et me permettre de passer les heures.

C'est à cette époque que Pierre Bérégovoy se suicida. J'appris la nouvelle en écoutant la radio dans mon laboratoire. Ce jour-là, je développais une série de clichés de taupins, petits insectes besogneux, coléoptères de la famille des élatéridés, appelés aussi « maréchaux » ou « tape-marteaux ». L'information me tétanisa. Non que j'eusse été un admirateur fervent de ce Premier ministre fulgurant (il avait été débarqué au bout de 362 jours) mais il émanait de la fin de sa vie, comme des circonstances de sa disparition, une tristesse qui pesait sur les épaules aussi lourdement qu'un manteau mouillé. Je sais pourquoi je me souviens si bien de cet événement.

Cela a à voir avec le taupin. Pour insignifiant qu'il soit, cet insecte possède une particularité. Lorsqu'il se retrouve sur le dos, incapable de supporter cette position et d'y survivre, il se détend brusquement comme un ressort et se projette lui-même dans un autre territoire, un monde qu'il espère forcément meilleur. Le suicide de Pierre Bérégovoy me fit penser au réflexe du taupin. Humilié, mis à terre, peut-être avait-il essayé, en s'éjectant à sa façon, d'échapper au sort misérable qu'on lui avait assigné. Ce n'était bien sûr pas un hasard si l'ancien ouvrier s'était suicidé un premier mai. On avait, à l'époque, stigmatisé l'indifférence avec laquelle les socialistes et Mitterrand lui-même avaient traité Bérégovoy après sa mise à l'écart. Issu des basses castes, porteur de la défaite et du scandale, cet ancien Premier ministre n'avait plus rien à faire dans les couloirs et les salons de la cour impériale. Alors on avait rendu le taupin à l'obscurité de ses galeries. Dans la tristesse de cette fin, l'histoire de cet abandon, on pouvait lire toute la cruauté du petit monde des insectes que je découvrais parfois dans mon viseur, lorsque, poussé par on ne sait quelle force, ceux-ci commençaient, tout d'un coup, à se dépecer entre eux. Lorsque, cinq mois après le suicide de son Premier ministre, François Mitterrand se retrouva face à la meute qui le sommait de s'expliquer sur son propre passé et ses liens embarrassants avec René Bousquet, j'eus une pensée pour Pierre Bérégovoy et, ma foi, la haute idée qu'il se faisait de son honneur. Lui, oui, tout taupin qu'il était, j'aurais bien aimé le photographier, debout, à côté des arbres.

Commencée dans l'ivresse de l'espoir et des promesses, empreinte d'une certaine majesté, cette ère mitterrandienne se terminait dans une sorte de dérive politique et morale qui imprégnait les tentures de la République d'un graillon caractéristique des fins de règne. Les scandales financiers n'en finissaient pas de dégorger, des responsables politiques, des anciens ministres, des élus se retrouvaient en prison, un proche de Mitterrand se suicidait à l'Élysée, et l'on reparlait de Bousquet, de l'affaire du sang contaminé, des écoutes téléphoniques que le président avait ordonnées, de sa famille secrète, de sa fille cachée, des progrès de sa maladie.

De cette république monarchique qui ramenait la chose publique et morale à un niveau préhistorique, ma mère ne voulut rien voir ni entendre. Elle gardait intacte sa foi socialiste. Quelle que fût la gravité des affaires que l'on reprochât à Mitterrand, il demeurait, pour elle, le timonier souverain, l'élégant bretteur, l'ultime protecteur des arts, des lettres, et des règles grammaticales. Un jour que nous examinions à la loupe des macrophotographies de scolytes, elle me dit : « Tu devrais faire un livre sur les insectes. Trouver les plus bizarres, les plus effrayants et les photographier de très près, comme ceux-là, en faire de véritables monstres. Je suis certaine que les gens adoreraient ça. Les gens adorent les monstres. »

La maison de ma mère m'était devenue douce, hospitalière, rassurante. L'on s'y sentait à l'abri de la plupart des désagréments de la vie, même si le jardin et les arbustes en prenaient à leur aise.

« Il faut que je te dise quelque chose. » Ma mère avait marmonné cela, derrière sa loupe, sans lever les yeux des photos. « Approche-toi, viens t'asseoir. » Cela sentait la confidence, le secret, l'embarras, même. Elle enleva ses lunettes, rassembla toutes les photos, en fit un petit tas régulier, détourna la tête vers le jardin et dit :

– François Mitterrand est venu me voir la nuit dernière.

– Pardon ?

– Il fallait que je te le raconte. C'était en rêve, bien sûr, mais cela avait une telle intensité que depuis, je suis mal à l'aise, comme quand on n'arrive pas à se sortir de l'influence d'un cauchemar.

– C'était un rêve ou un cauchemar ?

– Tu vas voir. Donc je dormais dans ma chambre et j'entends sonner au petit portail, dans le parc. Je me lève jusqu'à la fenêtre et je vois entrer Mitterrand avec son chapeau, son écharpe et son manteau. Il traverse l'allée et pénètre dans la maison. Et là, tranquillement, comme si de rien n'était, je vais me recoucher. Il monte l'escalier, pousse la porte de la chambre et sans dire un mot enlève son feutre, son loden et les dépose sur le fauteuil. Ensuite, il se tourne vers moi et tout tranquillement se déshabille.

– Entièrement ?

– Entièrement. Il avance vers le lit, écarte les draps, s'assoit, détache sa montre de son poignet, la pose sur la table de nuit et s'allonge à mes côtés. Et tu sais ce que je lui dis à ce moment- là, tu sais ce que dit ta mère au président de la République ? « N'y pensez même pas, vous avez les pieds trop froids. »

Je fus pris d'un rire adolescent que ma mère partagea en mettant sa main devant sa bouche à la façon d'une petite fille qui dissimule son embarras.

– Et après ?

– Après, je ne me rappelle plus.

J'adorais le rêve de ma mère. Je me doutais aussi qu'il ne s'était pas arrêté là et qu'elle se souvenait parfaitement de la suite, cette suite qui la mettait si mal à l'aise puisque de toute évidence elle venait pour la première fois de tromper feu mon père avec un vieux président socialiste hâbleur, menteur, bateleur, dissimulateur et de surcroît affublé d'extrémités réfrigérantes.

Était-ce la conséquence de cette courte nuit passée en sa compagnie, mais durant les jours qui suivirent la disparition du président, ma mère afficha un visage de veuve.

Elle trouva d'une grande noblesse la cérémonie des

n'était sans doute pas le compagnon dont j'aurais rêvé mais pour le prix de deux pleins d'essence je pouvais espérer, chez lui, stabiliser mon état général.

Comment faire entendre à un auditeur impartial que l'on est encombré de soi-même, qu'à force de négligence et de facilité l'on ne sait plus par quel bout mener sa vie. Baudoin-Lartigue semblait désemparé par nos entretiens. Il était loin d'imaginer que je n'attendais rien de sa cure, mais que je le visitais et le dédommageais de son temps pour pouvoir simplement bavarder, échanger avec lui des points de vue sur le sport, la politique ou une émission de télévision. Je sentais bien qu'il aurait préféré que je lui ouvre d'autres portes, des univers intimes qui lui étaient plus familiers : la mort de mon frère, le vol de son carrosse, la discrétion de mon père, la transparence de ma mère, les silences d'Anna, le buste de ma belle-mère, les fesses de Laure, le rôti de David, les arbres de Mitterrand, la parabole du taupin, toutes ces petites choses qui bricolent un homme, l'aident, un temps, à se redresser sur ses pattes arrière et le rabaissent à la fois. Parfois, Baudoin-Lartigue essayait de donner à nos conversations un tour plus abstrait, plus conceptuel, mais invariablement, je le ramenais à la banalité de mes jours et à la compagnie de mes insectes. On aurait pu tout aussi bien discuter de tout cela au café en fumant une cigarette. Au lieu de quoi, je m'allongeais sur une sorte de méridienne recouverte d'un horrible tissus de reps, tandis qu'il prenait place sur son poste d'écoute, qui, de loin, pouvait ressembler à un fauteuil de dentiste ou de coiffeur.

Au fil du temps, Baudoin-Lartigue s'était résolu au fait que nos rencontres s'apparentent davantage à du bavardage thérapeutique qu'à une cure. Nous nous étions découverts une passion commune : le rugby. Nous nous voyions généralement le mercredi, jour idéal situé en milieu de semaine, ce qui permettait de commenter, à la fois, le match du week-end précédent et de parler de la rencontre que le Stade toulousain allait livrer le samedi ou le dimanche suivant. Notre principale interrogation n'était pas de savoir si le Stade allait gagner mais par quel écart de points il allait l'emporter. Nous convenions l'un et l'autre que ce club pratiquait le plus beau jeu d'Europe, qu'on y trouvait la marque et le style d'une école centenaire, et que nous avions de la chance d'avoir un pareil spectacle de force et d'élégance combinées à portée de main.

Lorsqu'il se rendait compte que nous enfreignions par trop l'éthique psychanalytique, Baudoin-Lartigue faisait mine de se ressaisir et de redresser les clôtures de la cure. Sa phrase, alors, commençait toujours par « Au fait », bien qu'il n'y eût jamais dans sa question le moindre lien avec le sujet qui précédait.

– Au fait, monsieur Blick, tout au début de nos rencontres, lorsque vous vous étiez présenté à moi, vous aviez brièvement évoqué la mort de votre frère aîné, je crois. Souhaiteriez-vous que nous revenions sur cet épisode de votre vie ?

– Ça ne me paraît pas nécessaire.

– Et sur le décès de votre père ?

On ne pouvait reprocher à Baudoin-Lartigue de ne pas enfiler cycliquement ses gros sabots freudiens et d'opérer un pas de deux sinistre autour des quelques marronniers de la profession. Tel un pêcheur à la mouche, il usait de leurres parfois grossiers et lançait dans les eaux vives des rivières communes où frayaient les bactéries dommageables qui n'en finissaient pas de travailler l'espèce. Au bout de deux ou trois tentatives infructueuses, Baudoin-Lartigue n'insistait pas, rangeait ses gaules, et reprenait la conversation là où nous l'avions laissée, c'est-à-dire en admiration partagée devant la puissance du cinq de devant du Stade. Chose impensable dans notre situation, nous étions même allés, aux Sept-Deniers, voir, ensemble, deux matches de championnat. Blick et son psy. Côte à côte. Au milieu d'une foule qui scande sa joie. Dans l'odeur piquante des cigarillos. Face au soleil. Heureux et complices. À mille lieues des règles de la cure. Simplement admiratifs devant ces épreuves de force, ces courses de vitesse, ces moments de courage. Baudoin-Lartigue en oubliait sa petite taille, et moi, mes arpents de solitude. Nous étions juste deux types natifs de la même ville, encourageant de tout notre cœur une équipe sublime dont nous espérions secrètement tirer un supplément de bonheur et de vie. Je serais presque tenté de dire que, durant une courte période, Baudoin-Lartigue fut pour moi un proche que je salariais pour être mon ami. D'ailleurs, les derniers temps, vu la nature et l'évolution de nos rapports, il avait de plus en plus de mal à accepter mes paiements. Il fallait que j'insiste, que je lui glisse presque les billets dans la poche.

Pour autant qu'il m'en souvienne, Baudoin-Lartigue et moi n'avions échangé qu'une fois des points de vue contradictoires. C'était entre les deux tours de l'élection présidentielle de 1995 remportée par Jacques Chirac. Je compris très vite que je m'étais acoquiné avec le seul psychanalyste de droite de la place. Il soutenait même de manière éhontée la candidature de l'ancien maire de Paris auquel il reconnaissait comme premier mérite d'être revenu du bout du monde pour coiffer Balladur sur le poteau. C'est, je crois, cette performance d'outsider, ce retour à la cravache, que saluait avant tout Baudoin-Lartigue. Il m'était cependant impossible de comprendre comment un homme de ma génération, de surcroît habilité à bricoler dans les cerveaux, pouvait soutenir un homme politique rustaud, sans la moindre finesse et qui en 1962 s'occupait déjà d'Équipement et de la Construction et du Transport dans le cabinet Pompidou. La thèse de Baudoin-Lartigue était simple : voter Chirac c'était rompre définitivement avec l'ère des manières indignes, du machiavélisme élevé au rang des beaux-arts, des prébendes, du mensonge, de la dissimulation et des scandales. Voter Chirac, c'était confier le pays à un type qui n'avait peut-être pas inventé la musique sérielle, mais qui allait faire avancer la France à coups de klaxons italiens, un peu comme avait coutume de s'en servir Vittorio Gassman dans la Lancia cabriolet du *Fanfaron*. En vérité, je crois que la principale et seule qualité que Baudoin-Lartigue accordait à Chirac était de n'être pas de gauche. Il se trouva une majorité de Français pour penser comme lui, et à la place de l'indiscutable esprit lettré mitterrandien, on porta à la tête de l'État l'auteur de l'inoubliable « La lueur de l'espérance : réflexion du soir pour le matin ».

Déjà 1995. Durant les rares entretiens qu'elle m'accordait, je croyais comprendre que les affaires d'Anna marchaient bien, même si les exportations pour l'Espagne avaient tendance à baisser régulièrement. Les enfants étaient de moins en moins souvent à la maison qu'ils considéraient comme un vaste hôtel-restaurant-lingerie. Les propositions de recueil d'insectes que j'avais soumises à Louis Spiridon n'avaient pas eu l'air de lui plaire et il avait poliment reporté le projet à plusieurs reprises. J'avais quarante-cinq ans et mon seul ami était mon psychanalyste. Sans doute aurais-je pu m'accommoder de cette situation encore quelques années, mais un événement tragique mit fin à nos relations. Il faut croire que ce petit bonheur que nous retirions de nos rencontres fut de bien peu de poids au moment où Jacques-André Baudoin-Lartigue eut à faire le plus terrible des choix.

Cela se déroula un mercredi. Un mercredi du mois de novembre. La semaine précédente nous avions prévu d'aller ensemble aux Sept-Deniers voir un Stade-Bourgoin ou Narbonne, je ne sais plus. Nous aimions bien ces matches d'automne, aux ambiances particulières, avec ce qu'il fallait de fraîcheur et de terre humide pour crotter les maillots et donner ce supplément d'âme à la rencontre. Cela n'avait pas grand-chose à voir avec les phases du printemps où l'on sent que le terrain ne sera jamais assez large pour contenir les courses et l'électricité que chacun a dans les jambes. En hiver, les choses étaient différentes, on essayait de tenir la balle au chaud, de rester entre soi, entre gros, de vivre sur la réserve, de miser sur la puissance et le poids d'un collectif qui se trouvait les yeux fermés, été comme hiver. Voilà le genre de spectacle que, le dimanche suivant, nous avions prévu de voir.

Au lieu de quoi, ce matin-là, c'est la police que je trouvais à l'entrée de l'immeuble de Baudoin-Lartigue. Il y avait un attroupement devant le porche et trois ambulances, portes ouvertes, bloquaient la contre-allée du boulevard de Strasbourg. Lorsque je fis mine de pénétrer dans le hall, un brigadier me demanda si j'habitais l'immeuble. Je répondis que j'allais voir M. Baudoin-Lartigue. Il souleva, alors, légèrement son képi, eut une moue dubitative qui déforma les parties grasses de son visage, et me fit cette incroyable remarque : « Vous ne le verrez pas aujourd'hui. »

Je ne vis plus jamais Jacques-André Baudoin-Lartigue. Ni moi, ni personne. Ce jour-là, vers dix heures du matin, le psychanalyste avait abandonné son cabinet pour se rendre dans son appartement situé sur le même palier. Là, après avoir pris une arme dans sa chambre, il avait abattu sa femme et ses deux enfants d'une balle dans la tête. Il était ensuite revenu dans son bureau et s'était tiré un coup de revolver dans la bouche. Il n'avait laissé aucune explication à son acte.

Peut-être sa vie personnelle était-elle un désastre ? Avait-il appris quelque chose qu'il aurait dû ignorer ? Ou bien ses enfants ne lui parlaient-ils plus ? Sa femme voyait-elle quelqu'un ? Était- il malade, ou infiniment triste ? Avait-il perdu son frère aîné dans sa jeunesse ? À moins que nous ne l'ayons tous empoisonné, jour après jour, les uns après les autres, avec nos doses de poisons intimes ? Sans doute n'avais-je pas su voir ce qui me crevait les yeux tandis que je réclamais du secours à un homme qui était lui-même en train de se noyer. La disparition de Baudoin- Lartigue me laissa si désemparé que, le lendemain de sa mort, j'éprouvai le besoin de parler à Anna. À peine avais-je commencé mon récit qu'elle attaqua :

– Tu voyais un psy depuis trois ans et tu ne m'en as jamais parlé ?

– Mais Anna, pourquoi l'aurais-je fait puisque nous ne parlons jamais de rien ?

– Sois gentil, ne recommence pas avec ça. Tu as vu mes horaires ? Tu as vu dans quel état je rentre, le soir ?

– Tu as vu dans quel état on est depuis des années ? Nous ne formons même plus une famille, encore moins un couple. Nous partageons un logement et, tous, nous sommes effroyablement seuls.

– *Tu* es seul. Moi je vois des gens toute la journée, je leur parle, je partage quelque chose avec eux. Je suis dans le monde réel, tu comprends, le monde réel !

Tu veux me culpabiliser, mais tu oublies l'essentiel : c'est toi et toi seul qui t'enfermes tous les jours dans ton étuve, qui préfères la compagnie des arbres et des insectes à celle des humains !

– Ce n'est pas de ça qu'il s'agit…

– Mais bien sûr que si. Tu te complais dans cet univers fossilisé. Tu espères y trouver quoi ? Tu n'as jamais vraiment travaillé, tu ne sais pas ce que c'est que de vivre avec des horaires. La pire des choses qui te soit arrivée ç'a été de vendre tous ces livres.

– Anna, je me fous des livres, du travail, de tout ça. Ce que je veux te dire c'est que j'étais tellement seul, ici, à côté de toi, dans cette maison, que j'en étais réduit à payer cet homme pour lui parler, tu comprends, à le payer juste pour qu'il m'écoute.

Anna ne répondit rien et pendant ces longs instants de silence on n'entendit plus que le cliquetis des radiateurs qui montaient en température. Nous devions ressembler à deux momies glaciaires prises dans la banquise. Comment avions-nous pu nous négliger à ce point durant toutes ces années ? Nous ne nous entraidions même plus, nous contentant de nous affranchir de notre quota de tâches domestiques. Pourquoi à défaut de nous aimer avions-nous même perdu le réflexe de nous épauler ? Pourquoi n'avais-je eu d'autre choix que d'aller sonner au cabinet de Baudoin-Lartigue pour lui raconter de simples propos de table ?

Anna se leva et marcha jusqu'à la fenêtre. Les yeux perdus dans le vague de la nuit, offrant à mon regard le dessin de sa belle carrure, elle dit :

– Les enfants m'ont téléphoné. Ils ne dînent pas là ce soir. Si tu as faim, prépare-toi quelque chose, moi, je suis trop fatiguée pour cuisiner.

– Tu veux que je te fasse un poisson ?

– Non, je vais aller me coucher.

– Le psy que je voyais s'est suicidé ce matin. Il s'est tiré une balle dans la tête après avoir tué sa femme et ses deux enfants.

– Je suis désolée. Bonsoir.

J'étais assis à la table de la cuisine. À l'autre bout de la maison, les yeux grands ouverts, Anna était allongée dans son lit. Cela faisait une éternité que nous n'avions pas été heureux, ensemble ou séparément. Mais le fait de penser la même chose au même moment ne nous rapprochait pas pour autant.

Je passai une ou deux heures au laboratoire à développer des gros plans d'insectes parmi les plus ingrats de la création. Il était impensable d'espérer trouver en eux la moindre parcelle de fraternité. Tous exprimaient une perception mécanique, autiste, authentiquement égoïste du monde. Entre leur naissance et leur mort ils ne menaient que des activités de première nécessité régies par l'instinct de survie ou la roulette du hasard, et ignoraient pareillement la peur, la joie, le chagrin, l'amour.

En observant ma vie, celle d'Anna, je songeais qu'un éthologue peu regardant aurait pu nous ranger dans la même catégorie.

Ce soir-là, tard, je rejoignis Anna dans sa chambre. Comme l'avait fait Mitterrand chez ma mère, je me déshabillais entièrement et m'allongeais dans ce lit aussi froid qu'une tombe. Je passai mon bras autour de l'épaule d'Anna qui marqua un temps d'hésitation avant de se dégager comme l'on se découvre lorsque l'on a trop chaud. Déjà, Baudoin-Lartigue me manquait. Dans les mois qui suivirent, Anna connut de nouveaux problèmes à Atoll et s'installa pratiquement à demeure dans son entreprise, ne rentrant à la maison que pour monter directement dans sa chambre et s'effondrer de fatigue. Lorsqu'elle prenait un peu de repos c'était pour aller dîner chez ses parents, avaler les plats à toute vitesse et vitupérer la gauche, le fisc et surtout les syndicats qu'elle tenait pour de véritables fléaux sociaux.

– Laisse-moi te dire une chose : les pays du Sud-Est asiatique, quand ils voient notre législation du travail, ils se frottent les mains.

Martine et Jean Villandreux, aujourd'hui vieilles choses désabusées, faisaient mine de recueillir les paroles de leur fille comme autant d'échantillons précieux, mais au fond, tout cela ne les intéressait guère, préoccupés qu'ils étaient de surveiller l'évolution de leur propre sénescence.

– Tu imagines que leurs derniers modèles de jacuzzis, quatorze buses, vendus en France, complets, sont meilleur marché que les miens, non équipés. Et en plus, depuis deux ans la CGT et les autres grands syndicats demandent la réduction du temps de travail à trente-cinq heures. Comment veux-tu qu'on s'en sorte ? On est en train de marcher sur la tête.

À *Sports illustrés*, Jean Villandreux ne se plaignait de rien. Les saisons se succédaient et les ventes du journal fluctuaient aussi peu que le niveau du lac Léman. Le sport en général, le football et le rugby en particulier, avait cette incroyable capacité de pouvoir échapper à l'instabilité capricieuse des marchés et à l'influence des conflits. Bien que de plus en plus soumises au pouvoir de l'argent, ces compétitions de ballons survivaient aux krachs boursiers et aux pires guerres. Quels que fussent les aléas de la géopolitique ou de la conjoncture économique, les lecteurs de *Sports illustrés* allaient chercher leur lot de muscles et d'exploits dans leur magazine. « C'est un journal qui se dirige en pilote automatique », avait coutume de dire Jean Villandreux. En lui-même, il se félicitait de s'être déchargé au bon moment de son entreprise de piscines même si, aujourd'hui, il avait quelques remords en voyant sa fille se démener pour sortir du piège.

Des millions de Français défilaient dans les rues contre le plan Juppé, Premier ministre dont la normalienne suffisance subjuguait ma belle-mère. « Nous ne le méritons pas », répétait-elle en voyant les vagues de mécontentement se briser sur son intransigeance.

Bien que n'étant pas un citoyen à part entière du fait de mon faible penchant à bourrer les urnes et de ma méconnaissance de ce qu'Anna appelait la « vie réelle », mon état d'esprit lugubre, mon moral farineux reflétaient assez fidèlement l'abattement, le désenchantement, le vieillissement même de ce pays dont la presse ne cessait de stigmatiser les dirigeants pour leurs indélicatesses et leurs insuffisances. Chaque jour apportait sa livraison de fiente fraîche : corruption, prévarication, abus de biens sociaux, détournements, mises en examen, racisme, pauvreté, mépris, chômage. Tous ces facteurs s'enchevêtraient, s'interpénétraient, créaient leurs propres virus, maladies combinées résistantes aux thérapies de groupe, installant leur chronicité maligne, avec leur phase de rémission et leurs crises soudaines.

Qu'il s'agisse de ma propre vie ou bien du destin de ce pays, je ne voyais aucune issue, aucune lumière, pas la moindre raison d'espérer une amélioration.

Pour échapper à cette neurasthénie familiale, mon fils Vincent quitta la maison au début de sa vingtième année. Après des études secondaires efficaces à défaut d'être brillantes, il s'était inscrit à dix-sept ans en langues dans le but de préparer une licence puis une maîtrise spécialisée dans l'anglais technique. Depuis toujours très proche de sa grand-mère, il avait été séduit, je crois, par ce style de travail discret exercé dans le calme et le retrait de son domicile. Diplômé, il avait l'intention de monter une officine de traduction de documents scientifiques aussi bien que de textes plus littéraires. François Milo l'avait d'ailleurs fortement encouragé dans cette voie, lui promettant de lui faire sous-traiter, pour Airbus Industrie, un certain nombre de nomenclatures administratives et techniques. En outre, Vincent s'était également mis au japonais. Il semblait assimiler cette langue sans trop de difficulté, aidé en cela qu'il était par son amie Yuko Tsuburaya.

De deux ans son aînée, elle travaillait au CNES dans le cadre d'échanges d'étudiants entre l'université de Kyoto et le centre de recherche spatiale. Yuko avait un caractère aussi discret que celui de Vincent. Ni l'un ni l'autre n'élevaient jamais la voix. Aucune exubérance, jamais la moindre colère. Le curseur de leurs humeurs et de leurs émotions semblait avoir été réglé une fois pour toutes. Chez eux la joie comme la peine donnaient l'impression d'être filtrée, épurée, jusqu'à ne plus donner qu'une goutte d'un extrait qui irriguait ensuite de manière infinitésimale chacun de leurs capteurs intimes. J'admirais leur sérénité, et cette relation si peu démonstrative. Lorsqu'ils venaient déjeuner à la maison, je me demandais souvent comment un couple de cette sorte pouvait évoluer dans le temps. J'imaginais que leur enveloppe granitique, leur aspect minéral les préservaient de l'érosion des années. De qui mon fils pouvait-il bien tenir cette apparente sagesse orientale ? En aucun cas de sa mère ou de moi tant il était évident que notre combinatoire génétique représentait sans doute le pire cadeau biologique que des parents puissent offrir à leur descendance.

Yuko, en revanche avait de qui tenir. Elle était la fille de Kikuzo, mais surtout la nièce de Kokichi Tsuburaya. Qui se souvenait encore aujourd'hui de l'histoire de cet homme qui était un jour passé en courant sur notre écran de télévision sans que nous n'y prêtions vraiment attention ? Quand Yuko m'avait, pour la première fois, raconté la vie de son oncle, il m'avait fallu plusieurs jours pour me dégager de l'invisible emprise de son récit.

Kokichi Tsuburaya aimait courir. Durant son enfance et son adolescence, il avait parcouru toutes les routes, tous les chemins de la préfecture de Saitama, située au nord de Tokyo. Des recruteurs de club d'athlétisme avaient remarqué les infatigables foulées de cet adolescent dans lequel ils voyaient déjà un coureur d'exception. Soumis à des entraînements rigoureux, le jeune homme atteignit très vite des degrés d'excellence. Lorsque le Japon organisa les Jeux olympiques en 1964, Tsuburaya fut sélectionné pour représenter son pays dans l'épreuve du marathon. L'année qui avait précédé cette course de quarante-deux kilomètres et cent quatre-vingt-quinze mètres, Kokichi avait gravi des montagnes, traversé des plaines, galopé dans la boue et la neige, sous la pluie, sous le soleil et par tous les vents. Il courait le jour, mais aussi parfois la nuit, serrant toujours des cordes imaginaires, plaçant des démarrages tactiques successifs aux quatorzième, vingt-septième et trente-huitième kilomètres pour décrocher des concurrents fantômes, lançant le sprint dans l'ultime kilomètre dans l'espoir de se défaire du dernier poursuivant et d'entrer seul en tête à l'intérieur du stade olympique où l'ovation de soixante-dix mille spectateurs l'attendait. Cette course, dans sa tête, Tsuburaya l'avait faite des milliers de fois, survoltant, à chaque foulée, et son courage et toutes les conductions électriques de son cœur.

Lorsqu'il se leva, à l'aube de cette grande journée de 1964, il but une tasse de thé et se prépara tranquillement comme à son habitude. Quelques secondes avant le départ, il comprit que le pays tout entier le regardait et un frisson de fierté lui traversa la poitrine. Au coup de feu du starter, il s'élança comme il savait si bien le faire. Ses jambes, souvent maltraitées, dressées au pire couraient maintenant vers ce qu'il leur avait promis de meilleur. Les autres concurrents avaient le plus grand mal à soutenir le rythme de cette locomotive humaine et tous, les uns après les autres, lâchaient prise. À mi-course, il y avait Kokichi et, derrière, le reste du monde. Dix kilomètres avant l'arrivée, la victoire du Japonais paraissait acquise. Pourtant, insensiblement, un homme refaisait son retard, augmentait la fréquence et l'amplitude de ses foulées. Il s'appelait Abebe Bikila et venait de l'autre bout de la terre. À trois kilomètres du stade, à l'endroit même où, dans ses rêves, il lâchait ses adversaires, Tsuburaya vit passer Bikila et, avec lui, un autre coureur. Un instant il essaya bien de suivre leurs traces, mais cette fois, ses jambes, ses muscles, ses os, son cœur, toute cette mécanique qu'il croyait avoir disciplinée refusa cette charge supplémentaire.

Kokichi Tsuburaya monta sur la troisième marche du podium. Pendant que Bikila rayonnait, Tsuburaya s'enfonçait dans les ténèbres. À l'issue de la cérémonie de remise des médailles Tsuburaya se rendit devant les journalistes pour demander pardon à tous les Japonais de ne pas avoir remporté la course. Il disait profondément regretter l'humiliation ainsi infligée à son pays et promit de se racheter lors des prochains jeux à Mexico City.

Le lendemain de la finale, Kokichi remit ses chaussures de course, son flottant, et repartit sur les routes et les chemins qu'il avait tant de fois empruntés. Et les mois passèrent. Et encore d'autres saisons. L'homme courait encore et toujours, mais insensiblement les distances qu'il parcourait raccourcissaient. Comme si chaque jour qui passait lui volait un peu de force et une part de courage. Rarement, je le crois, un homme alla ainsi au bout de lui-même ; et il faut croire que ce qu'il trouva au fond de cette âme épuisée lui enleva le goût d'avancer plus avant.

Un matin Kokichi Tsuburaya ne sortit pas de chez lui. Ni le jour d'après, ni le suivant. Personne ne remarqua ce bien modeste changement dans les habitudes du quartier. Quoi de plus anodin qu'un homme qui court ? Son frère aîné, Kikuzo, le père de Yuko, téléphona à plusieurs reprises mais n'obtint pas de réponse. Il sonna à la porte de Kokichi et personne ne vint lui ouvrir. On fit alors venir un artisan qui crocheta la serrure. À l'intérieur, les visiteurs trouvèrent la tenue de course de Tsuburaya méticuleusement pliée et déposée sur le sol à côté de ses chaussures de marathon. Le coureur, lui, était couché sur le tapis, exsangue, face à la baie de Tokyo. Il s'était tranché la carotide avec une lame de rasoir qu'il tenait encore dans la main. Sur sa table, un mot lapidaire écrit à l'encre bleue : « Je suis fatigué. Je ne veux plus courir. »

Depuis qu'elle m'avait raconté cette histoire, je ne voyais plus Yuko de la même façon. Je ne pouvais plus m'empêcher désormais de l'associer au destin de cet homme que je ne connaîtrais jamais et qui pourtant n'en finissait pas de trotter dans ma tête.

Anna, que j'imaginais moins maternelle, vécut très tristement le départ de son fils. Sa mélancolie fut sans doute amplifiée par la petite soirée que j'avais organisée pour célébrer l'envol de Vincent et qui se révéla être un vrai désastre. Les enfants avaient invité leurs amis, François Milo était venu accompagné de Miss Vingt-quatre et quelques, Michel Campion, de sa femme Brigitte ripolinée et botoxée jusqu'à la garde. Anna, elle, avait convié au dernier moment quelques-unes de ses relations censées donner un peu de lustre et d'animation à ce dîner d'une vingtaine de couverts. J'avais passé deux jours à préparer ce repas essentiellement composé de salades grecques et libanaises, de crustacés, de sushis, de poissons cuits et de légumes sautés au wok. Mais tous mes efforts furent vains et la soirée coula lentement comme un navire qui s'alourdit à force d'embarquer des paquets de mer. Miss Vingt-quatre fit d'abord une inexplicable scène à François auquel elle reprochait, si j'avais bien compris, « d'avoir des préoccupations et des goûts de vieux ». Anna fondit en larmes quand sa voisine lui demanda si elle redoutait désormais d'éprouver « le syndrome du nid vide » (ou du moins à demi plein, puisque Marie habitait encore avec nous). Il y eut un coup de fil d'une baby-sitter qui demanda à l'un des jeunes couples présents de rentrer parce que leur bébé avait une fièvre anormale. Michel Campion infligea ensuite à toute la tablée le récit de l'une de ses opérations cardiaques dont le compte rendu circonstancié et vaguement écœurant ne pouvait raisonnablement enchanter que son auteur. Enfin, au milieu du dîner, une amie de Yuko fut prise de violents vomissements qu'elle attribua à un crustacé avarié.

Contrarié par tous ces événements successifs, je me réfugiai dans la cuisine pour n'en sortir qu'après le départ du dernier invité. Je retrouvai Anna dans sa chambre, assise sur le rebord de son lit, les coudes en appui sur les genoux. Cette pose masculine voûtait son dos et accentuait la fatigue de son visage. Ma femme ressemblait à un homme à la fin d'une journée pénible.

– Je ne pensais pas que le départ de Vincent t'affecterait à ce point.

– Tu pensais quoi ? Que j'allais célébrer ça dans la joie ?

– Je ne sais pas. Je suis surpris, c'est tout.

– Mais tu es surpris de quoi ? Tu découvres que j'aime mon fils, c'est ça que tu veux me dire ?

– Ça n'a rien à voir. Je te voyais plus dure... moins sensible à ce genre de choses.

– On dirait que tu m'en veux d'avoir pleuré, tout à l'heure.

– Absolument pas, au contraire. J'ai trouvé ça adorable.

– Mais ça n'a rien d'adorable, Paul. C'est triste, tout simplement triste. Vincent s'en va, et c'est un moment important pour notre famille. Jusqu'à maintenant nous vivions ensemble. Désormais nous allons vieillir séparément. Et c'est très différent. Surtout pour une femme.

– Je crois que tu exagères un peu. Ton fils va habiter à dix minutes d'ici, ce n'est pas comme s'il allait s'installer au Japon.

– Vincent ira au Japon.

– Rien ne dit qu'il passera sa vie avec Yuko.

– Il passera sa vie avec elle, et ira s'installer au Japon. Il faut que tu le saches. Un jour il ira. Et puis de toute façon ça ne change rien. Tu essayes de te rassurer en te disant qu'il est à deux pas d'ici, mais ça n'a pas de sens. Ton fils est parti, tu comprends, il ne reviendra plus.

À peine avait-elle terminé sa phrase qu'Anna éclata en sanglots comme une mère à laquelle on aurait arraché son enfant unique. Tout ce qu'elle venait de me dire m'avait touché en plein cœur, me dévoilant des perspectives sombres, de brumeux paysages asiatiques traversés par un fils qui courait pour nous fuir à jamais.

J'aurais aimé prendre Anna dans mes bras, lui dire que j'étais là, avec Marie, que nous allions vieillir, sans doute, mais tout doucement, en laissant le temps venir à nous. Cependant je me tus et quittai la pièce, sachant que, lorsqu'elle était dans cet état, Anna Blick se transformait en une paroi lisse n'offrant pas la moindre prise, la plus petite anfractuosité.

Le lendemain, ébranlé par cette conversation, je téléphonais à Yuko et, sous un prétexte fallacieux, m'arrangeais pour la faire parler de ses travaux au CNES. À l'issue de ma petite enquête, j'appris qu'elle était encore liée au centre pour quatre années. Contrairement à ce que pensait Anna, j'avais maintenant la certitude que mon fils n'était pas près de quitter Toulouse. Le soir même, j'annonçais fièrement la nouvelle à ma femme.

– Je n'ai plus envie de parler de cette histoire, Paul. Je t'ai déjà expliqué que pour moi Vincent était parti. Qu'il soit à deux pas ou à Kyoto, ça ne change rien.

– Tu ne m'as jamais dit ce que tu pensais de Yuko.

– Je ne pense rien de Yuko, comme je suis convaincue qu'elle n'a pas le moindre avis sur moi. Elle est là, moi aussi. Nous respectons cette distance, voilà tout.

– C'est un peu restrictif, non ?

– Si ça peut t'éclairer, je pense exactement la même chose à propos de notre fils. Je n'ai jamais su qui il était vraiment, ce qu'il désirait et où il voulait mener sa vie. Ça ne m'a pas empêchée de l'aimer.

– Ce que tu dis me paraît juste et à la fois tellement dur…

– Paul, je vais bientôt avoir cinquante ans. Et l'âge ne m'adoucit pas.

Anna avait beau être de deux ans mon aînée, je la voyais encore comme la jeune femme que j'avais habilement subtilisée à Grégoire Elias. Elle avait conservé cette même beauté qui à l'époque me faisait monter les larmes aux yeux. La vie nous avait usés, parfois malmenés, mais elle me paraissait sortir intacte de cette longue traversée, même si elle semblait dire que son cœur, lui, était tout bosselé.

– Tu crois que Vincent est heureux ?

– Paul, tu es incroyable. Comment veux-tu que je réponde à cette question ?

– Je ne sais pas, tu es sa mère...

– Et toi son père. Tu as vécu vingt ans sous le même toit que lui, et tu avais tes yeux pour voir, comme moi. Tu n'as jamais parlé avec ton fils et tu attends qu'il ne soit plus là pour m'interroger à propos de questions essentielles que tu aurais dû lui poser.

– Je n'ai pas vu passer le temps.

– Mais bon sang pourquoi faut-il que les hommes aient toujours ce même problème avec le temps ? Tu ne vois donc pas, tu ne *sens* pas que nous vieillissons chaque jour ?

– Justement, je me disais que tu ne bougeais pas, que tu n'avais pratiquement pas changé depuis que je te connaissais.

– Arrête tes conneries.

Anna avait toujours eu un problème avec les compliments. Surtout lorsqu'ils se rapportaient à son physique. Elle avait une manière un peu rurale et assez masculine de rabrouer ceux qui lui adressaient des éloges.

– Tu vois, Paul, je crois que nous n'aurions jamais dû avoir d'enfants...

– Pourquoi dis-tu cela ?

– Je ne sais pas… J'ai le sentiment que nous ne leur avons pas donné tout ce à quoi ils avaient droit, que nous les avons aimés de trop loin, par intermittence. J'ai souvent ressenti cela. Et, chaque fois, je me disais que je rattraperais le temps perdu, que je rentrerais plus tôt du bureau pour passer des moments avec eux ou bien que je les emmènerais quelque part en week-end. Finalement, par fatigue et lâcheté, je n'ai rien fait de tout ça. Aujourd'hui ils s'en vont, et je me rends compte que j'ai passé le plus clair de ma vie à m'occuper de filtres à diatomées et de jacuzzis au lieu de prendre le temps d'être auprès d'eux.

Je comprenais parfaitement ce qu'Anna voulait dire et partageais cette moite culpabilité que j'avais pris l'habitude de taire. De violentes bourrasques de vent d'autan secouaient les arbres du parc et faisaient siffler les branches et les troncs. Debout devant la fenêtre, Anna regardait tanguer cette végétation dans la tempête de la nuit. Je m'approchai d'elle et posai mes mains sur ses épaules. Nous étions seuls dans l'immensité de cette maison. Sans se retourner, je l'entendis me dire: «Baise-moi.»

J'avais une idée à peu près exacte de ce que désirait Anna en cet instant précis, un moment de répit, l'un de ces instants subtilisés au formol des habitudes, une bouffée de sexe sans manières, quelque chose d'un peu instinctif. Elle n'ignorait pas que l'après ne vaudrait guère mieux que l'avant, que nous resterions péniblement ce que nous avions toujours été. Cela n'avait aucune importance puisqu'Anna ne voulait qu'une chose: un simple morceau de présent. Entre nous, si le sexe ne transcendait ni ne réhabilitait plus rien, il nous permettait cependant de couper au plus court, de supporter l'encombrant poids de nos corps. De nous accrocher à la trame avachie de l'existence. Non que le plaisir fût absent de nos accouplements. Au contraire, débarrassé de sa gangue judéo-chrétienne, il retrouvait une certaine rudesse archaïque où chacun faisait payer à l'autre l'erreur de ne pas être soi.

Il n'est pas inintéressant de revenir ainsi aux origines de l'espèce pour redécouvrir ce dont nous sommes vraiment faits et ce désir de survivre, de revoir une aube se lever quelle qu'en soit la promesse. En ce soir de tempête, sous les bourrasques du vent, je crois qu'Anna voulait que nous survivions. Et moi aussi. Ensemble ou séparément. Lorsqu'il m'arrivait de penser à nous, j'étais effaré par la discordance des existences que nous menions. Elle, nuit et jour, droguée à la tâche, Blanche de Castille des jacuzzis, sainte mère des pool-houses. Moi, ex-photographe arboricole, retraité d'on ne sait quelle branche, errant comme une âme en peine dans les couloirs des heures.

Pour Anna, les affaires devinrent de plus en plus difficiles à partir de 1997. Ses sautes d'humeur épousaient celles du marché et, les difficultés financières s'accentuant, elle entretenait des rapports exécrables avec son personnel. Juste avant la dissolution de l'Assemblée nationale en avril et la victoire de la gauche qui suivit en juin, les syndicats d'Atoll déclenchèrent la grève pendant plus d'un mois. Fiché au cœur de la campagne électorale, ce mouvement eut un certain écho dans la presse locale et reçut même l'appui des futurs élus de gauche. Ce soutien mit Anna dans un état second. Elle vitupérait l'« irresponsabilité » et la « démagogie » des socialistes, mais ne manquait, non plus, aucune occasion de stigmatiser l'impéritie de l'« autre grand con », c'est-à-dire Jacques Chirac auquel elle ne pardonnerait jamais d'avoir bousculé un ordre établi au nom d'on ne sait quelle lubie hormonale. Les affaires, en général, ont horreur des changements inopinés, des situations instables. Et les pisciniers en particulier. Pour l'avoir entendu répéter cent fois, je dirais qu'ils se situent à fleur de l'économie et de la conjoncture, affirmant être parmi les premiers à passer par-dessus bord en cas de marasme ou de crise. Dans l'esprit d'Anna, survenant au cœur d'un conflit qui l'opposait à ses syndicats, le remplacement d'un Premier ministre de droite né à Mont-de-Marsan, Alain Juppé, par un socialiste originaire de Meudon, Lionel Jospin, était une véritable révolution d'Octobre. Écumant de rage, Anna capitula sur toute la ligne et accorda aux syndicats toutes les augmentations qu'ils réclamaient. Le soir de la signature des accords elle téléphona pendant plus de trois heures à ses parents et à un journaliste d'une revue économique. Tandis que Marie et moi dînions dans la pièce voisine nous pouvions percevoir l'écho de ce tumulte

– … Mais bien sûr… tout a basculé à cause de la dissolution… tu parles, les autres se sont sentis soutenus, c'est normal… Je leur ai dit : on va droit dans le mur… l'entreprise n'a pas les moyens de payer ce que vous voulez… je les voyais, ils se marraient, ils appelaient leur centrale, et ils se marraient… mais non, papa, ça a changé, les rapports ne sont plus les mêmes qu'à ton époque… il n'y a plus à discuter… et le pire c'est que si tu écoutes les journalistes, ils te racontent que le syndicalisme est mort et que les patrons ont les mains libres… tu parles, à la banque maintenant, après ce qui s'est passé, ils vont surveiller tous les comptes… et il va falloir discuter chaque découvert… là ça va trop loin… et tout ça à cause de l'autre connard…

Marie, d'un naturel aussi réservé que celui de son

frère, et dont je connaissais les sympathies pour la gauche alternative, semblait gênée par toutes ces jérémiades patronales. Elle n'aimait pas entendre revendiquer haut et fort, par sa propre mère, de telles opinions droitières et résolument libérales. Cette révélation créait en Marie un conflit qui opposait la fille aimante à la militante. Pour ma part, plus prosaïquement, je pensais à l'« autre connard », à son destin burlesque, à cette incroyable étanchéité au ridicule dont il devait faire preuve pour reprendre sa route, comme si de rien n'était, à la tête du navire amiral, après avoir coulé lui-même l'entier de sa propre flotte. Et si ce n'étaient les cinq siècles qui les séparent, on pourrait penser que le poète italien Ludovico Ariosto, dit l'Arioste, avait longuement fréquenté l'auteur de cette fulgurante dissolution et de tout ce qui s'en était ensuivi, avant de livrer sa propre définition de la bêtise : « Le vulgaire imbécile est toujours avide de grands événements, quels qu'ils puissent être, sans prévoir s'ils lui seront utiles ou préjudiciables ; le vulgaire imbécile n'est ému que par sa propre curiosité. »

Pour ma part, la chance m'ayant souri une fois pour toutes, je vivais de mes rentes en continuant mes travaux sur les insectes que j'augmentais d'un projet de livre sur les téléviseurs. À l'inverse de ma monographie sur les archiptères et autres hyménoptères, cette idée de photographier sur fond gris et en noir et blanc l'évolution historique et esthétique de ces lanternes magiques emballait littéralement Spiridon qui m'avait aussitôt ouvert une ligne de crédit susceptible de couvrir mes frais de recherche et de voyage. Avant d'entreprendre le moindre périple, j'opérais une recension des plus belles pièces sur des archives ou des catalogues. Ce projet était à ma mesure. D'autant qu'il me préservait de photographier mes semblables, espèce remuante, qui, sans cesse, bougeait, entrait et sortait de mon cadre de prise de vues.

Je n'eus pas très longtemps le loisir de me livrer à mes nouvelles recherches. La veille de la finale de la coupe du monde de football, ma mère eut un second accident vasculaire cérébral, cette fois d'importance. Cette invisible blessure au cerveau affecta ses fonctions motrices mais aussi le regard qu'elle portait sur la vie. Même si elle n'en parlait que très peu, elle savait désormais que, toutes les nuits, la mort dormait dans son lit.

Lorsqu'elle rentra chez elle après deux longs mois de rééducation, elle pénétra dans sa propre maison comme si elle visitait un riche palais oriental. Elle retrouvait un monde qu'elle pensait disparu à jamais et tous ses objets familiers qui l'avaient patiemment attendue.

Pour pouvoir organiser cette réinstallation, il avait fallu déployer un véritable dispositif sanitaire. Outre la mise en place d'un lit électrique médicalisé, une infirmière passait matin et soir pour laver, lever, puis coucher ma mère, un kinésithérapeute lui prodiguait quelques massages, tandis qu'un service municipal lui portait chaque matin des plats cuisinés que l'on eût dit préparés à base de nutriments.

À la grande joie de ma mère, j'annulai très vite ce type de livraisons et m'occupai moi-même de la confection de ses repas. L'amélioration sensible de son ordinaire lui redonna goût à la vie et mes visites quotidiennes devinrent très vite aussi coutumières qu'indispensables. En quelques mois, ma vie bascula. Sans que je le veuille vraiment, sans que je m'en sois rendu compte, j'étais devenu le cuisinier, le comptable, le jardinier, l'intendant, le confident de ma mère. Les mois se succédaient et il m'arrivait de passer plus de temps dans sa maison que dans la mienne. Certains soirs je rentrais chez moi exténué, démoralisé, vieilli.

Je ne pouvais plus revenir en arrière. Prisonnier d'une nasse affective, je devais continuer ce que j'avais initié sous peine de renvoyer ma fragile mère dans son univers de solitude immobile, de rompre aussi le contrat tacite qui nous unissait. Elle me disait chaque jour sa gratitude et sa joie de pouvoir demeurer chez elle jusqu'à la fin. La fin, elle la voyait sans doute à pouvoir la toucher, aussi en parlait-elle familièrement, avec une légèreté, un détachement qui, de sa part, étaient nouveaux. Toute sa vie si silencieuse et tellement discrète, ma mère n'hésitait plus désormais à me faire partager ses pensées et ses sentiments. C'était comme si en submergeant son cerveau l'hémorragie avait emporté toutes les digues de retenue qui avaient canalisé ses émotions. Bien qu'elle fût à demi paralysée, jamais ma mère ne m'avait paru aussi alerte.

Je l'accompagnai dans ce long tunnel pendant quatre ans au cours desquels cette marche m'apparut de plus en plus pénible et triste. Certains soirs je sortais de ce sombre boyau comme jadis l'on remontait de la mine. La charge de travail n'était pas accablante, mais il y avait tout le reste, ce spectacle lancinant de la vieillesse et de la maladie attelées à leur œuvre commune d'anéantissement. Et puis je constatais chez moi l'émergence de sentiments de moins en moins nobles. Je commençais d'en vouloir à ma mère de me voler mon temps, d'exercer une sorte de chantage affectif, d'abuser d'une situation, de prendre l'habitude de se plaindre, de se résoudre à ne plus faire d'efforts. Tous ces griefs étaient évidemment des plus injustes.

En cet automne 1998 j'avais reporté *sine die* mon projet éditorial. Depuis quelque temps, lorsqu'elle rentrait le soir, Anna paraissait plus calme, plus détendue que par le passé. Elle parlait de ses soucis et des difficultés d'Atoll de la même manière que s'il s'était agi d'une filiale lointaine et turbulente. Depuis des mois, elle laissait les syndicats valser à l'intérieur de l'entreprise. Elle avait cessé de lutter pied à pied avec eux, préférant, disait-elle, se concentrer sur son nouveau projet : installer une unité de production de jacuzzis en Catalogne et transférer les avoirs d'Atoll à Barcelone. Le plan de délocalisation demeurait ultra-secret et il était hors de question que les employés de Toulouse aient vent de leur future mise à l'écart. Je trouvais cela terriblement déloyal, mais il n'y avait rien que je pusse faire sinon d'aller dénoncer les agissements de ma propre femme auprès des syndicats. Et sincèrement, je ne me voyais pas agir ainsi.

Anna multipliait les voyages à Barcelone. Chaque semaine elle allait là-bas prendre des contacts et visiter des sites industriels. Chaque fois, elle revenait de ses voyages toujours plus sûre d'elle et confiante dans sa bonne étoile. Elle disait que la main-d'œuvre était meilleur marché qu'à Toulouse et la province de Catalogne incroyablement généreuse pour aider à l'installation de nouveaux entrepreneurs.

Tandis que j'avais l'impression de ramper quotidiennement dans les méandres d'un tunnel que j'avais en partie creusé, Anna m'offrait au contraire l'image de quelqu'un qui ressuscitait, qui avait enfin trouvé une issue, une solution, brutale, sans doute, égoïste, certainement, mais rudement efficace. Sans le moindre scrupule, elle continuait d'administrer Atoll comme si de rien n'était. Lorsque je rentrais, le soir, je la trouvais souvent installée au salon, les jambes étendues sur le canapé en train de boire un verre en bavardant de choses et d'autres avec Marie. Parfois j'essayais de la raisonner :

– Tu ne penses pas que tu pourrais réfléchir davantage avant de te lancer dans cette histoire à Barcelone…

– Tu t'intéresses à mes affaires, toi, maintenant ?

– Ce sont surtout les affaires d'une centaine de personnes qui vont se retrouver dehors du jour au lendemain.

– Ils auront vraiment fait tout ce qu'il fallait pour ça.

– Pourquoi ne leur dis-tu pas la vérité ?

– Mais quelle vérité ?

– Je ne sais pas, que l'entreprise va mal, que tu as de vrais problèmes. Et qu'il vaut mieux gagner un peu moins pendant un moment que de risquer de perdre définitivement son emploi.

– Tu es un vrai gamin. Parfois je me demande dans quel monde tu vis. Tu crois que des syndicalistes vont accepter ce langage, en tenir compte ?

– Je ne te parle pas des syndicalistes, tu n'as qu'à t'adresser à la base.

– La base me déteste encore plus que les syndicats. Ce que tu ne comprends pas, c'est qu'ici, la partie est perdue. On n'est plus concurrentiel. Plus du tout. En installant mon unité à Barcelone, je gagne trente pour cent, rien que sur les charges.

– Tu en as parlé à ton père ?

– Mon père ? Je peux te dire qu'il est bien loin de toutes ces affaires-là. Il paraît que depuis qu'il prend du Viagra, il n'arrête pas d'essayer de grimper sur ma mère.

– Comment tu sais ça… ?

– Par ma mère, qui veux-tu qui me l'ait dit ?

– Vous parlez de ça avec ta mère ?

– Qu'est-ce que tu peux être coincé par moments.

– Quel âge il a, ton père ?

– Soixante-dix-huit ou soixante-dix-neuf, je ne sais plus.

– Et ta mère, elle dit quoi ?

– Il y a deux minutes tu trouvais scandaleux que ma mère et moi parlions de la sexualité de mon père et maintenant tu voudrais des détails sur leurs rapports !

– Pas du tout. Je me demandais simplement comment réagissait ta mère à cette situation, c'est tout.

– Tu sais quoi ? Tu l'appelles et tu lui demandes.

– Sérieusement, tu devrais parler à ton père de toute cette histoire qui me semble être de la folie. Crois-moi, réfléchis encore.

– C'est tout réfléchi, mon chéri.

– Tu m'as appelé « mon chéri » ?

– Oui, c'est venu comme ça.

Pour figurer la spontanéité de sa repartie, Anna fit une sorte de moulinet avec sa main au-dessus de sa tête. Elle d'habitude austère et pondérée adoptait depuis quelque temps un ton et des manières que j'avais parfois du mal à reconnaître. Je remarquais aussi qu'elle choisissait désormais avec soin ses toilettes, même pour ferrailler avec un dur à cuire de la CGT. Autre changement dont j'aurais eu mauvaise grâce à me plaindre, Anna avait retrouvé son appétit sexuel d'antan. La Catalogne avait décidément de bien étranges pouvoirs métaboliques, capables de redonner à une femme l'envie simultanée d'aimer et de tuer ses semblables.

Nous vécûmes ainsi une année pleine et bizarre. Le jour, en fils accommodant, je donnais la becquée à ma mère et, la nuit, amant obéissant, je roulais sur le ventre satiné d'une épouse soudainement passionnée par les choses du sexe. Outre de petites perversités que je ne lui connaissais pas, Anna, longtemps adepte des rapports mutiques, s'était mise désormais à verbaliser. Elle me donnait de petites séries d'ordres clairs qui tintaient à mes oreilles comme autant d'encouragements. Ma femme avait aussi tendance, depuis quelque temps, à durcir nos étreintes, à les envelopper d'une pellicule de brusquerie. Juste avant que je jouisse, elle avait également pris l'habitude de me donner un ordre impérieux, toujours le même : « Baisse la tête. » Et elle répétait cela en élevant le ton jusqu'à ce qu'effectivement, et quelle que soit ma position, j'incline ma face vers le sol. J'étais alors parcouru d'un sentiment étrange dont je n'ai jamais su s'il majorait ou au contraire dégradait la nature de mon plaisir. Celui que semblait prendre Anna était, en tout cas, sans commune mesure avec les orgasmes auxquels elle m'avait habitué durant notre longue vie commune. Aujourd'hui, lorsque ses yeux se fermaient à demi et que sa tête basculait légèrement en arrière, on devinait qu'à l'intérieur de ce corps, des forces aveugles se pénétraient, se rejetaient et s'entrechoquaient jusqu'à l'embrasement. Collier bleuté, les veines essentielles saillaient alors autour d'une gorge dont on aurait pu croire qu'elle s'étranglait elle-même. De délicieuses horreurs, des grossièretés d'alcôve giclaient alors de la bouche d'Anna pareilles à de petites scories de l'âme, des cendres incandescentes expulsées au moment de l'éruption.

J'avoue avoir été, un temps, intrigué par tous ces bouleversements. Je soupçonnais même Anna d'être atteinte du même syndrome que Laure et de se livrer à la simulation. Mais il n'était vraiment pas dans son caractère de se prêter à de pareilles mystifications et de se donner du mal pour préserver l'ego flageolant d'un partenaire insuffisant. J'avais également la conviction qu'à la faveur de tous ces bouleversements, Anna et moi avions déterré les restes d'une vieille complicité que le temps avait fini par enfouir. Cela faisait des mois que je nous sentais plus proches de corps mais aussi d'esprit. Ce sentiment s'était encore renforcé depuis que Vincent nous avait annoncé que Yuko attendait un bébé. Passé l'instant de la surprise, la perspective de la venue de cet enfant nous unissait autour d'un projet stimulant bien qu'encore très abstrait: prendre soin des enfants de nos enfants. Celui de Vincent et Yuko viendrait au monde en février ou mars 2000. À nous entendre imaginer ce futur proche, il était évident que nous reformions un couple. Malheureusement, l'évidence est souvent le tranquillisant des imbéciles et il suffit d'afficher ce genre de certitude pour que la vie, agacée, vous envoie instantanément par-dessus bord.

Nous étions à quelques mois du nouveau millénaire et, submergé par ses fièvres consuméristes, le monde occidental s'offrait le luxe de quelques frissons d'ordre technologique. Outre d'imminentes apocalypses boursières, quelques hurluberlus visionnaires nous promettaient, de-ci de-là, un déluge de fléaux et autres châtiments informatiques. Préoccupé par la santé de ma mère, de plus en plus désabusé par la tournure que prenait ma vie, je ne suivais que de très loin les imprécations journalières de ces charlatans du malheur. J'ignorais qu'avec un peu d'avance, je m'apprêtais à vérifier le bien-fondé de toutes ces malveillantes prophéties millénaristes.

Mon petit Armagueddon personnel commença le jeudi 25 novembre 1999 en fin d'après-midi par un coup de téléphone de la gendarmerie de Carcassonne. Je ne compris pas ce que me disait l'homme qui me parlait. Sa voix était mal assurée, ses explications confuses, enveloppées d'un fort accent des Corbières. Il faisait déjà nuit, et dehors il pleuvait.

– Il faudrait que vous veniez identifier le corps.

C'était la troisième fois qu'il répétait cette phrase. Identifier le corps. Identifier le corps d'Anna Blick. Elle était morte dans un accident d'avion. J'avais beau lui expliquer que c'était impossible, qu'Anna était partie pour Barcelone en voiture le matin même, il insistait. Identifier le corps. C'est tout ce qu'il voulait. Que je dise oui. Et ensuite, il raccrocherait.

Sans prévenir personne ni appeler les enfants, je pris la voiture et roulai vers Carcassonne. Je me souviens d'avoir accompli ce trajet sans hâte ni angoisse véritable, dans un état d'une grande neutralité, laissant flotter en moi toutes sortes de sentiments, comme en apesanteur. Je ne ressentais ni n'envisageais rien. Pas de spéculations ni de réflexions parasites. Les gouttes de pluie s'écrasaient sur le pare-prise, les essuie-glaces les chassaient. J'avançais au rythme de ces balais qui s'efforçaient de dégager ma vue, d'éclaircir l'obscure vision que je pouvais avoir du monde qui m'entourait.

Le corps avait été lavé mais il restait des paillettes de sang coagulé à la racine des cheveux. De larges plaies s'enfonçaient dans la poitrine et la chair des jambes. Le pied gauche était sectionné à la hauteur de la cheville. Le sein droit, tranché en son milieu. Bien que bleui et déformé par les hématomes, le visage conservait une certaine beauté et malgré l'ampleur de l'outrage l'on pouvait encore percevoir la finesse des traits. Je regardais tout cela comme l'on découvre la fin du monde, quand il ne reste plus rien, que le mal est passé, qu'il a tout saccagé, tout détruit. Je regardais celle que j'avais quittée le matin même, pressée, en retard comme toujours, embaumant l'énergie et charriant les embruns d'un parfum matinal. Je regardais l'ancienne amie de Grégoire Elias, la mère de Vincent et de Marie, la fille de Martine et de Jean, mais je n'arrivais pas à croire que ce cadavre ravagé était aussi la femme de Paul Blick.

J'étais là et je regardais. J'attendais qu'en moi se produise un événement, quelque chose qui m'aurait fait bouger et comprendre ce que j'étais en train de vivre et qui me dépassait.

– Vous reconnaissez votre femme ?

Il suffisait que je dise oui pour qu'Anna meure, pour que l'on referme le tiroir à glissière du frigo, pour que son décès soit enregistré sur la main courante de la gendarmerie, pour que tout soit différent, que des téléphones se mettent à sonner, et des gens, soudain, à pleurer.

– ... Excusez-moi monsieur..., est-ce que vous reconnaissez Mme Anna Blick ?

Comment dire. C'était elle et c'était à la fois une autre. Une sorte de sœur aînée au visage devenu plus ingrat avec l'âge, rescapée d'un cauchemar sanglant, récupérant lentement sur un canapé glacé. Oui, une sœur renversée par un mauvais rêve, et qui ne sortait jamais sans son Brownie Flash Kodak ni son carrosse d'argent, que les parents avaient toujours préférée parce qu'elle était la plus vive, la plus intelligente des deux. Une sœur qui, plus tard, aurait épousé par erreur un garçon dont le frère était mort, un garçon qui s'appelait Block ou Blick, qui disait avoir gagné sa vie une fois pour toutes et baissait la tête quand il jouissait.

– Je suis désolé d'insister...

Je me tournai vers le gendarme. Je vis un homme fatigué par sa journée, sans doute pressé de retrouver sa famille et de voir s'effacer la marque rouge que le bord du képi traçait chaque jour sur son front. C'était l'homme du téléphone, celui qui parlait avec l'accent des Corbières. Il était désolé d'insister mais n'hésitait pas à répéter sa question. Et il la répéterait autant de fois qu'il le faudrait, jusqu'à ce qu'il obtienne sa réponse et qu'il puisse mettre un nom sur cette morte.

– C'était votre femme ?

Le fait d'entendre le gendarme parler d'Anna au passé me fit fondre en larmes. Il venait de me faire comprendre qu'Anna n'était plus de ce monde. Je répondis que oui, elle l'avait été pendant près de vingt-cinq ans.

Le gendarme referma son classeur et fit un signe rapide à l'employé de la morgue. L'homme avança vers nous, couvrit Anna d'un drap, et, après avoir subrepticement quêté mon accord, d'un geste précautionneux, poussa le tiroir qui glissa lentement et emporta Anna dans le néant.

À cet instant, je n'avais envie que d'une chose : prendre mes enfants dans mes bras et m'accrocher à eux, ne plus les lâcher, les mettre à l'abri des hommes et des avions, les garder près de moi, veiller sur eux comme je l'avais fait pendant si longtemps lorsque nous formions encore une toute jeune famille. Le gendarme me demanda de passer à son bureau pour me donner des informations à propos de l'accident :

– Demain… pas ce soir…

– Je comprends. Quand vous voudrez.

– Ça a eu lieu où ?

– Sur les premiers contreforts de la Montagne Noire.

– C'était un avion de ligne ?

– Ah non, un tout petit avion à hélice, biplace, un Jodel, je crois.

Le retour vers Toulouse dura une éternité. J'avais l'impression de mener une embarcation luttant contre des vents contraires et de mauvais courants. La voiture traversait de véritables rideaux de pluie qui, à mesure qu'on les franchissait, donnaient le sentiment d'ouvrir sur des mondes de plus en plus sombres. La furie des averses n'avait d'égale que la confusion de mes sentiments. À certains moments une sorte de terreur s'emparait de moi à l'idée que je n'entendrai plus jamais la voix d'Anna. À d'autres, c'étaient les circonstances et la nature même de cet accident d'avion qui accaparaient mes pensées. Des questionnements de pure logique sourdaient peu à peu en moi. Comment Anna, partie ce matin pour Barcelone en voiture, avait-elle pu mourir quelques heures plus tard dans un avion biplace en pleine forêt de la Montagne Noire ? Que faisait-elle dans ce minuscule Jodel ? Vers quelle destination cet appareil volait-il ? D'où venait-il ?

J'arrivai à la maison vers vingt-deux heures. Il me fallut un certain temps pour trouver le courage de m'extraire de la voiture. La pluie martelait le pavillon de l'auto et, entre les arbres, je devinais les lumières du petit salon où ma fille aimait à se tenir, le soir venu, quand elle ne sortait pas. Elle devait regarder la télévision, écouter de la musique ou téléphoner à quelqu'un. Installée sur le canapé, elle ignorait qu'elle était assise au bord d'un gouffre dans lequel elle allait basculer dès que j'aurais franchi le seuil de l'entrée.

Comment un père peut-il annoncer à sa fille la mort de sa mère ? Y a-t-il des mots moins douloureux que d'autres, des phrases moins coupantes ? C'était la première fois que j'entrais dans ma propre maison en portant un pareil fardeau. J'entendis la voix jacassante et familière de la télévision, le bavardage intangible et torrentiel de ce monde irréel qui jamais ne dormait ni ne mourait. J'allais annoncer la nouvelle à Marie et dans le poste rien n'allait changer, chacun continuerait à dire ses banalités de survivant, ses répliques d'acteur de complément.

Le corps raide et glacé, le visage couvert de pluie et, sans doute d'une démarche de cambrioleur timide, je fis quelques pas vers Marie qui regardait un film sous-titré. Je me souviens parfaitement du titre : *De beaux lendemains*, d'Atom Egoyan. Je me souviens de l'image du père, Ian Holm, téléphonant de sa voiture à sa fille habitant à des centaines de kilomètres de là, de la tristesse de son regard, de sa phrase pleine de désenchantement : « En ce moment je me demande à qui je parle. »

Je me souviens du regard de Marie se portant vers moi, de l'inquiétude soudaine que j'y devinai, du mouvement de sa main prenant appui sur le rebord du canapé.

Je me souviens d'avoir baissé les yeux et, sans pouvoir davantage retenir mes larmes, de m'être entendu dire : « Ta maman est morte. »

Marie ne me demanda aucune explication, ne prononça pas un mot. Elle se recroquevilla sur le fauteuil de telle manière qu'elle donnait l'impression de rapetisser à vue d'œil, de vouloir disparaître et échapper ainsi au malheur. Des larmes froides coulaient sur ses joues. Elle pleurait les yeux grands ouverts.

Il me fallut téléphoner à Vincent et lui dire l'indicible. Pour amortir sa peine, son premier réflexe consista à me soumettre à un flot de questions auxquelles je ne pouvais évidemment pas apporter de réponses. Mais lui voulait tout savoir sur l'heure, l'endroit, les causes, les circonstances de l'accident. Il ne cessait de formuler ces interrogations, espérant ainsi retarder le plus longtemps possible le moment où des sentiments incontrôlables allaient le submerger.

Il arriva à la maison un peu après onze heures en compagnie de Yuko et nous trouva, Marie et moi, assis, chacun à un bout du canapé. Nous devions ressembler à deux inconnus patientant dans une salle d'attente. Marie se dirigea vers son frère, je la suivis, et nous nous retrouvâmes tous les trois, serrés les uns contre les autres, agrippés à ce noyau familial que nous formions encore. Je me tenais debout au milieu de la pièce, avec mes enfants dans mes bras. En retrait, à la porte du salon, Yuko Tsuburaya et son gros ventre attendaient visiblement un geste de notre part pour rejoindre notre cercle, mais aucun d'entre nous n'eut la présence d'esprit de le lui adresser.

Le même soir, il me fallut annoncer la nouvelle aux parents d'Anna. Leur répéter le peu de choses que je savais. Le Jodel. La Montagne Noire. Carcassonne. La gendarmerie. Curieusement, les Villandreux semblèrent très vite accepter l'idée qu'ils ne verraient plus jamais leur fille unique et m'assaillirent d'une foule de questions relatives à des détails matériels et pratiques que nous allions devoir régler. C'était sans doute leur façon à eux de nier ou de repousser les échéances du chagrin.

Cette nuit-là, je décidai de préserver ma mère, de la laisser se reposer en paix. Rien ne pressait. Demain peut-être, quand il ferait jour. En attendant, tant qu'elle dormait et jusqu'à ce qu'elle soit informée du contraire, Anna était encore de ce monde.

Au matin, la pluie battait toujours la terre et laquait l'écorce des platanes. À neuf heures, j'étais à Carcassonne dans un bureau glacial de la gendarmerie qui sentait le produit javellisé.

– C'est un peu tôt pour avoir des certitudes, mais on pense que l'accident est dû à la situation météo. Hier, les conditions étaient particulièrement mauvaises au-dessus de la Montagne Noire.

Le gendarme me tendit des photos du petit monomoteur disloqué par le choc. C'est à peine si l'on pouvait encore discerner la silhouette fantomatique de la carlingue.

– Qu'est-ce que ma femme faisait dans cet avion… ?

– C'est la question que, justement, je voulais vous poser.

– Anna est partie de la maison, hier, en voiture pour se rendre à Barcelone. C'est tout ce que je sais.

– Vous connaissiez M. Xavier Girardin ?

– Non.

– C'était le pilote et le propriétaire de l'avion.

– Un pilote professionnel ?

– Pas du tout. Il avait son brevet mais volait pour son propre plaisir. Il était avocat à Toulouse. Au fait, quelle était la marque de la voiture de votre femme ?

– Une Volvo.

– Un break S70 gris foncé ?

– C'est ça.

– On l'a retrouvée garée sur le parking de l'aéro-club de Lasbordes, à Toulouse.

– L'avion venait de Barcelone ?

– D'après le plan de vol qui nous a été transmis, le Jodel faisait juste un aller-retour Toulouse-Béziers. Girardin ça ne vous dit vraiment rien ? Je peux vous montrer une photo ?

Sur l'image Xavier Girardin ressemblait à un homme heureux, quelqu'un de souriant, de confiant. Il avait un visage à la fois solide et plein de charme qui n'était pas sans rappeler la masculinité d'un Nick Nolte adoucie. Je n'avais jamais vu de ma vie Xavier Girardin, ni d'ailleurs entendu parler de lui.

– Quelle était la raison du voyage de votre femme à Barcelone ?

– Son travail. Elle y allait à peu près une fois par semaine depuis un an. Elle était en train de monter une affaire là-bas.

– Vous savez s'il lui arrivait de prendre parfois l'avion pour s'y rendre ?

– Jamais. Elle faisait toujours le trajet en voiture.

– Et hier, rien ne pouvait vous laisser penser qu'elle avait décidé d'y aller en Jodel avec M. Girardin ?

– Non.

– Je peux vous demander votre profession ?

– Je fais des photos.

Je sortis perplexe de cet entretien. Le peu que venait de m'apprendre le gendarme ouvrait un abîme de questions que pas la moindre réponse rationnelle ne venait combler. Les jours à venir allaient, en revanche, m'en apprendre bien plus que je ne l'aurais souhaité.

Il y eut d'abord cette étrange atmosphère à l'enterrement d'Anna. Ma femme avait souvent mentionné la haine tenace que lui vouait l'ensemble de son personnel. Aussi fus-je extrêmement surpris d'apprendre qu'Atoll avait fermé ses portes en ce jour de deuil, et très étonné de découvrir que tous les employés sans exception s'étaient déplacés pour assister à la cérémonie. Le plus curieux était bien que tous ces gens avaient l'air réellement affecté. À quelque endroit que je sonde cette foule, je ne voyais que visages attristés et regards compassionnels. Comment pouvait-on détester à ce point sa patronne et pleurer sa disparition avec autant de naturel ?

Quelques jours plus tard, je fis un saut à l'entreprise où je fus accueilli par Bernard Bidault, le bras droit d'Anna. C'était un homme réservé, infiniment sérieux qui connaissait chaque recoin de cette maison. Il en gérait les comptes comme les caprices ou les projets. Il connaissait le prénom de tous les employés et leur fonction dans l'entreprise.

– Je suis désolé de vous importuner en ce moment si pénible, mais il fallait absolument que je vous voie. J'ai bien essayé de contacter M. Villandreux mais sa femme m'a dit qu'après ce qui venait d'arriver, il n'était pas en état de s'occuper des affaires d'Atoll. C'est pourquoi je me suis permis de vous appeler.

– Il y a des problèmes ?

– En fait, monsieur Blick... je crois que l'entreprise va devoir... fermer.

– Comment ça fermer... ?

– Nous avons six mois de retard de paiement de cotisations à l'URSSAF et un an en ce qui concerne d'autres charges. Notre situation bancaire est catastrophique avec des découverts sur la totalité de nos comptes, des emprunts que nous n'arrivons plus à rembourser, le fisc qui nous réclame de gros arriérés et nous avons plus de deux millions de francs de salaires à verser d'ici la fin du mois.

– Anna ne m'avait jamais parlé de tout ça.

– Elle ne me disait pas tout non plus, monsieur Blick. Elle déléguait très peu et réglait les problèmes au jour le jour. À sa façon, avec ses méthodes. À la direction, nous avions parfois un peu de mal à suivre.

Je ne comprenais rien de ce que me racontait Bidault. Tout allait de travers, son histoire, les chiffres, les perspectives et surtout l'image d'Anna qui n'en finissait pas de se brouiller.

En rentrant à la maison, je décidai de chercher dans ses dossiers professionnels quelques documents pouvant attester de la future installation de l'entreprise à Barcelone et la trace d'un quelconque montage financier susceptible de soutenir ce projet. Rien. Pas la moindre note, aucun dossier. D'Espagne ? Nulle part.

Quelque chose alors s'empara de moi, une sorte de sentiment compulsif, une pulsion rageuse qui me poussait à chercher une réponse à chacune de mes questions. J'allais fouiller dans les affaires d'une morte, palper les recoins de sa vie, tout déballer, tout éplucher, tout vérifier.

Barcelone d'abord. Plusieurs coups de fil à la chambre de commerce de la Generalitat de Catalogne m'apprirent qu'Anna n'avait jamais déposé là-bas la moindre demande d'installation ou de subvention, ni pris contact avec un représentant de la province. Son nom ne figurait sur aucun fichier, aucun listing de rendez-vous. En outre, ses relevés de carte bancaire attestaient qu'elle n'avait pas payé de factures en Espagne durant la dernière année.

Anna n'était jamais allée à Barcelone. Elle n'avait pas davantage envisagé de délocaliser Atoll en Catalogne. Tout cela n'était qu'une étrange affabulation dont je ne comprenais ni l'utilité ni le sens.

Quelques jours après cette découverte, je partis en voiture avec Vincent pour récupérer la Volvo de sa mère garée sur le parking de l'aéro-club. Tandis que je flânais entre les carlingues, un homme s'approcha de moi. C'était l'un des mécaniciens du club qui croyait que je cherchais un appareil à louer.

– Non… Je suis un parent de la dame qui est morte dans l'accident…

– Excusez-moi… Quelle histoire terrible… Ici, on s'en est pas encore remis. Pensez, un avion du club… Je l'avais révisé deux jours avant. On ne comprend pas. Ils ont beau dire que c'était le mauvais temps, moi j'ai du mal à y croire… M. Girardin était le pilote le plus expérimenté du club. Ce trajet vers Béziers, il pouvait le faire les yeux fermés. Vous le connaissiez, M. Girardin ?

– Un peu, oui.

– Il avait une maison du côté de Sète, au bord de la mer... Vous y êtes déjà allé peut-être... Avec la dame ils y faisaient un saut toutes les semaines. Alors vous pensez, ce plan de vol il avait dû le déposer des centaines de fois. Je peux pas croire qu'il se soit fait piéger par la météo... C'est difficile à imaginer... Vous volez vous ?

– Jamais.

Il me semblait que chaque journée prenait un malin plaisir à m'humilier tandis que les nuits se chargeaient de faire mijoter ce ragoût avilissant. Mes manières minables, ces petites enquêtes dégradantes m'embarrassaient tout autant que ce que j'en apprenais. Et lorsque les enfants me pressaient de questions pour savoir ce que faisait leur mère dans un avion, en milieu de semaine, en compagnie d'un avocat spécialisé dans les affaires de grand banditisme, je ne pouvais que me taire en haussant les épaules pour feindre l'ignorance et tenter de les convaincre de ma bonne foi.

Lorsque je cessai de fouiner, je retournai m'occuper de ma mère qui avait été très affectée par la disparition d'Anna. Il ne se passait d'ailleurs pas une journée sans qu'elle ne rende hommage à son courage et à sa détermination.

– On ne peut pas dire que tu l'aies beaucoup aidée. Elle a mené sa barque toute seule. Ça n'a pas toujours dû être facile pour elle, tu sais, entre les enfants, tes absences et l'entreprise...

Heureusement, pour compenser toutes ces charges et pallier mes insuffisances, il y avait Barcelone, le Jodel et l'avocat de la pègre. À dire vrai, je n'en voulais pas à

Anna de m'avoir menti. Simplement, j'étais abasourdi par le luxe de sa mise en scène et ses talents de comédienne. Ce qui me surprenait le plus n'était pas qu'elle ait eu un amant, mais qu'elle ait délaissé son entreprise alors même qu'elle la savait au bord de la faillite. Anna m'était toujours apparue comme une dirigeante de société vétilleuse, et sans doute avais-je du mal à l'imaginer dans le rôle frivole d'une maîtresse. Évidemment, comme sur tant d'autres choses, je m'étais trompé. Barcelone n'était pour rien dans le regain intime qu'Anna et moi avions connu durant cette dernière année. Cette embellie, je la devais, en propre, à M. Xavier Girardin, habile plaideur, qui avait su réveiller la mémoire endormie du corps de ma femme. Comment s'y était-il pris ? Avait-il deviné aussitôt l'endroit où Anna appréciait qu'on la touche ? Aimait-elle sa peau, son odeur, sa voix, la forme de son sexe ? Lui disait-il des choses qu'elle aimait entendre, des mots licencieux qui la menaient au ciel ? Savait-il qu'après s'être offerte à lui tout l'après-midi, elle me demandait de la prendre le soir ? Avait-il inventé le roman de Barcelone et le cantique de la délocalisation ? Était-il un salaud flamboyant ou quelqu'un de commun qui préférait simplement jouir des femmes des autres ?

Tout cela n'avait, au fond, aucune importance et ces questions inutiles ne méritaient que de se dissoudre une à une dans la poussière du temps. Anna avait eu ses raisons pour vivre à sa guise. La mort l'avait simplement surprise avant qu'elle ait eu le temps de ranger les placards de son existence. En soulevant le voile de ce désordre intime, le Jodel s'était mêlé de ce qui ne le regardait pas. Chaque jour qui passait m'éloignait et, à la fois, me rapprochait de ma femme. J'aurais aimé pouvoir parler de Béziers, de la Catalogne et de Girardin avec elle. L'écouter me raconter ses histoires à dormir debout. La regarder comme je ne l'avais jamais vue. Prendre le temps de découvrir sa part de mensonge, d'obscurité, et, un soir, lui faire la surprise de l'emmener dîner à Barcelone.

1999 était en bout de course, exsangue, désabusé, à l'image de mes modestes histoires. Parfois emmitouflés de menottes, ministres, maires, préfets ou députés de notre incorrigible République étaient convoqués pour s'expliquer devant leurs juges sur leurs mille et une vilenies. En cette nuit de réveillon, où finissait le millénaire et s'effondrait mon petit monde, assis face à ma mère assoupie, je pensais à ces innombrables dossiers de gredins et de coquins dont aurait pu s'occuper l'inestimable Me Xavier Girardin. Oui, l'avocat des brigands, le portefaix, le chambellan, le Gatsby des truands avait décidément disparu trop tôt.

Dès le début de l'année, les événements s'emballèrent. Le 2 janvier, en établissant la succession d'Anna, le notaire m'annonça que notre maison était hypothéquée jusqu'à la garde et qu'elle était pour ainsi dire déjà la propriété des banques.

– Si votre femme s'est, à plusieurs reprises, ainsi dépouillée de son bien c'était pour tenter de renflouer Atoll, entreprise que vous pouvez aujourd'hui considérer comme « au-delà du dépôt de bilan ». La semaine dernière j'ai rencontré l'un de ses gérants, M. Bidault, que vous connaissez, je crois. Lui a employé l'expression de « coma dépassé ».

– En clair, cela me met dans quelle situation ?

– La pire qui soit. Vous héritez d'énormes dettes et votre maison peut être mise en vente d'un jour à l'autre. Mme Blick a disparu au plus mauvais moment.

– Je vous laisse régler tout ça au mieux.

– Il ne peut pas y avoir de mieux, monsieur Blick. C'est vers le pire que nous allons.

Trois jours après cet entretien, deux agents du fisc se présentèrent aux bureaux d'Atoll pour procéder à un contrôle du paiement des cotisations et une analyse de la comptabilité. Je fus prévenu de leur arrivée par Bidault qui me conseilla de passer les voir au plus vite dans les locaux qu'il avait mis à leur disposition. Deux grands gaillards sympathiques, souriants, athlétiques. D'emblée ils me firent davantage penser à une paire de sauteurs à la perche qu'à un couple de vérificateurs vétilleux aux intentions réglementaires. Devant eux, étalés à perte de vue, des dossiers de comptes, de relevés, de factures, et deux ordinateurs sur lesquels ils ne cessaient de saisir des données. Ils m'avaient accueilli dans leur antre de manière si chaleureuse que leur attitude familière avait quelque chose de déconcertant. Appliquaient-ils de nouvelles directives « behaviouristes » mises au point par la direction générale des Impôts ou bien étaient-ils naturellement d'affables bourreaux, capables sans doute de vous trancher la tête, mais avec mille grâces. De la même façon que l'on traite un ami, ils me firent asseoir à leur côté, me versèrent une tasse de café qu'ils gardaient au chaud dans un thermos, puis, presque à regret, commencèrent à me poser des questions sans doute élémentaires mais auxquelles j'étais bien incapable de répondre.

– Vous n'apparaissez nulle part sur l'organigramme de la société, monsieur Blick. Peut-on vous demander votre fonction ?

– Aucune. Je n'y ai jamais mis les pieds.

– Comment ça ?

– Je ne travaille pas ici.

– Mais alors à quel titre venez-vous nous voir ?

– L'entreprise appartenait à ma femme. Elle est décédée il y a une dizaine de jours.

– Nous sommes vraiment désolés… Nous l'ignorions… L'avis de contrôle vous a été envoyé il y a un mois. Nous ne pouvions pas savoir… Tout cela est malheureux et nous tombons très mal.

– Je vous en prie, faites ce que vous avez à faire.

– … Justement, monsieur Blick… je crains que nous n'ayons encore à ajouter à vos soucis. La situation d'Atoll est plus que préoccupante.

– Je sais, le notaire m'en a déjà parlé.

– A-t-il évoqué le passif fiscal de la société ?

– Non, il m'a simplement résumé l'état général de l'entreprise en employant le terme de « phase terminale » ou de « coma dépassé », je ne sais plus.

– Nous n'avons donné qu'un rapide coup d'œil sur les comptes mais d'ores et déjà il apparaît que les retards d'impôts, sans même parler des cotisations à ce jour impayées, s'élèvent à plusieurs millions de francs. Si la trésorerie est dans le même état, je crains que l'analyse de votre notaire ne soit assez juste.

– Qu'est-ce que je peux faire ?

– Nous sommes là pour vérifier votre position fiscale, et évaluer les arriérés qui sont dus à l'administration. Nous ne sommes pas habilités à vous donner des conseils.

– Je comprends. Mais qu'est-ce qui se passe en général pour des entreprises qui se retrouvent dans l'état de celle-ci ?

– Franchement ? La liquidation judiciaire et le dépôt de bilan.

– Ça veut dire que tout le personnel est licencié ?

– Oui.

– On ne peut pas éviter ça ?

– Il vous faut discuter de ce sujet avec le gérant, monsieur Blick, pas avec nous. C'est dur à dire, mais vous devez comprendre que nous ne sommes pas là pour vous aider ; seulement pour établir le degré de vos manquements et de vos éventuelles fraudes.

– Vous pensez qu'il y a des fraudes ?

– Rien que sur la dernière année écoulée, nous avons déjà relevé des opérations pour le moins bizarres.

– Bizarres comment ?

– D'importantes sorties d'argent chaque mois. Alors que la société est censée être en difficulté. Des virements réguliers établis au nom de Girardin sur un compte bancaire ouvert dans l'Hérault avec cette seule justification en paiement des chèques : « conseils en gestion ». Pas le moindre rapport établi par ce conseiller, ni de notes, et encore moins de factures. Nous sommes vraiment désolés. Surtout dans un moment pareil. Tout ça ne doit pas être facile pour vous. On espère quand même que les choses vont s'arranger.

Comment l'auraient-elles pu, alors que la fonction même de ces hommes consistait à débrancher une à une les modestes perfusions qui maintenaient l'entreprise en survie. Cela n'empêchait pas les perchistes d'accumuler les poncifs et de s'adresser à moi sur ce ton doucereux que l'on réserve généralement aux incurables.

Après avoir perdu leur fille unique, les Villandreux voyaient s'écrouler sous leurs yeux tout un pan de leur vie professionnelle. Atoll, qui avait été pendant des décennies le navire amiral de cette famille, était en train de sombrer. Dans cette atmosphère de naufrage, et malgré les demandes répétées de Bidault, Jean, architecte du projet, fondateur de la marque, aujourd'hui vieil homme brisé, refusa obstinément de remettre les pieds dans ce qui avait été si longtemps sa maison. Ne fût-ce que pour parler au personnel, leur expliquer la situation, les préparer au pire.

Le pire advint en toute logique, à la fin du mois de mars, lorsque, après être passé entre les mains expéditives d'un liquidateur, l'entreprise fut fermée et son personnel mis au chômage. En vertu de lois, de règlements abscons et d'un contrat de mariage, paraît-il mal rédigé, une grande partie de mes économies personnelles fut saisie par le fisc et le tribunal afin d'honorer nombre de dettes et de créances contractées par Anna dont j'étais, selon les tribunaux et jusqu'à la fin, légalement solidaire.

Il apparut très vite aux experts chargés d'autopsier la déconfiture d'Atoll que, vraisemblablement poussée par la nécessité, ma femme avait accumulé, durant les trois dernières années, d'énormes négligences comptables et de considérables cavalcades financières. Ils notèrent aussi d'inexplicables mouvements de fonds, qu'aucune facture ou aucun service ne justifiait, comme ces virements dont avait bénéficié mensuellement l'avocat Girardin.

La petite fortune que m'avaient rapportée mes arbres disparut de manière aussi subite qu'elle avait surgi. La vie indolente que j'avais menée jusque-là était terminée. À cinquante ans j'allais devoir travailler, respecter des horaires, mais, d'abord, trouver un emploi, moi dont le dernier véritable salaire remontait au milieu des années soixante-dix.

Curieusement, je n'en voulais nullement à Anna d'être à l'origine de mon revers de fortune. En subvenant aux besoins de la famille, elle m'avait longtemps permis de mener une vie rêvée, de voir grandir les enfants, et même, pendant des années, de baiser impunément sa meilleure amie durant ses heures de travail.

J'avais revu Laure à l'enterrement d'Anna. Elle était venue seule et, à la fin de la cérémonie, m'avait gentiment serré dans ses bras. Nous n'avions presque pas parlé et j'ignorais à quoi ressemblait sa vie et si le rabbin en faisait encore partie. Au moment de nous séparer, elle m'avait promis de m'appeler et, bien sûr, ne l'avait jamais fait.

Mon petit-fils, lui, vint au monde pendant cet interminable séisme financier et familial. Dans la plus parfaite discrétion, il se contenta de poser en douceur ses trois kilos trois cents sur cette terre. Dès la première seconde où je le pris dans mes bras, je ressentis l'incroyable, l'inestimable poids de sa vie. Cet enfant fut instantanément le mien. Comment expliquer cela ? Je n'en sais rien. Je l'adoptai au premier regard, je l'aimai sans me poser la moindre question. Qu'il fût le fils de mon fils n'avait rien à voir dans notre relation. Lui et moi étions liés par quelque chose de beaucoup plus important, d'encore plus intime que le sang que nous partagions. Désormais je portais cet enfant dans mon cœur et il me possédait. Il faisait partie intégrante de mon être. Où qu'il aille je serais. Et je le protégerais. Et quand il grandirait je lui offrirais un carrosse d'argent. Et un Brownie Flash Kodak. Et je lui ferais découvrir la magie des lumières inactiniques et l'odeur de l'hyposulfite. Et nous irions ensuite nous promener de par le monde simplement pour apprendre le nom des arbres et voir leurs branches s'étirer dans la belle lumière.

Louis-Toshiro et moi.

C'est Yuko qui choisit le prénom du bébé. Elle l'appela Louis. Louis-Toshiro Blick. Cela faisait penser à une marque d'électroménager ou à un respectable consortium de machines-outils de Katsushika. Louis-Toshiro Blick. C'était en tout cas un patronyme qui inspirait la confiance, la loyauté et la prospérité. Rien à voir, bien sûr, avec Girardin, petit yakusa des jacuzzis.

Il me tardait que cet enfant grandisse un peu pour savoir si son visage emprunterait quelques caractéristiques à ses origines japonaises. Pour l'instant il était impossible de se faire une opinion fiable, même si sa sombre chevelure soyeuse laissait à penser que nous caressions là les prémices d'une toison nippone.

Peu après cette naissance, les trois banques qui avaient pris des hypothèques sur la maison me firent savoir qu'elles m'accordaient une année pour solder cette dette. Passé ce délai elles s'entendraient pour faire saisir le bâtiment et le mettre en vente. C'était dans l'ordre du monde. Vu l'importance des sommes, je n'avais aucune chance, aucune possibilité de solder ce passif. Je ne pouvais qu'attendre les échéances en essayant de trouver une issue honorable. Je me souviendrai toujours du visage de l'un des banquiers quittant la maison avec un petit sourire condescendant et m'adressant cet encouragement : « Ne vous en faites pas, monsieur Blick, pour vous l'argent a déjà brillé, alors croyez moi, il étincellera à nouveau. »

À peu près à cette époque, œuvrant à de socialistes chantiers, Lionel Jospin pensait tracer sa voie alors qu'en réalité il s'escrimait à creuser sa propre tombe, tandis que, dans un long récit détaillé qu'il avait enregistré avant de mourir, Jean-Claude Méry accusait nommément le président de la République d'être une sorte de détrousseur de marchés publics. Un filou d'arrière-boutique. Un malandrin d'entresol. Après les diamants giscardiens, les prébendes mitterrandiennes, voici qu'était venu le temps des tire-gousset chiraquiens. Décidément, nos immodestes monarques moralement amollis avaient l'éthique de plus en plus légère, et la main, elle, singulièrement lourde.

Il ne me fallut pas vraiment longtemps pour comprendre que les perspectives qui s'offraient à moi étaient autrement moins avantageuses. Ce fut d'abord Spiridon qui me fit savoir qu'il ne pouvait donner suite à mon dernier projet. J'avais trop tardé, disait-il, à mener l'idée à son terme. Les priorités avaient changé. Je n'étais plus d'actualité.

Anna avait raison, j'avais trop longtemps vécu hors du monde réel. Négligé aussi le fait que, désormais, il fallait travailler vite, être disponible, réactif, comme ils disaient tous. Les envies et les modes bougeaient à la vitesse de l'éclair. Il était hors de question de laisser souffler les hommes et les machines. Produire et livrer sans cesse de la marchandise. Accumuler. Comme s'il s'agissait avant tout de combler un vide ontologique, de boucher une béance existentielle.

Lorsque je me présentai à l'ANPE, je sentis très vite que la situation ne tournerait pas à mon avantage.

– Vous cherchez un emploi dans quel domaine ?

– La photographie, si c'est possible.

– Vous avez une expérience professionnelle ?

– Oui.

– Vous avez apporté la liste de vos employeurs ?

– En fait je n'en ai jamais eu, j'ai toujours travaillé à mon compte.

– Vous aviez un commerce ?

– Non, non. Je faisais des livres.

– Des livres de quoi ?

– De photos, je vous l'ai dit.

– Quel genre de photos ?

– Des arbres. J'ai photographié les plus beaux arbres du monde.

– Attendez, vous voulez dire que votre unique métier c'était de photographier des arbres ?

– C'est ça. J'ai aussi photographié des écorces, des végétaux et des insectes.

À mesure que j'essayais d'expliciter la nature de mon travail, je voyais mon interlocuteur s'enfoncer dans les brumes de la perplexité. Il me regardait comme un coquillage exotique, une amphore, un objet singulier qui lui rappelait vaguement des vacances à l'étranger.

– Donc vous n'avez jamais eu d'employeurs. Et ces photos d'arbres, vous en avez fait quoi ?

– Un éditeur les a publiées.

– Vous exercez depuis combien de temps ?

– Vingt-cinq ans.

– Et vous avez sorti combien de livres ?

– Deux.

– En vingt-cinq ans ?

– C'est ça.

– Vous aviez d'autres revenus, des salaires de complément ?

– Non.

– ... Monsieur Blick... si je comprends bien... vous avez publié deux livres d'arbres qui vous ont permis de vivre, sans autres revenus, pendant vingt-cinq ans... C'est bien ça ?

– Oui.

– J'imagine que, pas un seul instant, il ne vous est venu à l'idée que nous pourrions, ici, vous trouver un emploi équivalent. Je vous avouerai que nous n'avons pas une seule offre, que ce soit dans le domaine de la presse, du studio ou même de la photo de mariage. Je crains que vous n'ayez beaucoup de mal à vous recaser dans ce secteur. Vous avez de l'expérience dans le numérique ?

– Non.

– Tout ça me paraît bien compromis...

– Qu'est-ce que vous me conseillez ?

– Un stage de formation. Une reconversion dans les secteurs où l'on a de la demande : le bâtiment en général et les métiers de bouche. Si vous ne perdez pas de temps, à votre âge vous pouvez encore espérer quelque chose.

Ce que mon interlocuteur essayait de me dire avec cette touchante sollicitude, c'était qu'en regard de l'état du monde et de mes performances personnelles, j'étais positivement fini.

– Je peux vous poser une question ? Pendant ces vingt-cinq ans, outre vos arbres, vous n'avez réellement rien photographié d'autre ? Pas d'actualités, de sport ou de mode ?

– Non, je n'ai jamais travaillé avec des sujets humains.

– J'ai oublié de vous demander : vous avez des diplômes ?

– Oui, en sociologie.

– Oubliez ça.

Il referma son cahier de notes et me tendit un dossier que je devais remplir au plus vite si je désirais bénéficier d'une aide et d'une formation dispensée par des organismes aux intitulés abscons. Si j'avais raconté à cet homme qu'en plus de passer ma vie en compagnie des arbres, j'avais vraiment été à deux doigts d'être le photographe personnel de François Mitterrand, je pense que sa vision du monde, en particulier, et de l'emploi, en général, en aurait été changée à tout jamais.

Quelques semaines après ce rendez-vous, comprenant que mon salut passerait par la fuite de ces institutions de reclassement, je décidai de m'installer comme jardinier et d'investir une part de mes dernières économies dans l'achat de matériels d'entretien d'espaces verts : tondeuses à main et autoportées, débroussailleuse, souffleur de feuilles, tronçonneuse, taille-haie, scarificateur, broyeurs de branches et un vieux pick-up Toyota pour transporter tout ça. Ma petite affaire prit son véritable essor au début du printemps 2001. Mon carnet de rendez-vous était largement pourvu, et, dès mon installation, j'éprouvai la rassurante impression d'avoir fait ce métier durant toute ma vie. Ce travail physique au grand air me convenait parfaitement. Je n'avais pratiquement aucun contact avec les propriétaires des jardins dans lesquels je travaillais. Je pouvais donc opérer à ma guise et appliquer les préceptes que mon père, grand manitou des pelouses et des arbustes, m'avait inculqués. Concernant notamment certaines règles géométriques appliquées à la tonte des gazons, et dont il avait une fois pour toutes édicté les lois. Bien sûr, mes revenus n'avaient rien de comparable avec mes anciens droits d'auteur, mais je gagnais suffisamment d'argent pour subvenir à mes besoins et à ceux de ma fille qui vivait encore avec moi.

Depuis la mort d'Anna, Marie n'était plus la même. De nous tous, elle était celle qui avait eu le plus de mal à s'accommoder de cette disparition. Ma mère était chaque jour occupée à lutter contre sa maladie et ses handicaps, Louis-Toshiro peuplait avantageusement les jours et les nuits de Vincent, je devais me concentrer sur mon nouveau travail dont la pénibilité m'épurait à la fois le corps et l'esprit, mais Marie, elle, encombrée de sa seule existence, flânant dans des études nonchalantes, était restée figée dans sa posture d'hiver, face à ce film glacial qui, ce soir-là, lui avait ironiquement promis *De beaux lendemains*.

Marie avait très mal vécu notre expulsion de la maison d'Anna. Le déménagement s'était déroulé dans un climat détestable d'autant que les banques ne nous avaient pas accordé le moindre délai. Aux dates prévues, nous avions reçu les courriers de mise en demeure, de saisie, avant que la batterie procédurière ne commence à faire rouler ses tambours. Quitter cette bâtisse que je n'avais jamais aimée fut pour moi une sorte d'acte émancipateur. En refermant derrière moi, et pour la dernière fois, la grande porte d'entrée, j'eus davantage le sentiment de récupérer une part de ma liberté que de perdre un bien précieux.

Pour ma fille en revanche, l'abandon de ces terres d'enfance signait la disparition d'un monde, le démembrement définitif d'une famille que l'on chassait de son cocon originel. Cocon que Marie avait intimement associé à sa mère (elle disait toujours « la maison de maman »), et qu'elle considérait comme une sorte de mémorial depuis la disparition de celle-ci.

L'état de santé de ma propre mère s'étant encore détérioré, je proposai à Marie de nous installer dans une aile de sa maison. Cette initiative combla de joie Claire Blick et la rassura tout à la fois. La résidence était assez vaste pour que nous puissions mener nos vies indépendamment les uns des autres. Mais les contraintes n'avaient pas changé. En rentrant du travail, je continuais à préparer les repas maternels, tandis qu'infirmières, médecins et kinésithérapeutes assuraient leurs prises de quart et leurs tours de ronde à heures fixes.

En fin de soirée, les épaules et le dos cisaillés par la fatigue, les mains endolories témoignant des luttes livrées dans d'effroyables jardins, il m'arrivait de m'assoupir un bref instant avant même d'avoir dîné. J'avais alors le sentiment de sombrer dans une bouteille d'encre, une fosse si profonde et opaque que ni rêves, ni songes, ni hommes, ni bêtes ne pouvaient y survivre. En me retrouvant dans cette maison familiale, à peine veuf, déjà grand-père, rivé au chevet de ma mère, aux trois quarts ruiné et à demi jardinier, je mesurais à quel point et à quelle vitesse la vie pouvait nous faire basculer de positions que nous avions eu la naïveté de penser imprenables. Il suffisait qu'un simple avion de tourisme s'écrase sur le flanc d'une montagne pour qu'à notre tour nous tombions des nues et dégringolions à bas de nos chimères et de nos petits empires particuliers. Cela valait tant pour le destin des hommes que celui des nations. En ce mois de septembre 2001, trois aéroplanes allaient se charger de rappeler ces principes d'incertitude à une Amérique jusque-là intangible. Et dix jours plus tard, les mêmes lois, avec les mêmes conséquences allaient se vérifier, à Toulouse, cette fois.

Une explosion que l'on eût dit venue du centre de la terre. L'impression que soudain le ciel allait s'ouvrir en deux. Le sol qui se mettait à trembler et presque aussitôt le souffle destructeur qui entaillait les poumons. Des morts, des blessés, des voitures déchiquetées, des structures déformées, cisaillées, des plafonds effondrés, des murs, des fenêtres et des toits emportés. Et la stupeur. Et le silence qui s'ensuivit.

En cette soirée du 21 septembre, Vincent, Yuko, Louis-Toshiro, Marie et moi éprouvâmes spontanément le besoin de nous retrouver ensemble dans la maison familiale. Éloignée du lieu de l'explosion, elle n'avait eu à subir aucun dégât à l'exception de quelques lézardes sur les plafonds du premier étage. La maison d'Anna, aujourd'hui propriété des banques, avait, en revanche, pris l'ouragan en pleine façade. Toutes les fenêtres avaient été soufflées et, à certains endroits, la toiture paraissait avoir été griffée par les doigts d'un géant. La bâtisse était méconnaissable. Bien qu'elle fût encore debout et que sa structure demeurât intacte, elle donnait désormais l'image d'une ruine abandonnée, victime d'une guerre ou des outrages du temps.

Regroupés autour de ma mère, nous suivions, à la radio et à la télévision, les nouvelles rendant compte de cet invisible bombardement. L'on voyait aussi des images de l'usine, son trou originel, ce cratère de volcan encore fumant. Cette fois, le mal n'était pas venu du ciel, mais des entrailles de la terre. Pour autant les principes d'incertitude et d'imminence étaient les mêmes. Avions-suicides ou nitrate d'ammonium, Manhattan ou Grande-Paroisse, la surprise, partout meurtrière, nous guettait. Côte à côte sur le canapé, aux deux extrêmes du monde et de la vie, face aux images de l'apocalypse, ma mère et Louis-Toshiro s'étaient endormis. Ils se donnaient la main.

Je garde de cet automne le souvenir d'une saison en enfer, d'une période tempétueuse, ne nous laissant aucun répit, où les jours, hostiles, aveugles et sauvages, semblaient fondre sur nous. Deux semaines après l'explosion d'AZF, rentrant en fin d'après-midi à la maison, je trouvais ma mère allongée sur le sol, gémissant de douleur. Elle avait voulu se lever et avait trébuché sur une paire de marches. Sa chute remontait à une ou peut-être deux heures. Clavicule et col du fémur cassés. Un mois d'hôpital et deux de rééducation. Sur son visage, vieux livre aux pages cornées, on pouvait lire la suite de l'histoire : les yeux fatigués, le regard qui s'éloigne, la tentation de ne pas aller plus loin, de laisser ce corps brisé reposer en paix. Ailleurs, et autrement. Tel un refrain omniprésent, la mort revenait sans cesse dans la bouche de ma mère. Non comme l'une de ces friandises de la sénilité que l'on mâchonne en rabâchant le monde enfui, mais comme une échéance si proche que l'on pouvait deviner son pas pour peu que l'on prêtât l'oreille.

Le jour, je sabrais les broussailles et, le soir venu, je donnais la becquée à ma mère dont l'épaule et le bras demeuraient ligotés dans une gouttière. À son retour, elle avait bien essayé de manger seule en utilisant sa main gauche mais son handicap cérébral lui interdisait de maîtriser ces gestes élémentaires. Nourrir ma mère chaque jour, découper ses aliments, les porter à sa bouche, attendre patiemment qu'elle mastique, qu'elle avale, lui essuyer les lèvres avec une serviette, la faire boire, autant de gestes qui ramenaient à l'essentiel, vers ces origines lointaines et oubliées, lorsque l'enfant ne vivait que de l'aide, de l'assistance et de la sollicitude maternelles. Ces bras et ces mains, aujourd'hui entravés, avaient fait leur temps, rempli leur fonction, et parfois même soulevé de petites montagnes d'affection. Les rôles étaient aujourd'hui inversés. Il m'appartenait, désormais, non plus de lui apporter les forces de la vie, mais de la conduire doucement jusqu'aux limites de son épuisement, cette frontière fatale qui, à bien des égards, nous terrifiait tous les deux.

JACQUES CHIRAC (II)

(5 mai 2002 – ?)

Les derniers temps, ma mère avait tellement maigri qu'elle me faisait penser à la description que Gérard Macé donne des vieilles momies incas: «… pauvres choses avec leurs yeux postiches et leurs joues rembourrées, devenues si légères qu'un enfant seul aurait pu porter ces anciens rois».

Marie avait de plus en plus de mal à tenir compagnie à sa grand-mère. En sa présence, elle devenait nerveuse, agitée, anormalement anxieuse. Elle ne prenait jamais un siège pour converser, mais demeurait debout, allant et venant tel un chien de ferme, méfiante, le regard à la fois fuyant et scrutateur. Peut-être ressentait-elle les signes avant-coureurs de la nouvelle épreuve qui était en train de fondre sur nous.

Lionel Jospin n'avait jamais vraiment remplacé François Mitterrand dans le cœur de ma mère. Elle n'avait guère apprécié qu'il réclamât son fameux «droit d'inventaire». Qui était donc cet ancien trotskiste, ce présomptueux qui prétendait exercer une quelconque recension sur le travail et l'œuvre sans tache du petit père du peuple et de toutes les gauches unies. Il y avait là une outrance, un outrage même, que Claire Blick ne pouvait pardonner. Néanmoins, à défaut de l'incarner, l'homme était de gauche. Malgré ses faiblesses cardiaques, ses œdèmes récurrents, ses handicaps de motricité, et sa bien modeste espérance de vie, ma mère suivit la campagne de 2002 avec beaucoup plus d'intérêt et d'attention que la plupart de ceux qui avaient toutes les garanties d'espérer voir le terme de ce quinquennat.

À chacune de mes visites elle me livrait un compte rendu exhaustif de tout ce qu'elle avait pu glaner sur les chaînes d'information de la radio. Du lever au coucher, antenne dressée, son transistor ne la quittait jamais. Il était devenu l'ultime passerelle qui la reliait à ce monde et à cette vie qu'elle avait tellement aimée. Je me souviens de sa contrariété lorsqu'elle apprit que son candidat avait critiqué l'âge, l'usure et la fatigue de son concurrent. « C'est une extrême maladresse. On n'attaque pas quelqu'un sur ses faiblesses physiques. Cela ne se fait pas, ce n'est pas bien du tout. » Il y avait quelque chose qui ne tournait pas rond dans cette campagne, c'est du moins ce que ma mère ne cessait de répéter. Elle n'aimait pas du tout cet éparpillement de candidats qui, par expérience, ne réussissait jamais trop à la gauche. Trop de LO, de LCR, de Verts et même de chevènementistes dont on ne savait s'il fallait s'en faire des alliés ou au contraire les fuir à grandes enjambées.

– La gauche aurait besoin d'un vrai chef. Mitterrand n'aurait jamais autorisé ces petits bouts de candidatures dispersés un peu partout. Des miettes, plus des miettes, plus des miettes, le jour de l'élection ça ne fait jamais que des miettes.

– Je te prépare un poisson ?

– Tu ne m'écoutes pas ?

– Si, si, bien sûr, mais je voudrais te faire manger avant que l'infirmière n'arrive pour te coucher.

– Il va se passer quelque chose. Je ne sais pas quoi, mais cette élection ne me dit rien qui vaille.

Je laissais dire ma mère. Il ne faisait pour moi aucun doute que Lionel Jospin serait le futur président de la République. Suspecté de toutes parts, traqué par les juges, méprisé jusque dans ses propres rangs, ridiculisé par la presse, son adversaire n'avait aucune chance. Sans doute l'âge, la maladie et la fatigue avaient-ils fini par voiler et amoindrir la lucidité de Claire Blick. Ma mère détestait que l'on pût établir la moindre corrélation entre son handicap physique et une quelconque diminution de ses facultés intellectuelles et mentales. Durant son hospitalisation et sa rééducation, elle se raidissait chaque fois qu'une infirmière ou un soignant lui lançait un familier et méprisant : « Alors comment ça va ce matin, mamie ? » Je l'entends encore sèchement corriger l'innocente et la reprendre d'un sévère : « Je m'appelle Blick, Claire Blick. »

Durant la dernière semaine de la campagne, elle ne cessa de me harceler à chacun de ses repas pour que j'aille voter le 21 avril.

– Ta voix ne sera pas de trop. Et tu verras ce que je te dis, Jospin ne sera pas au second tour.

L'élimination du candidat socialiste au premier tour des présidentielles était devenu son mantra quotidien, sa fixation permanente. Par quel cheminement neuronal déficient ou pervers cette absurdité s'était-elle faufilée jusque dans son cerveau ?

– Tu crois que j'ai perdu l'esprit, c'est ça ?

– Mais non. Simplement tu passes trop de temps à écouter la radio, ça finit par…

– Ça finit par quoi ? Tu t'imagines vraiment que je débloque parce que je suis coincée sur ce fauteuil et que j'en suis réduite à me faire nourrir à la cuillère ? Tu crois vraiment que ma tête ne fonctionne plus, que je suis incapable d'écouter ce qui se dit au poste, d'en tirer des enseignements et de sentir les choses? Je te répète et je t'affirme, ce samedi 20 avril, que Jospin ne sera pas au second tour.

– On verra bien demain.

– C'est tout vu.

Lorsque les journalistes de la télévision, eux-mêmes abasourdis, annoncèrent la nouvelle, j'eus le sentiment de dégringoler d'un interminable escalier. L'Autre était au second tour. Jospin n'y était pas.

Aussi étrange que cela puisse paraître, ce 21 avril ne symbolisera jamais pour moi la défaite de la gauche, mais l'incroyable, l'étincelante victoire de ma vieille mère mourante. Impotente, isolée, enfermée dans le dernier réduit de sa vie, cette femme était parvenue à capter les mauvaises vibrations d'un pays avant même que celui-ci se soit résolu à choisir entre deux formes de bassesse et d'indignité pour le représenter. Claire Blick passa la soirée devant la télévision, à tout voir, tout écouter. Elle fut touchée mais aussi très choquée lorsque Lionel Jospin annonça qu'il abandonnait la vie politique.

– Mitterrand n'aurait jamais fait ça…

Le ton sur lequel cela fut dit ne me permit pas de savoir si la remarque saluait la noblesse et l'élégance du premier ou l'acharnement carriériste du second.

La Ve République ne pouvait descendre plus bas. Ce soir-là, contrairement à ce qui se disait sur les télévisions, il y avait deux grands vainqueurs : l'Autre et surtout ma mère, mon incroyable mère.

Cet épisode m'avait frappé. Il m'avait permis de mesurer la vanité du monde moderne, cet univers outrageusement actif, bardé de capteurs, fonçant tête baissée sur les fantômes de ses certitudes, effaçant ses erreurs comme autant d'artefacts, négligeant le recul, méprisant la lenteur, oublieux, amnésique, et voyou. Voyou jusque dans le tréfonds de l'os, non par goût ou intelligence du mal, mais parce que celui-ci était constitutif de sa nature.

L'un, qui n'était pas grand-chose, battit l'Autre, qui était encore moins, et je ne fus pour rien, absolument pour rien, dans cette victoire. Jamais ma mère ne me demanda si j'avais voté. Bien sûr, pour l'apaiser, j'aurais répondu que oui. Sans doute voulait-elle éviter à son fils mécréant de mentir une fois encore pour des choses qui n'en valaient vraiment pas la peine.

À la fin du mois de mai, des faiblesses cardiaques et des œdèmes de plus en plus fréquents submergèrent les poumons de ma mère. Le médecin passait pratiquement tous les jours pour consolider ce qui pouvait encore l'être. Il disait des mots anodins ou réconfortants qui permettaient tant bien que mal de passer d'une journée à l'autre. Mais dans le regard de ma mère quelque chose avait changé. Elle semblait voir. Voir ce qui, maintenant, advenait. De la même manière qu'elle avait capté la déréliction française, elle sentait l'odeur de cet étrange animal qui rôdait désormais autour d'elle. Elle mourrait aux aguets. L'oreille tendue, l'œil attentif, présent, ne voulant rien perdre de cette rencontre tant attendue et tellement redoutée.

J'essayais de parler avec ma mère, d'écouter, d'enregistrer, de graver en moi le son de sa voix, de conserver l'éclat de la légère pellicule verte qui voilait ses grands yeux marron, et, surtout, de lui faire sentir combien j'étais fier d'être son fils. Nous venions de si loin, et j'allais désormais devoir continuer seul. Malgré l'évidence, je n'arrivais pas à concevoir que cette femme allait bientôt cesser de parler et de respirer, et de voir, et de vivre, et d'aimer.

La veille du dernier jour elle me demanda simplement de faire brûler son corps et de déposer ses cendres à côté du cercueil de mon père. Et puis, comme si nous étions en vacances au bord de la mer, avec cette douceur et cette légèreté que l'âge lui avait apportées, elle me dit :

– Je ne sais pas si tu pourras comprendre ça, mais au stade terminal de ma vie, je n'arrive pas à admettre et encore moins à concevoir que je sois vieille. Je n'ai presque plus de bras, ni de jambes, ni de cœur, ni de poumons, ni plus rien, et pourtant quand je me regarde de l'intérieur, je me vois à dix-huit ans pressée de tout découvrir et de courir vers la vie. C'est terrible de mourir en pensant des choses comme ça. Les années vont trop vite. Ton frère, ton père et Anna sont partis trop tôt. Quelque chose alors passa devant ses yeux, une ombre, une pensée, les filaments d'une douleur, et son visage changea. Elle se tourna vers moi et, saisissant ma main, murmura :

– J'ai peur, tu sais, tellement peur.

Le lendemain, en milieu d'après-midi, le liquide séreux envahit ses poumons. Son souffle se fit de plus en plus court et le contour de ses lèvres prit une couleur cyanosée. Tandis que nous espérions l'ambulance du SAMU, Claire Blick me fit la pire, la plus terrible demande qu'une mère puisse adresser à son fils. Me saisissant la main, elle dit : « Paul, je t'en supplie, fais quelque chose, aide-moi à respirer. »

Jusqu'à ma propre fin, je serai hanté par ce visage terrifié, implorant qu'on l'arrachât à l'asphyxie. Lorsque l'ambulance emporta ma mère, son état s'était amélioré. Ventilée avec de l'oxygène, revigorée par les spectaculaires pouvoirs d'un petit aérosol, apaisée par la sollicitude des médecins qui l'avaient prise en charge, elle semblait avoir surmonté cette nouvelle crise. Lorsque j'arrivai à la clinique une heure et demie plus tard, je trouvai Claire Blick assise dans son lit, plaisantant avec un cardiologue et une infirmière, mais s'informant surtout de la durée de cette hospitalisation qui, désormais, ne lui paraissait plus du tout justifiée.

Une fois encore, son visage avait incroyablement changé. Finies les brumes d'angoisse ou les pâleurs vagales. Alpiniste infirme, figée sur le flanc de la paroi, ma mère s'était à nouveau agrippée à la vie. Nous parlâmes jusqu'à la nuit et, au moment de nous quitter, elle m'adressa un sourire rayonnant et me demanda: «Quand tu reviendras demain, n'oublie pas de m'apporter mon transistor.»

Mais il n'y eut pas de lendemain. Ni de transistor. Vers quatre heures du matin, la clinique téléphona à la maison pour m'annoncer que ma mère venait de mourir d'un arrêt du cœur. Quand je pénétrai dans la pièce où reposait son corps, un médecin vint aussitôt m'expliquer un certain nombre de choses inutiles relatives à son accident cardiaque. On sentait bien que le praticien, sans doute fatigué de sa nuit passée à tenter de ressusciter des morts, s'infligeait cet entretien dans le seul but d'observer les normes ISO auxquelles la clinique avait choisi de se conformer.

Je passai ma main sur le visage de Claire Blick. Il était livide et froid, déjà prisonnier de la mort. On ne pouvait y lire que le vide et les marques de l'absence. Je restai un long moment en sa compagnie, porteur d'une unique et essentielle question qui, cependant, resterait sans réponse.

Ma mère se consuma en un quart d'heure et lorsque

l'on me remit ses cendres encore chaudes, je fus tout étonné qu'une pareille vie, tant d'intelligence et tellement de gentillesse pussent tenir dans une urne si petite. Claire Blick avait la légèreté d'une brise d'été.

Le petit Louis-Toshiro, âgé d'un peu plus de deux ans et dont le visage mêlait désormais l'essence des deux mondes, courait dans les allées ombragées du crématorium. En le voyant ainsi aller et venir, ses coudes collés au corps, je songeai que son ancêtre olympique lui avait peut-être légué son cœur infatigable et ses jambes d'airain. Ma mère, elle, s'était contentée d'offrir à l'enfant la douceur de sa seule présence. Louis-Toshiro venait de perdre sa compagne de sieste, celle auprès de laquelle il s'était tant de fois endormi, qui caressait doucement sa nuque avant de glisser elle-même dans le sommeil.

À l'issue de la cérémonie, nous rentrâmes à la maison. À peine avions-nous pénétré dans le hall, que Louis-Toshiro se mit à parcourir les couloirs, cherchant et appelant ma mère dans toutes les pièces.

Après le départ de Vincent et lorsque Marie, très éprouvée, eut regagné sa chambre, je sortis dans le jardin. Les verts feuillages des ormeaux, des marronniers et ceux du grand cèdre formaient une voûte si dense qu'on l'eût dite liquide, pareille à une grande vague figée dans l'arrondi de sa toute-puissance. Bien loin de ces apaisantes illusions maritimes, je songeais que notre famille se débattait au cœur d'une tempête qui durait depuis deux ans. Accident, deuils, maladie, explosion, expulsion, soucis financiers, nous avions, sans mesure, expérimenté l'inconfortable attirail de la condition humaine. J'espérais que les choses se calmeraient, que chacun de nous pourrait, enfin, retrouver la part paisible de sa vie. Quelques semaines après la disparition de ma mère,

Marie sombra dans une lourde dépression qui, aujourd'hui encore, la tient à l'écart du monde. Déjà profondément perturbée par le décès d'Anna et les étranges circonstances dans lesquelles celui-ci était survenu, Marie ne put se résoudre à l'agonie et à la mort de sa grand-mère. Le départ de ces deux femmes la laissa sans ressources et lui ôta l'essentiel de ses forces morales.

En rentrant de mon travail, je la trouvais souvent assise sur le canapé, le regard dérivant vers les arbres du parc. Elle ne disait presque rien, ne sortait plus et avait abandonné l'université. Je remarquais qu'elle s'habillait de plus en plus souvent avec les vêtements de sa mère qu'elle avait tenu à conserver. Lorsque je l'interrogeais sur ce choix, elle avait un léger et affectueux haussement d'épaules qui signifiait qu'il ne fallait pas accorder grande importance à ce détail, car, au fond, seul le hasard la guidait. Certains soirs, pourtant, en apercevant ma fille, c'est Anna que j'avais l'impression de voir traverser le salon. Je trouvais cet exercice à la fois douloureux et malsain et m'en ouvris à ma fille.

– Qu'est-ce qu'il y a d'extraordinaire à ça… Ce sont des habits comme les autres…

– Justement, non, Marie. Ce sont les jupes et les chemisiers de ta mère.

– Et alors ?

– Tu dois porter tes propres affaires, tu comprends ? Il faut que tu cesses de vivre dans le passé et de te réfugier auprès des morts, ce n'est pas sain.

Marie me regarda d'un air réprobateur que je ne lui connaissais pas et dit simplement : « Et tu crois que c'est sain à ton âge d'habiter dans la maison de ses parents ? »

Je ne sus que répondre à cette remarque. Elle était parfaitement fondée. Je vivais entre l'établi de mon père et les précis de langue de ma mère. Je me rendais parfaitement compte que j'étais mal placé pour donner à Marie une quelconque leçon sur les usages du deuil, moi qui, de surcroît, avais gardé une poignée des cendres de ma mère pour les emprisonner dans un de ses flacons de parfum que je conservais, à portée de vue, sur une étagère de mon bureau.

Emmitouflée dans les frusques de la morte, Marie se mit à maigrir, s'abîmant dans un inexplicable jeûne que rien ni personne ne savait ni ne pouvait infléchir. Sa parole se fit de plus en plus rare, ses gestes, économes, et elle finit par ne plus sortir de sa chambre. Deux visites du médecin de la famille ne modifièrent en rien ce comportement que l'on eût dit verrouillé de l'intérieur. Marie avait clos tous les volets de sa vie et s'était vraiment refermée sur elle-même. Je n'osais plus aller au travail et la laisser sans surveillance dans cet état d'épuisement et d'abandon. Son visage était décharné, ses bras squelettiques et l'on commençait à deviner le dessin de ses mâchoires à travers ses joues amaigries.

À ma demande elle fut transportée dans une clinique psychiatrique où, avant même de prendre en compte les blessures de son âme, l'on s'employa à réhabiliter son corps en le mettant sous perfusion. Située à une trentaine de kilomètres de Toulouse, la résidence des Oliviers était un établissement de soins privé assez singulier qui ressemblait à une grande maison de vacances. Pareil à un gros chat étendu au soleil, le mas n'en finissait pas de s'étirer sur la crête ventée d'une colline du Lauragais. Se retrouvait et se mêlait ici le catalogue de la psychiatrie lourde ou légère, mondaine ou tragique. Travailleurs démantibulés, alcooliques échevelés, alzheimers hébétés, suicidaires chroniques, dépressifs occasionnels, schizophrènes structurels, anorexiques usuels, tous déambulaient dans les allées du parc qui encadraient une piscine dont l'usage était strictement réglementé. Il existait également un pavillon fermé dont on ne savait rien sinon qu'il s'en échappait des cris dont on avait parfois du mal à croire qu'ils pussent être lancés par des humains.

Lorsqu'elle sortit de sa première cure de sommeil, Marie ressemblait à un petit animal domestique à demi paralysé par l'arthrose. Elle faisait des pas minuscules et se déplaçait avec une incroyable lenteur. Sur son visage, une sorte de sérénité artificielle assez déconcertante avait effacé toute expression anxieuse. Lors de mes visites quotidiennes, je trouvais souvent Marie allongée sur le dos, regardant fixement le plafond. Je m'asseyais près d'elle et caressais longuement son visage comme je le faisais pour l'endormir lorsqu'elle était enfant. Elle ne modifiait en rien son attitude en ma présence. Il m'arrivait de l'entretenir de choses et d'autres, de ce qui m'était arrivé dans la journée ou de la façon dont j'avais arrangé une pièce à la maison. Elle, ne parlait jamais. Sauf un soir, où à l'instant de quitter sa chambre et lui murmurant un machinal « Endors-toi, ma chérie », je l'entendis me répondre : « Je dors déjà, je dors toujours les yeux ouverts. » Ces mots me firent frissonner et j'eus l'impression qu'une sorte de revenant s'adressait à moi par-delà les ténèbres. Je sortis de la pièce sans répondre, comme si Marie n'avait rien dit, comme si je n'avais rien entendu.

Le médecin qui s'occupait de ma fille était une femme assez conventionnelle qui me donnait l'impression de manquer à la fois de modestie et de souplesse intellectuelle. Elle étudiait les cas de ses patients en fonction des critères préétablis qui débouchaient sur une gamme de thérapies standard. Le Dr Brossard m'avait reçu à plusieurs reprises pour me tenir à chaque fois à peu près le même langage : « Votre fille souffre d'une pathologie de type schizophrénique avec une forte tendance à l'athymie. » Françoise Brossard s'adressait à moi en me regardant par-dessus ses lunettes qu'elle portait en équilibre sur le bout du nez. Elle me posait aussi beaucoup de questions personnelles et parfois indiscrètes concernant ma vie privée.

– Voyez-vous quelqu'un depuis la disparition de votre femme ?

– Non.

– Donc pas de relations sexuelles depuis deux ans.

– En quoi cela concerne-t-il le cas de Marie ?

– Tout est éclairant, monsieur Blick. Parfois la lumière vient de là où on ne l'attend pas. Reprenons : vous soumettez-vous aux usages de la viduité ou manquez-vous simplement d'opportunités ?

– Je n'ai pas de réponse.

– Votre fille avait-elle un ami avant d'être hospitalisée ?

– Je ne sais pas.

– Marie vous a-t-elle présenté un fiancé ou bien a-t-elle déjà ramené quelqu'un à la maison ?

– Non.

– Vous avez un autre enfant, je crois.

– Oui, un garçon.

– Il vit avec vous ?

– Non, il est marié.

– Votre fille vous a-t-elle un jour surpris en train d'avoir des relations sexuelles avec sa mère ?

– Non. Mais je vous ferai quand même remarquer que c'est à la suite de deux décès douloureux de ses parents que Marie se retrouve ici et non en raison de problèmes de libido.

– Allez savoir, cher monsieur. Derrière la mort se cache souvent le sexe et réciproquement.

L'académisme et la maladresse de Brossard avaient, pour moi, quelque chose de désespérant. En quittant la clinique j'éprouvais chaque fois le sentiment d'avoir confié ma fille à un service de charlatans. Mais plus je prenais des avis sur cette praticienne, plus on me la recommandait chaleureusement.

Vincent n'obtenait pas de meilleurs résultats que moi. Il se heurtait au regard éloigné d'une étrangère mutique, gorgée de médecines, et qui mettait parfois une minute pour franchir les quelques mètres qui séparaient son lit de la salle de bains. Le reste du temps, comme Marie me l'avait expliqué une fois, « elle dormait les yeux ouverts ». Vincent m'avait confié être incapable de trouver le sommeil durant les nuits qui suivaient ces visites. Il ne pouvait se résoudre à l'idée de laisser cette écœurante maladie œuvrer dans l'esprit de sa sœur.

Comment, en si peu de mois, avions-nous pu, à ce point, dégringoler de nos plates-formes insouciantes pour nous retrouver dans les bas-fonds des âmes ? Quelle serait la suite de l'histoire, le nom du prochain sur la liste ? Durant ces périodes d'incertitude et d'accablement, je fus obsédé par Louis-Toshiro, sa santé, sa vie, son bonheur et son équilibre. Pourquoi Brossard ne m'interrogeait-elle jamais sur lui ? Était-il un élément négligeable de notre puzzle familial qui semblait tant la distraire ?

Brossard. Elle aussi accaparait mes pensées. Elle était de plus en plus suffisante, et de moins en moins efficiente. Sans la moindre raison objective, je finissais par la rendre responsable de l'état de Marie. Nos entretiens devenaient singulièrement conflictuels. Pour une soignante, je la trouvais extrêmement agressive et bien peu maître de ses nerfs. Lorsqu'elle s'acharnait avec ses questions déplaisantes, elle me faisait penser à ces ratiers incontrôlables qui se jettent tête baissée dans le premier terrier venu. Pour la ramener à un peu plus de modestie et lui rappeler la fragilité de certaines apparences, je lui avais raconté la nature de mes relations avec Baudoin-Lartigue, l'issue de tout cela, et son tragique suicide. Elle avait alors perdu son sang-froid et s'était lancée dans une longue diatribe qui, je m'en souviens très bien, s'était terminée par un inquiétant : « Il y a à peu près autant de rapport entre la psychiatrie et la psychanalyse qu'entre le gendarme et le voleur ! »

Jour après jour, Marie s'éloignait de nous. Embarcation sans amarres, emportée par un invisible courant, elle dérivait insensiblement vers le large. Quoi qu'en dît Brossard, j'étais parfaitement conscient de cet état de fait. Je décidai donc d'annuler mes pénibles et inutiles entretiens avec ce médecin. Je passais simplement voir ma fille tous les soirs en rentrant du travail et lui parlais le plus naturellement du monde des choses de la vie, comme le font les parents dont les enfants vivent prisonniers d'un interminable coma. J'apprenais à éviter toutes les formes interrogatives et à tourner des phrases qui ne demandaient ni n'inspiraient aucune suite. J'essayais de jouer le rôle qu'avait tenu, en son temps, le précieux transistor de ma mère.

Je prenais la main de Marie dans la mienne et lui racontais les nouvelles de la famille et du monde, les progrès magnifiques de Louis-Toshiro comme les saillies d'un certain Raffarin, petit échevin poitevin. Lorsqu'en mars 2003 éclata la guerre en Irak, j'essayai aussi de lui décrire le désordre du monde, l'Amérique coloniale et chrétienne, fanatique et boursière. Par instants les doigts de Marie se contractaient légèrement sur les miens.

Chaque fois je voulais lire dans ce frisson un signe de conscience, de présence, d'approbation et peut-être même d'affection.

Connaissant Marie et la vigueur de ses engagements de jeunesse, je savais que si elle n'avait pas été prisonnière de ce carcan psychiatrique, elle se serait mêlée aux millions de gens qui défilaient sur les avenues contre l'absurdité d'une croisade pétrolière, d'une guerre d'agrément. J'avais obtenu de Brossard qu'on allumât quotidiennement le transistor de ma fille pour qu'à défaut de les écouter elle pût, au moins, entendre les nouvelles de midi et du soir. J'espérais secrètement que ces bulletins serviraient de passeurs, voire de passerelles, entre son univers et ce qui restait du nôtre. Marie avait toujours eu du goût pour la chose publique et les affaires du monde. Sans doute stimulée par le socialisme extatique de ma mère, elle s'était très tôt façonné une conscience politique et avait tout naturellement trouvé sa place parmi les Verts radicaux et les mouvements altermondialistes. À l'âge où la plupart de ses amies affichaient les Spice Girls ou Boys Zone sur les murs de leurs chambres, ma fille préférait accrocher, face à son bureau, un petit cadre à l'intérieur duquel elle avait glissé le verbatim d'une conversation échangée en 1995 entre les autorités canadiennes et la marine des États-Unis. Ce document authentique, qui racontait bien mieux l'Amérique que ne l'auraient fait dix mille livres, lui avait été envoyé par un de ses amis dont le père travaillait dans un ministère québécois.

« TRANSCRIPTION D'UNE COMMUNICATION RADIO ENTRE UN BATEAU DE LA US NAVY ET LES AUTORITÉS CANADIENNES AU LARGE DE TERRE-NEUVE.

Américains : Veuillez dévier votre route de 15° nord pour éviter une collision. À vous.

Canadiens : Veuillez plutôt dévier VOTRE route de 15° sud pour éviter une collision. À vous.

Américains : Ici le capitaine d'un navire des forces navales américaines. Je répète : veuillez modifier votre course. À vous.

Canadiens : Non, veuillez, VOUS, dévier votre course, je vous prie. À vous.

Américains : ICI C'EST LE PORTE-AVIONS *USS LINCOLN*, LE SECOND NAVIRE EN IMPORTANCE DE LA FLOTTE NAVALE DES ÉTATS-UNIS D'AMÉRIQUE. NOUS SOMMES ACCOMPAGNÉS PAR TROIS DESTROYERS, TROIS CROISEURS ET UN NOMBRE IMPORTANT DE NAVIRES D'ESCORTE. JE VOUS DEMANDE DE DÉVIER VOTRE ROUTE DE 15° NORD OU DES MESURES CONTRAIGNANTES VONT ÊTRE PRISES POUR ASSURER LA SÉCURITÉ DE NOTRE NAVIRE. À VOUS.

Canadiens : Ici c'est un phare. À vous.

Américains : Silence. »

J'étais fier de la manière avec laquelle ma fille réagissait aux écarts de ce monde et à sa brutalité. Elle n'avait jamais été dupe de ses mécanismes et son esprit cherchait toujours à dépasser le factuel, à écarter l'illusion de l'écume, pour essayer de voir et de comprendre « les choses derrière les choses ». C'est pour toutes ces raisons que j'avais demandé à Brossard d'allumer la radio, de laisser cette porte entrouverte ainsi qu'on le fait pour rassurer les enfants qui ont peur du noir. Et parce que je n'arrivais pas à concevoir que ma fille fût à jamais enfermée dans cette cage mentale.

Martine et Jean Villandreux n'étaient jamais venus voir leur petite-fille depuis son hospitalisation. Ils s'en étaient excusés à plusieurs reprises, m'avouant leur incapacité à endurer une telle épreuve. Quant à moi, je ne leur rendais que de rares visites.

Tous les ans, depuis la mort de leur fille, je tenais

cependant à leur porter un bouquet de fleurs le jour de son anniversaire. Jean était très touché par ce geste. Lors de notre dernière rencontre, il m'était apparu encore plus fatigué et triste que d'habitude.

– Je suis tellement malheureux de ce qui arrive à Marie. Cette enfant était si douce, si gentille... Est-ce qu'on note une amélioration ?

– Non, rien ne change.

– Vous vous rendez compte ? Tout ça a commencé avec Anna, avec cet accident... Je n'arrive toujours pas à comprendre.

– Quoi ?

– Cette vie qui a basculé du jour au lendemain... et ce type dans l'avion, ce Girardin. Vous ne me l'avez jamais dit mais j'ai appris ce qu'avaient découvert les gens du fisc, cet argent qui sortait, comme ça, tous les mois... Ça ressemble si peu à ma fille.

– Oubliez tout ça, c'est du passé.

– Tant que nous ne saurons pas la vérité, tant que la petite sera enfermée dans cet hôpital, vous savez bien qu'il sera impossible d'oublier. Ça ne finira jamais...

– Mais c'est fini, Jean. Il n'y a aucune vérité à apprendre, rien à savoir.

– Vous dites ça, mais je sais bien qu'au fond vous pensez le contraire, que l'avocat et tous ces virements rôdent dans votre tête. Et ce sont ces mystères-là, ce sont ces zones d'ombre que personne n'a jamais éclaircies qui ont détruit Marie.

– Personne n'en sait rien.

– Si, moi. Elle est venue ici me poser tout un tas de questions quelques mois après la mort de sa mère. Nous avons passé un après-midi ensemble à discuter de beaucoup de choses. Avant de partir, je me rappelle qu'elle m'a embrassé et m'a dit : « Tu sais, papy, on ne se reparlera pas avant longtemps, peut-être, tous les deux.»

– Elle n'est jamais revenue?

– Jamais.

Jean se leva du canapé, prit mon bouquet et disposa les fleurs une à une dans un vase. Il opérait avec des gestes si délicats qu'on les eût volontiers prêtés à une vieille femme. En le voyant agir ainsi, nul n'aurait pu imaginer qu'il était le patron incontesté de *Sports illustrés*, l'un des magazines les plus masculins que la terre ait jamais portés.

– Paul, je ne comprends plus rien à ce monde. Il me semble que quelqu'un a changé les règles du jeu sans nous prévenir.

Durant l'été 2003, d'interminables chaleurs s'installèrent sur le pays. À Toulouse nous avions l'impression de vivre en permanence sur les grilles brûlantes d'un convecteur. Desséchées par le soleil, les feuilles tombaient des arbres tandis que, la nuit, une brise étouffante maintenait à température les murs en brique qui avaient accumulé toute la chaleur. C'est dans ce contexte, et alors que nous ne nous étions pas reparlé depuis des mois, que Jean Villandreux me proposa de passer avec lui un week-end à la mer. Dans le port de Sète, il avait un petit voilier qu'il avait l'habitude de mener au large dès les premiers beaux jours. Martine, détestant tout ce qui pouvait s'apparenter à un objet flottant, ne l'accompagnait que très rarement dans ses sorties.

Même si cela n'avait aucune importance, même si elle ne m'entendait peut-être déjà plus, j'avais tenu à m'arrêter à la clinique afin de dire à Marie que je partais pour deux jours en bateau avec son grand-père. Villandreux était désormais un homme âgé. Il avait vingt-trois ou vingt-quatre ans de plus que moi et des douleurs articulaires rendaient ses déplacements de plus en plus difficiles. En revanche, aussitôt que la plante de ses pieds se posait sur le pont de son monocoque, on aurait cru voir alors un jeune homme s'élancer à la conquête des mers. Et c'est avec une agilité et une souplesse retrouvées, qu'il glissait d'un bord à l'autre pour affiner un réglage ou tendre une voile. Sitôt en mer, ses traits eux aussi se modifiaient, le vent du large chassait ses rides, lissait son visage.

À mesure que nous nous éloignions de la terre j'eus la sensation que ma poitrine se déchargeait d'un poids, me délivrant ainsi d'une angoisse accumulée depuis des années. À la barre, Jean partageait cette légèreté qu'il traduisait à sa façon en m'adressant de petits signes du menton. La surface de l'eau luisait comme un capot de voiture neuve que l'étrave du bateau s'appliquait à rayer. Pour la première fois depuis bien longtemps je retrouvais, dans cet air marin, les embruns et l'odeur caractéristique du bonheur. Rien n'avait véritablement changé, et pourtant, soudain, tout était différent. Je n'aurais pas été autrement surpris si l'on m'avait alors annoncé que là-bas, à terre, en ce moment, Anna roulait vers Barcelone, ma mère écoutait les nouvelles radiophoniques pendant que Marie, dans sa chambre, s'habillait pour sortir.

Lorsque le vent faiblit un peu, Jean affala les voiles et le bateau s'immobilisa lentement. La lumière déclina et je vis pour la première fois de ma vie la nuit tomber en mer. Outre le clapot qui chuintait de temps en temps en frôlant la coque, tout n'était que silence. Au loin, quelque part vers le sud, on distinguait les feux d'un bateau dont on ne pouvait deviner ni la taille, ni la forme.

Jean, qui jamais ne cuisinait à terre, prépara une salade de calamars tout en surveillant une grosse omelette aux gambas. De mon point de vue balnéaire, le bateau ressemblait à une petite terrasse d'été, à l'heure du dîner, lorsque, dans l'air, s'agitent les odeurs d'ail, de poisson et d'huile d'olive chaude.

Pendant le repas nous parlâmes de Yuko, de Vincent et du petit Louis-Toshiro. Je racontai à Jean qu'il s'était récemment pris d'un amour inconsidéré pour les planètes du système solaire en même temps que pour les dinosaures. En conséquence il avait annoncé à sa mère que, plus tard, il voudrait à la fois travailler sur la terre comme au ciel, exercer en quelque sorte la bien improbable profession d'astro-paléontologue. Lorsqu'il faisait des caprices ou se comportait de façon désagréable, il revenait voir Yuko aussitôt qu'elle l'avait réprimandé pour lui annoncer : « Je ne sais pas ce qu'a mon cerveau en ce moment, mais il n'arrête pas de me faire faire des bêtises. » Il posait aussi des questions délicieuses, comme à Pâques, lorsqu'il demanda à sa mère comment les poules s'y prenaient pour pondre des œufs en chocolat et « les envelopper dans du papier d'aluminium ».

Et puis Jean se mit à parler d'Anna, de son enfance, de sa jeunesse. Porté par quelques verres de gigondas, le père avait le pouvoir de ressusciter sa fille, de lui donner corps. Et tout cela n'était ni triste ni nostalgique. Parfois, l'évocation de Jean était si puissante qu'il donnait le sentiment de dépeindre non point des temps révolus, mais une époque limpide qui allait advenir.

À mesure que retombaient les fièvres de l'alcool, cette ardeur artificielle s'estompa. Puis le silence se fit, et les yeux de Jean se fermèrent. Nous restâmes longtemps ainsi, immobiles, oublieux des caps et des courants.

– Vous savez, Paul, il y a des choses qui ne peuvent se dire qu'en mer, qu'on ne pourrait sans doute même pas exprimer à Toulouse. Vous voyez ce que je veux dire ?

Je voulais bien croire, oui, que le large dilatait nos émotions, les rendait aussi plus navigables.

– J'ai beaucoup réfléchi depuis la mort d'Anna. Et le résultat c'est qu'aujourd'hui je n'ai plus rien à quoi me raccrocher. Je n'ai plus la foi, Paul, plus du tout. La religion ne m'a jamais rien apporté. Au contraire, elle m'a fait régresser. Elle m'a appris à m'agenouiller, c'est tout. À me foutre ces deux putains de genoux à terre. Et puis j'ai longtemps négligé le prix et l'importance de chaque journée. Je me suis résigné à tout un tas de choses, j'en ai accepté d'autres par lâcheté, j'ai vieilli, et un jour, je me suis rendu compte qu'il n'y avait rien, ni devant, ni derrière, rien dans ma vie, rien dans aucune Église et qu'il était trop tard.

Un vent chaud venu du sud commença à faire chanter les haubans tandis que quelques vaguelettes giflaient épisodiquement la coque. Je ne comprenais pas vraiment où Jean voulait en venir. En revanche je vérifiais la justesse de ses propos liminaires lorsqu'il évoquait cette faculté que possédait la mer à pouvoir accoucher des secrets des hommes.

– Rien n'est pire, à mon âge, que de se retrouver confronté à un tel vide. Aujourd'hui j'en veux à la terre entière. Et je ne sais même pas pourquoi. Vous savez, Paul, ces saloperies de religions et leur misérable idée de Dieu ont fait de nous une espèce stupide et servile, des sortes d'insectes génuflexibles… Ça se dit génuflexibles ?

Un air lourd, chargé d'humidité, bousculait, par instants, les flancs du bateau. On commençait même à percevoir le balancement d'une houle serrée et régulière. Nous étions à une demi-journée des côtes et insultions voluptueusement les dieux. Ils allaient nous le faire payer.

Je dormais dans la couchette avant lorsqu'un bruit violent me réveilla. C'était le choc des vagues contre la coque. À chaque impact, le voilier se soulevait et, en retombant, faisait le bruit d'une porte qui claque. Il était un peu moins de quatre heures du matin. Jean n'était plus dans la cabine. Je remarquai qu'il avait fermé tous les hublots. Lorsque je sortis sur le pont, un vent de tempête balayait violemment tout ce qui émergeait de la surface de l'eau. Attaché à un filin de sécurité, Jean tenait la barre, essayant de maintenir son bateau en ligne sur d'invisibles rails. J'ignorais les classifications des tempêtes et les degrés de rage dont elles pouvaient faire montre, mais celle que nous étions en train de traverser me sembla plus terrifiante que tout ce que j'avais connu jusque-là. La mer comme le ciel étaient d'une égale noirceur, effaçant jusqu'à la perspective d'un horizon que quelques lointains éclairs ressuscitaient parfois du néant.

– Je crois que ça va cogner ! me cria Jean d'une voix étrangement empreinte de bonne humeur.

Ce futur qu'il suggérait m'inquiétait énormément tant je trouvais que « ça cognait » *déjà* énormément. Je m'arrimai à mon tour à un filin et tentai de rejoindre une étroite banquette à côté de la barre. À peine étais-je assis que le bateau se dressa presque à la verticale manquant me jeter par-dessus bord. Sur l'instant je pensai qu'un cachalot ou une baleine venait de nous soulever avant de replonger vers les profondeurs. Ce n'était qu'une vague. La modeste avant-garde des monstres qui étaient en train de fondre sur nous. Face à ce déferlement, ces chocs, Jean paraissait incroyablement serein. Il donnait l'impression de conduire un petit coupé sur l'autoroute un jour de départ en vacances. Tandis que je dinguais en tous sens, lui, sur ses vieilles jambes, absorbait, amortissait, anticipait tous les chocs.

Au vent se joignit la pluie. Des trombes d'eau s'affalèrent sur nous. Toilé au minimum, le voilier affrontait, de face, des murs aux crêtes blanches. En moins d'une demi-heure, le monde avait changé d'essence, le velours calme et apaisant de la nuit laissant place à l'hystérie des vagues qui n'en finissaient pas d'attaquer et de mordre la coque.

Sur le pont, il devenait de plus en plus difficile de se maintenir dans une position stable en raison de l'amplitude des oscillations et des chocs. Au-delà de la peur qui me paralysait, je découvrais la véritable nature de mon beau-père, son sang-froid, sa capacité à sérier les problèmes et à les traiter dans l'ordre de l'urgence. Du noir complet, nous étions maintenant passés sous la lumière aveuglante et glacée des éclairs qui se relayaient pour illuminer le spectacle de ces eaux démontées. Nous pouvions prendre conscience de ce qui nous entourait, mesurer la masse des monstres qui, partout, dansaient autour de nous. Des lames de plusieurs mètres s'abattaient sur le bateau, roulaient sur le pont, prenaient de la vitesse en fusant vers l'arrière et nous percutaient en essayant chaque fois de nous faire passer par-dessus bord. Nous étions suspendus à la vie par deux filins de nylon bleu, maigres cordages de sécurité arrimés à nos harnais.

Jean me criait des ordres que le vent dispersait aussitôt. Le bruit du tonnerre, assourdissant, rebondissait à la surface des eaux comme sur une peau de tambour. C'est alors que je sentis le bateau monter vers le ciel, se soulever anormalement, prendre de la gîte et s'incliner au point que le mât vint gifler la surface de l'eau. Désarçonné, Jean pendait au bout de sa ficelle, tandis que j'essayais de m'agripper à ce que je croyais être les barres chromées du bastingage. Durant un long moment, craquant de toutes ses membrures, l'embarcation sembla hésiter entre la tentation du naufrage et l'instinct de flottaison. Un rouleau sans doute mieux intentionné que les autres frappa la quille qui affleurait à la surface et le bateau se redressa avec la même violence qu'il avait été couché. Sous la pression et l'impact des vagues, deux hublots latéraux avaient explosé et, maintenant, nous embarquions de l'eau. Saucissonné dans ses cordes et son ciré, aux prises avec la barre, Jean me cria d'aller dans la cabine pour colmater ces voies au travers desquelles se faufilait la mer.

À l'intérieur du bateau, la situation était encore plus impressionnante que sur le pont. Les objets giclaient à bâbord, puis, projetés par une invisible main, allaient s'écraser de l'autre côté du cockpit. Lorsqu'elle cessait de geindre, la coque encaissait des chocs d'une violence inouïe et le bruit des impacts faisait chaque fois redouter le pire.

J'essayais de m'accoutumer à l'idée que ces parois allaient finir par céder et que nous allions succomber à cette éventration. C'était l'été et nous allions mourir. Je bourrais les orifices des hublots avec des coussins de mousse qui se révélaient d'efficaces compresses. À peine avais-je posé ces pansements d'urgence, que mon estomac, à son tour, chavira en un éclair. Je tombai à genoux dans la cabine et régurgitai sans retenue jusqu'à mes pensées les plus secrètes.

Lorsque je retrouvai Jean à l'arrière du bateau, on pouvait deviner, sur notre gauche, les premières lueurs du jour. Je n'avais jamais pensé que la Méditerranée pût engendrer pareil chaos. Je croyais ces tempêtes réservées aux casse-cou professionnels qui narguaient l'Atlantique au plein cœur de l'hiver, et donnaient calmement, à la radio, de leurs effroyables nouvelles. Si j'avais pu moi-même, alors, transmettre un quelconque message, quel en aurait été son contenu ? Sans doute aurais-je crié que le bateau était à bout de forces, les hublots en miettes, la cabine saccagée, et les coffres latéraux emportés par une déferlante. Je crus entendre Jean me lancer : « Avec le jour ça devrait se calmer », puis, au moment où je me retournais, une vague subtile me cisailla les chevilles et me coucha au sol avant de me recouvrir. La tiédeur de l'eau atténuait la désagréable impression de submersion et de suffocation. Je glissais sur une pente qui me paraissait sans fin ni fond et, paradoxalement, je ne tentais rien pour me retenir. Dans ce désordre tourbillonnant, il m'arrivait de heurter des obstacles avec les épaules ou la tête, mais ces chocs répétés ne me procuraient aucune douleur immédiate. Lorsque j'atteignis l'extrémité du pont, une seconde masse d'eau s'abattit sur moi et, cette fois, je passai par-dessus bord. Instantanément, j'eus alors une sorte de vision périphérique de ma situation, des images panoramiques que l'on eût dites filmées par une caméra située quelques mètres au-dessus de ma tête : j'étais au milieu des eaux, la mort partout autour de moi, et pour lui échapper, un filin minuscule, cette unique cordage de nylon grossier qui me reliait à Louis-Toshiro Blick. Mon petit-fils fit alors office de treuil. Au prix d'une longue bataille navale je parvins à remonter à bord. Trop occupé à maintenir le bateau en vie, Jean me fit signe de m'abriter dans un recoin du cockpit, et c'est là, pelotonné comme un animal transi, que j'attendis la fin de la tempête.

Lorsqu'elle cessa, je n'avais aucune idée de l'heure. Je me rappelle seulement que le soleil commençait à désagréger les nuages, et la mer, apaisée de sa crise, retrouvait peu à peu le calme que l'on prêtait aux Origines. Celui que j'avais bien prématurément considéré comme un vieil homme, avait mené sa barque avec l'élégante désinvolture qui sied aux êtres qui, s'ils ne croient en rien, n'ont, en revanche, plus grand-chose à redouter. Nous regagnâmes le port de Sète en début d'après-midi. L'intérieur du voilier semblait avoir été saccagé par un assaut de flibustiers et des objets hétéroclites flottaient encore sur l'eau qui avait envahi le fond de la cabine. Avant de quitter le bateau, Jean regarda une dernière fois les dégâts. Posant sa main sur mon bras, il dit : « Cette fois, je crois qu'on l'a échappé belle. »

Nous étions à peu près à mi-parcours sur le chemin du retour lorsque Jean me demanda de le conduire à la clinique de Marie. Il voulait la voir, quoi qu'il pût lui en coûter. La cour du bâtiment était brûlante. Il tombait du feu. Tout autour, la campagne du Lauragais, d'habitude si verdoyante, était carbonisée par la sécheresse. Deux mois qu'il n'était pas tombé la moindre goutte de pluie. Grâce à l'épaisseur des murs, l'intérieur de la maison donnait une impression de fraîcheur toute relative. Marie était dans sa chambre, assise sur son fauteuil, face à la fenêtre. L'agressive lumière de l'été était tempérée par les branches d'un marronnier qui ombraient l'encadrement du vitrage.

Nous nous approchâmes de Marie et nous l'embrassâmes à tour de rôle. Jean avait retrouvé son visage de terrien et son âge véritable. Face à sa petite-fille, il semblait frappé de stupeur. Elle, conservait le silence et cette posture de pierre dans laquelle elle avait pris l'habitude de s'immobiliser. « On vient de la mer. J'avais envie de te voir. Tu m'entends, ma chérie ? C'est moi, ton grand-père. Tu me reconnais ? Marie ? »

Le vieil homme qui nous avait ramenés de l'enfer en perçant le ventre de la tempête, celui-là même qui s'était joué des lames et des rafales, que ni le vent, ni la mer, ni la peur n'avaient pu coucher, tomba soudain à genoux devant sa petite-fille et se mit à sangloter en joignant ses mains comme un fidèle s'abîmant dans la prière. Je savais que cette supplique n'avait aucun destinataire, et que, dans cette attitude trompeuse, Jean implorait seulement la vie d'être un peu moins cruelle. Je tentai de l'aider à se relever, mais il refusa et s'accrocha au bras de sa petite-fille qu'il couvrit longtemps de larmes et de baisers.

Quelques semaines après cette visite, le Dr Brossard me fit appeler dans son bureau. Les préliminaires de notre conversation me donnèrent à penser que la fournaise avait amolli ses certitudes. Les décès de trois patients âgés, dans le secteur fermé – tous imputables à la chaleur – n'étaient pas pour rien dans cette modification. Brossard me parla des dernières explorations faites sur Marie ainsi que des effets espérés d'un nouveau traitement.

– Je voulais vous entretenir d'autre chose également… Il y a deux ou trois jours, Marie a reparlé pour la première fois depuis bien longtemps…

– Qu'est-ce qu'elle a dit ?

Brossard déposa ses petites lunettes sur le bout de son nez, et lut un bout de papier sur lequel était inscrit :

– « Jean est venu hier. » Pouvez-vous me dire qui est Jean ?

– C'est son grand-père. Il est effectivement passé la voir il y a deux ou trois semaines. C'est bon signe qu'elle ait réagi, non ?

– L'avenir nous le dira.

– Vous pensez qu'il faudrait renouveler l'expérience ?

– Pourquoi pas.

Dès le lendemain, plein d'espoir, je revins en compagnie de Jean. Il resta longtemps près de sa petite-fille en lui tenant la main. Et aussi le jour suivant. Et encore le jour d'après. Et cela se reproduisit toute la semaine. Nous avons attendu un mot, un signe, quelque chose qui nous aurait permis de reprendre espoir. Des mois passèrent, mais plus jamais Marie ne fit allusion à Jean. Ni d'ailleurs à personne d'autre.

Avec la venue de l'automne et le ramassage des feuilles, j'allais de jardin en jardin, accomplissant des tâches fatigantes et des gestes répétitifs. Ce travail silencieux et solitaire était à l'image de la vie que je menais. Je ne voyais personne et ne parlais pratiquement plus à quiconque. Parfois, j'avais la faiblesse de croire qu'il y avait un monde entre Marie, sa folie et moi. À d'autres moments, lorsque je considérais objectivement le cours de ma vie, force était de reconnaître que, jamais, je n'avais été aussi proche de ma fille. Cette impression me fut confirmée de façon embarrassante, un soir de novembre, je crois, alors que je finissais ma journée dans le jardin d'un client. J'avais aspiré et broyé une grande quantité de feuilles pour en faire du compost, mais il en restait encore une grosse quantité que je décidai de brûler. Tandis que je surveillais et aérais le feu, le jour tomba doucement. Ce jardin m'apparut alors comme une parcelle d'harmonie, un petit territoire hors du monde. Non qu'il fût particulièrement soigné, raffiné ou ordonné, mais quelques simples arbustes, émergeant des nappes de fumée, donnaient une idée à peu près exacte de ce que pourrait être le squelette du bonheur débarrassé de l'embonpoint des hommes.

J'étais tellement absorbé dans la contemplation de ce tableau lénitif que le propriétaire des lieux me surprit immobile, assis sur ma caisse à outils, hors du temps des montres et insensible au froid. Cet épisode me mit très mal à l'aise. De retour à la maison, je pris une longue douche brûlante et tentai de me dépouiller symboliquement de cette gangue qui, insidieusement, je le sentais, peu à peu m'emprisonnait. La psychiatrie m'attirait dans ses vortex. J'avais tendance à trop m'approcher de ce siphon mystérieux qui nous aspirait dans un autre monde, ce territoire d'angoisse où vivait Marie et tous ceux qui, à la clinique, se débattaient dans les canalisations de la folie.

Lorsque je songeais à ma fille, je l'imaginais assise dans la paralysante beauté du jardin où j'avais moi-même oublié les heures. J'aimais penser qu'elle était là-bas, prisonnière d'un charme, victime d'une apaisante stupeur. Mais les cris de colère et d'effroi, qui s'échappaient du pavillon fermé, me donnaient malheureusement à croire que les parages de la folie étaient autrement terrifiants.

Pour tromper mon ennui, le soir, il m'arrivait de ranger ma discothèque où s'entassaient un millier de disques de vynile et quelque deux cent cinquante CD. Cet exercice relevait à la fois du cérémonial et du casse-tête. J'hésitais à les classer par genres – ce qui n'était jamais très confortable pour trouver rapidement un musicien –, ou par ordre alphabétique – choix qui offrait l'avantage de la simplicité, mais manquait singulièrement de style. La plupart du temps, j'optais pour une classification hybride, irrationnelle, dans laquelle j'associais des artistes pour d'obscures raisons personnelles. Ainsi s'il était assez cohérent de placer côte à côte Tom Waits et Rickie Lee Jones, ou encore Herbie Hancock, Jeff Beck et Chick Corea, j'aurais compris que l'on me demandât des comptes sur le fait d'apparier Jimi Hendrix, Johnny Guitar Watson, Stevie Ray Vaughan et Stevie Wonder. Dans ce désordre raisonné, je réunissais en petits blocs mes musiciens préférés ou mes marottes du moment: à ce titre Curtis Mayfield, Keith Jarrett, Bill Evans, Chet Baker, Miles Davis et Charlie Haden côtoyaient Chico Debarge, Tony Rich, Babyface, Maxwell et D'Angelo. Lorsqu'un brin de lucidité s'emparait de moi, ces manies de vieux, ces attitudes compulsives m'effrayaient, et je songeais que je passais sans doute plus de temps à classer et reclasser ce trésor musical qu'à l'écouter.

Je ne souffrais pas de ma solitude, même s'il m'arrivait de prendre conscience qu'elle était en train de désassembler les éléments constitutifs de ma vie. Je la sentais me démonter pièce par pièce, me déconstruire de l'intérieur, m'enlever des composants réputés ne plus devoir servir. Ainsi, des sentiments comme la joie, le plaisir, le bonheur, l'envie, le désir, l'espérance étaient un à un désaccouplés.

Depuis la mort d'Anna, je n'avais pas eu de relation sexuelle. Je ne peux pas dire que cela me manquait vraiment. Certes, je déplorais cette fameuse viduité, mais de manière abstraite, théorique, comme l'on peut regretter le temps fécond et révolu de sa jeunesse. L'idée du désir était encore présente en moi et je concevais toujours l'éventualité d'être attiré par une femme, mais sans avoir à endurer la torture lancinante du manque ou de la privation.

Vers la période de Noël, sans doute pour tromper l'ennui d'une soirée particulièrement déprimante, je téléphonai à Laure que je n'avais pas revue depuis l'enterrement d'Anna. Je l'appelais sans espérer quoi que ce fût. Pour être franc, obtenir de ses nouvelles m'intéressait à peu près autant que de consulter les prévisions météorologiques d'un pays où je n'avais aucune intention de me rendre.

Notre conversation s'engagea aussi naturellement que si nous nous étions entretenus la veille.

– Quel âge a ton bébé maintenant ?

– Mon bébé ? Mon bébé, comme tu dis, vient d'avoir huit ans.

– Je ne peux pas le croire. Il s'appelle comment ?

– Simon. Simon Charcot. Comme moi, puisque tu sais qu'avec François, on a divorcé.

– Tu vois toujours le père, le fameux rabbin ?

– Tu penses. Le rabbin a disparu à jamais avec les premières contractions. Je n'ai jamais vu quelqu'un paniquer à ce point pour sa réputation. Le jour où il m'a quittée il m'a suppliée à genoux et en larmes, tu m'entends, de ne jamais parler de cet enfant et de notre relation à quiconque.

– Et François ?

– Il prend le gosse un week-end sur deux et s'en occupe pendant la moitié des vacances.

– Tu lui as parlé de quelque chose ?

– Tu plaisantes ? Il n'a jamais eu le moindre doute sur quoi que ce soit, fort heureusement d'ailleurs, cela me permet d'avoir une conséquente pension.

– Le petit ressemble à qui ?

– À qui veux-tu qu'il ressemble ? C'est le portrait tout craché du rabbin... Mais tu connais François, les ressemblances, tout ça, ça lui passe au-dessus de la tête.

– Il vit toujours avec son amie ?

– Plus que jamais. Je crois même qu'elle est encore enceinte. Et toi, tu vois quelqu'un ?

– Non.

– Vraiment personne ?

– Personne.

Cette réponse surprit Laure qui marqua une sorte de silence gêné. Elle surmonta très vite ce petit moment d'embarras pour me parler de sa vie et de ses relations compliquées avec un inspecteur de police divorcé. Elle était intarissable, enchaînant les anecdotes, les détails, multipliant les digressions. À l'entendre ainsi monologuer avec autant de verve, se livrer sans retenue, j'en conclus qu'elle aussi, quoi qu'elle en dît, devait payer un tribut à la solitude. Avant de raccrocher elle me souhaita un bon Noël. Je trouvais cette attention tout à fait normale et, à la fois, totalement déplacée.

Rien n'est plus terrible qu'un 24 décembre dans une clinique psychiatrique, lorsque tombe la nuit et que s'allument les quelques guirlandes dont se pare l'institution. Même les repas de fête que l'on s'efforce, en cette soirée, de servir aux malades ont un côté tragique, dérisoire. Les plateaux, les aliments, charrient tous leur odeur prégnante de cantine et d'hôpital, où se mêlent le fumet de la viande et les effluves du camphre ou de l'alcool modifié. Marie était à son poste, assise dans le noir, face à la fenêtre. La radio lui donnait des nouvelles d'un monde en roue libre qui s'apprêtait à passer à table. J'embrassai son visage, pris sa main dans la mienne et la gardai jusque tard dans la nuit, jusqu'à ce qu'une infirmière entre et décrète que, Noël ou pas, il était temps pour ma fille de se mettre au lit.

Je passai cette nuit-là assis sur le canapé à regarder les photos d'*Arbres du monde*, pour revivre chacune de ces journées durant lesquelles ma seule préoccupation, mon unique souci, avait été d'attendre qu'une brise et une belle lumière se posent sur le plumetis d'un tamaris.

Le soir du réveillon du 31 décembre, en quittant la chambre de Marie, je croisai un malade que je rencontrais tous les jours dans les couloirs ou les allées du parc. Il s'avança vers moi et me serra chaleureusement la main en me souhaitant une bonne année.

– Vous savez, quand vous êtes arrivé ici, vous n'alliez pas bien, je l'ai vu tout de suite. Maintenant, c'est différent, vous n'êtes plus le même homme. Ils vous ont regonflé, vraiment. Ils nous regonflent tous ici, nous allons de mieux en mieux.

Un peu avant minuit, le téléphone me tira de mon sommeil. C'étaient Vincent et Yuko qui m'appelaient du Japon où ils étaient allés passer une dizaine de jours dans la famille Tsuburaya. Yuko me transmit ses vœux en japonais et Louis-Toshiro, dans sa langue maternelle, m'expliqua qu'il avait vu un énorme dragon à écailles qui crachait des flammes.

Longtemps après qu'il eut raccroché, je pensais à son ancêtre Kokichi. J'avais l'impression de partager cette même lassitude qu'il avait dû éprouver à la fin de sa vie. Comme lui, je n'en pouvais plus de courir derrière un monde révolu, un passé inaccessible et des fantômes qui, sans cesse, me fuyaient.

Mais en ce 31 décembre, cet appel du bout du monde émanait de la seule famille qui me restait. Et j'en conçus un bonheur démesuré.

Avec le printemps revint l'époque de l'entretien des pelouses et le téléphone ne cessa plus de sonner. Je vivais dans le gazon à longueur de temps, exécutant toujours les tontes selon les préceptes géométriques par mon père enseignés. Chaque jour, pareil à un navigateur obstiné, j'allais et venais au fil de ces mers vertes, sillonnant, au sextant, le cœur des jardins. Je laissais derrière moi l'illusion d'un monde pacifié, d'une nature soumise et d'une vie sans surprise.

Au mois d'avril, un président discrédité, guetté par la justice, dont le bras droit venait d'être lourdement condamné par les tribunaux, renommant comme Premier ministre celui-là même que les élections venaient de balayer. L'*impolitique* absolue. L'*adémocratie* flamboyante. Il y avait un côté pétainiste-bananier dans les manières de ce petit fascisme de proximité. Le pays avait été confié à des flibustiers dont mon père n'aurait jamais voulu dans ses ateliers. La plus insignifiante des foulées de Kokichi Tsuburaya inspirait plus de respect que les interminables carrières de ces parasites. Avec eux, au moins, nous pouvions être tranquilles : les lendemains de défaite, les lames restaient dans les rasoirs.

Marie n'en finissait pas de « dormir les yeux ouverts ». À son chevet, quand j'en avais le courage et la force, j'essayais de l'entretenir des nouvelles du monde, des aventures de Raffarin 1, 2, 3, des tortures en Irak, du naufrage américain. Certains soirs, lui rendre visite, après mon travail, était une véritable épreuve. Au point qu'il m'était impossible de lui témoigner la moindre marque d'affection. Je m'asseyais à ses côtés et, comme elle, je regardais, en silence, dans la direction de la fenêtre. Je lui en voulais de ne pas être comme les autres, de ne pas s'être accrochée, quand il le fallait, au filin de nylon bleu, de m'infliger tant d'intranquillité et de souffrance. D'autres fois, j'entrais dans sa chambre et la serrais dans mes bras comme un père qui rentre d'un long voyage. J'étais alors persuadé que tout cela finirait un jour, qu'il suffisait d'être patient, de respecter l'œuvre du temps, de prendre sa main et de la serrer pour qu'elle comprenne que j'étais là, que je ne lâcherais pas, ni maintenant, ni jamais.

Perdre un enfant, ne serait-ce que par fragments, est une ordalie. Une épreuve quotidienne dépassant l'entendement des dieux et celui des humains. C'est un tourment qui ne finit pas, un poids qui n'écrase pas les épaules mais, plus insidieusement, pèse à l'intérieur de nous-même et enserre le cœur.

À la fin du mois de mai, Louis-Toshiro m'annonça qu'il avait gagné une médaille d'encouragement à son club de judo. Je fus extrêmement surpris que l'on pût enseigner les rudiments de ce sport à des enfants aussi jeunes, mais l'incroyable fierté et le bonheur avec lequel mon petit-fils me présenta son modeste trophée dispersèrent ma perplexité.

Depuis quelques mois, chaque fois que Louis et ses parents me rendaient visite, je redoutais que ce fût pour m'annoncer qu'à l'expiration du contrat de Yuko, la famille irait s'installer au Japon. Je n'avais jamais oublié la solennité avec laquelle Anna m'avait prédit cet exil. Pour conjurer cette prophétie, je ne pouvais compter que sur les nombreux contrats de traduction que Vincent avait signés avec de grandes entreprises comme Motorola et Airbus Industrie, et qui, pour un temps au moins, le retenaient à Toulouse. Je me refusais, en tout cas, à l'interroger sur ses projets. Les nouvelles, bonnes ou mauvaises, surviendraient quand elles le voudraient. J'avais pris l'habitude de laisser les événements se glisser dans les courants d'air et le bruit des portes qui claquent. J'ignorais quelle vie m'attendait et ce que Marie deviendrait. Le jour, je tondais de l'herbe et, la nuit, au milieu de leurs meubles, je dormais dans la maison de mes parents. Parfois j'avais le sentiment qu'ils me protégeaient. À d'autres moments, j'éprouvais une certaine gêne, convaincu qu'ils m'observaient. Sur une étagère de mon bureau, une partie des cendres de ma mère côtoyait le carrosse chromé de Vincent.

Durant mon sommeil, il m'arrivait d'être réveillé par le masque mortuaire d'Anna, la vision de son visage tuméfié. Longtemps j'avais essayé d'écarter ces images, de les rejeter, jusqu'à ce que je comprenne qu'elles faisaient partie de moi et m'accompagneraient tout au long de ma vie.

Le 3 juillet, jour de l'anniversaire de Marie, j'arrivai de bonne heure à l'hôpital. Je pris ma fille par le bras et nous sortîmes de l'établissement par la grande porte.

Au lieu de nous diriger vers le parc pour faire une promenade le long des allées, j'installai Marie dans ma voiture et nous partîmes sur la route, roulant en direction du sud, vers les premiers contreforts des Pyrénées.

Je refaisais avec ma fille le même chemin que j'avais accompli quarante années auparavant en compagnie de mon grand-père. Il était revenu dans ces montagnes quelques semaines avant de mourir. Il m'avait montré ses pâturages où tout avait commencé. La bergerie, les crêtes, le silence. Un instant il avait oublié ses propres hantises et s'était laissé envahir par la beauté de ce monde qu'il avait autrefois habité.

La route devint de plus en plus étroite et sinueuse et, comme j'en avais gardé la mémoire, s'arrêta brusquement un peu avant le sommet du col.

Ma fille, immobile durant le trajet, regardait droit devant elle. J'ignorais ce qu'elle voyait, ce qu'elle ressentait, ce qu'elle comprenait de ce voyage.

L'air était étonnamment frais. Je fis descendre Marie de la voiture et l'enveloppai dans un anorak. Je la pris par le bras et nous commençâmes à marcher sur le sentier qui menait vers les crêtes.

Le temps était gris et quelques grappes de nuages s'accrochaient parfois au flanc de la montagne. Le silence qui nous entourait était d'une telle texture qu'on l'eût dit distillé, épuré, filtré. Il se confondait avec la transparence cristalline de l'air.

Sans aide, avec une surprenante agilité, Marie gravissait la pente. Quand le chemin le permettait, elle se tenait à mes côtés. Lorsque le layon devenait trop étroit, elle montrait la voie. Qui alors aurait pu deviner son état ? Pour la nature qui nous entourait elle était simplement une femme comme une autre marchant vers le couchant.

Du sommet, la vue était vertigineuse. La montagne plongeait à pic vers l'Espagne tandis que quelques maigres herbages et des boules de nuages s'accrochaient sur le versant français.

Du ventre de la falaise remontait un air glacé qui faisait parfois flotter les cheveux de Marie et donnait à son visage une illusion de vie.

Nous étions arrivés au bout de notre longue marche.

Je pris ma fille dans mes bras. J'eus le sentiment d'enlacer un arbre mort. Elle regardait droit devant elle. Nous étions au bord du vide, en équilibre au sommet du monde.

Je songeais à tous les miens. En cet instant de doute, au moment où tant de choses dépendaient de moi, ils ne m'étaient d'aucune aide, d'aucun réconfort. Cela ne m'étonnait pas : la vie n'était rien d'autre que ce filament illusoire qui nous reliait aux autres et nous donnait à croire que, le temps d'une existence que nous pensions essentielle, nous étions simplement quelque chose plutôt que rien.

DU MÊME AUTEUR

Compte rendu analytique
d'un sentiment désordonné
Fleuve noir, 1984

Éloge du gaucher
Robert Laffont, 1987

Tous les matins je me lève
Robert Laffont, 1988
et « Points » n° 118

Maria est morte
Robert Laffont, 1989
et « Points » n° 1486

Les poissons me regardent
Robert Laffont, 1990
et « Points » n° 854

Vous aurez de mes nouvelles
Grand Prix de l'humour noir
Robert Laffont, 1991
et « Points » n° 1487

Parfois je ris tout seul
Robert Laffont, 1992
et « Points » n° 1591

Une année sous silence
Robert Laffont, 1992
et « Points » n° 1379

Prends soin de moi
Robert Laffont, 1993
et « Points » n° 315

La vie me fait peur
Le Seuil, 1994
et « Points » n° 188

Kennedy et moi
Prix France Télévision
Le Seuil, 1996
et « Points » n° 409

L'Amérique m'inquiète
« Petite Bibliothèque de l'Olivier » n° 35, 1996

Je pense à autre chose
L'Olivier, 1997
et « Points » n° 583

Si ce livre pouvait me rapprocher de toi
L'Olivier, 1999
et « Points » n° 724

Jusque-là tout allait bien en Amérique
L'Olivier, 2002
et « Petite Bibliothèque de l'Olivier » n° 58

Vous plaisantez, monsieur Tanner
L'Olivier, 2006

Hommes entre eux
L'Olivier, 2007

COMPOSITION : PAO EDITIONS DU SEUIL

GROUPE CPI

Achevé d'imprimer en avril 2007
par **BUSSIÈRE**
à Saint-Amand-Montrond (Cher)
N° d'édition : 82601-6. - N° d'impression : 70468.
Dépôt légal : septembre 2005.
Imprimé en France

P1553. Saint-Sépulcre !, *Patrick Besson*
P1554. L'Autre comme moi, *José Saramago*
P1555. Pourquoi Mitterrand ?, *Pierre Joxe*
P1556. Pas si fous ces Français !
Jean-Benoît Nadeau et Julie Barlow
P1557. La Colline des Anges
Jean-Claude Guillebaud et Raymond Depardon
P1558. La Solitude heureuse du voyageur
précédé de Notes, *Raymond Depardon*
P1559. Hard Revolution, *George P. Pelecanos*
P1560. La Morsure du lézard, *Kirk Mitchell*
P1561. Winterkill, *C.J. Box*
P1562. La Morsure du dragon, *Jean-François Susbielle*
P1563. Rituels sanglants, *Craig Russell*
P1564. Les Écorchés, *Peter Moore Smith*
P1565. Le Crépuscule des géants. Les Enfants de l'Atlantide III
Bernard Simonay
P1566. Aara. Aradia I, *Tanith Lee*
P1567. Les Guerres de fer. Les Monarchies divines III
Paul Kearney
P1568. La Rose pourpre et le Lys, tome 1, *Michel Faber*
P1569. La Rose pourpre et le Lys, tome 2, *Michel Faber*
P1570. Sarnia, *G.B. Edwards*
P1571. Saint-Cyr/La Maison d'Esther, *Yves Dangerfield*
P1572. Renverse du souffle, *Paul Celan*
P1573. Pour un tombeau d'Anatole, *Stéphane Mallarmé*
P1574. 95 poèmes, *E.E. Cummings*
P1575. Le Dico des mots croisés.
8 000 définitions pour devenir imbattable, *Michel Laclos*
P1576. Les deux font la paire.
Les couples célèbres dans la langue française
Patrice Louis
P1577. C'est la cata. Petit manuel du français maltraité
Pierre Bénard
P1578. L'Avortement, *Richard Brautigan*
P1579. Les Braban, *Patrick Besson*
P1580. Le Sac à main, *Marie Desplechin*
P1581. Nouvelles du monde entier, *Vincent Ravalec*
P1582. Le Sens de l'arnaque, *James Swain*
P1583. L'Automne à Cuba, *Leonardo Padura*
P1584. Le Glaive et la Flamme. La Saga du Roi Dragon III
Stephen Lawhead
P1585. La Belle Arcane. La Malerune III
Michel Robert et Pierre Grimbert
P1586. Femme en costume de bataille, *Antonio Benitez-Rojo*

Collection Points

DERNIERS TITRES PARUS

P1445. L'Abîme, *John Crowley*
P1446. Œuvre poétique, *Léopold Sédar Senghor*
P1447. Cadastre, *suivi de* Moi, laminaire…, *Aimé Césaire*
P1448. La Terre vaine et autres poèmes, *Thomas Stearns Eliot*
P1449. Le Reste du voyage et autres poèmes, *Bernard Noël*
P1450. Haïkus, *anthologie*
P1451. L'Homme qui souriait, *Henning Mankell*
P1452. Une question d'honneur, *Donna Leon*
P1453. Little Scarlet, *Walter Mosley*
P1454. Elizabeth Costello, *J.M. Coetzee*
P1455. Le maître a de plus en plus d'humour, *Mo Yan*
P1456. La Femme sur la plage avec un chien, *William Boyd*
P1457. Accusé Chirac, levez-vous !, *Denis Jeambar*
P1458. Sisyphe, roi de Corinthe. Le Châtiment des Dieux I
François Rachline
P1459. Le Voyage d'Anna, *Henri Gougaud*
P1460. Le Hussard, *Arturo Pérez-Reverte*
P1461. Les Amants de pierre, *Jane Urquhart*
P1462. Corcovado, *Jean-Paul Delfino*
P1463. Hadon, le guerrier. Le Cycle d'Opar II
Philip José Farmer
P1464. Maîtresse du Chaos. La Saga de Raven I
Robert Holdstock et Angus Wells
P1465. La Sève et le Givre, *Léa Silhol*
P1466. Élégies de Duino *suivi de* Sonnets à Orphée
Rainer Maria Rilke
P1467. Rilke, *Philippe Jaccottet*
P1468. C'était mieux avant, *Howard Buten*
P1469. Portrait du Gulf Stream, *Érik Orsenna*
P1470. La Vie sauve, *Lydie Violet et Marie Desplechin*
P1471. Chicken Street, *Amanda Sthers*
P1472. Polococktail Party, *Dorota Maslowska*
P1473. Football factory, *John King*
P1474. Une petite ville en Allemagne, *John le Carré*
P1475. Le Miroir aux espions, *John le Carré*
P1476. Deuil interdit, *Michael Connelly*
P1477. Le Dernier Testament, *Philip Le Roy*
P1478. Justice imminente, *Jilliane Hoffman*
P1479. Ce cher Dexter, *Jeff Lindsay*
P1480. Le Corps noir, *Dominique Manotti*

P1481. Improbable, *Adam Fawer*
P1482. Les Rois hérétiques. Les Monarchies divines II
Paul Kearney
P1483. L'Archipel du soleil. Les Enfants de l'Atlantide II
Bernard Simonay
P1484. Code Da Vinci : l'enquête
Marie-France Etchegoin et Frédéric Lenoir
P1485. L.A. confidentiel : les secrets de Lance Armstrong
Pierre Ballester et David Walsh
P1486. Maria est morte, *Jean-Paul Dubois*
P1487. Vous aurez de mes nouvelles, *Jean-Paul Dubois*
P1488. Un pas de plus, *Marie Desplechin*
P1489. D'excellente famille, *Laurence Deflassieux*
P1490. Une femme normale, *Émilie Frèche*
P1491. La Dernière Nuit, *Marie-Ange Guillaume*
P1492. Le Sommeil des poissons, *Véronique Ovaldé*
P1493. La Dernière Note, *Jonathan Kellerman*
P1494. La Cité des Jarres, *Arnaldur Indridason*
P1495. Électre à La Havane, *Leonardo Padura*
P1496. Le croque-mort est bon vivant, *Tim Cockey*
P1497. Le Cambrioleur en maraude, *Lawrence Block*
P1498. L'Araignée d'émeraude. La Saga de Raven II
Robert Holdstock et Angus Wells
P1499. Faucon de mai, *Gillian Bradshaw*
P1500. La Tante marquise, *Simonetta Agnello Hornby*
P1501. Anita, *Alicia Dujovne Ortiz*
P1502. Mexico City Blues, *Jack Kerouac*
P1503. Poésie verticale, *Roberto Juarroz*
P1506. Histoire de Rofo, clown, *Howard Buten*
P1507. Manuel à l'usage des enfants qui ont des parents difficiles
Jeanne Van den Brouk
P1508. La Jeune Fille au balcon, *Leïla Sebbar*
P1509. Zenzela, *Azouz Begag*
P1510. La Rébellion, *Joseph Roth*
P1511. Falaises, *Olivier Adam*
P1512. Webcam, *Adrien Goetz*
P1513. La Méthode Mila, *Lydie Salvayre*
P1514. Blonde abrasive, *Christophe Paviot*
P1515. Les Petits-Fils nègres de Vercingétorix, *Alain Mabanckou*
P1516. 107 ans, *Diastème*
P1517. La Vie magnétique, *Jean-Hubert Gailliot*
P1518. Solos d'amour, *John Updike*
P1519. Les Chutes, *Joyce Carol Oates*
P1520. Well, *Matthieu McIntosh*
P1521. À la recherche du voile noir, *Rick Moody*
P1522. Train, *Pete Dexter*
P1523. Avidité, *Elfriede Jelinek*
P1524. Retour dans la neige, *Robert Walser*
P1525. La Faim de Hoffman, *Leon De Winter*
P1526. Marie-Antoinette, la naissance d'une reine.
Lettres choisies, *Évelyne Lever*
P1527. Les Petits Verlaine *suivi de* Samedi, dimanche et fêtes
Jean-Marc Roberts
P1528. Les Seigneurs de guerre de Nin. La Saga du Roi Drag
Stephen Lawhead
P1529. Le Dire des Sylfes. La Malerune II
Michel Robert et Pierre Grimbert
P1530. Le Dieu de glace. La Saga de Raven III
Robert Holdstock et Angus Wells
P1531. Un bon cru, *Peter Mayle*
P1532. Confessions d'un boulanger, *Peter Mayle et Gérard Au*
P1533. Un poisson hors de l'eau, *Bernard Comment*
P1534. Histoire de la Grande Maison, *Charif Majdalani*
P1535. La Partie belle *suivi de* La Comédie légère
Jean-Marc Roberts
P1536. Le Bonheur obligatoire, *Norman Manea*
P1537. Les Larmes de ma mère, *Michel Layaz*
P1538. Tant qu'il y aura des élèves, *Hervé Hamon*
P1539. Avant le gel, *Henning Mankell*
P1540. Code 10, *Donald Harstad*
P1541. Les Nouvelles Enquêtes du juge Ti, vol. 1
Le Château du lac Tchou-An, *Frédéric Lenormand*
P1542. Les Nouvelles Enquêtes du juge Ti, vol. 2
La Nuit des juges, *Frédéric Lenormand*
P1543. Que faire des crétins ? Les perles du Grand Larousse
Pierre Enckell et Pierre Larousse
P1544. Motamorphoses. À chaque mot son histoire
Daniel Brandy
P1545. L'habit ne fait pas le moine. Petite histoire des expressio
Gilles Henry
P1546. Petit fictionnaire illustré. Les mots qui manquent au dic
Alain Finkielkraut
P1547. Le Pluriel de bric-à-brac et autres difficultés
de la langue française, *Irène Nouailhac*
P1548. Un bouquin n'est pas un livre. Les nuances des syn
Rémi Bertrand
P1549. Sans nouvelles de Gurb, *Eduardo Mendoza*
P1550. Le Dernier Amour du président, *Andreï Kourkov*
P1551. L'Amour, soudain, *Aharon Appelfeld*
P1552. Nos plus beaux souvenirs, *Stewart O'Nan*

P1553. Saint-Sépulcre !, *Patrick Besson*
P1554. L'Autre comme moi, *José Saramago*
P1555. Pourquoi Mitterrand ?, *Pierre Joxe*
P1556. Pas si fous ces Français !
Jean-Benoît Nadeau et Julie Barlow
P1557. La Colline des Anges
Jean-Claude Guillebaud et Raymond Depardon
P1558. La Solitude heureuse du voyageur
précédé de Notes, *Raymond Depardon*
P1559. Hard Revolution, *George P. Pelecanos*
P1560. La Morsure du lézard, *Kirk Mitchell*
P1561. Winterkill, *C.J. Box*
P1562. La Morsure du dragon, *Jean-François Susbielle*
P1563. Rituels sanglants, *Craig Russell*
P1564. Les Écorchés, *Peter Moore Smith*
P1565. Le Crépuscule des géants. Les Enfants de l'Atlantide III
Bernard Simonay
P1566. Aara. Aradia I, *Tanith Lee*
P1567. Les Guerres de fer. Les Monarchies divines III
Paul Kearney
P1568. La Rose pourpre et le Lys, tome 1, *Michel Faber*
P1569. La Rose pourpre et le Lys, tome 2, *Michel Faber*
P1570. Sarnia, *G.B. Edwards*
P1571. Saint-Cyr/La Maison d'Esther, *Yves Dangerfield*
P1572. Renverse du souffle, *Paul Celan*
P1573. Pour un tombeau d'Anatole, *Stéphane Mallarmé*
P1574. 95 poèmes, *E.E. Cummings*
P1575. Le Dico des mots croisés.
8000 définitions pour devenir imbattable, *Michel Laclos*
P1576. Les deux font la paire.
Les couples célèbres dans la langue française
Patrice Louis
P1577. C'est la cata. Petit manuel du français maltraité
Pierre Bénard
P1578. L'Avortement, *Richard Brautigan*
P1579. Les Braban, *Patrick Besson*
P1580. Le Sac à main, *Marie Desplechin*
P1581. Nouvelles du monde entier, *Vincent Ravalec*
P1582. Le Sens de l'arnaque, *James Swain*
P1583. L'Automne à Cuba, *Leonardo Padura*
P1584. Le Glaive et la Flamme. La Saga du Roi Dragon III
Stephen Lawhead
P1585. La Belle Arcane. La Malerune III
Michel Robert et Pierre Grimbert
P1586. Femme en costume de bataille, *Antonio Benitez-Rojo*

P1522. Train, *Pete Dexter*
P1523. Avidité, *Elfriede Jelinek*
P1524. Retour dans la neige, *Robert Walser*
P1525. La Faim de Hoffman, *Leon De Winter*
P1526. Marie-Antoinette, la naissance d'une reine. Lettres choisies, *Évelyne Lever*
P1527. Les Petits Verlaine *suivi de* Samedi, dimanche et fêtes *Jean-Marc Roberts*
P1528. Les Seigneurs de guerre de Nin. La Saga du Roi Dragon II *Stephen Lawhead*
P1529. Le Dire des Sylfes. La Malerune II *Michel Robert et Pierre Grimbert*
P1530. Le Dieu de glace. La Saga de Raven III *Robert Holdstock et Angus Wells*
P1531. Un bon cru, *Peter Mayle*
P1532. Confessions d'un boulanger, *Peter Mayle et Gérard Auzet*
P1533. Un poisson hors de l'eau, *Bernard Comment*
P1534. Histoire de la Grande Maison, *Charif Majdalani*
P1535. La Partie belle *suivi de* La Comédie légère *Jean-Marc Roberts*
P1536. Le Bonheur obligatoire, *Norman Manea*
P1537. Les Larmes de ma mère, *Michel Layaz*
P1538. Tant qu'il y aura des élèves, *Hervé Hamon*
P1539. Avant le gel, *Henning Mankell*
P1540. Code 10, *Donald Harstad*
P1541. Les Nouvelles Enquêtes du juge Ti, vol. 1 Le Château du lac Tchou-An, *Frédéric Lenormand*
P1542. Les Nouvelles Enquêtes du juge Ti, vol. 2 La Nuit des juges, *Frédéric Lenormand*
P1543. Que faire des crétins ? Les perles du Grand Larousse *Pierre Enckell et Pierre Larousse*
P1544. Motamorphoses. À chaque mot son histoire *Daniel Brandy*
P1545. L'habit ne fait pas le moine. Petite histoire des expressions *Gilles Henry*
P1546. Petit fictionnaire illustré. Les mots qui manquent au dico *Alain Finkielkraut*
P1547. Le Pluriel de bric-à-brac et autres difficultés de la langue française, *Irène Nouailhac*
P1548. Un bouquin n'est pas un livre. Les nuances des synonymes *Rémi Bertrand*
P1549. Sans nouvelles de Gurb, *Eduardo Mendoza*
P1550. Le Dernier Amour du président, *Andreï Kourkov*
P1551. L'Amour, soudain, *Aharon Appelfeld*
P1552. Nos plus beaux souvenirs, *Stewart O'Nan*

P1481. Improbable, *Adam Fawer*
P1482. Les Rois hérétiques. Les Monarchies divines II
Paul Kearney
P1483. L'Archipel du soleil. Les Enfants de l'Atlantide II
Bernard Simonay
P1484. Code Da Vinci : l'enquête
Marie-France Etchegoin et Frédéric Lenoir
P1485. L.A. confidentiel : les secrets de Lance Armstrong
Pierre Ballester et David Walsh
P1486. Maria est morte, *Jean-Paul Dubois*
P1487. Vous aurez de mes nouvelles, *Jean-Paul Dubois*
P1488. Un pas de plus, *Marie Desplechin*
P1489. D'excellente famille, *Laurence Deflassieux*
P1490. Une femme normale, *Émilie Frèche*
P1491. La Dernière Nuit, *Marie-Ange Guillaume*
P1492. Le Sommeil des poissons, *Véronique Ovaldé*
P1493. La Dernière Note, *Jonathan Kellerman*
P1494. La Cité des Jarres, *Arnaldur Indridason*
P1495. Électre à La Havane, *Leonardo Padura*
P1496. Le croque-mort est bon vivant, *Tim Cockey*
P1497. Le Cambrioleur en maraude, *Lawrence Block*
P1498. L'Araignée d'émeraude. La Saga de Raven II
Robert Holdstock et Angus Wells
P1499. Faucon de mai, *Gillian Bradshaw*
P1500. La Tante marquise, *Simonetta Agnello Hornby*
P1501. Anita, *Alicia Dujovne Ortiz*
P1502. Mexico City Blues, *Jack Kerouac*
P1503. Poésie verticale, *Roberto Juarroz*
P1506. Histoire de Rofo, clown, *Howard Buten*
P1507. Manuel à l'usage des enfants qui ont des parents difficiles
Jeanne Van den Brouk
P1508. La Jeune Fille au balcon, *Leïla Sebbar*
P1509. Zenzela, *Azouz Begag*
P1510. La Rébellion, *Joseph Roth*
P1511. Falaises, *Olivier Adam*
P1512. Webcam, *Adrien Goetz*
P1513. La Méthode Mila, *Lydie Salvayre*
P1514. Blonde abrasive, *Christophe Paviot*
P1515. Les Petits-Fils nègres de Vercingétorix, *Alain Mabanckou*
P1516. 107 ans, *Diastème*
P1517. La Vie magnétique, *Jean-Hubert Gailliot*
P1518. Solos d'amour, *John Updike*
P1519. Les Chutes, *Joyce Carol Oates*
P1520. Well, *Matthieu McIntosh*
P1521. À la recherche du voile noir, *Rick Moody*

Collection Points

DERNIERS TITRES PARUS

P1445. L'Abîme, *John Crowley*
P1446. Œuvre poétique, *Léopold Sédar Senghor*
P1447. Cadastre, *suivi de* Moi, laminaire..., *Aimé Césaire*
P1448. La Terre vaine et autres poèmes, *Thomas Stearns Eliot*
P1449. Le Reste du voyage et autres poèmes, *Bernard Noël*
P1450. Haïkus, *anthologie*
P1451. L'Homme qui souriait, *Henning Mankell*
P1452. Une question d'honneur, *Donna Leon*
P1453. Little Scarlet, *Walter Mosley*
P1454. Elizabeth Costello, *J.M. Coetzee*
P1455. Le maître a de plus en plus d'humour, *Mo Yan*
P1456. La Femme sur la plage avec un chien, *William Boyd*
P1457. Accusé Chirac, levez-vous !, *Denis Jeambar*
P1458. Sisyphe, roi de Corinthe. Le Châtiment des Dieux I
François Rachline
P1459. Le Voyage d'Anna, *Henri Gougaud*
P1460. Le Hussard, *Arturo Pérez-Reverte*
P1461. Les Amants de pierre, *Jane Urquhart*
P1462. Corcovado, *Jean-Paul Delfino*
P1463. Hadon, le guerrier. Le Cycle d'Opar II
Philip José Farmer
P1464. Maîtresse du Chaos. La Saga de Raven I
Robert Holdstock et Angus Wells
P1465. La Sève et le Givre, *Léa Silhol*
P1466. Élégies de Duino *suivi de* Sonnets à Orphée
Rainer Maria Rilke
P1467. Rilke, *Philippe Jaccottet*
P1468. C'était mieux avant, *Howard Buten*
P1469. Portrait du Gulf Stream, *Érik Orsenna*
P1470. La Vie sauve, *Lydie Violet et Marie Desplechin*
P1471. Chicken Street, *Amanda Sthers*
P1472. Polococktail Party, *Dorota Maslowska*
P1473. Football factory, *John King*
P1474. Une petite ville en Allemagne, *John le Carré*
P1475. Le Miroir aux espions, *John le Carré*
P1476. Deuil interdit, *Michael Connelly*
P1477. Le Dernier Testament, *Philip Le Roy*
P1478. Justice imminente, *Jilliane Hoffman*
P1479. Ce cher Dexter, *Jeff Lindsay*
P1480. Le Corps noir, *Dominique Manotti*

P1587. Le Cavalier de l'Olympe. Le Châtiment des Dieux II
François Rachline
P1588. Le Pas de l'ourse, *Douglas Glover*
P1589. Lignes de fond, *Neil Jordan*
P1590. Monsieur Butterfly, *Howard Buten*
P1591. Parfois je ris tout seul, *Jean-Paul Dubois*
P1592. Sang impur, *Hugo Hamilton*
P1593. Le Musée de la sirène, *Cypora Petitjean-Cerf*
P1594. Histoire de la gauche caviar, *Laurent Joffrin*
P1595. Les Enfants de chœur (Little Children), *Tom Perrotta*
P1596. Les Femmes politiques, *Laure Adler*
P1597. La Preuve par le sang, *Jonathan Kellerman*
P1598. La Femme en vert, *Arnaldur Indridason*
P1599. Le Che s'est suicidé, *Petros Markaris*
P1600. Les Nouvelles Enquêtes du juge Ti, vol. 3
Le Palais des courtisanes, *Frédéric Lenormand*
P1601. Trahie, *Karin Alvtegen*
P1602. Les Requins de Trieste, *Veit Heinichen*
P1603. Pour adultes seulement, *Philip Le Roy*
P1604. Offre publique d'assassinat, *Stephen W. Frey*
P1605. L'Heure du châtiment, *Eileen Dreyer*
P1606. Aden, *Anne-Marie Garat*
P1607. Histoire secrète du Mossad, *Gordon Thomas*
P1608. La Guerre du paradis. Le Chant d'Albion I
Stephen Lawhead
P1609. La Terre des Morts. Les Enfants de l'Atlantide IV
Bernard Simonay
P1610. Thenser. Aradia II, *Tanith Lee*
P1611. Le Petit Livre des gros câlins, *Kathleen Keating*
P1612. Un soir de décembre, *Delphine de Vigan*
P1613. L'Amour foudre, *Henri Gougaud*
P1614. Chaque jour est un adie
suivi de Un jeune homme est passé
Alain Rémond
P1615. Clair-obscur, *Jean Cocteau*
P1616. Chihuahua, zébu et Cie.
L'étonnante histoire des noms d'animaux
Henriette Walter et Pierre Avenas
P1617. Les Chaussettes de l'archiduchesse et autres défis
de la prononciation
Julos Beaucarne et Pierre Jaskarzec
P1618. My rendez-vous with a femme fatale.
Les mots français dans les langues étrangères
Franck Resplandy
P1619. Seulement l'amour, *Philippe Ségur*

P1620. La Jeune Fille et la Mère, *Leïla Marouane*
P1621. L'Increvable Monsieur Schneck, *Colombe Schneck*
P1622. Les Douze Abbés de Challant, *Laura Mancinelli*
P1623. Un monde vacillant, *Cynthia Ozick*
P1624. Les Jouets vivants, *Jean-Yves Cendrey*
P1625. Le Livre noir de la condition des femmes
Christine Ockrent (dir.)
P1626. Comme deux frères, *Jean-François Kahn et Axel Kahn*
P1627. Equador, *Miguel Sousa Tavares*
P1628. Du côté où se lève le soleil, *Anne-Sophie Jacouty*
P1629. L'Affaire Hamilton, *Michelle De Kretser*
P1630. Une passion indienne, *Javier Moro*
P1631. La Cité des amants perdus, *Nadeem Aslam*
P1632. Rumeurs de haine, *Taslima Nasreen*
P1633. Le Chromosome de Calcutta, *Amitav Ghosh*
P1634. Show business, *Shashi Tharoor*
P1635. La Fille de l'arnaqueur, *Ed Dee*
P1636. En plein vol, *Jan Burke*
P1637. Retour à la Grande Ombre, *Hakan Nesser*
P1638. Wren. Les Descendants de Merlin I, *Irene Radford*
P1639. Petit manuel de savoir-vivre à l'usage des enseignants
Boris Seguin, Frédéric Teillard
P1640. Les Voleurs d'écritures *suivi de* Les Tireurs d'étoiles
Azouz Begag
P1641. L'Empreinte des dieux. Le Cycle de Mithra I
Rachel Tanner
P1642. Enchantement, *Orson Scott Card*
P1643. Les Fantômes d'Ombria, *Patricia A. McKillip*
P1644. La Main d'argent. Le Chant d'Albion II
Stephen Lawhead
P1645. La Quête de Nifft-le-mince, *Michael Shea*
P1646. La Forêt d'Iscambe, *Christian Charrière*
P1647. La Mort du Nécromant, *Martha Wells*
P1648. Si la gauche savait, *Michel Rocard*
P1649. Misère de la Ve République, *Bastien François*
P1650. Photographies de personnalités politiques
Raymond Depardon
P1651. Poèmes païens de Alberto Caeiro et Ricardo Reis
Fernando Pessoa
P1652. La Rose de personne, *Paul Celan*
P1653. Caisse claire, poèmes 1990-1997, *Antoine Emaz*
P1654. La Bibliothèque du géographe, *Jon Fasman*
P1655. Parloir, *Christian Giudicelli*
P1656. Poils de Cairote, *Paul Fournel*
P1657. Palimpseste, *Gore Vidal*

P1658. L'Épouse hollandaise, *Eric McCormack*
P1659. Ménage à quatre, *Manuel Vázquez Montalbán*
P1660. Milenio, *Manuel Vázquez Montalbán*
P1661. Le Meilleur de nos fils, *Donna Leon*
P1662. Adios Hemingway, *Leonardo Padura*
P1663. L'avenir c'est du passé, *Lucas Fournier*
P1664. Le Dehors et le dedans, *Nicolas Bouvier*
P1665. Partition rouge
poèmes et chants des indiens d'Amérique du Nord
Jacques Roubaud, Florence Delay
P1666. Un désir fou de danser, *Elie Wiesel*
P1667. Lenz, *Georg Büchner*
P1668. Resmiranda. Les Descendants de Merlin II, *Irene Radford*
P1669. Le Glaive de Mithra. Le Cycle de Mithra II, *Rachel Tanner*
P1670. Phénix vert.Trilogie du Latium I, *Thomas B. Swann*
P1671. Essences et parfums, *Anny Duperey*
P1672. Naissances, *Collectif*
P1673. L'Évangile une parole invincible, *Guy Gilbert*
P1674. L'époux divin, *Fransisco Goldman*
P1675. Petit dictionnaire des étymologies curieuses
Pierre Larousse
P1676. Facéties et Cocasseries du français, *Jean-Loup Chiflet*
P1677. Ça coule sous le sens, expression mêlées
Olivier Marchon
P1678. Le Retour du professeur de danse, *Henning Mankell*
P1679. Romanzo Criminale, *Giancarlo de Cataldo*
P1680. Ciel de sang, *Steve Hamilton*
P1681. Ultime Témoin, *Jilliane Hoffman*
P1682. Los Angeles, *Peter Moore Smith*
P1683. Encore une journée pourrie
ou 365 bonnes raisons de rester couché, *Pierre Enckell*
P1684. Chroniques de la haine ordinaire 2, *Pierre Desproges*
P1685. Desproges, portrait, *Marie-Ange Guillaume*
P1686. Les Amuse-Bush, *Collectif*
P1687. Mon valet et moi, *Hervé Guibert*
P1688. T'es pas mort !, *Antonio Skármeta*
P1689. En la forêt de Longue Attente.
Le roman de Charles d'Orléans, *Hella S. Haasse*
P1690. La Défense Lincoln, *Michael Connelly*
P1691. Flic à Bangkok, *Patrick Delachaux*
P1692. L'Empreinte du renard, *Moussa Konaté*
P1693. Les fleurs meurent aussi, *Lawrence Block*
P1694. L'Ultime Sacrilège, *Jérôme Bellay*
P1695. Engrenages, *Christopher Wakling*
P1696. La Sœur de Mozart, *Rita Charbonnier*

P1697. La Science du baiser, *Patrick Besson*
P1698. La Domination du monde, *Denis Robert*
P1699. Minnie, une affaire classée, *Hans Werner Kettenbach*
P1700. Dans l'ombre du Condor, *Jean-Paul Delfino*
P1701. Le Nœud sans fin. Le Chant d'Albion III
Stephen Lawhead
P1702. Le Feu primordial, *Martha Wells*
P1703. Le Très Corruptible Mandarin, *Qiu Xiaolong*
P1704. Dexter revient !, *Jeff Lindsay*
P1705. Vous plaisantez, monsieur Tanner, *Jean-Paul Dubois*
P1706. À Garonne, *Philippe Delerm*
P1707. Pieux mensonges, *Maile Meloy*
P1708. Chercher le vent, *Guillaume Vigneault*
P1709. Les Pierres du temps et autres poèmes, *Tahar Ben Jelloun*
P1710. René Char, *Éric Marty*
P1711. Les Dépossédés, *Robert McLiam Wilson et Donovan Wylie*
P1712. Bob Dylan à la croisée des chemins. Like a Rolling Stone
Greil Marcus
P1713. Comme une chanson dans la nuit
suivi de Je marche au bras du temps, *Alain Rémond*
P1714. Où les borgnes sont rois, *Jess Walter*
P1715. Un homme dans la poche, *Aurélie Filippetti*
P1716. Prenez soin du chien, *J.M. Erre*
P1717. La Photo, *Marie Desplechin*
P1718. À ta place, *Karine Reysset*
P1719. Je pense à toi tous les jours, *Hélèna Villovitch*
P1720. Si petites devant ta face, *Anne Brochet*
P1721. Ils s'en allaient faire des enfants ailleurs
Marie-Ange Guillaume
P1722. Le Jugement de Léa, *Laurence Tardieu*
P1723. Tibet or not Tibet, *Péma Dordjé*
P1724. La Malédiction des ancêtres, *Kirk Mitchell*
P1725. Le Tableau de l'apothicaire, *Adrian Mathews*
P1726. Out, *Natsuo Kirino*
P1727. La Faille de Kaïber. Le Cycle des Ombres I
Mathieu Gaborit
P1728. Griffin. Les Descendants de Merlin III, *Irene Radford*
P1729. Le Peuple de la mer. Le Cycle du Latium II
Thomas B. Swann
P1730. Sexe, mensonges et Hollywood, *Peter Biskind*
P1731. Qu'avez-vous fait de la révolution sexuelle ?
Marcela Iacub
P1732. Persée, prince de la lumière. Le Châtiment des dieux III
François Rachline